Persephone Haasis

Marmeladensommer

Roman

 **PENGUIN** VERLAG

4. Auflage
Copyright © 2025 der Originalausgabe
by Persephone Haasis und Penguin Verlag,
in der Penguin Random House Verlagsgruppe GmbH,
Neumarkter Straße 28, 81673 München
produktsicherheit@penguinrandomhouse.de
(Vorstehende Angaben sind zugleich
Pflichtinformationen nach GPSR.)

Redaktion: Lisa Wolf
Umschlaggestaltung: www.buerosued.de
Umschlagabbildung: www.buerosued.de
Satz: Buch-Werkstatt GmbH, Bad Aibling
Druck und Bindung: GGP Media GmbH, Pößneck
Printed in Germany
ISBN 978-3-328-10728-6
www.penguin-verlag.de

Prolog

Es wirkte, als hätte ein Maler seinen Pinsel in ein Wasserglas getaucht, als die Sonne hinter den Bergen versank und den Himmel und das Wasser zu einer Mischung aus Karmesin und Apricot färbte. Leuchtend wie ein glühender Ball schickte sie ihre letzten Strahlen über den See, der sich glatt wie Glas zu ihren Füßen ausbreitete. Sie hörte das leise Rauschen der Blätter über sich, spürte, wie der Wind mit ihrem Rocksaum spielte, sich in ihren Haaren verfing und dann weiterwanderte, um über die Halme zu ihren Füßen zu streifen und sich auf- und davonzumachen. In diesem Moment wünschte sich Maren, sie könnte es ihm gleichtun. Sie stellte sich vor, sie wäre leicht wie der Wind, frei, ungebunden. Doch das war sie nicht. Ihr Blick wanderte wieder auf die Wasseroberfläche, die sich jetzt in ein Farbenspiel aus Magnolienrot und Zitrin wandelte. Wieder fuhr ein Windstoß durch das Gras, ließ einen Halm ihr Bein kitzeln, doch die Natur und deren beeindruckendes Schauspiel am Himmel konnte sie nicht von ihren Sorgen ablenken. Schwer wog die Last der Entscheidung auf ihren Schultern, schwer fühlte sich jeder Atemzug an, den sie tat. Auf ihrer Wange lag eine Träne, eine einzelne, von der sie vermutete, dass sie jetzt in der Abendsonne glitzerte wie der erste Stern, der sich heimlich an den admiralblauen

Himmel gestohlen hatte. Dieses Mal musste der Wind sie trocknen, denn er würde es nicht tun. Sie hatte es ihm sagen wollen, hatte ihm erzählen wollen, dass sich ihr Leben, ihrer beider Leben, von einem Moment auf den anderen geändert hatte. Dass sie ihre Zukunft neu überdenken wollte. Doch er hatte bereits neu angefangen, ohne sie. Immer wieder ging ihr das Gespräch durch den Kopf, das sie mit angehört hatte und das doch nicht für ihre Ohren bestimmt gewesen war. Eine wie sie könne man nicht heiraten, in eine wie sie sich nicht Hals über Kopf verlieben, und schon gar nicht alles für sie aufgeben. Daran hatte er sich gehalten, wie sie schmerzlich hatte feststellen müssen. Dabei hatte sie gedacht, er wäre bereit dazu, wenn sie nur ... Ja, wenn. Jetzt konnte sie nicht mehr. Letztes Mal hätte sie es ihm sagen können. Damals waren sie hier gewesen, an der gleichen Stelle, zusammen. Jetzt war sie allein. So, wie sie es immer sein würde, wenn sie diesen Schritt ging. Und irgendwie doch nicht. Ihre Hand wanderte an ihren Bauch.

»Emilia hat mir geraten, zu gehen und dich mitzunehmen«, hatte er ihr letztes Mal ins Ohr geraunt.

»Das geht nicht«, hatte sie gesagt.

»Warum?«

»Weil du hierhergehörst.«

Da hatte er sie nur an sich gezogen, fest in seine Arme geschlossen und sie gehalten. Sie hatte den Wellen zugehört, die sich zu ihren Füßen überschlugen und auf das Ufer hin ausliefen, seinem Atem gelauscht, der langsam und gleichmäßig gegangen war. Sie hatte jeden Atemstoß gespürt, wie er warm und sanft über ihre Haut gestrichen hatte, dicht an ihrem Hals, wie er ihre kleinen feinen Härchen dazu gebracht hatte, sich aufzustellen. Emilia. Seine Großmutter, von der er ihr einmal erzählt hatte, an einem Nachmittag am See. Emilia, die auch ihr geraten hatte, um ihn zu kämpfen. Aber konnte sie das denn noch, jetzt, wo er sich für eine andere Frau entschieden hatte? Sie hatte ihre Chance verspielt.

Ein letztes Mal ließ sie ihren Blick über das ruhige Wasser gleiten, bis hinüber zu den Ausläufern der Schweiz. Ob sie dorthin gehen sollte? Doch es zog sie zurück, zurück nach Hause, zurück zu ihren Eltern, zu ihrer Mutter, der sie erklären musste, was passiert war, und auf deren Unterstützung sie hoffte. Tintenblau war das Wasser, ebenso der Himmel, über den sich nun wie Stecknadeln kleine silberne Sprenkel erstreckten. Ein letztes Mal sog sie die klare, kühle Seeluft in ihre Lungen, schloss die Augen, und ließ sie wieder entweichen. Sie öffnete sie wieder, spürte, wie Wehmut in ihr emporkroch wie die Schwärze, die sich langsam um sie legte. Es wurde Zeit, zu gehen. Wenn sie am nächsten Tag im Morgengrauen den ersten Zug erwischen wollte, musste sie heute noch ihre Koffer packen. Und ihr Entschluss stand fest. Gedankenverloren ließ sie ihre Hand noch einmal auf ihren Bauch wandern, fuhr mit einer so zärtlichen Geste darüber, als berührte sie der Flügelschlag eines Schmetterlings. Dann riss sie sich endgültig los, bahnte sich durch das wadenhohe Gras einen Pfad zurück zum asphaltierten Weg.

Emmi, dachte sie im Weggehen. Wenn es ein Mädchen wird, nenne ich sie Emmi.

1.

Für Emmi war es ein Morgen wie jeder andere. Sie saß im Büro der Catering-Firma ihrer Mutter, das sich in der hübschen alten Stadtvilla mitten im Frankfurter Westend befand. Früher war es einmal das Dienstbotenzimmer gewesen. Ein halbhohes Sprossenfenster öffnete den Blick nach hinten in den Garten und ließ nachmittags die Sonne hinein, erfüllte so den Raum mit angenehmer Wärme und Licht. Emmi arbeitete gern hier, sie liebte das Flair des Hauses, das sich noch vereinzelt in den ein oder anderen Stücken fand. So auch im alten Dielenboden, den sie abgeschliffen und neu geölt hatten. Er war zwar nicht so herrschaftlich wie die anderen Böden des Hauses, doch Emmi stellte sich immer wieder vor, wer hier wohl vor ihr über das knarzende Parkett gelaufen war. Sonst war von dem ehemaligen Dienstbotenzimmer kaum etwas geblieben. Den dunkel gehaltenen Raum hatten sie hell gestrichen, die Eichenvertäfelung, die die Hälfte der unteren Wand eingenommen hatte, war weißen, deckenhohen Regalen gewichen, die in ihrer Schlichtheit in den Hintergrund traten und Ordner, Deko und Büromaterial beheimateten. In der Mitte des Raumes standen sich zwei Schreibtische gegenüber. Emmis stammte zusammen mit dem Sekretär an der gegenüberliegenden Wand aus dem

Herrenzimmer des Hauses. Er war aus rötlichem Kirschholz und bot mit seinen vielen Fächern und Schubladen allerlei Ablagemöglichkeiten für Stifte, Broschüren, Notizblöcke und was Emmi sonst noch so für ihre Arbeit benötigte. Der andere, der ihrer Freundin Lea gehörte, die in der Firma für die Buchhaltung zuständig war, war aus Glas und besaß keinerlei Schnickschnack. Sie hatte ihre Sachen in einem Rollcontainer aus Metall unterhalb des Tisches verstaut, praktisch und organisiert, so war ihre Freundin. Emmi hingegen mochte es, alten Dingen neues Leben einzuhauchen. Sie schätzte eine Verbindung aus Tradition und Moderne, mochte die Atmosphäre, die von einem antiken Möbelstück ausging oder von alten Geschichten oder Rezepten wie denen ihrer Mutter.

Da sie wie jeden Morgen noch etwas früh dran war, entschied sie sich dazu, einen kleinen Spaziergang durch den Garten zu machen, ihre kleine Oase inmitten der lauten Stadt. Emmi trat auf den Flur und nahm von dort die hintere Tür, die mit drei Stufen nach unten führte. Auch dies war früher einmal die Treppe der Dienstboten gewesen. Der Hauptausgang befand sich im großen Salon, den sie als Saal für Feste und Feierlichkeiten vermieteten. Von dort gelangte man über mehrere Flügeltüren auf die neu angelegte Terrasse, auf der man die Feste auch nach draußen verlegen konnte. Der Garten war nicht riesig, doch für den Cocktailempfang einer mittelgroßen Gesellschaft durchaus ausreichend.

Für das kommende Wochenende hatten sie eine Hochzeit eingeplant, die sie mit einem Drei-Gänge-Menü und anschließendem Kuchenbüfett ausrichten wollten. Emmi hatte die Gänge mit dem Hochzeitspaar abgesprochen, und ihre Mutter hatte Vorschläge für die unterschiedlichen Kuchen und Torten gemacht. Sogar die Hochzeitstorte hatten sie bei ihnen in Auftrag gegeben. Gestern Abend hatte Maren damit begonnen, die Bögen aus Biskuit zu backen, die später das zweistöckige Kunstwerk verzieren sollten.

Emmi lief den kleinen Hügel zur Terrasse hinauf, ein gewohnter Weg, wenn sie beim Catering draußen half, nur balancierte sie dann Tabletts mit Häppchen oder gekühlte Erfrischungen wie Aperol Spritz. Sie blieb auf der Terrasse stehen und genoss die Aussicht über die frisch gemähte Wiese, die akkurat gestutzte Thuja, die das Grundstück umsäumte, den kleinen Brunnen zur Linken und rechts das Blumenbeet, in das sie Wildblumen für Bienen und Schmetterlinge gesät hatten und das mit einer halbhohen Sandsteinmauer eingesäumt war. Auch heute flatterte und brummte es, als Emmi die breiten sandfarbenen Steinstufen nach unten nahm, zu deren beiden Seiten Buchskugeln in großen Pflanzkübeln standen. In lauen Sommernächten zauberten die Lichterketten ein stimmungsvolles Ambiente, und Emmi hatte sich ein ums andere Mal ausgemalt, wie sie hier, unter einem blinkenden Sternenhimmel, zusammen mit Christopher ihr Jawort feierte.

Schnell schob Emmi den Gedanken beiseite, ehe er sich zu sehr in ihr Herz bohrte. Um sich ein wenig abzulenken, pflückte sie einen Strauß aus weißer Schafgarbe, lilablauer Wegwarte, Margeriten mit ihren leuchtend gelben Blütenstempeln und roter Lichtnelke, den sie auf ihren Schreibtisch stellte. So erfüllt machte sie ihre Arbeit gleich noch lieber. Emmi entsperrte ihr Smartphone und ging die Einkaufsliste durch, auf die sie und ihre Mutter gemeinsam Zugriff hatten. Früher, als Maren das Unternehmen allein leitete, hatten es noch handschriftliche Zettel getan, doch jetzt, seit Emmi vor vier Jahren nach ihrer Ausbildung zur Köchin mit in die Chefetage eingestiegen war, griffen sie auf digitale Notizzettel und Einkaufslisten zurück.

Denn während Maren, ebenfalls gelernte Köchin mit jahrelanger Erfahrung, leidenschaftlich gern in der Küche stand und die Gerichte zauberte, war Emmi dazu übergangen, sich um alles Organisatorische zu kümmern. Für zwei ambitionierte Köchinnen konnte die Küche schnell zu eng werden. Deshalb hatte sie sich dafür entschieden, lieber alles im Hintergrund zu organisieren und ihrer Mutter die Hauptarbeit am Herd zu überlassen, auch wenn sie selbst gerne gekocht hätte. Emmi machte die Termine mit den Kunden aus, beantwortete Anfragen per E-Mail, erstellte Flyer, Menüpläne, Speisekarten, besorgte sogar die Tischdeko und, was ihr Steckenpferd war, betreute den Internetauftritt. Ganz besonders liebte sie ihren Foodblog, den sie seit einigen Jahren betrieb. Dort postete sie nicht nur Impressionen aus der Küche, wenn sie ein Fest vorbereiteten, sondern auch das ein oder andere Rezept ihrer Mutter, was bei den Leuten großen Anklang fand und nicht selten dazu führte, dass sie eine weitere Buchung für eine Großveranstaltung erhielten.

»Guten Morgen«, flötete eine Stimme, und Emmi blickte von ihrem Smartphone auf. Es war Lea, die gerade ins Büro gerauscht kam.

»Entschuldige die Verspätung. Bei meinem Sohn hat es heute Morgen wieder länger gedauert.« Sie verdrehte seufzend die Augen. »Da fehlt dann doch die Unterstützung von seinem Papa. Alleinerziehend ist es leider nicht so einfach. Und mein Kleiner will morgens nicht aus dem Bett und abends nicht hinein.«

Emmi schmunzelte.

»Das ist gar nicht so lustig. Eigentlich wollte ich gestern Abend noch die Abrechnung fertig machen, aber ich bin nicht mehr dazu gekommen.«

»Kein Problem. Dann kann ich dir auch gleich noch die Quittungen für den letzten Einkauf geben.« Emmi nahm die schwarze Ledergeldbörse aus dem Einkaufskorb, in der sie auch die Belege aufbewahrte, und überreichte sie Lea.

Ihre Freundin setzte sich ihr gegenüber an den Schreibtisch und fuhr den Rechner hoch.

»Die Chefs von der Firmenfeier letztes Wochenende waren übrigens so begeistert von euch, dass sie ein saftiges Trinkgeld überwiesen haben.«

Emmi lehnte sich zur Seite, um an den beiden Bildschirmen vorbeizugucken, die Rücken an Rücken auf den Schreibtischen standen. »Oder von Mamas Petit Fours.«

Lea lachte. »Oder von deiner Mutter selbst.«

»O ja.« Emmi verdrehte die Augen. »Der mit den kurzen grauen Haaren hat ja nichts unversucht gelassen, um mit ihr zu flirten. Aber da beißt er bei meiner Mama auf Granit.«

»Warum eigentlich?«, fragte Lea.

Darauf wusste Emmi auch keine Antwort. »Irgendwie hat sie sich nie nach einem Partner gesehnt, jedenfalls war da nie ein Mann an ihrer Seite. Die Catering-Firma ist ihr Ein und Alles. Die hat sie sich ja selbst aufgebaut.«

»Und dein Vater?«, fragte Lea.

Bisher hatte sie mit Lea nie über das Thema gesprochen. Wie oft hatte sie ihre Mutter danach gefragt, doch nie hatte sie eine Antwort darauf erhalten. Maren hatte sich ausgeschwiegen, hatte Emmi anfangs in den Arm genommen und auf ihrem Schoß gewiegt, als sie noch klein war, doch je älter sie wurde, desto größer wurde auch die Distanz bei diesem Thema zwischen ihnen. Und war dort früher noch eine wohltuende Nähe, die die Lücke wenigstens ein bisschen gefüllt hatte, die Emmi so oft in ihrem Herzen gespürt hatte, begann sie stattdessen zu rebellieren. Als sie ein Teenager gewesen war, war es einmal zu einem sehr heftigen Streit mit lauten Worten gekommen. Schließlich hatte Emmi mit tränenüberströmtem Gesicht ihre Zimmertür ins Schloss geworfen, hastig ein paar Sachen in ihren Seesack gestopft, war aus dem Fenster geklettert und zu ihrer Freundin geflüchtet. Dort hatte sie für die Nacht einen Unterschlupf gefunden, bei Tiefkühlpizza und einer Flasche entsetzlichem Rotwein aus dem Discounter schüttete sie ihr Herz aus und war spät in der Nacht erschöpft und mit vom Weinen geröteten Augen auf der dunkelblauen Klappcouch mit einem Kissen im Arm eingeschlafen. Seitdem war das Thema um Emmis Vater im Hause Gehring nie mehr zur Sprache gekommen.

Emmi schüttelte den Kopf, zum einen, um die unguten Erinnerungen loszuwerden, aber auch, um die Frage ihrer Freundin zu beantworten.

»Das heißt, du weißt nicht, wer dein Vater ist?«

»Nein«, sagte Emmi halblaut.

Lea blickte sie fassungslos an. »Du kennst weder seinen Namen, noch weißt du, woher er kommt? Ob sich deine Eltern mal geliebt haben oder ob deine Mutter ihm überhaupt erzählt hat, dass es dich gibt?«

»Nein, nichts.« Wieder spürte Emmi diesen Stich, der sich still, aber beharrlich in ihr Herz bohrte wie Marens Küchenschere, wenn sie ein Loch in den Saftkarton gegenüber der Öffnung hineinstach, damit sie beim Ausschenken nichts verschüttete.

»Oh, Emmi …« Leas Augen waren voller Mitleid. Sie streckte die Hand über die Schreibtische nach der Hand ihrer Freundin aus und drückte sie sanft. »Wenn ich irgendwas für dich tun kann …«

»Danke.« Emmi versuchte sich in einem Lächeln – und dass ihre Freundin sich so um sie sorgte, rührte sie tatsächlich. »Mittlerweile habe ich mich damit abgefunden. Ich kenne es ja nicht anders.«

»Aber wenn du doch mal reden magst, dann melde dich.«

Emmi nickte. Das Smartphone neben ihr brummte, und Lea zog die Hand zurück. »Eine Nachricht von meiner Mutter«, sagte Emmi nach einem kurzen Blick darauf. »Sie braucht die Tortenbehälter aus dem Keller. Ich hole sie ihr eben.«

»Alles klar, ich muss auch gleich noch mal los.«

Emmi verließ das Büro und trat auf den langen, hellen Flur der Jugendstilvilla. Hier, im vorderen Bereich waren neben dem Büro die Küche und Abstellräume untergebracht. Früher war dieser komplette Bereich der Dienstbotentrakt gewesen. Man erkannte es auch heute noch an dem Schachbrett-gemusterten Fliesenboden, der lange nicht so vornehm wirkte wie der hintere Teil der Villa, in dem sich zwei große Räume befanden, ausgelegt mit cremefarbenem Fischgrätparkett, die früher einmal als Esszimmer und Salon gedient hatten und heute für die Feierlichkeiten genutzt wurden. Emmi bemerkte die beiden großen Kisten, die neben dem antiken Sideboard aus Mahagoni standen, ebenfalls ein Überbleibsel des Mobiliars, das ein Antiquitätenhändler für sie aufgearbeitet hatte und das hier seiner neuen Bestimmung nachkam, die Tischwäsche zu verwahren. Lea war vor der Arbeit also bereits bei der Reinigung vorbeigefahren und hatte die fertigen Sachen abgeholt. Emmi würde die Tischdecken, Stoffservietten und Schürzen mit ihrem Logo – ein Kochlöffel und Schneebesen, die sich kreuzten und von einem verschlungenen Blumenkranz kreisförmig umrankt waren – später wegräumen. Sie lief über die schwarz-weißen Fliesen auf die Kellertür zu. Als sie auf Höhe der Küchentür stand, hörte sie die Stimme ihrer Mutter. Sie überlegte, ob sie in die Küche gehen und sie nach der Anzahl der Tortenbehälter fragen sollte, zögerte aber.

»Ciao! Come ti chiami? – Wie heißt du?« Und nach einer kurzen Pause: »Mi chiamo Maren.«

Emmi verdrehte die Augen. Seit einem Catering-Auftrag an der Volkshochschule war Maren besessen davon, Italienisch zu lernen. Leider fehlte ihr für Abendkurse wegen der vielen Abendveranstaltungen, für die sie gebucht wurden, die Zeit, weshalb sie sich fest in den Kopf gesetzt hatte, das Ganze nun per Headset beim Kochen mit einem Online-Sprachkurs zu verwirklichen. Dazu sang im Hintergrund Charlie Rich »Behind Closed Doors«, und Emmi beschloss, dass das auch so bleiben würde, nahm die Hand wieder von der Klinke und ließ die Tür geschlossen. Sie würde einfach ein paar der Boxen hochbringen. Wenn es notwendig war, könnte sie ja noch einmal laufen. Emmi schloss die weiße Kassettentür auf und drehte das Licht an. Die alte Holztreppe, die so herrlich geknarzt hatte, war durch eine Betontreppe mit Eisengeländer ersetzt worden. Hier galt es, die Zweckmäßigkeit und Sicherheit im Auge zu behalten. Auch sonst war von dem ehemaligen dunklen Keller, der anfangs nach Kartoffeln und Kohle gerochen hatte, wenig übrig geblieben. Die einst unverputzten Wände waren nun weiß gekalkt, und davor standen helle, einfache Holzregale, in denen sie Warmhaltewannen aus Edelstahl, Brennpasten für die Stövchen, Styroporkisten, Kuchenbehälter und weiteres Zubehör aufbewahrten, das sie für ihr Catering brauchten. An der Wand gegenüber befand sich ein Vorratsregal mit eingemachtem Obst, Gemüse, Nudeln, Mehl und sonstigen Lebensmitteln, daneben surrten zwei Gefrierschränke, eine Glasvitrine für Torten und ein weiterer Kühlschrank. Ein altes Küchenbüfett in Lindgrün diente ihnen als Stauraum für die Deko. Eine Schublade klemmte, von einer der drei Türen im unteren Bereich war der Knauf abgerissen, und der Schlüssel fehlte ganz, aber Emmi war das Teil sofort ans Herz gewachsen, als sie es in den Räumen der Villa damals gesehen hatte, und auch wenn das

Büfett seine besten Tage längst hinter sich hatte und sich eine Restaurierung nicht mehr lohnte, hatte es so wenigstens bleiben dürfen und im Keller seinen Platz gefunden. Emmi holte drei Tortenbehälter aus dem Regal und stellte sie auf die zweitunterste Stufe der Betontreppe. Sie beschloss, einen Blick auf die Dekorationen zu werfen, vielleicht könnte sie gleich noch etwas mit nach oben nehmen. Die anstehende Feier stand unter dem Motto »nachhaltige Vintage-Hochzeit«, und so nahm Emmi ein altes Buch mit Sütterlinschrift und vielen Schwarz-Weiß-Bildern aus dem Schrank. Das hatte sie einmal auf einem Flohmarkt gekauft. Wenn man die Seiten heraustrennte und aneinanderlegte, würden sie einen schönen Tischläufer ergeben. Dazu wählte sie die halbhohen Glaswindlichte aus, in die sie Kerzen stellen wollte. Sie setzte weiße Stumpenkerzen auf die Einkaufsliste in ihrem Smartphone und suchte weiter. Aus der Spitzenborte ließe sich sicherlich auch etwas machen, sie hielt eine Jutekordel, aus der sie Schleifchen binden wollte, daneben und dazu die Herzen und Untersetzer aus Birkenholz. Das sähe bestimmt nett aus zu den Blumenarrangements aus weißen Rosen, Eukalyptusblättern und heimischen Wiesenblumen. Jetzt musste sie nur noch die Holzuntersetzer finden. Emmi zerrte an der klemmenden Schublade, hebelte mit einem Trick die Tür ohne Knauf auf, doch sie fand die Schachtel mit der Holzdekoration nicht. Wann hatten sie sie zuletzt benutzt? Wenn sie sich richtig erinnerte, im Herbst letzten Jahres bei einem achtzigsten Geburtstag. Das war schon eine Weile her, vielleicht also im oberen Bereich? Emmi angelte nach den Schachteln, die oben auf dem Küchenbüfett gestapelt waren. Sie musste sich auf Zehenspitzen stellen, um daranzukommen, als plötzlich ein Holzkästchen scheppernd neben ihr auf dem Boden aufschlug. O verdammt! Hoffentlich war nichts kaputtgegangen. Emmi kniete sich neben die Sachen, die herausgefallen waren, auf den Boden. Vergilbtes Papier, ein nicht verschlossener Briefumschlag, der keine Beschriftung trug, aus dem jedoch ein handgeschriebener Bogen Papier herausgerutscht war, eine goldene Anstecknadel mit einem Kochlöffel, ein paar Fotos. Sie nahm das Holzkästchen, auf dem mehrere Kakaobohnen eingraviert waren, darunter der Schriftzug einer Schokoladenmanufaktur, die Emmi nicht kannte, und sammelte die Sachen wieder ein. Sie warf einen Blick auf die Fotos, die mittlerweile einen Rotstich hatten. Eines zeigte einen kleinen Hafen, Boote dümpelten auf dem Wasser, zwischen den Bojen schwammen ein paar Enten, im Vordergrund war ein Baum zu sehen, dessen Blätter den oberen Bildrand säumten. Es musste ein sonniger Tag gewesen sein, die Baumkrone warf ihren Schatten auf den gekiesten Weg der Promenade, im Hintergrund zogen ein paar Wolken über den ansonsten strahlend blauen Himmel. Schwer zu sagen, wo das Foto aufgenommen worden war. An der Küste, möglicherweise in Italien? Kam daher vielleicht Marens Wunsch, Italienisch zu lernen? Das nächste Foto zeigte ihre Mutter als junge Frau an einem steinigen Ufer. Es war naturbelassen, im Hintergrund sah man etwas Gras, am Horizont machte Emmi einen Segler aus. Das Gras bog sich im Wind, und auch der Rock von Marens geblümtem Kleid flatterte heftig, genauso wie ihre dunklen Haare, die sie zu einem Pferdeschwanz gebunden hatte. Jetzt trug sie das Haar kurz, so fand sie es praktischer. Die Frau auf dem Bild hielt ihren Strohhut mit breiter Krempe fest und lachte in die Kamera, die Füße in den letzten Ausläufern der schäumenden Wellen. Möglicherweise eine Urlaubserinnerung. Emmi überlegte, doch Maren hatte ihr nie etwas von einem solchen Urlaub erzählt, und seit Emmi denken konnte, hatten sie Ausflüge mit dem Rad in die nähere Umgebung unternommen, bis auf das eine Mal, als sie an der Nordsee gewesen waren. Da war Emmi acht Jahre alt gewesen. Ob sie deshalb dorthin gereist waren, weil Maren einer alten Erinnerung hatte nachspüren wollen? Einem Gefühl von damals?

Emmi sah sich das nächste Foto an, auf dem ein weißes Fachwerkhaus mit dunklem Dach zu sehen war. Das große Scheunentor war geschlossen, rechts neben dem Tor lag ein Stapel geschichtetes Holz, und auf den zwei Stufen, die zur Tür hinaufführten, erkannte Emmi einen Mann. Sie kniff die Augen zusammen, um ihn sich genauer anzuschauen. Sie kannte ihn nicht. Wer war er? Links am Bildrand sah sie einen Traktor, rechts direkt an das Haupthaus gebaut einen Schuppen aus Holzlatten mit stark abfallendem Dach, davor eine Holzkiste, auf der irgendetwas mit »Bio« stand. Der Rest des Wortes war abgeschnitten.

Emmi spürte eine seltsame Wärme, die sie durchfloss, in ihr aufstieg wie Teewasser, das sich erst ganz langsam erwärmte und dann mit einem Mal plötzlich zu sprudeln begann. Wo war das? War sie schon einmal als Kind dort gewesen? Sie konnte sich nicht erinnern. Trotzdem war da dieses eigentümliche Gefühl, das sie plötzlich ergriffen hatte. Mit den Fingerspitzen fuhr sie über das Fachwerkhaus, verharrte dann neben dem Mann. »Wer bist du?«, murmelte sie.

Ohne weiter darüber nachzudenken, steckte sie das Foto in ihre Hosentasche. Sie hob das vergilbte Papier auf, Marens Ausbildungszeugnis ihrer Kochschule. Es trug einen Stempel von Langenargen am Bodensee. Maren hatte ihr von ihrer Ausbildung dort erzählt, als Emmi sich überlegt hatte, in die Fußstapfen ihrer Mutter zu treten. Doch weil ihre Mutter da das Unternehmen schon gegründet hatte und Emmi bereits damals eine unabkömmliche Hilfe gewesen war, hatte sie sich selbst für eine Kochausbildung in der Nähe entschieden. Jetzt konnte Emmi auch ein weiteres Foto zuordnen, das ihre Mutter vor einem Schloss zeigte. Das musste Schloss Montfort sein. Die Anstecknadel war bestimmt ein Geschenk für die bestandene Abschlussprüfung. Emmi drehte den goldenen Kochlöffel vorsichtig zwischen den Fingern. Wieso bewahrte ihre Mutter ihn unten im Keller auf? Bedeutete er ihr nichts? Sie legte ihn ebenfalls in das Kästchen zurück und griff nach dem Briefumschlag, um das zusammengefaltete Blatt wieder hineinzuschieben, das ein Stück weit herausgerutscht war. Emmi erblickte eine Handschrift, die sie nicht kannte. Klein, aber weit auseinander waren die Zeilen mit dünnen Kugelschreiberbuchstaben gefüllt. Ihr Blick blieb an der Überschrift hängen: *Meine liebste Maren …* Emmi durchrieselte es heiß und kalt. War das ein Brief von ihrem Vater? Jedenfalls war er von einem Mann, der ihre Mutter sehr geliebt haben musste. Doch wieso hatte sie ihn hier hinunter verbannt? Emmi überlegte, ob sie den Brief lesen sollte, ob sie so vielleicht mehr über ihren Vater erfuhr oder immerhin über den einen Mann, der Maren sehr geliebt haben musste, entschied sich dann aber dagegen. Es kam ihr zu persönlich vor, als hätte sie ein Tagebuch aufgeschlagen, ein Dokument aus längst vergangener Zeit. Auch wenn es ihr vielleicht endlich sagen konnte, woher sie kam, wer sie war, welcher Teil ihr fehlte, um sich endlich vollständig zu fühlen, kam es ihr falsch vor. Wenn sie Antworten haben wollte, dann gab es nur eine Möglichkeit: Sie musste mit ihrer Mutter sprechen.

Emmi legte auch den Brief zurück in das Holzkästchen, schloss den Deckel und trug es zusammen mit den Tortenbehältern nach oben. Mit dem Ellbogen öffnete sie die Tür zur Küche, in der Maren noch immer Italienisch lernte.

»Quanto dura il viaggio?«

Emmi stellte geräuschvoll die Tortenbehälter auf den Küchentisch. Maren drehte sich zu ihr um. Ein strahlendes Lächeln zeigte sich auf ihrem Gesicht, kleine Lachfältchen umrahmten ihre leuchtenden braunen Augen.

»Ah, Emmi, prima! Danke! Oder besser gesagt: Grazie mille!«

Doch Emmi ließ sich nicht von dem fröhlichen Ton ihrer Mutter anstecken. »Wer ist das?«, fragte sie kühl und hielt ihr das Foto von dem Mann, der vor dem Hof stand, unter die Nase.

In Marens Blick veränderte sich für einen Sekundenbruchteil etwas, doch dann wirbelte sie schon wieder herum und rührte mit dem Schneebesen den Vanillepudding auf dem Herd.

»Ich muss aufpassen, sonst zieht er eine Haut. Das kann ich für die Buttercreme gar nicht gebrauchen.«

»Wer ist das?«, wiederholte Emmi mit fester Stimme. Sie war entschlossen, sich nicht von ihrer Mutter abbringen zu lassen. Dieses Mal nicht! »Kennst du diesen Mann?« Und als Maren ihr auch darauf keine Antwort gab, nahm sie allen Mut zusammen: »Ist das mein Vater?«

Maren hatte ihr den Rücken zugewandt und versenkte ein Stück Butter im Pudding. Gleich darauf war das gleichmäßige Schaben ihres Schneebesens im Edelstahltopf zu hören. »Ich habe gerade so viel zu tun, ich kann jetzt nicht«, sagte sie.

Emmi spürte, wie Wut in ihr hochkroch. Fest presste sie die Lippen zusammen, hielt ihrer Mutter das Bild direkt vor die Nase. »Wer ist das?«, fragte sie noch einmal, doch sie hatte Mühe, ihre Stimme unter Kontrolle zu halten.

Maren drehte sich zu ihr um, ihr Blick war eiskalt.

»Warum sprichst du nicht mit mir darüber?«

»Weil es Dinge aus der Vergangenheit sind. Das ist vorbei, Emmi.« Maren zog mit einer nachdrücklichen Geste den Topf vom Herd und stellte ihn auf der Arbeitsplatte ab, um weiterrühren zu können.

»Aber für mich haben sie noch immer eine Bedeutung! Wo wurde das Foto aufgenommen?«

»Das weiß ich nicht mehr.«

»Du lügst!« In Emmis Augen traten Tränen, doch sie blinzelte sie entschlossen weg. Wieso konnte Maren ihr

22

nichts darüber erzählen? Was war damals passiert, dass sie sich so sehr in Schweigen hüllte?

»Es reicht jetzt, Emmi!« Marens Stimme war schneidend. Sie nahm Emmi das Foto und das Holzkästchen aus der Hand, legte das Bild in die Kiste zurück, schloss den Deckel und stellte sie in einen der Oberschränke ihrer Küche. »Das Thema ist hiermit beendet.«

Emmi schnaubte. »Und jetzt? Willst du mich auf mein Zimmer schicken wie damals? Damit du mich los bist und mit mir alle Sorgen?«

»Was weißt du schon von meinen Sorgen!« Maren sah sie mit funkelnden Augen an. »Für mich sind diese Dinge vorbei.«

»Aber für mich nicht!«, rief Emmi. Sie fühlte sich so entsetzlich hilflos. Endlich hatte sie einen kleinen Anhaltspunkt, wer ihr Vater sein könnte, doch ihre Mutter blockte ab. Warum? »Ich will es wenigstens verstehen.«

Doch Maren sah sie nur eiskalt an und schwieg.

Emmi wäre am liebsten auf ihr Zimmer gerannt und hätte die Tür hinter sich zugeknallt, aber für so eine Reaktion war sie natürlich zu alt. Stumm schüttelte sie den Kopf und verließ die Küche. Sie hoffte, dass Lea noch im Büro war, doch ihre Freundin war anscheinend schon wieder unterwegs. Also setzte sich Emmi an ihren Schreibtisch, warf einen Blick auf den Sommerblumenstrauß, der sie heute Morgen noch mit so viel Freude erfüllt hatte. Dann griff sie nach ihrem Handy und schrieb Lea eine Nachricht, mit der Bitte, sich heute Abend mit ihr zu treffen.

2.

»Und sie hat dir nichts gesagt?«, fragte Lea, als sie abends zusammensaßen und sie die Weinflasche entkorkte.

Emmi schüttelte den Kopf. »Sie hat sich ausgeschwiegen wie immer.« Sie reichte ihrer Freundin eines der Gläser, die auf dem niedrigen Couchtisch standen, und Lea schenkte den Weißwein ein.

»Hast du denn noch mal nach dem Kästchen gesehen?«

Emmi zögerte. Auf ihre Nachricht am Nachmittag hatte Lea natürlich sofort reagiert und sie sorgenvoll gefragt, ob alles in Ordnung sei. Da hatte Emmi ihr von ihrem Fund berichtet. In einem unbeobachteten Moment, als Maren ins Kühlhaus gegangen war, hatte Emmi sich wieder in die Küche geschlichen und das Foto in ihre Hosentasche gesteckt. Aber als sie nach Feierabend noch einmal in dem Oberschrank nachgesehen hatte, war das Kästchen natürlich verschwunden.

»Also, noch mal von vorne: Was weißt du?«, überlegte Lea laut. »Deine Mutter hat ihre Ausbildung am Bodensee gemacht, das Zeugnis wurde in Langenargen ausgestellt. Es gibt einige Bilder von einem See oder einem Meer, und dieses hier von einem Hof, vor dem dieser Mann steht, von dem du glaubst, dass es dein Vater sein könnte.«

Emmi nickte und warf einen Blick auf das Foto, das

zwischen ihnen auf dem Couchtisch lag. »Mamas Reaktion war so heftig, da muss einfach etwas dahinterstecken. Und das ist die einzige Erklärung, die mir einfällt. Außerdem war da noch der Brief, den ich nicht gelesen habe.«

»Zu schade, dann hätten wir wenigstens seinen Namen gehabt.« Lea nippte nachdenklich an ihrem Wein. »Aber theoretisch reichen uns diese Informationen doch auch aus. Oder nicht?«

»Was meinst du?«

»Na, um ihn zu suchen.«

Emmis Augen weiteten sich. »Wie stellst du dir das vor? Soll ich jetzt nach Langenargen fahren und jeden möglichen Hof dort abklappern?«

Lea zuckte nur mit den Schultern.

»Das geht nicht, Lea, meine Mutter braucht mich. Jetzt, im Juli, stehen noch zwei Veranstaltungen an. Da kann ich nicht einfach mal ein paar Tage verschwinden. Außerdem, was denkst du, würde sie sagen, wenn sie erfährt, dass ich an den Bodensee gefahren bin, um meinen Vater zu suchen?«

»Was interessiert uns das? Hat sie sich Gedanken darüber gemacht, wie es dir geht, wenn sie dir alles verschweigt?« Lea sah sie mit festem Blick an, ihr Gesicht umrahmt von den schwarzen Locken, die noch immer leicht wippten, weil sie so energisch gesprochen hatte. »Also!« Sie griff nach ihrem Smartphone und tippte darauf herum. »Wir sind ja nur ein paar Tage weg, allerhöchstens eine Woche … Und abgesehen davon hast du bereits alles bis ins kleinste Detail organisiert, und den Rest können unsere Springer übernehmen.«

25

»Wir?«, wiederholte Emmi.

»Na klar. Oder glaubst du etwa, ich lasse meine beste Freundin allein fahren? Außerdem wollte ich schon immer mal an den Bodensee.«

»Kannst du deinen Sohn denn so lange allein lassen?«

»Also sein Papa würde Maximilian so lange nehmen. Ich habe gerade gefragt. Er schreibt, dass er kommende Woche Zeit hat, sich um ihn zu kümmern.« Lea tippte auf ihrem Smartphone herum. »Oh, sieh mal, hier gibt es eine nette Übernachtungsmöglichkeit.« Sie hielt ihr das Display unter die Nase. »Eine kleine Ferienwohnung mit zwei Einzelbetten, fünf Gehminuten zum Schloss Montfort. Von dort können wir optimal Erkundigungen anstellen.«

Emmi wischte die Bilder durch. Das angebotene Zimmer war zwar winzig klein, sah aber ansonsten wirklich nett aus, und der Preis war akzeptabel.

»Wenn wir fahren, zahle ich«, sagte sie entschieden, denn sie wusste, dass das Geld bei ihrer Freundin noch immer nicht so locker saß, auch wenn ihre Mutter sie gut bezahlte. »Schließlich bin ich ja verantwortlich für die Reise.«

»Also schön.« Lea tippte wieder auf ihrem Smartphone herum.

»Und wie kommen wir hin?«, fragte Emmi. »Ich kann wohl kaum Mamas Auto entführen, wenn wir beide schon so lange ausfallen.«

»Wenn wir am späten Nachmittag mit dem Zug starten, sind wir gegen neun Uhr abends dort. Das ist auch die günstigste Verbindung, und wir müssen nur einmal umsteigen.«

»Hm, und wenn wir dort sind?«

»Moment.« Lea trank einen Schluck Wein. »Also, die Unterkünft bietet einen Fahrradverleih an. Ansonsten gibt es ein Bodenseeticket, das man für die öffentlichen Verkehrsmittel nutzen kann. Ich habe gerade mal die Preise verglichen. Mit einem Leihauto sind wir deutlich teurer dran.«

»Okay, das klingt gut.«

»Soll ich buchen?« Lea blickte sie herausfordernd an.

Emmi zögerte. Sollten sie das wirklich machen? Es wäre schon sehr waghalsig, einfach draufloszufahren. Die Hinweise waren dünn, eine Aussicht auf Erfolg nicht gegeben, wenn sie ehrlich zu sich selbst war. Andererseits hatte sie zum ersten Mal in ihrem Leben einen Anhaltspunkt, wer ihr Vater sein könnte, und die Sehnsucht, ihn endlich kennenzulernen, war groß. Sie presste die Lippen aufeinander, schwenkte den Weißwein in ihrem Glas und beobachtete die Flüssigkeit dabei, wie sie träge wieder im Glasinneren entlang nach unten lief. Wie gern würde sie wissen, wer er war. Bisher war er immer nur eine schemenhafte Gestalt in ihrem Leben gewesen. Hatte sie viel mit ihm gemeinsam, oder waren sie grundverschieden? Es kribbelte in ihr, wenn sie darüber nachdachte, dass sie es womöglich bald herausfinden könnte. Andererseits überkam sie ein unglaublich schlechtes Gewissen, wenn sie daran dachte, dass sie ihre Mutter im Stich lassen würde. Doch Lea hatte schon recht, Maren hatte es die letzten Jahre auch nicht gekümmert, wie es Emmi mit ihrer Entscheidung gegangen war. Warum also sollte sie jetzt Rücksicht auf ihre Mutter nehmen? Oder verheimlichte Maren ihr etwas? War damals etwas vorgefallen, was sie so entsetzlich verletzt hatte, dass sie Gründe hatte, wieso sie so eisern schwieg? Hatte ihr Vater sie womöglich sitzen lassen? Oder ihr gesagt, dass er das Kind gar nicht wollte? Emmis Gedanken wirbelten wie wild durcheinander. Es gab nur eine Möglichkeit, es herauszufinden. Sie setzte ihr Weinglas an den Mund und trank es in einem Zug leer.

»Buchen«, sagte sie dann entschlossen.

Emmis Foodblog

Feels-like-home-Marmelade

Erdbeer-Rhabarber-Marmelade ist, als würde man zu Hause ankommen

Zutaten:
- 500g Rhabarber
- 1kg reife Erdbeeren
- 5 EL Saft einer Zitrone
- Mark einer Vanilleschote
- 750g Gelierzucker 2:1

Zubereitung:
- Die Erdbeeren waschen und vierteln.
- Rhabarber schälen und klein schneiden.
- Das Mark einer Vanilleschote herauskratzen.
- ½ Zitrone auspressen.

Rhabarber, 1 EL Wasser und 5 EL Zitronensaft in einem Topf aufkochen lassen.

Erdbeeren, Gelierzucker und das Mark der Vanille hinzugeben und ebenfalls aufkochen lassen.

Ist der Gelierzucker geschmolzen, die Marmelade mit einem Mixstab pürieren.

3-4 Minuten bei mittlerer Hitze köcheln lassen und dabei gut umrühren.

Mit Marens Trick testen, ob die Marmelade »Nasen« bildet.

Ist die gewünschte Konsistenz erreicht, in sterilisierte Gläser füllen und verschließen.

Als ich das Croissant mit der roten, körnigen Marmelade bestrich, habe ich es schon gespürt, dieses Gefühl von Ankommen, sich geborgen fühlen, zu Hause sein. Früher gab es Erdbeermarmelade meistens bei meiner Oma. Wir haben sie zusammen gekocht, nachdem wir die Beeren in ihrem Garten in der warmen Mittagssonne gepflückt hatten. Vier Reihen hatte sie, acht Beete. Und daneben den Rhabarber. Die Erinnerung daran ist so süß wie die Marmelade selbst. Mein Opa hat damals mit seinem Strohhut auf dem Kopf die Beete für das Gemüse umgegraben, und nach getaner Arbeit saßen Oma und er zusammen im Garten und haben ein Schälchen mit frischem Rhabarberkompott verputzt, während es für mich immer noch eine Prise Zucker und einen Klecks Schlagsahne obendrauf gab. Ich habe mich nie wieder so geborgen gefühlt in dem Haus am Stadtrand von Wiesbaden, auch nicht in der Jugendstilvilla in Frankfurt, die Mama für uns gekauft hat, als Oma gestorben ist und Opa ins Seniorenheim musste, weil sie nicht mehr in dem Haus leben wollte, wo all das passiert ist. Und jetzt sitze ich hier, in der Essecke einer kleinen gemütlichen Pension mit Blick auf die offene Küche, und fühle mich wie damals, als ich klein war.

3.

Emmi kam sich wie eine Verräterin vor, als sie noch am selben Abend ihren Koffer packte. Sie hatte das Gefühl, wieder an jenen Abend zurückversetzt worden zu sein, als sie sich als Teenager von zu Hause weggeschlichen hatte. In der Nacht schlief sie kaum, ihre Gedanken ließen sie nicht zur Ruhe kommen. Würde sie ihren Vater finden? Wie war er? Wie würde er darauf reagieren, wenn er erfuhr, dass er eine Tochter hatte? Oder wusste er womöglich von ihr, wollte jedoch nichts mit ihr zu tun haben? War das der Grund, wieso Maren so beharrlich schwieg? Versuchte sie, ihre Tochter davor zu schützen, genauso verletzt zu werden wie sie selbst damals? Emmi drehte sich von einer Seite auf die andere. Und was, wenn sie gar nichts herausfand? Wenn diese dünne Spur, die sie hatten, ins Leere lief? Vielleicht wohnte er gar nicht mehr dort oder war schon verstorben? Ein dicker Kloß bildete sich in Emmis Hals, und sie versuchte abzuwägen, welche Option wohl am schlimmsten für sie war; wenn ihr Vater nichts mit ihr zu tun haben wollte, wenn sie überhaupt keine Hinweise fand oder wenn sie zu spät war. Sie seufzte tief. Genau genommen waren alle drei Möglichkeiten grauenvoll. Emmi blickte auf die Uhr. Vier Uhr dreißig. Sie könnte sich also noch anderthalb Stunden im Bett herumwälzen und versuchen zu schlafen, oder sie stand auf.

Entschlossen schlug Emmi die Decke zurück und schwang die Beine aus dem Bett. Sie nahm eine schnelle Dusche, kochte sich einen Kaffee und bestrich sich eine Scheibe Brot mit Marmelade. Kirschmarmelade, ihre Lieblingssorte. Sie hatte sie letzten Sommer zusammen mit ihrer Mutter eingekocht. Emmi erinnerte sich noch gut, wie sie auf den schlanken weißen Küchenstühlen aus dem Designerladen gesessen und die Stiele von den Kirschen gezupft hatten. Es war selten, dass sie so viel Zeit zum Lachen und Scherzen hatten, und vielleicht spürte Emmi deshalb dieses seltsame Gefühl in sich aufsteigen, wenn sie in das Marmeladenbrot biss, das mit samtigem Weinrot überzogen war. Wenn sie gemeinsam kochten, schienen ihre Differenzen kurz vergessen. Dann waren sie einander verbunden, doch Maren war eine raumeinnehmende Persönlichkeit, sich den Herd mit ihr zu teilen, fiel Emmi schwer. Für zwei Köchinnen gab es einfach keinen Platz in Marens Küche. Den Gedanken, dass ihre Melancholie an ihrer bevorstehenden Fahrt lag, wollte Emmi lieber nicht aufkommen lassen.

Emmi stellte die Marmelade in den Kühlschrank zurück, spülte den Teller und ging die breiten, hellen Steinstufen des privaten Wohnbereichs ins Erdgeschoss hinunter. Wie die ganze Villa war auch der Flur hier geschmackvoll und modern eingerichtet, doch wirklich zu Hause hatte sich Emmi hier nie gefühlt. Im Gegenteil, alles wirkte eher ein wenig kühl und zweckmäßig, ganz anders als die Räumlichkeiten der Villa, vielleicht ein bisschen wie ihre Mutter selbst, die Entscheidungen pragmatisch traf und sich nicht von Emotionen leiten ließ. Trotzdem vermisste Emmi oftmals etwas Wärme oder Nähe in ihrem Leben. Gerade seit ihre letzte Beziehung vor zwei Jahren in die Brüche gegangen war. Es war eine ruhige Trennung gewesen, ohne Streit, ohne Komplikationen. Emmi und Christopher waren sich einig, dass ihrer Beziehung das Besondere fehlte, das Funkeln. Irgendwann war alles in einen tristen, grauen Alltag übergangen, und sosehr beide auch versucht hatten, dem entgegenzuwirken, es hatte nichts geholfen. Schließlich gestand Christopher ihr, dass er sich neu verliebt hatte, und wo wenigstens ein leiser Herzschmerz bei Emmi hätte sein sollen, spürte sie stattdessen tief in ihrem Inneren Erleichterung.

Sie einigten sich, dass Emmi die gemeinsame Wohnung verließ und wieder bei ihrer Mutter in die große Villa zog, hatten ihre gemeinsamen Besitztümer friedlich getrennt und konnten sich nun noch immer begrüßen oder ein freundschaftliches Gespräch führen. Emmi hatte zwar kein großes Interesse daran, dankbar war sie dennoch für diese Entwicklung. Ob sie jetzt noch an die Liebe glaubte, wusste sie selbst nicht. Zu oft hatte sie in ihrem Umfeld gesehen, wie Beziehungen endeten, trotzdem fand sie die Vorstellung schön, sich einmal so richtig zu verlieben, das Herz wild klopfen und die Schmetterlinge in ihrem Bauch flattern zu fühlen, aber womöglich war das alles nur eine Erfindung kluger Serien- und Filmautoren. Mit Mitte zwanzig war sie, was das anging, inzwischen wohl auch ein Stückchen pragmatischer geworden, auch wenn sie sich manchmal doch noch vorstellte, dass ihr Leben wie im Film verlaufen könnte: Sie, nachdem sie nach unzähligen Höhen und Tiefen die Liebe ihres Lebens gefunden und das Geheimnis um ihren Vater gelüftet hatte, würde glücklich in die Arme ihres Liebsten laufen, bei Regen und überaus kitschiger Musik würden sie sich leidenschaftlich küssen, ehe der Abspann über die Bildfläche lief und unzählige Namen davon zeugten, wer alles am Mitwirken ihres Happy Ends beteiligt war. Aber das Leben war kein Film und Emmi keine Protagonistin. Der Alltag lief weiter, und sie war drauf und dran, ihre Mutter im Stich zu lassen, um einer vagen Hoffnung auf eine Erklärung zu ihrem Vater hinterherzujagen. Um sich nicht ganz so schlecht zu fühlen, organisierte sie vormittags noch zwei Aushilfen, damit Maren bei der bevorstehenden Hochzeit und der Einweihungsparty, die ein paar Tage später stattfand und für die sie als Partyservice gebucht worden waren, genügend Unterstützung hatte. Maren würde heute den ganzen Tag beschäftigt sein. Sie verzierte die Torten für die Hochzeit, führte noch ein Beratungsgespräch für eine Jubiläumsfeier und wollte am späten Nachmittag beim Supermarkt vorbei, um die restlichen Zutaten für das Hochzeitsmenü zu kaufen. Sie würde erst gegen Abend wieder in der Villa eintreffen, wenn Emmi schon gegangen war. Emmi bearbeitete die Kundenanfrage für eine Taufe und schickte ihre Infobroschüre mit Preisliste heraus. Sie recherchierte im Internet, um ein Angebot für einen neuen Kühlschrank einzuholen, und öffnete dem Lieferanten die Tür, der zweimal die Woche frühmorgens die frischen Lebensmittel brachte. Maren bezog diese nicht vom Großmarkt, sondern unterstützte einen regionalen Händler, der ihr die Ware im Gegenzug direkt lieferte.

Emmi schielte wieder auf die Uhr. Noch zwei Stunden. Sie merkte, wie Nervosität in ihr aufstieg.

Endlich kam Lea von ihrem Termin beim Finanzamt zurück.

»Du siehst gestresst aus«, stellte Emmi fest.

»Das bin ich.« Sie öffnete den Kühlschrank auf der Suche nach etwas zu trinken, seufzte und nahm sich einen Orangensaft heraus.

Emmi griff nach der Saftpackung und stellte sie in das Türfach zurück. »Der ist fürs Wochenende reserviert«, sagte sie. »Du brauchst etwas anderes für deine Nerven.« Sie griff nach drei Orangen, presste sie aus und verteilte den Orangensaft auf zwei Gläser. Dazu gab sie den Saft einer Zitrone. Aus einem anderen Kühlschrank holte sie eine Flasche mit Bügelverschluss, in der sich eine pinkfarbene Flüssigkeit befand. Marens berühmter Himbeer-Minz-Sirup. Diesen mischte sie mit den anderen Säften, goss alles mit etwas Mineralwasser auf, gab ein paar Eiswürfel in die Gläser und garnierte den Rand mit einem Schnitz Orange und einem kleinen Büschel Minzblätter. Zum Schluss steckte sie noch zwei Glastrinkhalme hinein.

»Danke«, sagte Lea, als Emmi ihr ein Glas reichte. Sie probierte und verdrehte genießerisch die Augen. »Himmlisch!«, seufzte sie glücklich. »Das lässt mich gleich vergessen, dass dieser blöde Finanzbeamte mich geschlagene zwanzig Minuten nach einem Buchungsbeleg hat suchen lassen, den er selbst einfach nur wieder falsch abgeheftet hat.«

Emmi kicherte. Sie trank ebenfalls einen Schluck von der Limonade. Es stimmte, sie schmeckte köstlich, so frisch und spritzig, nicht zu süß, aber doch fruchtig genug, um sie als Sommergetränk bei einer Firmenfeier zu reichen oder als alkoholfreien Aperitif bei einem Sektempfang anzubieten.

Lea zog noch einmal an ihrem Trinkhalm. »Im Ernst, Emmi, wieso machst du so etwas nicht beruflich? Du könntest Maren in der Küche unterstützen und neue Rezepte kreieren. Zusammen wärt ihr sicherlich unschlagbar.«

Das brachte Emmi zum Lachen. »Nein, das haben wir bereits hinter uns, und glaub mir, es ist nicht gut gegangen. Wir standen regelmäßig kurz vor Mord und Totschlag, wenn wir beide uns eine Küche geteilt haben. Während meiner Ausbildungszeit habe ich es ein paarmal versucht. Ich dachte, ich könnte mir ein paar Tricks und Handgriffe abgucken, aber in den Augen meiner Mutter habe ich die Zwiebeln falsch gewürfelt, die Kartoffeln zu langsam geschält und die Crème brûlée verkehrt herum gerührt.«

Jetzt musste auch Lea lachen. »Das kann ich mir bei Maren nur zu gut vorstellen«, gab sie zu. »Aber Spaß hätte es dir gemacht, oder?«

Emmi nickte zögernd. »Trotzdem wäre das mit Mama und mir zusammen in einer Küche nicht gut gegangen, und das, was ich jetzt mache, mache ich auch wirklich gern. Über die Rezepte auf meinem Blog zu schreiben, den ganzen Internetauftritt und die Deko für die Feiern zu organisieren, gefällt mir mindestens genauso gut, wie mir selbst Rezepte auszudenken. Ich brauche einfach etwas Kreatives. Den ganzen Tag nur mit Zahlen zu jonglieren, wie du es in deinem Job machst, wäre für mich viel zu schnöde.«

»Hey, so erbärmlich ist das nicht, wie du es gerade darstellst«, erwiderte Lea mit gespielter Empörung. »Immerhin halte ich damit euer Unternehmen am Laufen. Und du glaubst gar nicht, wie sehr es mich erfüllt, wenn am Ende bei meiner Tabelle schwarze Zahlen stehen statt rote.«

»Wofür Mama und ich dir im Übrigen sehr dankbar sind!« Emmi zwinkerte ihrer Freundin zu.

»Mach dich nur lustig.« Lea grinste. »Aber apropos Zahlen …« Sie sah auf ihre Armbanduhr. »Wir müssen los, wenn wir rechtzeitig am Bahnhof sein wollen.« Im selben Moment gab ihre Smartwatch ein Signal von sich. »Die Erinnerung, dass wir zu S-Bahn müssen.«

Emmi schluckte. Jetzt wurde es ernst. Sie stellte die leeren Gläser in die Spülmaschine, griff nach dem Karoblock, auf dem sich Maren Notizen zu neuen Rezepten machte, und schrieb ihrer Mutter eine kurze Nachricht. Ganz ohne sich zu verabschieden, wollte sie doch nicht aufbrechen. Sie überlegte, den aufgeschlagenen Block einfach auf dem Tisch der Sitzecke liegen zu lassen, entschied sich dann aber dagegen. Das war ihr dann doch zu unpersönlich. Also riss sie das Blatt aus dem Block und heftete es mit einem der Magnete zwischen die Fotos, die Maren an den Kühlschrank gepinnt hatte. Emmi war jedes Mal überrascht, wenn sie die Bilder sah. Einige zeigten ihre Mutter neben Geschäftsinhabern auf erfolgreichen Firmenfeiern, für die sie das Catering geliefert hatte. Doch dann gab es da auch die privaten Bilder von ihr und Emmi, eines von einer gemeinsamen Radtour und sogar ein Bild von ihrem Nordseeurlaub vor siebzehn Jahren. Emmi seufzte. Wie gern würde sie solche Erlebnisse wiederholen, doch ihnen fehlte dazu schlicht die Zeit, und Maren war nicht bereit, in ihrer Catering-Firma kürzerzutreten.

Lea hatte ihre Reise minutiös durchgetaktet. Zahlen waren in jeglicher Hinsicht ihre Stärke. Emmi hatte sich nicht einmal um die Tickets kümmern müssen, Lea hatte sämtliche Buchungsbestätigungen auf ihrem Smartphone. Um sich zu revanchieren, hatte Emmi für ihr leibliches Wohl gesorgt. Sie hatte Brote belegt und Obst klein geschnitten, hatte ihnen beiden eine Trinkflasche mit Infused Water gefüllt, dieses Mal mit Mango-, Limetten- und Kokosstückchen, die in der klaren Flüssigkeit schwammen und ihren Geschmack abgaben und dabei auch noch hübsch anzusehen waren.

Obwohl sie vier Stunden unterwegs waren, verging für Emmi die Zeit wie im Flug. Wahrscheinlich lag es daran, dass sie so sehr mit ihren Gedanken beschäftigt war. Immer wieder fragte sie sich, ob ihre Reise wohl Erfolg haben würde und wie ihre Mutter auf die Nachricht, dass sie beide ein paar Tage weg waren, reagierte. Endlich erreichten sie den Bahnhof von Langenargen. Im Vergleich zum Bahnhof in Frankfurt, wo die beiden abgefahren waren, war er mit seinen zwei Gleisen winzig, doch Emmi störte das nicht. Sie mochte das rötliche Haus mit seinen Rundbogenfenstern im Erdgeschoss, und sie fragte sich, ob ihre Mutter hier während ihrer Ausbildung gewesen war.

Hatte sie Heimweh gehabt und war oft nach Hause gefahren? Oder hatte sie hier vielleicht ihren Vater getroffen? Womöglich hatte es an einem der beiden Gleise auch eine herzzerreißende Abschiedsszene gegeben, als Maren endgültig gegangen war? Oder hatte sie vielleicht sehnsüchtig gewartet, ob ihr Liebster noch kam, war aber bitterlich enttäuscht worden? Emmi sah die Szene genau vor sich – und gleichzeitig sich selbst, wie sie mit Popcorn im Kino saß und mit der jungen Protagonistin – Maren Gehring, angehende Köchin – mitfieberte, ob sie einander nicht doch bekommen würden. Herzzerreißende Musik, natürlich nur instrumental, oder vielleicht leise Gitarrensounds und dazu ein süßer, junger Sänger, der von seiner ersten verlorenen Liebe sang.

Emmi seufzte, und für einen kurzen Moment überkam sie das Gefühl, es vielleicht nie zu erfahren, wenn ihre Mutter sich weiterhin in Schweigen hüllte und sie ihren Vater nicht fand. Ein leiser Stich durchzog ihr Herz. Sie wollte endlich wissen, was damals passiert war, warum sie keinen Vater in ihrem Leben hatte.

»Sollen wir uns ein Taxi nehmen, oder willst du die paar Meter laufen?«, fragte Lea, der Emmis Schweigen aufgefallen sein musste.

»Ist es weit?«, fragte Emmi.

»Zehn Minuten, schätze ich.«

»Dann lass uns gerne zu Fuß gehen. Ein bisschen Bewegung nach dem langen Sitzen tut uns bestimmt gut.« Außerdem würde sie so vielleicht auf andere Gedanken kommen.

»Alles klar!« Lea tippte auf ihrem Smartphone herum

und deutete in eine Richtung. »Da lang!«, sagte sie und griff nach ihrem Koffer.

Emmi folgte ihr, wieder einmal dankbar, dass sich ihre Freundin um alles kümmerte. Sie liefen durch Straßen mit kleinen Häusern, und Emmi war überrascht, wie sehr ihr der Ort gefiel. Alles war viel überschaubarer als in Frankfurt, gemütlicher irgendwie. Dennoch wurde sie die Gedanken nicht los, ob auch ihre Mutter diese Straße entlanggegangen war, ob sie einmal vor genau diesem Schaufenster gestanden hatte, ob sie bei diesem Bäcker morgens ihre Brötchen gekauft hatte.

»Da ist es«, sagte Lea und deutete auf ein sandsteinfarbenes Haus. Über der Tür war ein weißes Schild angebracht, auf dem *Ferienwohnungen zu vermieten* stand. Darunter hing ein Schild, das man von Hand daran befestigen konnte, *Belegt* stand darauf. Auch die anderen Gästezimmer, an denen sie vorbeigelaufen waren, hatten rote Verweise auf ihren Aushängeschildern gehabt. Anscheinend war dies hier ein beliebter Ferienort. Emmi war froh, dass Lea etwas für sie gebucht hatte. Sie beobachtete eine Familie mit zwei kleinen Mädchen, die mit ihrem Auto vor dem Haus auf den Gehweg gefahren waren. Der Vater hob eines aus dem Kindersitz, während das andere verschlafen seine Augen rieb und nach der Hand der Mutter tastete.

Lea war bereits vorangegangen und meldete sie am Tresen an.

»Sie haben die kleine Ferienwohnung gebucht, richtig?«, erkundigte sich ein Mann mittleren Alters, der hinter dem Tresen stand.

»Genau.« Lea schob ihm ihr Smartphone mit der Buchungsnummer zu.

»Vielen Dank.« Er drehte sich um und hängte den Schlüssel vom Schlüsselbrett ab. »Das Zimmer befindet sich hinten links. Frühstück können Sie sich selbst machen. Es gibt eine kleine Kochnische. Ich wünsche Ihnen einen angenehmen Aufenthalt.«

»Perfekt, danke schön.« Lea griff nach dem Schlüssel und wollte gerade ihren Koffer wieder aufnehmen, als der Vater mit seiner Familie an den Tresen trat und sich nach einem Zimmer erkundigte.

»Leider haben wir nichts mehr frei«, bedauerte der Gastwirt.

Emmi hörte die Mutter seufzen, und das kleine Mädchen, das seine Arme um den Nacken des Vaters geschlungen hatte, hob den Kopf von seiner Schulter.

»Dann müssen wir weiterfahren, Papi?«, fragte es mit dünner Stimme.

»Ich fürchte, ja.«

»Das ist jetzt schon die fünfte Unterkunft, bei der wir waren«, jammerte das ältere Mädchen. Es hatte einen Pferdeschwanz, aus dem sich einige Haarsträhnen gelöst hatten, und Emmi tippte darauf, dass es im Auto schon geschlafen hatte. »Bruno und ich wollen ins Bett!« Es drückte seinen Teddy fester an sich.

»Ich weiß«, sagte der Vater. »Wir suchen einfach weiter. Bestimmt finden wir was Passendes. Spätestens in Friedrichshafen gibt es sicherlich ein Hotel, wenn in Eriskirch nichts frei ist.«

Die beiden Freundinnen tauschten einen Blick.

»Sie können unsere Ferienwohnung haben«, sagte Emmi da aus einem Impuls heraus.

»Was?« Lea sah sie mit weit geöffneten Augen an.

Emmi machte eine rasche Kopfbewegung in Richtung der beiden Mädchen. »Nehmen Sie unser Zimmer«, sagte sie. »Das ist doch sicher kein Problem, oder?«, fragte sie dann an den Gastwirt gewandt.

»Äh, also … na ja … Das Zimmer ist ziemlich klein, aber wenn die beiden Mädchen auf dem Sofa schlafen können …« Er kratzte sich am Kopf.

»Vielen Dank.« Der Mutter war deutlich anzusehen, wie erleichtert sie war.

»Und das ist wirklich in Ordnung für Sie?«, fragte der Vater an Lea und Emmi gewandt.

Lea sah ihre Freundin an, dann hob sie ergeben die Schultern und überreichte dem Familienvater die Schlüssel.

»Na gut, dann ändere ich eben die Buchungsdaten.« Der Gastwirt tippte die Adresse der Familie in seinen Computer.

»Und was machen wir jetzt?«, fragte Lea und griff ein wenig verunsichert nach ihrem Koffer.

Emmi klopfte ihr liebevoll auf die Schulter. »Uns etwas anderes suchen«, sagte sie und verließ zusammen mit Lea die Unterkunft.

Lea stellte ihren Koffer ab, lehnte sich gegen eine Mauer und begann, wild auf ihrem Smartphone herumzutippen.

»Das hast du wirklich toll hingekriegt, Emmi. Ich meine, ich verstehe dich ja. Die beiden kleinen Mäuse sind wirklich zuckersüß, aber alles in der näheren Umgebung ist ausgebucht oder kostet ein Vermögen.«

Emmi seufzte. »Tut mir leid, aber du hast doch die beiden Mädchen gesehen. Sie waren so müde.«

»Ich auch«, brummte Lea, ohne den Blick von ihrem Display zu heben. »Willst du für eine Übernachtung einhundertachtzig Euro bezahlen?«

Emmi verzog die Lippen. »Und sonst ist nichts mehr frei?«

»Nicht wirklich. Das eine ist so schlecht bewertet, dass ich da lieber nicht übernachten möchte.«

»Na ja, wir könnten das teurere Zimmer ja für eine Nacht buchen und dann morgen gucken, ob wir was Günstigeres finden.«

Lea sah sie abschätzig an, ein bisschen so, als wolle sie prüfen, ob ihre Freundin plötzlich den Verstand verloren habe.

»Der Familie hätte es viel mehr wehgetan, so ein teures Zimmer zu zahlen.«

Lea brummte bloß.

»Hey, komm, ich habe gesagt, ich übernehme die Kosten.«

»Schon gut. Soll ich es buchen?«

»Verzeihen Sie die Störung«, hörten sie eine Stimme.

Emmi drehte sich um. Hinter ihnen war eine Frau mittleren Alters aus der Pension getreten, die ein Sommerkleid trug. Ihre schwarzen Haare hatte sie zu einem Dutt aufgesteckt.

»Mein Mann hat mir gerade erzählt, dass Sie Ihr Zimmer der Familie zur Verfügung gestellt haben. Sind Sie noch auf der Suche nach einer anderen Übernachtungsmöglichkeit?«

»Ja«, sagte Emmi.

»Eine Freundin von mir hat eine Pension in Hagnau. Wenn Sie wollen, kann ich sie schnell anrufen und fragen, ob sie noch etwas frei hat. Sofern das Ihre Reisepläne nicht zu sehr beeinträchtigt. Das ist ungefähr eine halbe Stunde von hier.«

Emmi sah Lea nachdenklich an.

»Wir können auch von dort recherchieren«, sagte Lea. »Und preiswerter ist es bestimmt.«

»Okay, fragen Sie gerne mal«, entschied Emmi.

Die Frau nickte und verschwand kurz im Haus. Emmi und Lea folgten ihr und hörten das Telefonat mit, in dem die Gastwirtin kurz schilderte, was passiert war. »Und jetzt sind die beiden auf der Suche nach einem Zimmer für eine Woche. Hast du da zufällig noch was frei?«

Emmi hielt gespannt den Atem an, und als die Frau sie mit einem Nicken anlächelte, huschte auch über ihr Gesicht ein Lächeln.

»Wunderbar. Ja, genau, ich schicke sie gleich zu dir. Bis dann.« Sie beendete das Gespräch. »Bei meiner Freundin ist heute Nachmittag eine Stornierung eingegangen, sodass sie ein Dachzimmer frei hat. Es ist etwas kleiner als das, was Sie bei uns gebucht haben, aber wenn Sie das nicht stört ...«

»Nein, gar nicht«, beeilte sich Lea zu sagen.

»Und wie kommen wir hin?«, fragte Emmi. »Fährt jetzt noch ein Bus?«

»Ich bestelle Ihnen ein Taxi«, sagte die Gastwirtin und griff wieder zum Hörer.

Dankbar saßen Emmi und Lea wenig später im Taxi auf dem Weg nach Hagnau.

»Siehst du, jetzt fügt sich doch noch alles zum Guten«, sagte Emmi. »Hoffen wir mal, dass es für den Rest der Reise so bleibt.«

»Bestimmt.« Lea schien überzeugt zu sein. »Wenn etwas so anfängt, kann es doch nur gut werden, oder?« Sie zwinkerte Emmi vom Beifahrersitz aus zu.

Das Taxi verlangsamte sein Tempo und kam vor einem Haus mit Holzbalkonen zum Stehen. Inzwischen war die Dämmerung hereingebrochen, aber man konnte die roten und rosafarbenen Geranien noch erkennen, die sich mit den lilafarbenen und weißen Petunien mischten und üppig über das Geländer rankten. Die Klapptafel, die vor dem Eingang auf dem Gehweg stand, zeigte ein gemütliches Bett, darunter stand *Freie Gästezimmer mit Dusche, WC, TV und Liegewiese*. Emmi bezahlte die Fahrerin, die ihnen noch ihr Gepäck aus dem Kofferraum holte und dann davonfuhr. Das Haus selbst war in einem zarten Gelbton gestrichen, und vor jedem Fenster gab es blaue Fensterläden mit zwei Fischen, die ineinander verschlungen im Kreis schwammen. Auch dort standen jeweils Blumenkästen mit Geranien vor den Fenstern. Die drei Stufen, die zur Haustür führten, waren von einem Rosenbogen überspannt, und die rosafarbenen Blüten verströmten einen herrlichen Duft. An der Tür, ebenfalls in Blau gestrichen, hing ein Türkranz aus Zweigen und Blüten, und über dem Eingang war ein großes Holzschild angebracht, auf dem in weißer geschwungener Schrift *Seemöwe* stand.

»Sieht doch schon mal vielversprechend aus«, raunte Lea ihr zu.

Emmi schmunzelte, als sie hinter Lea die Stufen nach oben stieg. Sie hatten die Tür gerade erreicht, als diese von innen geöffnet wurde.

»Huch! Verzeihung!«, rief eine rundliche Frau. Sie trug eine Jeans und ein T-Shirt, ihre schulterlangen blonden Haare hatte sie mit einer tief im Nacken sitzenden Spange zusammengenommen. Ein Pony fiel ihr freundlich ins Gesicht. »Da wollte ich gerade sehen, wo Sie bleiben – und da sind Sie auch schon! Willkommen in unserer Pension. Mein Name ist Kathrin Peters. Kommen Sie rein!« Sie trat einen Schritt zur Seite und öffnete die Tür ganz. »Soll ich Ihnen mit dem Gepäck helfen?«

»Nein, das geht schon«, sagte Lea.

Das Innere der Pension bestand überwiegend aus Holz. Eine halbhohe Vertäfelung an der Wand machte den Raum gemütlich, die Bodendielen knarzten, wenn man darüberging. Vermutlich wurde dieses Zimmer auch fürs Frühstück genutzt, denn fünf Tische, zwei größere und drei kleinere, waren hübsch hergerichtet. Auf jedem Tisch lag eine weiße Leinendecke mit durchbrochener Spitze, in der Tischmitte stand eine schmale Vase mit einer Sonnenblume und Vergissmeinnicht. Emmi bemerkte die Zuckerdosen, die auf einem Küchenbüfett auf der linken Seite des Raumes aufgeräumt waren, ein liebevolles Arrangement, vermutlich von einem Flohmarkt, denn keine Form glich der anderen, die einen waren bauchig und mit verschnörkeltem Deckel, die anderen hatten ein Blumendekor und waren eher gerade geformt. Daneben befanden sich die Milchkännchen, und in der dritten Reihe sah Emmi das Besteck, das in die Servietten eingeschlagen war. Sie selbst kannte diese Vorbereitungen nur zu gut, auch wenn sie meistens deutlich mehr Servietten für ihre Veranstaltungen faltete. Emmi tippte darauf, dass sich in den Oberschränken des antiken Büfettschranks das Geschirr befand, unten die Tischwäsche und Stoffservietten – jedenfalls hätte sie den Schrank so eingeräumt. Sie folgte Frau Peters geradeaus durch den Raum zu einem Sekretär im Landhausstil. Auf der linken Seite hatte er mehrere Schubladen, rechts ein Klappfach. Der obere Bereich war mit jeweils zwei schmalen Schubladen und vier Ablagefächern symmetrisch angeordnet.

Frau Peters setzte sich, zog die große Schublade auf und nahm ein in dunkelrotes Leder gebundenes Buch heraus. Mit dem schwarzen Lesebändchen fand sie sofort die passende Seite. Sie zog sich den altmodischen Stuhl heran, auf dem ein orangefarbenes Kissen lag – passend zu den Vorhängen des Raumes –, und setzte sich.

»Conni sagte mir, dass Sie für eine Woche bleiben wollen?«

»Genau«, bestätigte Emmi.

»Dann füllen Sie doch bitte einmal unseren Gästebogen aus.« Kathrin Peters legte zwei Blätter, die sie hinten aus dem Buch herausnahm, auf die Schreibfläche, übergab Emmi einen Kugelschreiber und machte ihr den Platz frei.

Emmi war ein wenig überrascht, dass die Anmeldung

hier, mitten im Frühstücksraum, stattfand. Sie hatte wie auch in der ersten Unterkunft einen Tresen erwartet oder wenigstens ein separates Büro, aber vermutlich hatte man aus Platzgründen hierauf verzichtet. Das Haus selbst war nämlich eher eines der kleineren Häuser, was der Gemütlichkeit jedoch keinen Abbruch tat, im Gegenteil. Sie füllte Leas und ihre Personalien aus, unterschrieb den Anmeldebogen und überreichte ihrer Freundin den Kugelschreiber.

Kathrin Peters hatte unterdessen das schnurlose Telefon aus dem Regal auf der anderen Wandseite herausgenommen und in wenigen Sätzen die Ankunft ihrer Gäste mitgeteilt. Sie nahm den Kugelschreiber von Lea entgegen und heftete die Anmeldebögen ab.

»Ihr Zimmer befindet sich im zweiten Stock«, sagte sie. »Es geht eine Wendeltreppe nach oben. Ich habe meinem Mann schon gesagt, dass er Ihnen beim Hochtragen Ihrer Sachen helfen soll. Das hier ist Ihr Schlüssel.« Sie überreichte Emmi einen wuchtigen Zimmerschlüssel, an dem ein angenehm geformtes Stück Holz hing, vermutlich ein Fundstück vom Bodensee. »Möchten Sie morgen hier frühstücken?«

»Ja«, sagte Lea entschieden, denn ihr Frühstück war ihr heilig.

»Gut, dann decke ich den Zweiertisch oben auf der Empore für Sie.« Sie deutete in Richtung Eingangstür, und erst jetzt bemerkte Emmi, dass der Raum noch einmal durch ein Holzpodest mit Geländer unterteilt war, das man über zwei Stufen erreichte. Vermutlich war das der alten Bausubstanz des Hauses geschuldet, doch Emmi fand das irgendwie charmant. Der größere Tisch besaß eine Holzbank, ebenfalls mit orange-grün karierten Kissen und zwei Stühlen, ihr Platz hatte zwei Stühle wie die, die vor dem Sekretär standen. »Kaffee oder Tee?«, fragte Frau Peters.

»Kaffee«, entschied Emmi, und Frau Peters notierte sich ihren Wunsch in ihrem Buch. »Ernähren Sie sich vegetarisch oder vegan? Gibt es irgendwelche Unverträglichkeiten?«

»Ist alles nicht der Fall«, sagte Lea, und auch das notierte sich die Pensionswirtin.

»Guten Abend«, grüßte ein Mann, der gerade zur Tür hereinkam. Er trug ein kariertes Hemd, dazu eine Jeanshose, und stellte sich ihnen als Achim Peters vor. Emmi ging davon aus, dass es sich um Frau Peters' Mann handelte.

»Hier haben Sie noch eine Informationsbroschüre über den Bodensee«, sagte Kathrin und reichte Emmi einen Hochglanzprospekt. Aus einer anderen Schublade holte sie einen etwas schmaleren Flyer. »Und das hier sind die Angebote unserer Segelschule. Wir bieten auch kleine Ausflüge an.«

»Oh, ich denke, dafür haben wir gar keine …«

»Toll! Danke schön!«, fiel Lea ihr sofort ins Wort. Begeistert sah sie sich die Broschüre an. »Können wir gleich etwas buchen?«

Emmi zog die Brauen hoch und sah Lea fragend an.

»Na, wenn wir schon mal hier sind«, erwiderte Lea schulterzuckend.

»Ich kann Ihnen den Schnuppertörn empfehlen, oder, wenn Sie lieber etwas länger segeln wollen, den Halbtagestörn mit vier Stunden.«

»Sollen wir den Halbtagestörn nehmen?«, fragte Lea mit leuchtenden Augen.

Emmis Magen zog sich zusammen, wenn sie nur daran dachte, eine Minute ihres Lebens auf dem Wasser verbringen zu müssen. Sie war eindeutig eine Landratte. Der Nordseeurlaub als Kind hatte definitiv ausgereicht, um ihr das mehr als deutlich vor Augen zu führen.

»Ich glaube, das wird nicht klappen. Sieh mal, wenn wir meinen Vater ...«

»Ach, bitte!«, unterbrach Lea sie. »Jetzt habe ich endlich mal Urlaub, da will ich die Zeit auch ein bisschen nutzen. Ich verspreche dir, dass ich dir bei deiner Suche auch bis mitten in die Nacht helfe. Aber ein bisschen schön müssen wir es uns auch machen, okay?«

Emmi seufzte ergeben. Sie wusste, dass sie Lea nicht vor den Kopf stoßen konnte, immerhin hatte sie nur dank ihrer Freundin den Trip überhaupt unternommen, und wenn sie nicht über ihren Unfall von damals sprechen wollte, musste sie jetzt die Zähne zusammenbeißen. Tapfer nickte sie. Was wären schon anderthalb Stunden? Außerdem wäre sie ja *auf* dem Wasser – nicht darin. Das konnte man doch gar nicht miteinander vergleichen ...

»Also, wir nehmen den Schnuppertörn«, entschied Lea. »Und wer weiß, vielleicht gefällt es meiner Freundin ja so gut, dass wir für den nächsten Tag gleich einen Tagesausflug buchen.« Sie grinste Emmi an und stupste ihr freundschaftlich mit dem Ellbogen in die Seite, doch Emmi konnte sich nur ein schwaches Lächeln abringen. Sie würde ganz sicher kein zweites Mal mit aufs Wasser gehen. Bis dahin fiel ihr hoffentlich eine glaubhafte Ausrede ein, wenn sie nicht ohnehin genügend damit zu tun hatte, ihren Vater zu suchen.

»Sagst du Oliver Bescheid? Dann trage ich das Gepäck hoch.«

»Mache ich«, sagte Kathrin zu ihrem Mann, nahm dieses Mal aber ihr Smartphone aus der Hosentasche.

»Nur die beiden Koffer?«, fragte Achim Peters, und Emmi nickte. Er griff nach den Gepäckstücken und deutete mit dem Kopf auf die Treppe. »Da entlang. Ich gehe vor, wenn es Ihnen nichts ausmacht.« Er betrat die erste Stufe, die klappernd unter ihm nachgab. »Das darf doch nicht wahr sein«, brummte er. »Die habe ich doch erst letzte Woche repariert.«

»In der Drei tropft auch der Wasserhahn schon wieder«, sagte Kathrin Peters. »Und die Eins hat sich beschwert, dass das Fenster schlecht schließt.«

Achim brummte erneut, und Emmi war sich nicht sicher, ob er sich darum kümmern würde. »Da hilft wohl nur ein neues Ventil«, sagte er, was Emmi dann doch erleichtert als Zusage hinnahm.

Auf dem Absatz des ersten Stocks gingen drei Zimmer ab. Emmi sah die goldenen Zahlen, die an die Türen geklebt waren. Insgeheim fragte sie sich, was wohl bei der Zwei nicht stimmte. Bei der Wendeltreppe, die nach oben in den zweiten Stock führte, wurde es ihr dann aber doch anders. Die Stufen waren noch enger als bei der ersten Treppe, und im Gegensatz zu dem schön gedrechselten Holzgeländer fehlte hier ein Handlauf komplett. Jetzt war sie froh, dass sie nicht auch noch ihren Koffer tragen musste.

Achim, der mittlerweile oben angekommen war, wartete auf sie. »Das waren früher die Kinderzimmer«, sagte er, da er ihren forschenden Blick bemerkt haben musste. »Aber jetzt, wo die Jungs flügge geworden sind ...« Er zuckte mit den Schultern. Zwei Türen lagen sich gegenüber, er deutete auf die linke, Zimmer Nummer vier. Die Fünf schien ebenfalls vermietet zu sein, denn ein Paar Turnschuhe stand ordentlich neben der Fußmatte.

Emmi steckte den Schlüssel ins Schloss und öffnete die Tür. Sie war überrascht, als sie den kleinen Raum sah. Trotz der Dachschräge mit ihrem Holzgebälk wirkte er nicht so winzig, wie sie vermutet hatte. Statt Holzdielen lag hier ein grüner Teppichboden. Mit einem Bett aus hellem Holz mit zwei einzelnen Matratzen, einer Rattankopfstütze und cremefarbenen Decken war es gemütlich hergerichtet, die Kissen waren zu zwei Dreiecken aufgestellt, die Emmi ein bisschen an Segelboote erinnerten. Wenigstens würde sie hier keine nassen Füße bekommen. Rechts und links des Bettes gab es zwei umgedrehte Weinkisten als Nachttische, die Leselampen waren an der Wand darüber angebracht.

Ein winziger runder Tisch und zwei Rattankorbsessel luden gegenüber zum Verweilen ein, in einer getöpferten Schale lagen zwei Äpfel, vermutlich von hier aus der Region. Links neben dem Bett, in der Dachschräge, waren zweimal zwei Weinkisten aufgestapelt, die eine Glasplatte als Schmink- oder Schreibtisch trugen, darüber war ein rechteckiger Spiegel mit filigranem Goldrahmen angebracht, der mit seinem modernen, ungleichmäßigen Muster fast schon ein wenig bizarr wirkte. Einen Kleiderschrank gab es nicht, der hätte auch gar nicht in das Zimmer gepasst, dafür bemerkte Emmi hinter der Tür eine Einlassung in der Wand, in der eine Kleiderstange angebracht war, daneben waren Fächer in einem Wandregal. Eine Tür gegenüber führte vermutlich ins Badezimmer. Emmi tippte darauf, dass es WC, Waschbecken und Dusche beinhaltete, für eine Badewanne war sicher nicht genug Platz. Überrascht stellte sie fest, dass dieses Zimmer sogar einen Balkon hatte, auf dem zwei Klappstühle gegen das Holzgeländer gelehnt waren, und aus der Ferne zwischen einem Hausdach und einer hochgewachsenen Thuja nahm sie das Blinken von Lichtern wahr. Sie hatten tatsächlich ein Zimmer mit Bodenseeblick! Gut, es war nur ein Zipfelchen davon zu sehen, jedenfalls vermutete Emmi, dass das dunkle Stück, das von den bunten Punkten aus Weiß, Rot und Orange umgeben war, der See sein musste, aber immerhin. Aus der Distanz fand Emmi Wasser durchaus reizvoll, und sie musste zugeben, dass sie sich jetzt schon freute, hier zu sein.

»Ist alles recht so?«, fragte Achim Peters.

»Ja, danke schön«, sagte Emmi.

»Es ist wunderbar«, stimmte auch Lea zu.

Achim stellte ihre Koffer ab, wünschte eine gute Nacht und zog die Tür von außen zu.

»Ist das nicht herrlich?«, rief Lea und ließ sich aufs Bett plumpsen. »Eine ganze Woche Urlaub!«

Emmi schüttelte schmunzelnd den Kopf. »Du erinnerst dich aber schon daran, warum wir eigentlich hier sind?«

Lea drehte sich auf die Seite und stützte sich auf ihren Ellbogen. »Weiß ich doch«, sagte sie. »Morgen fahren wir mit der Fähre nach Langenargen, und dann fragen wir in dem Restaurant nach, ob sie etwas über deine Mutter wissen.«

»Noch mehr Bootsfahrten?«, fragte Emmi gequält.

»Wir können auch den Bus nehmen.«

»Das wäre mir deutlich lieber.«

»Was hast du nur gegen den See?«, fragte Lea überrascht.

»Gar nichts. Ich dachte einfach, dass wir uns auch noch ein bisschen was für die anderen Tage aufheben.«

»Also schön. Dann eben morgen mit dem Bus nach Langenargen. Aber jetzt muss ich unbedingt ins Bett!«

Lea stand auf, wuchtete ihren Koffer aufs Bett und suchte nach ihrem Schlafanzug. Emmi nahm die andere Seite des Bettes in Beschlag.

»Willst du zuerst ins Bad?«, fragte Lea, als sie ihr Schlafshirt und Hotpants angezogen hatte.

»Nein, du kannst ruhig gehen«, sagte Emmi. Sie griff nach der Informationsbroschüre für die Segeltörns und blätterte sie durch. Es waren Bilder von den Booten zu sehen, eines, wie es im Hafen lag, ein anderes mit weißen, gespannten Segeln auf dem See. Auf der Rückseite der Broschüre war das Bild eines jungen Mannes abgedruckt. Er hatte halblange blonde Haare, einen Dreitagebart und Augen so blau wie der See.

»Bad ist frei!«, riss Lea sie aus ihren Gedanken.

Emmi legte die Broschüre weg, quetschte sich an ihrer Freundin vorbei ins Badezimmer, putzte sich die Zähne und wusch ihr Gesicht. Von draußen hörte sie, wie Lea mit ihrem Sohn telefonierte. Ein kurzes Gute-Nacht-Gespräch mit einem Kuss. Als sie wieder aus dem Badezimmer kam, lag Lea schon unter der Bettdecke. Emmi schlüpfte neben sie und löschte das Licht.

»Schlaf gut«, sagte sie, doch Lea brummte nur noch etwas in ihre Kissen.

Ob sie morgen ihren Vater finden würde? Oder wenigstens einen Anhaltspunkt? Emmi geriet schon wieder ins Grübeln. Wenn Lea nur nicht diesen elenden Segeltörn gebucht hätte. Wenigstens sah der Besitzer der Segelschule gut aus, dachte sie noch, ehe auch ihr die Augen zufielen.

4.

Oliver saß am Frühstückstisch in der Pension seiner Eltern und schlug die Zeitung auf.

»Hotelier plant Luxusresort«, stand im Lokalteil der Zeitung fett als Überschrift. Angewidert schlug er die Seite wieder zu.

»Hätten sie besser etwas über die bevorstehende Segelregatta geschrieben«, brummte er.

»Ach, Oliver, nimm dir das doch nicht so zu Herzen.« Kathrin legte ihm kurz die Hand auf die Schulter, als sie mit dem frisch aufgebrühten Kaffee an ihm vorbeilief. Sie nahm auf der Eckbank Platz und stellte die Tassen ab.

»Wo ist Papa?«, fragte Oliver.

»Auf dem Weg zum Baumarkt. Der Wasserhahn in der Drei tropft schon wieder. Er braucht ein neues Ventil.«

Oliver grinste. »Hab ich ihm gleich gesagt, wollte er aber nicht glauben.«

»Du kennst doch deinen Vater«, sagte Kathrin und schenkte ihm und sich Kaffee ein. »Hast du heute viel zu tun?«

»Vormittags der Schnuppertörn mit den beiden Frauen und am Nachmittag eine Praxisstunde.«

»Vielleicht entscheidet sich das Paar ja noch für den romantischen Sunsettörn.«

»Möglich.« Oliver war, was das anging, eher zurückhaltend. Für ihn galt eine Buchung erst als sicher, wenn das Geld gezahlt worden war. Zu oft hatte er schon erlebt, dass die Leute in letzter Minute absagten, weil etwas dazwischengekommen war. Und momentan brauchte er jeden Euro, da wollte er sich nicht zu viele Hoffnungen machen. Er liebte seine Segelschule, aber die Konkurrenz am Bodensee war hart, und ein kleiner Unternehmer wie er hatte es schwer, dagegen anzukommen. Er würde gerne mit Benno, seinem Freund, expandieren, aber momentan fehlten ihm dazu einfach die Mittel. Als er vor neun Jahren die Segelschule mithilfe seiner Eltern eröffnet hatte, war für ihn ein Traum in Erfüllung gegangen. Er hatte so große Hoffnungen gehabt, den Betrieb hochzuziehen und zu vergrößern. Doch selbst mit dem Fahrradverleih, den er zusätzlich betrieb, kam er gerade so über die Runden.

Es klingelte an der Hintertür, der privaten Tür, die die Familie nutzte. Der Vordereingang des Hauses war meist den Gästen vorbehalten.

Kathrin stand auf und öffnete. »Ihre Lieferung«, sagte ein junger Mann in Overall und mit Schirmmütze, die er lässig verkehrt herum trug.

»Du liebe Zeit!« Olivers Mutter schlug die Hände vor der Brust zusammen, als ihr Blick auf die fein säuberlich gestapelten Kisten auf der Sackkarre fiel. »Das sind bestimmt über zwanzig Kistchen!«

Der Lieferjunge sah auf sein Klemmbrett. »Dreißig Stiegen, steht auf dem Lieferschein.« Wie zum Beweis hielt er Kathrin das Stück Papier entgegen.

»Drei Stiegen!«, verbesserte sie ihn.

Er sah noch einmal auf den Lieferschein. »Dreißig.«

»Sind Sie verrückt? Was soll ich denn mit so viel Erdbeeren?«

Er zuckte mit den Schultern. »Meine Aufgabe ist es, die Sachen auszufahren. Was Sie bestellt haben, weiß ich nicht.«

»Es muss sich um einen Fehler handeln.« Kathrin sah unglücklich auf die Kistchen. »Ich nehme drei.«

»Tut mir leid, ich kann nur die komplette Lieferung abgeben oder gar nichts.«

»Ach, du meine Güte. Ich wollte heute doch einen Erdbeerkuchen backen. Der Junge aus der Zwei hat Geburtstag, und die Eltern haben mich gefragt, ob ich einen Kuchen für ihn machen kann. Er mag so gerne Erdbeeren.«

»Dann wird er ziemlich viel Kuchen bekommen«, sagte Oliver, der inzwischen zu seiner Mutter getreten war. Auch er warf einen Blick auf die Stiegen mit den herrlich roten Beeren. Prall und glänzend lagen sie da im Stroh. »Vielleicht kannst du das ja klären«, sagte er.

»Ja, ich rufe den Händler an. Wahrscheinlich habe ich mich vertippt. Noch mal loszugehen schaffe ich heute jedenfalls nicht. Ich habe dir gleich gesagt, dass es keine gute Idee ist, im Internet zu bestellen! Da hätte ich lieber bei Gernot angerufen.«

»Und dich für den Vorfall mit seiner Katze entschuldigt?«

Seine Mutter warf ihm einen bösen Blick zu. Es war Kathrin herausgerutscht, dass seine neue Katze, eine Sphynx-

Rassekatze ohne Fell, sicherlich frieren würde und ob sie dem armen Tier nicht einen Pullover stricken sollte. Das hatte ihr der Bauer so krummgenommen, dass er sie seitdem von seiner Lieferliste gestrichen hatte.

»Was ist denn jetzt mit den Erdbeeren? Wollen Sie die nun oder nicht?«

»Ja, ich nehme sie«, sagte Kathrin mit säuerlicher Miene. Sie unterschrieb, und der Lieferjunge zog die Sackkarre unter den Stiegen heraus. »He!«, rief sie ihm noch hinterher, als er schon wieder auf dem Weg zu seinem weißen Kleintransporter war. »Und wie bekomme ich die jetzt in meine Küche?«

»Reintragen?«, schlug er vor, stieg ein und zog die Fahrertür zu.

»Also …« Kathrin blies die Wangen auf und ließ die Luft hörbar entweichen. »Und rotzfrech ist er auch noch. Zum Glück habe ich ihm kein Trinkgeld gegeben.«

»Wofür auch? Der Service lässt jedenfalls zu wünschen übrig.«

Seine Mutter warf ihm einen vernichtenden Blick zu. »Du könntest dich ruhig auch mal nützlich machen. Ich muss gleich das Frühstück für unsere Gäste vorbereiten.«

»Ist ja schon gut, ich helfe dir.«

Zusammen trugen sie die Kisten in die Küche, in der es schon nach kurzer Zeit wunderbar nach den aromatischen Beeren duftete.

»Heute gibt es auf jeden Fall Erdbeerquark zum Frühstück«, entschied Kathrin. »Hoffentlich schaffe ich das noch, bevor die Ersten hier auf der Matte stehen.«

»Ich würde dir ja wirklich gerne helfen, aber ich muss los. Das Boot klarmachen.«

»Jaja, sobald es nach Arbeit riecht, verdrückst du dich.« Sie stemmte empört die Hände in die Hüften.

»Bis heute Abend, Mama.« Oliver beugte sich zu ihr und drückte ihr einen Kuss auf die Wange.

»Bis heute Abend.«

Bevor er ging, schnappte er sich sein halbes Salamibrot vom Teller, griff nach einer Erdbeere und biss hinein. »Gut schmecken sie jedenfalls.«

»Immerhin etwas!«, hörte er seine Mutter noch sagen, als er das Haus verließ.

Auf dem Weg zur Segelschule ließ sich Oliver sein Brot schmecken. Bestimmt hätte seine Mutter ihn zum Beerenschneiden verdonnert, wenn er noch länger geblieben wäre. Ein wenig tat es ihm schon leid, dass sie jetzt mit so vielen Beeren allein dasaß. Auf jeden Fall mussten sie sich etwas Neues für die Lieferung ihrer Produkte überlegen. Im Internet würde Kathrin ganz sicher nicht mehr bestellen.

Oliver holte seinen Schlüsselbund aus der Hosentasche seiner Jeansshorts und wollte die Tür aufschließen, doch die war zu seiner Überraschung schon offen.

»Hallo?«, rief er in den größten Raum der Segelschule. Hier hielt er die Theoriestunden ab. Neben einem Whiteboard und Klappstühlen gab es im hinteren Bereich auch einen Tresen aus weiß gestrichenen Planken, an dem die Gäste Kaffee trinken konnten. Sie hatten sogar einen Außenbereich mit zwei runden Tischen und direktem

Blick auf den Bodensee. Die drei Segelboote lagen im Hafen, der nur noch ein paar Schritte von hier entfernt war.

»Guten Morgen!« Benno lugte um den Türrahmen. Seine kurzen braunen Stoppelhaare waren wieder perfekt gestylt, dazu kam seine muskulöse Statur und, was ihm bei den Frauen einen besonderen Vorteil verschaffte, seine Labradorhündin Leika, die mit ihren dunklen Knopfaugen jeden um den Finger wickelte.

»Was machst du denn schon hier?« Oliver ging in die Knie und kraulte das schokoladenbraune Fell der Hündin, die sich ihm sofort begeistert vor die Füße warf und ihm den Bauch entgegenstreckte, alle vier Pfoten in der Luft.

»Kaffee«, entgegnete Benno. »Willst du auch einen?«

»Unbedingt. Ich musste meinen heute Morgen leider stehen lassen, weil meine Mutter eine riesige Erdbeerlieferung bekommen hat – vermutlich hat sie irgendwas im Internet falsch eingetippt. Und als sie mich dafür verantwortlich machen wollte, weil das ja alles meine Idee war, habe ich lieber schnell das Weite gesucht.«

Benno schmunzelte und reichte ihm einen Becher. Oliver rührte sich etwas Hafermilch hinein. »Gestern ist noch eine Buchung für einen Schnuppertörn reingekommen.«

»Ich weiß. Sie übernachten bei meinen Eltern.«

»Soll ich die übernehmen, oder willst du?«

»Kann ich schon machen.«

»Ha! Du drückst dich ja nur vor der Fahrradreparatur.«

Das entlockte Oliver ein Grinsen. »Ist das so offensichtlich? Meine Mutter hat das Gleiche beim Erdbeerputzen über mich gesagt.«

»Pfft.« Benno nahm sich einen Keks aus der Dose und ging in den Unterrichtsraum der Segelschule. Der Boden war mit blaugrauem Teppich ausgelegt, rechts und links der Sprossenfenster hingen halblange Gardinen aus weißem Chiffon, darüber Vorhänge in kräftigerem Blau, die die Fenster verdunkeln konnten, wenn sie einen Lehrfilm ansahen. »Was macht deine Mutter denn jetzt mit den ganzen Erdbeeren?«

»Keine Ahnung, wieso?«

»Wenn sie wieder einen ihrer Kuchen backt, kann sie gerne ein Stück vorbeibringen; oder besser gleich mehrere. Bei unseren Gästen kommt er bestimmt auch gut an.«

Oliver, der ihm gefolgt war, seufzte. »Vielleicht sollten wir aus unserer Segelschule besser ein Café machen.«

»Unsinn. Wenn schon, machen wir hier eine Cocktailbar draus. Cafés gibt es schon genug.« Er fuhr mit der Hand über den grauen Granittresen. Vorne am Tresen war eine riesige schwarze Tafel angebracht, auf die sie ihre Tagesangebote schrieben, daneben war mit Kreide ein Segelboot gemalt, und auf der rechten Seite folgten die Tarife für ihre Ausflugsboote.

Oliver verzog sich mit seinem Kaffee ins Büro und kümmerte sich um die Buchhaltung. Den Teil mochte Benno nicht so gern, weshalb Oliver ihn übernahm. Aber es frustrierte ihn, zu sehen, dass auch dieses Mal die Rechnungen ihre Einnahmen fast komplett auffraßen. Er fuhr sich mit den Händen übers Gesicht und seufzte. Sie brauchten dringend eine zündende Idee – und er eine Pause.

»Ist noch Kaffee da?«

»Wieder kein Plus diesen Monat?«, fragte Benno vor-

sichtig, als er ihm den Kaffee reichte und sich selbst ebenfalls eine zweite Tasse machte.

Oliver schüttelte den Kopf. »Meinst du, wir bekommen
das in den Griff?«, fragte er nachdenklich.

Benno sah ihn über den Rand seiner Tasse hinweg an.
»Natürlich. Das ist nur eine Durststrecke. Du wirst sehen,
schon bald rennen uns die Kunden die Bude ein.«

Oliver zog die Brauen in die Höhe. »Für die Cocktails
oder für Segeltörns?«

»Wir werden sehen. Hier kommt jedenfalls Kundschaft
für Letzteres – oder kannst du Cocktails mixen?« Benno
deutete mit einer knappen Handbewegung auf eines der
Fenster. Auf die Segelschule liefen zwei Frauen in ihrem
Alter zu. Die eine hatte einen wilden, schwarzen Locken-
kopf, trug ein grünes Sommertop und einen knielangen,
weit schwingenden Rock, die andere, die ein wenig größer und dafür etwas schlanker als ihre Freundin war, hatte
sich für Hotpants aus Jeansstoff und ein weißes T-Shirt mit
feinen blauen Streifen entschieden. Benno stieß einen Pfiff
durch die Zähne, was ihm einen Ellbogenstoß von Oliver
einbrachte. »Ey, Mensch!«, fluchte Benno, der sich Kaffee
über die Finger gekippt hatte.

»Versuch bloß nicht, mich wieder zu verkuppeln«,
sagte Oliver. Eine Urlaubsromanze war das Letzte, was
er wollte. Das hatte ihm vor zwei Jahren schon gereicht.

»Ach, komm schon, so schlecht ist es nicht, jemanden an
seiner Seite zu haben.«

Benno hatte gut reden. Er war seit der Oberstufe glücklich mit seiner jetzigen Frau zusammen, und vor ein paar

Tagen hatte er Oliver sogar eröffnet, dass sie ihr erstes Kind erwarteten. Oliver gönnte es seinem Freund. Natürlich vermisste auch er manchmal jemanden, mit dem er Zeit verbringen konnte, auch er hätte gerne eine Freundin, die ihn verstand, der er nahe sein und mit der er sich eine gemeinsame Zukunft aufbauen konnte. Aber Meike war dafür nicht die Richtige gewesen, wie er am Ende ihres Urlaubs schmerzlich hatte feststellen müssen. All die Liebesschwüre auf der *Victoria*, die romantischen Morgen bei Sonnenaufgang nach einer leidenschaftlichen Nacht, sogar ihr Tagesausflug auf die Mainau hatten mit einem Mal keine Bedeutung mehr gehabt, als sich Meike ihm offenbart hatte, dass sie auch etwas mit seinem Bruder angefangen hatte. Dabei war ihr damals das »Ich liebe dich« über die Lippen gekommen, als sie zum ersten Mal die Nacht miteinander verbracht hatten.

Oliver schob die Gedanken beiseite. Zu sehr schmerzte ihn die Erinnerung. Dabei hatte er gehofft, nun endlich die Liebe für ein gemeinsames Leben gefunden zu haben, aber Meike war gegangen und hatte nur eine kurze Nachricht auf seinem Küchentisch hinterlassen. Auf die Rückseite des Belegs ihres gemeinsamen Abendessens hatte sie gekritzelt: *Es geht nicht, ich kann das nicht. Ich liebe ihn mehr.* Er schluckte.

»Hey, hey!«, grüßte Benno die beiden Frauen, die jetzt durch die geöffnete Tür die Segelschule betraten.

»Guten Morgen«, sagte die etwas kleinere mit den schwarzen Locken. »Meine Freundin und ich haben einen Segeltörn gebucht.«

Im Gegensatz zu ihr schien ihre Freundin nicht so begeistert zu sein, sie blieb im Türrahmen stehen, sah sich
unsicher um, und ihre Körperhaltung vermittelte deutlich, dass sie lieber an einem anderen Ort wäre. Egal, sein
Problem war das nicht. In Zweier- oder Dreiergrüppchen
war oft jemand dabei, der nicht so begeistert von einem Segeltörn war, der sich hatte überreden lassen, und vermutlich kam auch sie nur ihrer Freundin zuliebe mit. Dass sie
sich jetzt aber zu Leika hinunterbeugte, die neugierig zu
den beiden Neuankömmlingen getrottet war, um an ihren
Beinen zu schnuppern, und sie liebevoll kraulte, machte sie
Oliver doch ein wenig sympathisch.

»Oliver ist heute euer Skipper.« Benno rammte ihm wenig rücksichtsvoll den Ellbogen in den Rücken – die Re-
tourkutsche für vorhin –, was dazu führte, dass Oliver stolperte, sich den Kaffee auf sein T-Shirt kippte und beinahe
gestürzt wäre.

»Scheiße, verflucht«, zischte Oliver und besah sich den
unschönen Kaffeefleck, der untertassengroß nun sein weißes T-Shirt zierte.

Die Kleinere der beiden kicherte, was ihre schwarzen
Korkenzieherlocken nur so zum Wippen brachte, und auch
ihre Freundin, die jetzt von Leika abließ, verbiss sich ein
Lächeln. Wie stand er denn jetzt da?

Er stellte den Kaffeebecher ab, wischte sich an einem
Küchentuch die Hände trocken und deutete auf die Tür.
»Hier entlang, bitte«, sagte er. »Ich hole euch schnell noch
die Schwimmwesten.« Neben dem Büro gab es einen kleinen Abstellraum, in dem sie die Sitzpolster, Rettungs- und

Schwimmwesten, Seile, Taue und sonstige Sachen aufbewahrten. Oliver entschied sich für zwei Rettungswesten. Diese nutzte er meist bei Anfängern, außer er wusste, dass sie schon etwas Segelerfahrung hatten.

Zusammen liefen sie an der Promenade zum Hafen. Es war ein herrlicher Morgen, die Luft war noch etwas frisch, doch der Himmel präsentierte sich bereits in strahlendem Blau. Ein richtiger Sommertag, der sicherlich wieder viele Touristen anlocken würde. Doch jetzt, in den Morgenstunden, gehörte die Promenade ganz ihnen. Lediglich ein Spaziergänger mit Hund kam ihnen entgegen, und eine Joggerin überholte sie. Man konnte die kleinen Wellen des Sees hören, die auf den Steinen ausliefen, Oliver sog die klare Luft in seine Lungen, dankbar, gleich auf dem Wasser zu sein. Er ließ seinen Blick über den See schweifen, prüfte Wind und Wellengang. Es war alles ruhig, ein perfekter Tag für einen Schnuppertörn. Vereinzelt sah er Boote auf dem Wasser, ein Fischerboot, eine Handvoll anderer Segler, in der Ferne erkannte er die Fähre, die zwischen Friedrichshafen und Romanshorn pendelte. Ein Mitarbeiter der Gemeinde goss die Blumenkübel, in denen gelber Sonnenhut, rote Geranien, blaue Ehrenpreis und rosa Verbenen wuchsen. Die Yucca in der Mitte verlieh den Pflanzkübeln ein mediterranes Flair, und viele Passagiere, die hier am Kai ankamen, machten erst einmal Fotos von der sommerlichen Bepflanzung, die jeden Besucher freundlich willkommen hieß, ehe sich der Pulk von Menschen auflöste und sie in kleineren Gruppen durch das Städtchen flanierten.

»Ich bin übrigens Lea«, sagte die Kleinere. »Und das ist meine Freundin Emmi.«

Oje, hoffentlich wollten die beiden nicht die ganze Zeit quatschen. Oliver genoss es nämlich, seine Ruhe auf dem See zu haben. Das war mit ein Grund, weshalb er so gerne auf dem Wasser war. Hier konnte er seinen Gedanken nachhängen und ganz für sich sein. Ja, auch er lebte vom Tourismus, trotzdem genoss er die Stille und die Einsamkeit, wenn er mit dem Boot unterwegs war.

»Angenehm«, sagte er, um nicht unhöflich zu wirken. Normalerweise zeigte er seinen Mitseglern ein bisschen was vom Bodensee, erzählte, an welchen Städten sie vorbeifuhren und welche Sehenswürdigkeiten man hier bestaunen konnte, aber für mehr Entertainment fühlte er sich nicht zuständig. Er ließ die beiden am Kai stehen, kletterte die Leiter zum Boot hinunter und nahm die blaue Abdeckplane vom Segelboot. Vorsichtig faltete Oliver die Plane zusammen und verstaute sie im Inneren des Bootes. Er überprüfte die Taue, den Motor und das Funkgerät und stieg dann wieder zu den beiden Frauen an Land.

»Wenn ich euch nun bitten dürfte, die Rettungswesten anzulegen.«

Lea machte das Ganze schon geschickt, bei Emmi musste er ein wenig helfen, bis sie die Gurte richtig um ihren Rücken gelegt hatte. Er hielt den Atem an, als er einen der verdrehten Gurte an ihrer Seite ordnete, spürte er doch die Wärme ihres Körpers durch ihr Shirt. Er hob kurz den Kopf, und ihre Blicke trafen sich, das war ungewöhnlich, denn Oliver war mit seinen ein Meter neunundachtzig recht groß. Üblicherweise war er es gewohnt, dass Frauen etwas kleiner waren als er, doch Emmi war ebenfalls hochgewachsen, und ihre braungrünen Augen nahmen ihn für einen kurzen Moment gefangen. Zum Glück wandte sie den Blick ab.

»Du kannst den Gurt jetzt schließen«, sagte er, um zu vermeiden, Emmi noch einmal berühren zu müssen. Das Gefühl eben hatte ihn schon aus dem Gleichgewicht gebracht.

Er warf einen prüfenden Blick auf Leas Rettungsweste, nickte, war mit wenigen Sätzen wieder auf dem Boot und zog sich dann selbst seine Schwimmweste an. »Zieht die Schuhe aus und kommt an Bord«, sagte er mit einer auffordernden Kopfbewegung.

Lea kraxelte die Leiter herunter, aber Emmi blieb reglos am Ufer stehen.

»Also, was ist nun?«, fragte Oliver, da die Freundin noch immer keine Anstalten machte.

»Wieso heißt das Boot *Unsinkbar zwei*?«, fragte sie mit durchdringender Stimme.

»Na ja ... Ihre Schwester, die *Unsinkbar*, liegt irgendwo da draußen ...« Oliver warf einen kurzen Blick auf den See.

»Das ist nicht dein Ernst!«, rief Emmi entsetzt.

Oliver verbiss sich ein Grinsen. Benno und er hatten sich den Namen zusammen überlegt, nachdem sie das ein oder andere Bier getrunken hatten, während sie stolz ihre neue Anschaffung gefeiert hatten. Die *Storm* war für Segelregatten gedacht, und die *Victoria*, ihr größtes Boot, eine Segeljacht für kleinere Gruppen bis sechzehn Personen, nutzte Oliver seit der Sache mit Meike gar nicht mehr. Benno segelte nach wie vor auf ihr, aber Oliver hatte überlegt, sie zu verkaufen, weil einfach zu viele Erinnerungen an ihr hingen. Bisher hatte er sich allerdings noch nicht dazu durchringen können …

»Was ist jetzt, kommst du an Bord?«

Emmi verschränkte die Arme. »Ich werde keinen Fuß auf das Boot setzen«, sagte sie entschieden.

»Sei keine Spielverderberin.« In Leas Stimme lag etwas Bettelndes. »Ich habe mich so auf unseren gemeinsamen Ausflug gefreut.«

»Mit einem Skipper, der ein Boot versenkt hat, fahre ich nicht!«

Oliver verdrehte die Augen. Himmel, diese Emmi verstand ja überhaupt keinen Spaß. Wenn das heute noch etwas werden sollte, musste er wohl einlenken und sich etwas einfallen lassen. Vielleicht machte sie ein weiterer Scherz etwas lockerer.

»Zu meiner Verteidigung möchte ich hinzufügen, dass mein Kumpel Benno sie versenkt hat. Also, kommst du nun mit oder nicht?«

Emmi schnaubte, doch dann drehte sie sich tatsächlich um und kletterte die Leiter herunter, wobei ihre Tritte ziemlich zaghaft waren. Seltsam, ob sie Probleme mit der Höhe hatte? Er war es gewohnt, dass seine Kunden, die eine Fahrt gebucht hatten, sich darauf freuten, zu ihm aufs Boot zu kommen. Schlimmstenfalls war mal jemand ein wenig verunsichert, wenn er einen größeren Schritt von der Leiter bis an Deck machen musste, weil er nicht ins Wasser fallen wollte, aber sie wirkte beinahe panisch. Um ihr Sicherheit zu geben, reichte er ihr die Hand, und Emmi griff danach. Ein Zucken durchfuhr ihn. Ihre Finger umschlossen seine viel fester, als er gedacht hätte, und mit einem großen Schritt kam sie an Bord.

»Achtung!«, rief Oliver und packte Emmi an ihrer Taille, damit sie nicht fiel. Anscheinend hatte sie nicht mit dem Schwanken des Bootes gerechnet. Im letzten Moment zog er sie zu sich, und ihre Körper berührten sich. Ein eigentümliches Gefühl durchzuckte ihn, ihr Duft stieg ihm in die Nase, gemischt mit der klaren Seeluft. Sie sah ihm direkt in die Augen, ihre Lippen öffneten sich, und Oliver war versucht, ihr eine ihrer ahornbraunen Haarsträhnen, die ihr Gesicht im leichten Wind umspielten, zur Seite zu streichen.

Wo kam denn dieser Gedanke plötzlich her? Oliver erschrak. Bestimmt lag es daran, dass sie sich so nahe waren und er sich schon länger wieder nach einer festen Beziehung sehnte. Aber mit einem Feriengast fing er unter keinen Umständen mehr etwas an. Das hatte er sich geschworen.

Rasch ließ er Emmi wieder los, doch die taumelte erneut und hatte Mühe, sich bei den kleinen Wellen auf den Beinen zu halten. Intuitiv griff Oliver nach ihrer Hand, damit sie nicht über Bord ging. Er führte sie zu ihrer Freundin, wo sie etwas erleichterter Platz nahm. Dort umklammerte sie sofort wieder das Holz des Bootes. Hatte sie womöglich Angst vor dem Wasser? Vielleicht hatte sie ihre Freundin nicht enttäuschen wollen und war nur ihr zuliebe mitgegangen. Die Arme. Jetzt tat sie ihm doch ein bisschen leid.

Oliver startete den Motor und lenkte das Boot aus dem Hafen. Hin und wieder warf er den beiden Freundinnen einen kurzen Blick zu, doch Emmi starrte nur in Richtung Ufer, während Lea sich begeistert umsah.

»Wir fahren jetzt ein Stück weit am Ufer entlang«, sagte er, stellte den Motor ab und richtete das Segel auf. »Hier seht ihr die Seepromenade. Eignet sich wunderbar, um ein bisschen zu flanieren. Dahinter im Park ist der letzte erhaltene Baumtorkel am Bodensee.«

»Was ist ein Torkel?«, wollte Lea wissen.

»Damit wurden bis in die Fünfzigerjahre Trauben gepresst.« Oliver lenkte das Boot weiter, machte einem Motorboot Platz und segelte an einem Tretboot vorbei. »Da vorne ist unser Campingplatz mit Strandbad. In diese Richtung weiter kommt ihr zum Jachthafen Schloss Kirchberg, und sehr empfehlenswert ist auch der Hohberg Immenstaad. Von der Aussichtsplattform habt ihr einen wunderbaren Blick über den See bis zu den Alpen. So, jetzt brauche ich eure Hilfe, wir wenden.«

»Da können wir helfen?« Leas Augen blitzten vor Freude.

»Ja, wir nehmen jetzt noch einmal Fahrt auf, damit wir die Wende vollziehen können.«

Emmis Fingerknöchel traten hervor, als sie sich jetzt noch fester an das Holz klammerte.

»Lea, du nimmst hier das Seil und ziehst, sobald ich es dir sage.«

Lea nickte und sah ihn erwartungsvoll an. Oliver prüfte, ob alles frei war, damit er niemandem vor den Bug wendete. »Okay, ich gebe das Kommando: Klar zur Wende? Drei, zwei, eins, re! Achtung, Kopf einziehen!« Emmi und Lea duckten sich, als das Segel über sie schwang. »Und ziehen, Lea!«

Er beobachtete Lea dabei, wie sie die Schot dichtholte. »Super! Du hast ja richtig Talent.«

Lea strahlte übers ganze Gesicht. »Ich würde so gerne segeln können«, sagte sie.

»Wenn ihr ein bisschen Zeit habt, kann ich euch unseren Einsteigerkurs empfehlen.«

Die beiden Freundinnen wechselten einen Blick.

»Also, ich hätte Interesse«, sagte Lea.

Oliver merkte, dass es Emmi anscheinend nicht so recht war, doch sie sagte nichts. Hoffentlich hielt sie ihn nicht für einen kompletten Idioten wegen des Kaffeeflecks auf seinem Oberteil.

»Hier vorne seht ihr übrigens die Fähre von Meersburg nach Konstanz.« Sie legten den Weg am Ufer zurück, vorbei am Schiffsanleger von Hagnau. »Und da zwischen den Weinbergen steht das Rebhäuschen. Dort oben könnt ihr ebenfalls super über den See blicken und habt eine perfekte Aussicht auf Konstanz und die Schweiz. Achtung, wir drehen noch mal und fahren wieder zurück.«

Lea half wieder begeistert mit, während man Emmi die Erleichterung über das baldige Ende deutlich ansah.

Schweigend fuhren sie in den Hafen ein. Es überraschte Oliver, dass die beiden Frauen so wenig sprachen. Er hätte darauf getippt, dass sie eher plapperten und scherzten, aber Emmi war so verkrampft und angespannt, dass ihr kein Wort über die Lippen kam, im Gegensatz zu Lea, die vollkommen überwältigt zu sein schien. Das gefiel ihm. Oliver fand es fast ein bisschen schade, dass ihr Schnuppertörn so schnell vorbei war.

»Wie lange seid ihr hier?«, fragte er, als er das Boot an seinen Liegeplatz steuerte.

»Eine Woche«, antwortete Lea.

Da würden sie sich bestimmt noch mal über den Weg laufen, vor allem, da sie ja in der Pension seiner Eltern wohnten. Oliver vertaute das Boot und half Emmi und Lea an Land.

»Macht ihr hier Urlaub?«, fragte er unverbindlich.

»Auch«, entgegnete Emmi.

Die Antwort irritierte Oliver, doch er fragte nicht weiter nach. Hoffentlich lag es nicht doch an seinem Kaffeefleck, dass sie so wenig sprach. Im Geiste erwürgte er Benno dafür. »Also dann, genießt euren Aufenthalt hier in Hagnau.«

»Danke, und vielen Dank für den Segeltörn. Ich schau mal, ob ich vielleicht wirklich einen Einsteigerkurs buche.«

»Ja, mach das«, sagte er mit einem unverfänglichen Lächeln. Ich würde mich jedenfalls sehr freuen, euch beide wiederzusehen, setzte er in Gedanken hinzu.

5.

»Fandest du den Segeltörn wirklich so schlimm?« Lea sah ihre Freundin mit großen Augen an.

»Entsetzlich.«

»Aber warum denn? Ich verstehe dich nicht.«

»Ich habe einfach ein Problem mit Wasser«, sagte Emmi ausweichend.

»Es hatte doch kaum Wellengang.« Lea legte die Stirn in Falten.

»Können wir uns jetzt bitte darauf konzentrieren, warum wir eigentlich hergekommen sind?« Emmis Stimme klang schärfer als beabsichtigt.

Lea hob abwehrend die Hände. »Ist ja schon gut. Also, wir könnten mit der Fähre ...« Sie verstummte, als sie Emmis bitterbösen Blick bemerkte. »Alles klar, wir nehmen den Bus. Meine Güte.« Sie verdrehte die Augen. »Da kann ich den Einsteigerkurs wohl allein buchen. Dabei hatte ich den Eindruck, dieser Oliver hatte durchaus Interesse an dir.«

Emmi zog die Brauen in die Höhe. »Wie kommst du denn darauf?«

»So, wie der dich die ganze Zeit angesehen hat.«

»Hat er nicht.«

»Doch, schon. Na ja, vielleicht nicht die ganze Zeit, aber

er hat immer wieder zu dir rübergesehen. Das war schon auffällig.«

»Wahrscheinlich hat er sich gewundert, dass ich nicht vor Begeisterung platze, so wie du.«

»Hey, komm schon. So schlecht sieht er nicht aus. Und wer weiß ...« Sie zwinkerte Emmi zu. »Vielleicht ist er ja für eine Urlaubsromanze zu haben.«

Emmi stieß die Luft aus und schüttelte den Kopf. »Immerhin verkaufst du ihn mir nicht als meine ganz große Liebe und den Mann meiner Träume.« Wobei sie sich ein solches Filmsetting durchaus vorstellen konnte. Eine nette Sommer-Liebeskomödie, witzig, unterhaltsam, und am Ende natürlich die ganz große Liebe. Emmi und Oliver – eine Liebe weit wie der See. Sie konnte sogar die Filmplakate schon vor ihrem geistigen Auge sehen. Sie, schmachtend an seiner Brust, den Blick leicht nach oben in seine Augen gerichtet– was für ein Kitsch! Als ob sie sich so sehnsüchtig einem Mann hingeben würde; mal ganz abgesehen davon, dass Emmi beinahe genauso groß war wie er.

»Ach Quatsch«, sagte Lea. »Ein bisschen realistisch muss man schon bleiben, finde ich. Aber gegen einen kleinen Urlaubsflirt ist doch nichts einzuwenden.«

»Außer dass dann am Ende wahrscheinlich mindestens einer von beiden mit gebrochenem Herzen dasitzt, weil er doch mehr wollte als der andere.« Emmi trottete weiter in Richtung Hauptstraße, wo sie die Bushaltestelle vermutete.

»Mensch, Emmi, jetzt sei doch nicht gleich eingeschnappt.«

»Bin ich nicht. Ich will nur pünktlich zum Bus.« Emmi stapfte weiter.

»Der fährt erst in zwölf Minuten, und außerdem hättest du eben links gemusst.«

Emmi schnaubte, machte auf dem Absatz kehrt und bog nun in die linke Straße ein. Auch diese war eher schmal, zu beiden Seiten standen zweistöckige Häuser mit Balkonen und einem kleinen Grundstück. Bei einigen entdeckte Emmi Schilder an der Hauswand oder dem Briefkasten, dass sie ebenfalls Ferienzimmer vermieteten. Als sie sich jetzt zu ihrer Freundin umdrehte, konnte sie den See entdecken, der am Ende der leicht abfallenden Straße zwischen den Fassaden zu sehen war und auf den die Straße direkt zuführte.

»Ich will einfach nur meinen Vater finden, okay? Ich habe keinen Kopf für irgendwelche Liebesaffären, die dann doch nichts werden. Das solltest du vermutlich am besten wissen.« Als sie jetzt Leas geknicktem Blick begegnete, tat es ihr leid. »Entschuldige, das war gemein.« Sie hakte sich bei ihrer Freundin unter. »Wenn es dir so wichtig ist, dann mach den Einsteigerkurs. Ich weiß doch, wie sehr du dir das gewünscht hast. Ich kann ja in der Zeit einfach allein recherchieren, und abends berichte ich dir dann, was ich herausgefunden habe.«

»Das macht dir wirklich nichts aus?«

Emmi schüttelte den Kopf. »Und wenn es dir guttut, dann flirte ruhig auch ein bisschen mit deinem Segellehrer. Dich hat er nämlich mindestens genauso oft angeguckt wie mich, da bin ich mir sicher.«

»Na, wenn du meinst.« Lea klang nicht sehr überzeugt, aber die Freundinnen beließen es dabei. Sie liefen nebeneinander die Hauptstraße entlang zur Bushaltestelle. Das Warten zog sich ewig, aber es war kein Vergleich zur Fahrt, die fast eine Stunde dauerte, zumal Emmi und Lea in Friedrichshafen auch noch in die Bahn umsteigen mussten.

»Jetzt verstehe ich, warum die meisten Leute mit der Fähre fahren«, brummte Emmi.

»Du hast es so gewollt«, entgegnete Lea gelassen. Wenigstens war sie Emmi anscheinend nicht böse.

In Langenargen angekommen zog es sie als Erstes zum Schloss Montfort. Das Wahrzeichen der Stadt, das malerisch auf einer kleinen Halbinsel im Bodensee lag, beeindruckte Emmi mit seinen klassizistischen Elementen und dem maurischen Stil. Ein schmiedeeisernes Tor stand weit geöffnet und lud Besucher in den kleinen Park ein, der sich vor dem Schloss befand. Zu beiden Seiten war der breite Weg von Bäumen gesäumt, deren Baumkronen rund geschnitten waren. Ein Blumenbeet leuchtete in Weiß, Gelb, Rosa und zartem Lila rechts und links des Weges. Die Fahnen, die ganz am Anfang standen, flatterten lebhaft im Wind, und man konnte den unverwechselbaren Geruch von Wasser in der sommerlichen Seeluft riechen.

Emmis Herz schlug schneller, als sie den Weg entlanglief. Sie ließ ihren Blick über das Anwesen schweifen. Die großen Platanen im hinteren Bereich spendeten Schatten und luden zum Verweilen ein, während der Eingangsbereich die Besucher willkommen hieß. Hier musste auch ihre Mutter jeden Morgen zu ihrer Arbeit entlanggelaufen sein. Ob sie das Anwesen auch so beeindruckend gefunden hatte? Bestimmt, dachte Emmi. Oder würde einen das gelb-rot gestreifte Gebäude mit seinen fünf Fenstern in jeder Reihe und dem großen doppelflügligen Holztor, mit dem imposanten Turm in der Mitte und seinen zwei äußeren Türmchen an den Ecken nicht mehr beeindrucken, weil es für einen mit der Zeit zu einem Arbeitsplatz wie jeder andere geworden war? Sie hätte Maren nur zu gerne danach gefragt, aber wahrscheinlich würde sich ihre Mutter auch darüber ausschweigen, so wie sie über alles in ihrer Vergangenheit ein Tuch des Schweigens legte.

Zusammen mit Lea schritt Emmi die Stufen nach oben und zog an dem Türgriff – vergeblich! Die Tür war verschlossen. Emmi rüttelte an der geschwungenen Klinke aus Metall. Das konnte doch nicht wahr sein. Sie schirmte mit der Hand ihre Augen ab und versuchte, durch eines der Fenster nach drinnen zu blicken, viel erkennen konnte sie allerdings nicht.

»Hier steht, dass man den Turm besteigen kann«, sagte Lea und las die Öffnungszeiten vor.

»Aber wo ist das Restaurant?« Emmis Stimme klang beinahe verzweifelt. Sie lief den Weg zurück, sah auf den Glaskasten, in dem normalerweise eine Speisekarte hing. Er war leer.

»Ich fürchte, das hat zugemacht«, sagte Lea, die auf ihrem Smartphone herumwischte. »Hier steht *Dauerhaft geschlossen*.«

»Und jetzt? Wie soll ich jetzt irgendeinen Hinweis zu meinem Vater finden?«

Lea sah sie betrübt an. »Keine Ahnung«, gab sie offen zu.

Emmis Smartphone klingelte.

»Meine Mutter«, sagte sie nach einem kurzen Blick darauf und nahm das Gespräch entgegen.

»Ist das dein Ernst?«, polterte Maren sofort drauflos. »Du lässt mich wirklich mitten in der Hochsaison allein?«

»Mama, ich habe alles organisiert, damit Lea und ich ein paar Tage wegfahren konnten.«

»Und was ist mit der Hochzeit?«

»Dafür habe ich unsere Springer angerufen. Sie können …«

»Dich nicht im Mindesten ersetzen!«, unterbrach ihre Mutter sie sofort. »Wenn du ein bisschen mehr Mitgefühl hättest, wärst du nicht auf so eine Schnapsidee gekommen, Hals über Kopf an den Bodensee zu fahren und mich hier im Stich zu lassen.«

Emmi spürte die Wut in sich aufsteigen. »Nein, Mama, wenn du ein bisschen Mitgefühl hättest, hättest du mir gesagt, wer mein Vater ist. Dann bräuchte ich ihn nämlich gar nicht erst zu suchen.«

Sie hörte das empörte Atmen ihrer Mutter. Lea, die den Streit mitverfolgt hatte, legte Emmi eine Hand auf die Schulter. Sie musste spüren, wie schwer es ihr fiel, Maren die Stirn zu bieten.

»Du wirst ihn ohnehin nicht finden«, sagte Maren verbittert.

»Abwarten«, erwiderte Emmi trotzig und beendete das Telefonat.

»Alles okay?«, fragte Lea, nachdem Emmi mehrmals tief Luft geholt hatte.

»Alles bestens.«

»Was hältst du davon, wenn wir eine kleine Pause machen und etwas essen?«, schlug Lea vor. »Dann können wir auch gleich ein bisschen im Ort herumfragen. Vielleicht weiß ja noch jemand von den Einheimischen etwas. Guck mal, da vorne gibt es eine Gaststätte. Möglicherweise haben sie mitbekommen, was aus dem Restaurant geworden ist.«

Da es bereits auf Mittag zuging, war Emmi einverstanden, aber leider kamen sie dort auch nicht weiter. Man wusste lediglich, dass das Restaurant geschlossen war und die Besitzer es verkauft hatten.

Lea und Emmi entschieden sich, ein wenig im Ort nachzufragen. Die hiesigen Touristenläden wussten möglicherweise mehr, doch auch da blieb ihre Suche vergeblich. Sie erfuhren nur, dass das Restaurant zwischenzeitlich den Besitzer gewechselt hatte. Der Vorbesitzer, der damals zu Marens Zeiten das Restaurant geführt hatte, war wie vom Erdboden verschluckt. Emmi seufzte.

»Und jetzt?«, fragte sie betrübt.

»Jetzt fahren wir in die Pension zurück. Heute können wir hier nicht mehr viel machen. Lass uns morgen im Stadtarchiv nachfragen und sehen, ob wir dort irgendwelche Hinweise finden.«

Emmi nickte. Weil sie weder Lust auf eine ewig lange Fahrt mit öffentlichen Verkehrsmitteln hatte und eine Bootsfahrt nicht infrage kam, beschloss sie, ein Taxi zu nehmen. Aber für die Zukunft musste sie sich etwas anderes einfallen lassen. Vielleicht sollte sie doch über ein Leihauto nachdenken. Auf die Dauer wäre das sicherlich preiswerter als die ganzen Taxifahrten.

Zurück in der Pension fragte Emmi Kathrin Peters, ob sie hier zu Abend essen könnten.

»Ein Vesper kann ich Ihnen schon herrichten«, sagte sie. »Oder Sie gehen hier im Ort in eines der Restaurants, wenn Sie lieber etwas Warmes möchten.«

»Nein, eine Brotzeit reicht uns vollkommen aus«, erwiderte Emmi mit einem Lächeln. Sie setzten sich in den gemütlichen Frühstücksraum, und bald darauf brachte Kathrin eine große Holzplatte mit aufgeschnittener Salami, Schinken, Käsewürfeln, Weintrauben, Essiggurken, Tomatenschnitzen und Frischkäse, alles hübsch garniert mit einem Büschel Petersilie. Sie stellte die Butter auf einem Glasteller und einen Brotkorb mit einem weißen Tuch daneben.

»Guten Appetit wünsche ich.«

»Danke.«

Emmi und Lea machten sich gleich darüber her. Während sie aßen, kam Achim, der Pensionswirt, die Treppe heruntergepoltert.

»Der Wasserhahn ist repariert, und das Fenster schließt auch wieder«, sagte er zu seiner Frau.

»Sehr gut, dann kannst du mir ja nachher beim Erdbeerenputzen helfen.«

Er verdrehte unglücklich die Augen. »Wie viele Stiegen sind es denn noch?«

»Bedanke dich bei deinem Sohn.«

»Wofür soll er sich bei mir bedanken?« Oliver, der gerade durch die Vordertür hereingekommen war, blieb irritiert stehen.

Emmi musste bei dem kleinen Disput schmunzeln. So hatte sie sich immer eine echte Familie vorgestellt. Doch als Oliver plötzlich zur Tür hereingekommen war, übersprang ihr Herz einen Schlag.

»Hallo, mein Junge. Deine Mutter sucht noch fleißige Helfer in der Küche.« Achim Peters zerzauste Oliver das Haar. Der versuchte, der Geste auszuweichen, indem er sich wegduckte, vergeblich.

Emmis Lächeln vertiefte sich. Ihr Skipper von heute Morgen war also auch noch eitel, wenn es um seine Haarpracht ging. Dabei hatte sie ihn mit seinen halblangen Haaren und dem Dreitagebart eher für den lässigeren Typen gehalten. Hier, bei seiner Familie, wirkte er auch deutlich gesprächiger und gelöster als noch auf dem Wasser. Emmi durchrieselte ein leichter Schauer, wenn sie an ihren Segeltörn dachte. Sie war froh, dass er vorbei war. Was jedoch nicht an ihrem Skipper lag, wie sie überrascht feststellte.

»Ich habe wirklich zwei linke Hände, was das angeht«, versuchte Oliver, sich herauszureden. »Letztes Mal hatte ich mir so entsetzlich in den Daumen geschnitten, dass man sogar noch die Narbe sieht.«

»Du hast nicht mal ein Pflaster gebraucht«, erwiderte seine Mutter. »Und ganz unschuldig bist du an dem Ganzen schließlich nicht.«

Oliver ließ seufzend die Schultern sinken. »Also schön, wenn es unbedingt sein muss.«

Emmi verfolgte das Gespräch noch immer amüsiert. Es gefiel ihr, wie die Familie miteinander umging. So viel Wärme hätte sie sich zu Hause auch gewünscht. Emmis Herz zog sich zusammen. Immer wieder hatte sie sich ausgemalt, ein normales Familienleben zu führen. Eines wie dieses hier. Ihre Gedanken wurden unterbrochen, als Kathrin die Teller abräumte.

»Als Nachtisch habe ich noch etwas Erdbeerquark, wenn Sie möchten. Der geht übrigens aufs Haus.«

»Klingt toll.« Emmi lächelte.

Kathrin verschwand in der Küche und brachte ihnen gleich darauf zwei Schalen von ihrer Nachspeise. »Hatten Sie denn einen schönen ersten Ferientag?«

»Um ehrlich zu sein, sind wir gar nicht zum Urlaub machen hier«, sagte Lea.

Verwundert hob die Pensionswirtin die Brauen und blickte zwischen ihnen hin und her.

Emmi presste die Lippen aufeinander, denn nach dieser kurzen harmonischen Familienszene stieg der Wunsch, ihren Vater zu finden, nahezu ins Unermessliche. Doch genauso auch die Angst, erfolglos wieder nach Hause zu fahren. Der heutige Tag hatte ihr gezeigt, dass es doch nicht so einfach werden würde, wie sie sich das vorgestellt hatte.

»Wir sind auf der Suche nach jemandem«, sagte sie zögernd, und dann fiel ihr wieder ein, wie ihre ursprüngliche Gastgeberin so schnell ein Ersatzzimmer für sie beide organisiert hatte. Man kannte sich hier, und in Emmi glomm eine zarte Flamme der Hoffnung auf. »Nach meinem Vater, um genau zu sein.«

»Oh.« Kathrin sah sie mitfühlend an, doch sie hakte nicht weiter nach, was sie Emmi noch sympathischer machte.

Sie griff nach ihrer Handtasche, zog das Foto heraus und überreichte es der Pensionswirtin.

Mit zusammengekniffenen Augen betrachtete Kathrin das Foto. Emmis Herz begann wie wild zu pochen. Mit jeder Sekunde, die verging, wurde es schneller wie ein Trommelschlag, der einem ihr unbekannten Rhythmus folgte.

»Kennen Sie ihn?«

»Ja, er kommt mir tatsächlich irgendwie bekannt vor«, murmelte Kathrin nachdenklich. »Wenn ich nur wüsste, woher.«

»Zeig mal her.« Achim, der hinter sie getreten war, nahm ihr das Foto aus der Hand und warf einen Blick darauf. Er runzelte die Stirn, zuckte dann aber mit den Schultern. »Nie gesehen.«

»Doch, warte mal …« Kathrin dachte kurz nach. »Das war bei einer Versammlung vom regionalen Bio-Obstverein vor ein paar Jahren. Conni hat mich damals gefragt, ob ich beim Catering helfen könnte. Ich bin mir nicht ganz sicher, aber ich glaube, einer der Obstbauern sieht ihm sehr ähnlich – wenn man ein paar Jahre dazurechnet.« Sie drehte die Aufnahme um, wahrscheinlich auf der Suche nach einem Datum. »Das Foto ist sechsundzwanzig Jahre alt.«

»Es wurde ein Jahr vor Emmis Geburt aufgenommen«, sagte Lea.

Emmis Härchen auf ihrem Arm stellten sich auf. Das konnte doch kein Zufall sein. »Wissen Sie, wie er heißt? Oder wo er seinen Hof hat?« Emmis Gedanken schlugen

Purzelbäume in ihrem Kopf. »Oder hat er den Hof mittlerweile vielleicht schon aufgegeben?«

»Tut mir leid, dazu kann ich nichts sagen.« Kathrin gab ihr mit einem mitfühlenden Blick das Foto zurück. »Es waren sehr viele Leute, und ich kannte davon kaum jemanden. Vielleicht irgendwas mit J. Jens oder John oder so etwas in der Art. Er stand eine Weile lang mit einem Kollegen in der Nähe des Getränkebüfetts, an dem ich ausgeschenkt habe, und hat sich unterhalten. Dabei ist sicherlich auch sein Name gefallen, aber ich erinnere mich leider nicht mehr.«

Emmi versuchte, den Kloß in ihrem Hals herunterzuschlucken. »Macht nichts«, sagte sie tapfer. »Vielen Dank trotzdem.« Sie warf wieder einen Blick auf das Foto, auf diesen Mann, der für sie so geheimnisvoll war und mit dem sie sich gleichzeitig so verbunden fühlte. »Wenn ich doch nur mit ihm sprechen und ihn fragen könnte, woher er meine Mutter kennt. Er muss ihr ja etwas bedeutet haben, sonst hätte sie sein Foto nicht in diesem Holzkistchen aufbewahrt.«

»Ich wünsche Ihnen jedenfalls von Herzen viel Glück bei der Suche«, sagte Kathrin.

»Und wenn wir etwas tun können, melden Sie sich gerne«, fügte Achim hinzu. Er stand noch immer hinter seiner Frau und hatte seine Hände um ihre Oberarme gelegt.

Oliver, der in unmittelbarer Nähe zum Schreibtisch stand, blickte auf. Wahrscheinlich hatte er die Buchungen für die kommenden Tage durchgesehen. Irgendwie hoffte sie, dass auch er noch etwas Freundliches sagen würde, doch er blieb stumm.

»Danke, Sie sind sehr nett.« Emmi blickte das Ehepaar gerührt an. So musste es sich anfühlen, wenn man Eltern hatte, die einen unterstützten. »Es ist so schön zu sehen, wie eine Familie zusammenhält.«

»Äh, ja.« Kathrin lächelte gezwungen, und Achim drückte sanft ihre Oberarme, ehe er sie losließ und sich übertrieben räusperte. »Dann widme ich mich jetzt mal wieder dem Berg von Erdbeeren. Wenn ich mich ranhalte, schaffe ich es vielleicht noch bis zum Morgengrauen.«

Oliver klappte den Buchungskalender zu und verschränkte die Arme. Tiefe Furchen hatten sich in seine Stirn gegraben, als er jetzt in ihre Richtung blickte.

O nein, hatte sie etwas Falsches gesagt? Emmi fühlte sich mit einem Mal entsetzlich unwohl. Sie musste irgendetwas tun, um ihren Fauxpas wiedergutzumachen.

»Wieso? Was ist denn mit den Erdbeeren?«, fragte sie.

»Ach, da wurde was falsch geliefert. Ich habe aus Versehen wohl dreißig Stiegen bestellt statt drei.«

Emmis Augen weiteten sich ungläubig. »Da sind Sie ja wirklich noch bis morgen früh beschäftigt. Vielleicht können wir Ihnen helfen.« Sie ignorierte den fragenden Blick ihrer Freundin. »Vier weitere helfende Hände können Sie sicherlich gut gebrauchen, und wir haben heute Abend ohnehin nichts mehr vor.«

»Also, wenn das so ist, nehme ich Ihre Hilfe gerne an«, sagte Kathrin Peters. »Aber wir revanchieren uns dann natürlich mit kostenlosem Frühstück für Ihren restlichen Aufenthalt oder einem weiteren Segeltörn, wenn Sie möchten.«

»Das ist sehr nett, vielen Dank.« Sie zwinkerte Lea zu, obwohl sie Olivers irritierten Blick bemerkte, und folgte der Pensionswirtin in die gemütlich eingerichtete Küche. Dort blieb ihr allerdings für einen Moment die Luft weg. Die komplette Küchenanrichte, die Fensterbänke und auch der rechteckige Küchentisch waren mit Holzstiegen zugestellt, in denen die prallen, roten Beeren auf Stroh gebettet waren. Auf dem Esstisch waren mehrere Pappschalen zu einem Turm gestapelt, der bedenklich wackelte, als Kathrin um den Tisch herumlief. Der angenehme süße Duft der Beeren erfüllte den ganzen Raum.

»Halleluja«, murmelte Lea und schluckte.

»Tschuldigung«, wisperte Emmi.

»Setzen Sie sich doch.« Kathrin räumte eine bestickte Mitteldecke beiseite, die zusammengefaltet auf dem Polster der Eckbank gelegen hatte. Sie stellte für sich ein paar Stiegen auf den Herd und gab ihnen Schüsseln und Messer.

Emmi nahm auf der Eckbank Platz, und Lea setzte sich ihr gegenüber. Zusammen begannen sie damit, die Erdbeeren zu putzen und klein zu schneiden.

»Und was machen Sie mit all den Erdbeeren, wenn ich fragen darf?«, wollte Lea wissen.

Oliver war ihnen gefolgt und setzte sich ans andere Ende der Eckbank. Emmi warf ihm einen kurzen Blick zu. Immerhin half auch er beim Zerkleinern der Früchte. Trotzdem fand sie es seltsam, dass er sich ausgerechnet den Platz aussuchte, der am weitesten von ihr entfernt lag, fast so, als wollte er diese seltsame Nähe heute Vormittag bei ihrem Segeltörn nicht noch einmal wiederholen. Emmi war ein wenig gekränkt darüber. Der Stuhl an der Stirnseite des Tisches stand direkt neben der Tür, durch die er eben eingetreten war. Wieso hatte er sich nicht dort hingesetzt?

»Meine Mutter ist bekannt für den weltbesten Erdbeerkuchen«, sagte Oliver.

Lea blickte ihn neugierig an. »Dürfen wir den auch mal probieren? Der Quark war ja schon herausragend.«

»Selbstverständlich. Aber so viel Kuchen kann ich auch nicht backen, um all die Früchte zu verarbeiten. Eigentlich hatte ich nur einen Geburtstagskuchen für einen kleinen Gast von uns backen wollen. Was ich mit dem Rest anstelle, weiß ich noch nicht.«

»Sie könnten Marmelade daraus kochen«, schlug Emmi vor.

»Gar keine schlechte Idee.«

»Die hält wenigstens«, brummte Achim.

»Da kann Emmi Ihnen helfen. Sie ist nämlich bekannt für ihre Erdbeer-Rhabarber-Marmelade.«

Emmi schüttelte sofort den Kopf und blickte Lea rügend an. Dass sie Olivers Mutter half, war eine Sache, aber sie hatte nicht vor, sich in die Küche zu stellen und Marmelade zu kochen. Und nachdem Oliver sich ja auch den Platz ausgesucht hatte, der am weitesten von ihr weg war, wollte sie sowieso nicht mehr Zeit als unbedingt nötig mit ihm verbringen. Ob Lea das auch bemerkt hatte, dass er jetzt distanzierter als noch beim Bootsausflug war? Hatte sie deshalb diesen Vorschlag gemacht? Um sie also doch mit Oliver zu verkuppeln? Ihr entging Leas triumphierender Blick in seine Richtung nicht.

»Oh, wirklich?« Kathrin, die damit beschäftigt war, die Beeren zu waschen, sah neugierig in Emmis Richtung. »Vielleicht können Sie mir ja Ihr Rezept verraten. Ich bin immer auf der Suche nach neuen Ideen.«

»Emmi hat sogar einen Foodblog, auf dem sie regelmäßig die besten Rezepte von sich und ihrer Mutter postet.«

»Emmi isst?« Oliver kicherte über seinen blöden Witz.

»Sehr lustig. Du würdest dich wundern, wie erfolgreich er mittlerweile ist«, sagte Emmi. »Meine Mutter hat eine sehr renommierte Catering-Firma in Frankfurt. Ich berichte auf meinem Blog darüber und poste dort auch Rezepte. Das bringt uns gelegentlich auch den ein oder anderen Großauftrag ein wie das Catering für Messen, Firmenfeiern oder runde Geburtstage.«

»Und da schreibst du also, was die perfekte Zutat für deine Marmelade ist, aber mir verrätst du es nicht?«

»Wenn ich dir das verrate, müsste ich dich leider töten. Familiengeheimnis, du verstehst?«

Oliver blickte kurz auf und sah auf die Beerenstücke, die sich vor ihr in der Schale türmten. Er selbst hatte gerade einmal drei Beeren zerkleinert. »Ich sehe schon, du bist ein echter Küchen-Ninja. Aber im Ernst, das klingt wirklich spannend. Welche Rezepte postest du?«

Emmi überlegte kurz. »Eigentlich alles Mögliche. Von traditionellen Familienrezepten bis hin zu neuen Kreationen meiner Mutter ist so ziemlich alles dabei.«

»Auch die Geheimzutat für deine Erdbeer-Rhabarber-Marmelade?«

Emmi schmunzelte. »Netter Versuch. Aber im Ernst, wenn du es wirklich wissen willst, kannst du mir ja beim Kochen helfen«, sagte sie herausfordernd. Irgendwie war sie jetzt doch versöhnt, weil er so offenkundiges Interesse zeigte. Sie bemerkte, wie Kathrin ihren Kopf hob und kurz zwischen ihnen hin- und herblickte.

»Ach, lass mal lieber. Ich zähle nicht gerade zu den besten Köchen. Aber ich kann definitiv zuschauen und dabei kluge Kommentare abgeben. Das zählt doch irgendwie als Hilfe, oder nicht?«

»Na ja. Bevor wir anfangen, brauchen wir in jedem Fall erst mal genügend Erdbeeren, und bei deinem Tempo sitzen wir morgen noch da, fürchte ich.«

Kathrin musste herzhaft lachen, riss sich aber sofort wieder zusammen. Anscheinend wollte sie den Schlagabtausch zwischen ihr und ihrem Sohn nicht stören.

»Hey, ich mache das fantastisch. Ich schneide hier die weltbesten Erdbeerstückchen, die du je gesehen hast. So gleichmäßig, wie ich das mache, kann das kaum jemand.«

»In der Tat. Es fehlt nur noch, dass du sie mit einem Lineal abmisst.«

Oliver schmunzelte. »Keine Sorge, deinen Blog werde ich sicher nicht übernehmen. Wie bist du eigentlich auf die Idee gekommen, einen Foodblog zu starten? War das eine reine Werbemaßnahme für das Catering deiner Mutter?«

Emmi schüttelte den Kopf. »Ich wollte etwas Kreatives machen, und der Blog war die perfekte Möglichkeit, das mit meiner Liebe zum Kochen zu verbinden. Ich wollte meine Rezepte mit anderen teilen und die Leute dadurch inspirieren.«

»Das ist echt toll. Ich wünschte, ich hätte so ein kreatives Hobby. Aber ich kann dafür gut essen. Das ist doch auch was, oder?«

Dieses Mal war es Emmi, die glockenhell lachte.

»Also wenn Oliver nicht will – Kathrin würde sich bestimmt gerne inspirieren lassen«, sagte Achim.

Mist. Jetzt musste sich Emmi etwas einfallen lassen. Einen Rückzieher konnte sie jedenfalls nicht mehr machen. »Wahrscheinlich haben Sie gar nicht so viele Marmeladengläser«, gab sie zu bedenken.

»Ich glaube, ein paar Gläser sind noch unten im Keller«, sagte Kathrin. »Oliver, wärst du so lieb und würdest mal nachsehen? Die müssen wir dann ja noch sterilisieren.«

Emmi blickte kurz auf, als Oliver jetzt aufstand und die Küche verließ. Na, da hatte sie sich ja auf etwas eingelassen. Warum hatte sie es nicht einfach dabei belassen können? Ein wenig über sich selbst amüsiert, schnippelte sie die Erdbeeren weiter klein.

»Unten sind sogar noch mehr«, sagte Oliver, als er kurz darauf mit einer Weinkiste voller Einmachgläser zurückkam.

»Komm, ich helfe dir beim Hochtragen«, bot sein Vater an, sichtlich erleichtert, nicht weiter beim Schneiden helfen zu müssen.

»Sie müssen das nicht machen«, sagte Kathrin, als die beiden Männer die Küche wieder verließen. »Wenn das wirklich ein Familienrezept von Ihnen ist, verstehe ich natürlich, wenn Sie das bewahren wollen.«

»Ach was, ich helfe gerne. Es wäre doch zu schade, wenn Sie all die schönen Beeren wegwerfen müssten.« Und Emmi merkte, dass es stimmte. Wenn sie jemanden in ihre Rezepte einweihen wollte, dann diese nette Familie.

Sie steckte sich eine Erdbeere in den Mund, die wirklich fantastisch schmeckte. Sie war süß und reif und saftig, und Emmi kam sofort die Zeit mit ihren Großeltern in Wiesbaden in den Sinn. Eine melancholische Stimmung breitete sich in ihr aus. Als kleines Mädchen hatte sie oft auf der Küchenanrichte ihrer Oma gesessen und beim Rühren der Marmelade geholfen. »Haben Sie denn Gelierzucker da?«

»Ich sehe mal nach.« Kathrin legte das Messer weg und öffnete einen Vorratsschrank. »Ja, da ist tatsächlich noch welcher.«

»Und Rhabarber?«, fragte Emmi zaghaft.

Kathrin warf einen Blick in den Kühlschrank. »Ein paar Stangen habe ich noch. Um alle Beeren damit zu mischen, wird es aber nicht reichen.«

»Das macht nichts. Dann koche ich einfach einen Teil Erdbeermarmelade und einen Teil Erdbeer-Rhabarber, wenn Ihnen das recht ist.«

»Sehr gerne.« Kathrin strahlte. »Hier sind Töpfe und Pfannen drin.« Sie deutete auf einen Schrank neben dem Herd.

»Super.« Emmi kam zu ihr und suchte sich einen ausreichend großen Topf heraus. »Dann mache ich mich mal an den Rhabarber, wenn Sie sich wieder um die Erdbeeren kümmern, einverstanden?«

Die Pensionsbesitzerin nickte und nahm am Küchentisch Platz. Emmi sah sich in der Küche um. In einer alten blauen Milchkanne mit weißen Punkten steckte das Kochbesteck, auf der Fensterbank, der einzigen, die anscheinend nicht von Erdbeeren überlagert war, standen weiße Keramiktöpfe mit Rosmarin, Schnittlauch und Petersilie.

»Darf ich mir die Schürze nehmen?«

»Selbstverständlich!«

Emmi nahm die geblümte Schürze von ihrem Haken an der Speisekammertür und band sie sich um. In einem Flechtkorb aus Wasserhyazinthe, den Kathrin als Obstkorb nutzte, entdeckte sie eine Zitrone. Eine Saftpresse aus Glas fand sie in einer Schublade, und in der Speisekammer hatte Kathrin tatsächlich auch noch Vanilleschoten.

»Und die Schneidebrettchen?«, fragte Emmi.

»Rechts hinter der Obstschale.«

Emmi schmunzelte. Genau da hätte sie sie auch hingeräumt, dachte sie. Als sie alles beisammenhatte, machte sie sich daran, das Mark aus der Vanilleschote herauszukratzen und die Zitrone auszupressen.

»Wie weit sind die Erdbeeren?«

»Ich denke, für die erste Portion dürfte es reichen«, sagte Lea.

»Ah, da kommen auch wieder unsere fleißigen Helfer.« Kathrin erhob sich, um Oliver und Achim die Gläser abzunehmen. »Ihr dürft weiterschnippeln, ich gehe jetzt die Gläser sterilisieren.«

Die Männer nahmen es trotz leisem Stöhnen gelassen. Kathrin begann damit, die Gläser auf ein Backblech zu stellen und die Gummiringe in einen Topf mit kochendem Wasser zu geben. Währenddessen schälte Emmi den Rhabarber und schnitt ihn klein.

»Hier kommt die erste Fuhre«, sagte Lea und überreichte Emmi eine gehäufte Schüssel Erdbeeren. »Ich habe kaum noch Platz.«

»Dann mal her damit«, sagte Emmi und tauschte die Schale gegen eine leere aus. Sie stellte einen Topf auf den Herd, gab den Rhabarber hinein, maß fünf Esslöffel Zitronensaft und einen Esslöffel Wasser ab und kochte alles zusammen auf.

»Wieso machen Sie Zitronensaft dazu?«, fragte Kathrin. »Der Rhabarber hat doch schon eine leichte Säure.«

»Das stimmt, aber mit genügend Vitamin C behält die Marmelade später ihre schöne rote Farbe. Und ich liebe diese süß-säuerliche Mischung von Rhabarber, Erdbeeren und Zitrone.«

»Ich bin so gespannt.«

»Also ich weiß ja nicht«, sagte Oliver. »Gemüse in Marmelade.«

»Oliver mag keinen Rhabarber«, sagte Kathrin.

»Er verschmäht sogar Rhabarberkuchen mit Baiserhaube«, fügte sein Vater hinzu.

»So ein Banause«, stimmte Emmi in den saloppen Ton seiner Eltern ein.

Oliver sah grummelnd von den Erdbeeren auf. »Ich mag nun mal lieber herzhafte Sachen.«

»Aber du hast recht, streng genommen ist Rhabarber wirklich ein Gemüse.« Als sie das sagte, bemerkte sie

Olivers verdutzten Blick und unterdrückte ein Schmunzeln. Es freute sie, ihn ein wenig aus der Fassung zu bringen. »Wir essen die Stängel davon, nicht die Früchte. Also zählt es zu Gemüse.«

Oliver verdrehte die Augen. »Siehst du, das Problem habe ich bei Schweineschnitzel und Salami nicht.«

Emmi schüttelte kaum merklich den Kopf und gab die Erdbeerstücke, das Vanillemark und den Gelierzucker zu dem köchelnden Rhabarber hinzu. »Haben Sie einen Pürierstab?«

Kathrin holte einen aus dem Schrank auf der anderen Seite und reichte ihn ihr.

Emmi wartete, bis der Gelierzucker verschmolzen und die Marmelade wieder aufgekocht war. Dabei rührte sie ständig, damit ihr nichts unten im Topf ansetzte. Ihre Oma hatte ihr immer gesagt, wie wichtig es sei, die Marmelade stets zu rühren.

»Dann kannst du sie herunterschalten«, hatte sie dann immer zu der kleinen Emmi gesagt. »Und jetzt musst du warten, bis sie drei Minuten geköchelt hat.«

Emmi schaltete den Herd etwas kleiner und rührte weiter. Sie beobachtete den Schaum, der sich auf der roten, sprudelnden Flüssigkeit bildete.

»Das ist das Eiweiß, das heraustritt«, erklärte sie Kathrin. »Meine Oma hat vor dem Kochen immer etwas Butter hineingegeben.«

»Ich schöpfe den Schaum immer ab«, sagte Kathrin, die interessiert neben dem Herd stand und zuguckte.

»Eigentlich muss man das gar nicht. Der Schaum ist ein guter

Indikator, um zu sehen, ob die Marmelade fertig ist. Sobald er wieder zusammenfällt, geliert die Marmelade nämlich.«

»Ah, das prüfe ich immer mit einem kleinen Teller.«

Emmi lächelte. »So mache ich das auch. Aber es gibt noch einen Trick.« Sie hob den Kochlöffel aus der brodelnden Flüssigkeit und sah dabei zu, wie die Marmelade daran herunterrann. »Solange sie noch zu flüssig ist, läuft sie einfach weg. Aber sobald die Konsistenz stimmt, bilden sich kleine Nasen.«

»Du meinst die Tropfen, die dann nur noch ganz langsam herunterlaufen?«

Emmi nickte. Sie betrachtete genau den Holzkochlöffel. »Hier dauert es noch einen Moment.«

»Ich finde, es riecht schon jetzt himmlisch«, sagte Achim.

Das stimmte. In der ganzen Küche hatte sich ein fruchtig-süßer Erdbeerduft ausgebreitet, ein Bote des Sommers wie damals bei Emmis Großeltern in der Küche nach einem erfüllenden Tag im Garten. Mit den Zuschauern im Rücken kam sich Emmi allerdings ein bisschen so vor wie in einer Nachmittags-Kochshow, sie war in dieser Sendung für eine Stunde der Star, zauberte etwas für das Publikum, erklärte, wie das Rezept ging, welche Handgriffe sie machte, verriet ein paar Tricks und Kniffe, und ja, sie hatte tatsächlich auch die Helfer an der Seite, die alles in Glasschüsseln vorbereitet und klein geschnitten hatten, damit sie nur noch alles zusammenrühren brauchte.

»Sie sollten mal vorbeikommen, wenn Emmis Mutter für eines ihrer Caterings kocht. Das wird Sie umhauen!«, sagte Lea.

»Da sage ich bestimmt nicht Nein«, meinte Oliver schmunzelnd.

»Oh, die Gläser.« Kathrin schaltete den Backofen aus. »Wie weit ist die Marmelade?«

Emmi prüfte noch einmal die Konsistenz. »Das sieht schon ganz gut aus. Jetzt kommt Ihre Teller-Methode.«

Kathrin reichte ihr eine Untertasse, und Emmi gab mit dem Holzkochlöffel etwas von der Marmelade darauf. Bedacht drehte sie den Teller hin und her und beobachtete die rot funkelnde Flüssigkeit darauf genau. »Fertig!«

Mit Topflappen und -handschuhen stellten sie die Gläser bereit, und Emmi füllte Glas um Glas mit einer Suppenkelle bis zum Rand, damit später wenig Luft zwischen Deckel und Glas blieb. Kathrin setzte im Akkord Deckel mit Gummiringen obendrauf, und zusammen verteilten sie die Metallclips und drehten die Gläser auf den Kopf.

»Und jetzt, meine Damen und Herren, gilt es, Schnelligkeit an den Tag zu legen«, sagte der imaginäre Moderator aus Emmis Kochshow.

Sie lachten beide, als sie sich bewusst wurden, dass sie gleichzeitig nach dem letzten Glas griffen, um keine Zeit zu verlieren.

»So machen wir es auch«, sagte Emmi amüsiert. »Damit beim Abkühlen ein Vakuum entsteht und die Marmelade lange haltbar bleibt.«

Kathrin wischte sich ihre Hände an einem Geschirrtuch ab. »Und jetzt probieren wir, was wir gekocht haben.« Sie holte ein halbes Brot aus dem Brotkasten und schnitt eine Scheibe davon herunter.

Emmi bestrich sie dünn mit Butter, teilte das Brot in fünf kleine Stücke und gab auf jedes einen Klecks Marmelade.

»Rubinrot«, sagte Kathrin entzückt, als sie sich das erste Stückchen nahm. »Und so lecker!«, schwärmte sie nach dem ersten Bissen.

Auch Oliver nahm ein Stück und schob es sich in den Mund.

»Und?«, fragte Emmi gespannt.

»Ganz anständig – für Marmelade.«

»Ach was, es schmeckt fantastisch!«, entgegnete Lea, die ebenfalls schon probiert hatte.

Emmi nahm sich das letzte Brot vom Teller und biss ein kleines Stückchen davon ab. Sie spürte dem süßen Geschmack der Erdbeeren nach, der feinen Säure des Rhabarbers und der Frische der Zitrone. Die Vanille kam als sanfte Note zum Schluss und rundete alles ab. Perfekt, dachte Emmi, warf einen Blick in die Runde und spürte in diesem Moment so etwas wie Glück in sich aufsteigen. Es prickelte und blubberte genauso zaghaft wie ihre Marmelade, wenn sie langsam zu köcheln begann, aber es war da.

»Was war denn das mit Oliver und dir unten in der Küche?«, fragte Lea, als sie weit nach Mitternacht auf dem Bauch auf ihrer Bettseite lag, die Beine in der Luft baumeln ließ, die Fotos von ihrem Sohn durchscrollte, die ihr ihr Ex-Mann geschickt hatte, und darauf wartete, dass Emmi sich die Zähne geputzt hatte. Sie hatten lange gebraucht, bis sie alle Erdbeeren verarbeitet hatten, aber keiner hatte sich daran gestört, denn neben den neckenden Kommentaren, die zwischen Emmi und Oliver hin- und hergingen, war es auch sonst eine gelöste und ausgelassene Stimmung gewesen.

»Keine Ahnung«, sagte Emmi und spuckte etwas Zahnpastaschaum ins Waschbecken. »Ich kann ihn irgendwie nicht richtig einschätzen. Das eine Mal ist er sehr zurückhaltend und dann auf einmal total nett.«

»Na, wenn das mal nicht nach Urlaubsromanze klingt«, sagte Lea. Sie legte ihr Smartphone beiseite und blätterte einen Veranstaltungsprospekt durch, da Emmi im Bad noch etwas brauchte.

»Fängst du jetzt schon wieder damit an?« Emmi gurgelte, spuckte das Wasser ins Waschbecken und tupfte sich den Mund an ihrem Handtuch ab. »Ich glaube nicht, dass er auf mich steht.« Sie tauschten einen Blick über den Spiegel im Badezimmer.

»Ausschließen würde ich es nicht.« Lea blätterte weiter. »Ich werd verrückt!«

»Komm schon, so schlimm bin ich auch nicht.«

»Quatsch, das meine ich doch gar nicht.« Lea stand auf und reichte ihrer Freundin den Veranstaltungsprospekt. »Da!«

Emmi überflog die Zeilen: *Treffen des Bio-Obstvereins* stand da zwischen Stadtführungen, Bootsrundfahrten und Sonderausstellungen diverser Museen.

»Das ist morgen.« Sie prüfte noch einmal das Datum, es stimmte. »Meinst du, er wird dort sein?«

Lea sah ihre Freundin mit festem Blick an. »Es gibt nur eine Möglichkeit, das herauszufinden.«

6.

»Und wenn du ihm zwei T-Shirts rauslegst?«

Emmi blinzelte verschlafen, als sie die Stimme ihrer Freundin hörte. Gegen das Licht, das zur Balkontür hereindrang, erkannte sie Leas Silhouette. Ihre Freundin lief auf dem Balkon auf und ab.

»Das mit den Dinos mag er eigentlich ganz gerne. Versuch es mal damit«, sagte Lea.

Anscheinend war ihr Ex-Mann am anderen Ende der Leitung, und es schien um Maximilian zu gehen.

Emmi stand auf und kam zu Lea auf den Balkon. »Ist etwas passiert?«, flüsterte sie besorgt.

Lea hielt den Telefonhörer zu. »Kleine Anzieh-Krise«, wisperte sie. »Geh ruhig frühstücken.«

Emmi nickte, zog sich an und ließ sich wenig später ein Croissant mit ihrer selbst gemachten Erdbeer-Rhabarber-Marmelade schmecken. Nach dem Frühstück wollte sie sich gleich auf den Weg zur Versammlung des Bio-Obstvereins machen.

Alles wieder okay bei euch?, tippte sie eine Nachricht an Lea, die noch immer nicht heruntergekommen war.

Er hat jetzt immerhin schon mal den Schlafanzug ausgezogen, tippte Lea zurück. *Geh ohne mich, bevor du den Beginn verpasst.*

Emmi seufzte. Sie hätte Lea gern dabeigehabt, aber sie verstand, dass ihre Freundin das Telefonat jetzt nicht beenden konnte.

»Hast du vielleicht ein Fahrrad für mich?«, fragte sie Kathrin, da öffentliche Verkehrsmittel ebenso flachfielen wie die Fähre. Gestern Abend waren sie zum Du übergegangen, nachdem sie noch so lange beisammengesessen und Marmelade gekocht hatten.

»Ich nicht, aber Oliver vermietet in seiner Segelschule welche. Frag ihn doch einfach mal.«

Emmi lief durch das idyllische Fischer- und Winzerdorf, das gerade zum Leben erwachte, in Richtung Hafen. Das kleine Museum, in dem Puppenstuben, Kaufläden und anderes Spielzeug aus früherer Zeit ausgestellt wurden, hatte heute geschlossen, auch auf dem Kinderspielplatz war noch nichts los. Die Turmuhr der evangelischen Kirche, die sich direkt daneben befand, schlug viertel nach acht. Eine Radfahrerin hatte in ihrem Gepäckkorb eine Brötchentüte, erste Urlauber liefen mit ihren Strandtaschen in Richtung Seepromenade. Vielleicht waren sie auf dem Weg ins Strandbad, von dem Kathrin ihnen gestern beim Marmeladekochen erzählt hatte, oder sie planten einen Ausflug mit dem Schiff. Warum auch nicht, dachte Emmi. Für jemanden, der Wasser liebte, war der glitzernde See, der immer wieder zwischen den Häusern hindurchspitzte, wenn sie auf eine Querstraße traf, mit Sicherheit ein Traum. Und sie genoss den Anblick ja auch, heute Morgen zum Beispiel, als sie auf ihren kleinen Balkon getreten war. Zwischen dem Hausdach und der Thujahecke hatte der See wie ein sanftes blaues Tuch gelegen. Emmi hatte ihre Hände auf das Holzgeländer gelegt, hatte tief die klare, kühle Morgenluft eingeatmet und kurz dem Zwitschern der Vögel gelauscht, das mit jedem Sonnenstrahl mehr wurde.

Sie zog ihre Häkeljacke um sich, da die Luft noch immer ein wenig frisch war. Vielleicht hätte sie sich besser für ihre Leinenhose und ein T-Shirt entschieden statt für das Baumwolltop mit Lochmuster und den luftigen Sommerrock. Na ja, es war ja noch ziemlich früh. Der Morgen sah jedenfalls nach einem schönen Sommertag aus.

Emmi erreichte die Segelschule. Die Tür war bereits geöffnet, und eine Klapptafel mit der Aufschrift *Bootsausflüge, Segeltörns und mehr* stand draußen, aber an den beiden Tischen waren noch die Stühle mit Kabelschlössern befestigt. Oliver oder der andere Mann, den sie gestern auch hier gesehen hatte, waren anscheinend gerade erst gekommen. Emmi bemerkte zwei Fahrräder in dem Fahrradständer unter dem Fenster des weiß gestrichenen Hauses. Eines hatte allerdings einen Platten. Sie klopfte an die Tür, doch es blieb still.

»Hallo?«, rief sie, als sie zaghaft einen Schritt hineintrat.

»Oh, guten Morgen.« Oliver kam mit einem Arm voll Polstern gerade aus einem der Nebenzimmer. »Waren wir verabredet?«

»Äh, nein. Ich bin auf der Suche nach einem Leihrad.«

»Tja, da muss ich dich leider enttäuschen.«

»Wieso, da draußen stehen doch zwei Räder.«

Oliver drückte sich mit den Polstern an ihr vorbei nach draußen und legte jeweils einen Stapel davon auf die Tische.

»Ja, aber drei unserer Leihräder sind momentan unterwegs und die anderen leider defekt. Das eine ist in Reparatur, weil ständig die Kette runterspringt, und das andere hat einen Platten.«

»Oh.« Emmi wusste für einen Moment nicht, was sie sagen sollte. Es war mittlerweile vermutlich kurz vor halb neun. Um neun begann die Veranstaltung. Wenn sie pünktlich sein wollte, musste sie sich etwas einfallen lassen. »Und wieso kann ich mir nicht das andere daneben ausleihen? Das ohne Platten?«

Oliver schloss die Stühle los und verteilte die Polster darauf. »Weil es meins ist.«

»Aber ...« Emmi biss sich verzweifelt auf die Unterlippe. »Ich brauche wirklich dringend ein Rad. Ich muss um neun Uhr in Friedrichshafen sein.«

»Ja, das wird sowieso knapp. Da fährst du mit dem Rad knapp vierzig Minuten.«

»Im Ernst?«

»Schon ...« Er sah sie gelassen an.

»Verdammt!« Emmi ärgerte sich, dass sie sich nicht eher mit der Routenplanung beschäftigt hatte. Lea wäre so etwas nicht passiert. Die hätte bereits alles herausgesucht und durchgetaktet. Aber Lea kümmerte sich um ihren Sohn, und Emmi hatte sich heute Morgen einfach keine Gedanken darüber gemacht. In Frankfurt stieg sie in die Bahn, die ohnehin alle zehn oder fünfzehn Minuten fuhr, und war innerhalb von einer halben, dreiviertel Stunde nahezu überall, wo sie hinwollte.

»Heute früh zu spät aufgestanden?«

Sie warf Oliver einen vernichtenden Blick zu. Wenn

der wüsste, dachte sie. »Lag vielleicht an den vielen Erdbeeren, die ich gestern Abend eingekocht habe, weshalb ich erst weit nach Mitternacht ins Bett gekommen bin. Aber wenn ich hier nicht ewig herumdiskutieren müsste, wäre ich auch schneller.« Entnervt strich sie sich ihre Haare aus dem Gesicht. »Was mache ich denn jetzt?«, murmelte sie.

»Du könntest die Fähre nehmen.«

Emmis Augen verengten sich noch mehr. Sie hoffte, dass er spürte, wie sehr ihn ihr Blick durchbohrte. Anscheinend mit Erfolg, denn um seinen Mundwinkel zuckte es, was sie noch mehr ärgerte. Ihre Nasenflügel bebten.

»Ich könnte dir alternativ auch ein Taxi rufen.«

»Hm, nein, danke. Bis das da ist ...«

»Okay, dann nicht.« Oliver nahm den Eimer, mit dem er vermutlich vorher die Tische und Stühle abgewischt hatte, und wollte gerade wieder hineingehen.

»Hey, und das war es jetzt?«

Er zuckte gleichmütig mit den Schultern.

»Weißt du, was das kostet, wenn ich mich hier ständig nur mit dem Taxi fortbewege?«

»Deshalb nutzen wir die Fähre.«

Sie schnaubte. »Auf dem Wasser werde ich seekrank. Aber vielleicht lag das auch nur an deinen Segelkünsten. Jedenfalls habe ich wirklich einen sehr wichtigen Termin.«

»Das ist in der Tat ein Problem.«

»Argh!« Emmi trat gegen einen Stein, der bedauerlicherweise größer war, als sie angenommen hatte, denn der untere Teil befand sich anscheinend noch in der Erde, wie ihr ihre schmerzende Zehe zu verstehen gab. »Aua!«

Oliver seufzte, stellte den Eimer ab und holte einen Schlüsselbund aus seinen Jeansbermudas. »Aber wirklich nur ausnahmsweise«, sagte er, als er sein Mountainbike losschloss. »Und das auch nur, weil ich Mitleid mit dir habe.«

»Ehrlich?« Emmi sah ihn überrascht an. Sie zögerte, ob sie sein Rad unter diesen Umständen wirklich annehmen sollte. Wie stand sie denn jetzt da? Vielleicht wäre es besser, sich einfach in der nächsten Querstraße mit dem Smartphone ein Taxi zu bestellen. Dann würde sie sich vor Oliver wenigstens keine Blöße geben.

»Willst du es jetzt oder nicht?«, fragte Oliver, der das Rad bereits aus dem Fahrradständer geschoben hatte.

»Ja, ist ja gut. Ich nehme es. Was bekommst du?«

Er winkte ab. »Geschenkt. Das geht auf mein Karma-Konto: Ritter hilft Dame in Not. Aber bring es mir ohne Kratzer zurück. Es war ein echt teures Bike.«

Als ob sie je etwas anderes vorgehabt hätte, dachte Emmi. Mangels Alternativen griff sie nach dem Lenker und schwang sich auf den Sattel. Fest trat sie in die Pedale, als sie sich durch Hagnau auf die Umgehungsstraße schlängelte. Jetzt kam sie mit Sicherheit zu spät, weil Oliver so lange hatte diskutieren müssen. Was war das nur mit ihm? Gestern noch hatte er sich so für ihren Blog interessiert, und gerade hatte er ihr gratis sein Rad zur Verfügung gestellt, wie Emmi fairerweise zugeben musste – und irre gut sah er obendrein auch noch aus, mit seinen halblangen blonden Haaren und den blauen Augen in der Farbe des Sees.

Endlich erreichte Emmi die Halle, in der das Treffen der

Biobauern stattfand. Sie sah die Plakate an der Veranstaltungstafel, und ihr Herz begann wild zu hämmern. Mit zitternden Fingern schloss sie das Rad an den Fahrradständer und lief auf eine der Eingangstüren zu. Direkt daneben war ein Tisch mit Werbematerial aufgebaut. Emmi wollte daran vorbeigehen, als ein Mann auf sie zukam. Von seinem Äußeren her schätzte sie, dass er der Hausmeister war, denn er trug eine graue Hose, aus der ein Zollstock und ein Schraubendreher lugten, und ein Karohemd, das leicht staubig war.

»Suchen Sie etwas?«

»Ich wollte zum Treffen des regionalen Bio-Obstvereins. Findet das nicht hier statt?«

»Oh, da sind Sie leider einen Tag zu spät.« Der Mann sah sie mit leichtem Bedauern an.

Emmi fühlte sich, als wäre sie gerade gegen eine Wand gelaufen. »Was? Aber in der Veranstaltungsbroschüre stand, dass sie sich heute treffen.«

Jetzt wechselte sein Blick zu Bedauern. »Das war leider ein Fehler des Orga-Teams. Sehen Sie?« Er deutete auf eines der Plakate, das an der Tür klebte.

Es war, als hätte man einen Eimer kaltes Wasser über ihr ausgekippt. Tatsächlich, der Termin war gestern gewesen. »O nein«, murmelte sie.

»Aber hier liegt noch etwas Infomaterial herum, wenn Sie sich für die Vereinstätigkeiten interessieren und Mitglied werden wollen. Nehmen Sie sich doch das mit. Das hätte ich sowieso gleich in den Müll geschmissen.« Er drückte ihr eine bunt bedruckte Broschüre in die Hand. »Dort finden Sie viele Informationen und alle weiteren

Termine, unter anderem den Tag der offenen Tür im Oktober. Da stimmt dann auch ganz sicher der Termin.«

Emmi lächelte schwach. »Danke.« Sie warf einen letzten sehnsüchtigen Blick auf die doppelflüglige Tür, doch dahinter war niemand mehr. Sie war zu spät.

Andererseits wusste sie ja nicht einmal, ob dieser John oder Jens tatsächlich auch an der Veranstaltung teilgenommen hatte. Vielleicht war er gestern ja gar nicht dort gewesen oder sogar ganz ausgetreten. Wer wusste schon, was in den letzten Jahren passiert war? Da konnte sich viel verändert haben, sehr viel, wenn sie darüber nachdachte, dass ihre Mutter innerhalb von ein paar Jahren ein Kind bekommen hatte, umgezogen war und eine Catering-Firma aufgebaut hatte.

Emmi beschloss, sich auf eine Parkplatzmauer unweit der Tür zu setzen und die Information erst einmal zu verdauen. Sie zog das Bild aus ihrem kleinen Lederrucksack und betrachtete es genauer. Wenn ich dich doch finden würde, dachte sie. Ich habe so viele Fragen … Wieder stieg Wärme in ihr auf, als sie das Foto betrachtete. Egal, wer er war, sie musste mit ihm sprechen.

Ihr Handy brummte. Eine Nachricht von Lea: *Und?*

Nichts, tippte Emmi zurück. *Die Veranstaltung war gestern. Fehler im Druck. Wie läuft es bei dir?*

Wutanfall erfolgreich begleitet. Dahinter war ein Smiley, der aus der Puste war.

Emmi schmunzelte. Sie hatte großen Respekt davor, wie Lea ihren Sohn allein großzog.

Dann tippte ihre Freundin erneut: *Ach, Mensch, Emmi,*

das tut mir so leid. Und gleich darauf folgten drei Herzen. *Soll ich zu dir fahren?*

Nein, ich glaube, ich brauche gerade einen Moment für mich. Mach dir einen schönen Tag in Hagnau. Ich fürchte, das hier ist verschwendete Zeit.

Komm, wir gehen zusammen ein Eis essen. Jeder einen Familienbecher. Den haben wir uns verdient.

Emmi lachte über Leas Vorschlag. *Da bekomme ich Gehirnfrost*, schrieb sie zurück. *Aber im Ernst, unternimm was Schönes, bis ich wieder da bin.*

In dreißig Minuten startet ein Segeltörn. Willst du mit?

Emmi verzog das Gesicht. *Das schaffe ich leider nicht*, schrieb sie zurück, dankbar dafür, so eine lange Strecke vor sich zu haben. *Aber geh gerne mit. Dir hat es doch auch gestern schon so viel Spaß gemacht.*

Okay, dann sehen wir uns später. Jetzt folgten ein Segelboot, ein Emoji mit See und Sonne und ein glücklicher Smiley, der von Herzen umrahmt wurde.

Emmi ließ seufzend ihr Smartphone wieder in ihrem Rucksack verschwinden. Sie wünschte, sie wäre auch so glücklich. Doch bei ihr hatte sich dumpfe Enttäuschung eingenistet wie ein grauer Regenschleier. Nein, eher wie ein Wolkenbruch, der sich jeden Moment Bahn brach. Tapfer blinzelte sie die aufsteigenden Tränen zurück. Es war wohl besser, wenn sie sich auf den Heimweg machte.

Sie schloss das Rad los und schwang sich auf den Sattel.

Die ganze Fahrt umsonst, dachte sie, während sie an Weinreben vorbeifuhr und linker Hand einen herrlichen Blick über den Bodensee hatte. Es fuhren einige Segler und kleine Motorboote darauf herum, in der Ferne sah sie eine Fähre, und am Horizont konnte sie die Alpen ausmachen. Mittlerweile stand die Sonne hoch am Zenit und brannte regelrecht vom Himmel. Da es leicht bergan ging, kam Emmi ins Schwitzen. Sie hatte ihre Häkeljacke ausgezogen und an ihren Rucksack geknotet, denn einen Korb hatte das Mountainbike natürlich nicht.

Emmi war kurz vor Hagnau, als der Campingplatz und das Strandbad ausgeschildert waren. Sie ordnete sich links ein, gab ein Handzeichen und bog von der Hauptstraße ab. Sie wollte gerade auf dem Radweg die Straße überqueren, als sie wildes Hupen und Reifenquietschen hörte. Panisch riss Emmi den Lenker herum und spürte im nächsten Moment einen Widerstand vor ihrem Vorderreifen – den Randstein, wie sie viel zu spät bemerkte. Emmi flog in hohem Bogen über den Lenker und kam mit Knie und Ellbogen voran auf der Straße auf. Ein Brennen schoss sofort durch ihren Körper, und Emmi konnte nur aufschreien. Sie sah den weißen Kleintransporter, der schlingernd wieder auf die Spur kam und anschließend davonbretterte.

»Verdammt!« Emmi schlug auf den Boden, was ihre aufgeschürfte Hand noch mehr schmerzen ließ.

»O Gott, Kindchen, ist Ihnen etwas passiert?« Eine ältere Dame mit Faltenrock und T-Shirt schob ihren Rollator zu ihr über die Straße. »Soll ich einen Notarzt rufen?« Mit tattrigen Händen kramte sie in ihrer bestickten Handtasche, die vorne in dem Gepäckkorb des Rollators stand.

Emmi richtete sich auf. Zum Glück war sie nicht auf

den Kopf gefallen. Aber ihr Knie schmerzte scheußlich, und zwischen dem Dreck, der fast ihr komplettes Bein bedeckte, sickerte das Blut aus vielen kleinen Kratzern. Auch ihr Ellbogen und der Arm sahen nicht besser aus, ebenso ihre Hände.

»Nein, vielen Dank, es geht schon«, sagte Emmi, da sie der alten Dame keine Umstände machen wollte. Wie zum Beweis wollte sie aufstehen, sog dann aber scharf die Luft ein, da jede Bewegung und jedes Beugen ihres Knies schmerzten.

»Sind Sie sicher?«

Emmi nickte tapfer. »Ganz bestimmt.« Sie versuchte sich in einem Lächeln und hob das Fahrrad auf.

»Na, mit dem können Sie jedenfalls nicht mehr viel anfangen«, sagte die ältere Dame.

Leider musste Emmi feststellen, dass sie recht hatte. Der Lenker war ordentlich verdreht, und über den Rahmen des Mountainbikes verteilten sich ebenso unschöne Kratzer wie über ihre Knie und ihren Ellbogen. »Das darf doch nicht wahr sein«, murmelte sie. »Oliver wird mich umbringen ...« Verzweifelt fuhr sie sich durch die Haare und strich sie sich aus dem Gesicht.

»Na, das hätte ja beinahe der Autofahrer übernommen.«

Jetzt musste Emmi doch schmunzeln. Humor hatte die Dame. »Ich weiß nicht, ob er das als Ausrede gelten lässt. Haben Sie das Nummernschild lesen können?«

Bedauernd schüttelte die ältere Dame den Kopf. »Alles ging so schnell.«

»Ich weiß, na ja, egal, kein Problem.« Emmi lächelte

schwach. »Vielen Dank trotzdem.« Sie verabschiedete sich, und obwohl sie Schmerzen hatte, schob sie das Rad und bog auf die Strandbadstraße ein. Wenigstens hatte sie sich nichts gebrochen, aber schnell kam sie nicht voran. Noch dazu schleifte das verbeulte Vorderrad so sehr, dass es sich ohnehin kaum schieben ließ. Auf einem Fahrradwegweiser las sie, dass es noch anderthalb Kilometer bis zur Schiffsanlegestelle von Hagnau waren. Da konnte sich Emmi nicht mehr zurückhalten. Sie begann bitterlich zu schluchzen, wegen ihres Sturzes, wegen ihrer Verletzungen, wegen ihrer Sorge, was Oliver wegen seines kaputten Mountainbikes sagen würde, aber vor allem darüber, dass ein weiterer Versuch, ihren Vater zu finden, erfolglos geblieben war ...

Emmis Foodblog

Sweet-Comfort-Gelee

*Nichts tröstet so gut wie Brombeer-
Schokoladen-Gelee*

Zutaten:
   1kg Brombeeren
   1 Tafel Zartbitterschokolade
   500g Gelierzucker 3:1

Zubereitung:
Die Brombeeren waschen und pürieren. Anschließend durch ein
Sieb streichen und die Fruchtmasse auffangen.
Schokolade klein hacken und zur Seite stellen.

Fruchtmasse mit Gelierzucker mischen und unter ständigem Rühren zum Kochen bringen.
Die Schokoladenstückchen unterrühren und ca. 4 Minuten kochen lassen.
In sterilisierte Gläser abfüllen, sofort verschließen. Umgedreht
abkühlen lassen.

*Nichts hilft besser gegen Kummer als Schokolade – oder
auch Marmelade! Kleine runde Mürbeteigplätzchen, gefüllt
mit diesem herrlichen Brombeer-Schokoladen-Gelee haben
mir geholfen, meinen Fahrradunfall zu vergessen. Als ich die
mit Puderzucker bestäubten Kekse gegessen habe, durch*

deren oberen Ring das dunkle Gelee purpurfarben glitzerte, war es, als hätte es diesen schrecklichen Vorfall nie gegeben. Cremig zart wie dieser Nachmittag war das Gelee durch die Schokolade, und der edelbittere Geschmack mischte sich mit der fruchtigen Säure der Brombeeren. Genauso habe ich mich auch gefühlt. Bittersüß, wie die Gefühle, die der Mann, der mir gegenübersaß, in mir ausgelöst hat ...

7.

Oliver zog den Reifen auf die Felge. Nachdem Emmi heute Morgen plötzlich vor ihm gestanden hatte, wollte er die Räder unbedingt wieder auf Vordermann bringen. Dafür hatte er Benno sogar den Segeltörn überlassen. Er musste an ihr Gespräch heute Morgen denken und sich eingestehen, dass er Emmi doch interessanter fand, als ihm lieb war. Was das wohl für ein Termin gewesen war? Zu gerne hätte er sie danach gefragt, aber er wollte nicht neugierig wirken. Er hatte sie ja schon beim Marmeladekochen regelrecht gelöchert. Ein wohliger Schauer durchfuhr ihn, wenn er daran dachte, wie sie zusammen mit seiner Mutter in der Küche gestanden hatte, als hätte sie nie etwas anderes getan. Der süß-warme Erdbeerduft, der durch den Raum gezogen war, Emmi, die lachte und erzählte und dabei glücklich herumwirbelte, Erdbeeren schnitt, Marmelade einkochte, mit den Zutaten improvisierte und gefühlt alles gleichzeitig machte und doch alles unter Kontrolle hatte. Er wäre bei so etwas völlig überfordert gewesen. Erdbeermarmelade war ihm früher immer ein wenig zu süß gewesen, aber Emmis Marmelade mit der Vanille und der Zitrone hatte etwas Besonderes und eine Frische, ja beinahe Leichtigkeit, und die Erdbeer-Rhabarber-Marmelade war göttlich! Oliver hatte sogar auf sein Wurstbrot verzichtet und sich stattdessen heute Morgen ein Marmeladenbrötchen schmecken lassen.

Als er jetzt ein Schluchzen hörte, begleitet von einem seltsam schleifenden Geräusch, sah er auf, und ihn traf fast der Schlag. Vor ihm stand Emmi, mit einem völlig verheulten Gesicht, die Knie aufgeschürft und blutig, ihr Rock und ihre Haut schmutzig und mit Dreck überzogen. Ihre Finger umklammerten fest die Lenkstange, und als Oliver seinen Vorderreifen sah, klappte ihm die Kinnlade nach unten.

»Ist das dein Ernst?«, fuhr er Emmi an. »Weißt du, was das Bike gekostet hat?«

»Ich … ich …« Sie schniefte.

»Ich hab dir gesagt, dass du drauf aufpassen sollst!«

»Das hab ich ja auch!«

»Du hast das komplette Vorderrad geschrottet!«, rief er, sprang auf und sah sich den Schaden an. »Das ist definitiv hinüber. Wenn ich Pech habe, sogar der ganze Rahmen.«

»Das wollte ich nicht.« Emmi schniefte wieder. »Bestell dir ein neues und schick mir die Rechnung.«

Er sah sie mit einem abfälligen Blick an, und als Emmi jetzt wieder zu schluchzen begann, packte ihn das Mitleid. Wie sie so dastand, eine Hand um ihren Oberarm gekrallt, das Gesicht fleckig und verklebt vom Weinen, der Rock und die Knie dreckig. Erst jetzt bemerkte er, dass sie auch an den Händen und dem Ellbogen aufgeschlagen war und blutete. O Gott, hatte sie sich womöglich ernsthaft verletzt?

»Wie geht's denn dir?«, fragte er gleich schon etwas weniger grummelig.

»Es … ich …« Jetzt brach sie komplett in Tränen aus.

Oliver lehnte sein Rad gegen die Mauer, legte einen Arm um Emmi und führte sie in die Abstellkammer der Segelschule. »Setz dich«, sagte er, und Emmi nahm neben der Waschmaschine auf der Truhe Platz, in der sie die Polster aufbewahrten. Er suchte im Medizinschrank nach Desinfektionsmittel und Verbandsmaterial. »Das wird jetzt gleich ein bisschen wehtun.« Er kniete sich vor sie und betrachtete die aufgeschürften Knie. Vorsichtig sprühte er das Desinfektionsmittel darauf. An Emmis vor Schmerz verzogenem Gesicht konnte er sehen, dass es brannte, doch sie presste tapfer die Lippen zusammen.

»Ist es sehr schlimm?«, fragte sie.

»In ein paar Tagen wird es sicher wieder verheilt sein. Mein Fahrrad sieht schlimmer aus.« Vorsichtig wickelte er einen Verband um das linke Knie, das deutlich mehr abbekommen hatte. Beim rechten Knie würde ein Pflaster reichen.

»Es tut mir ehrlich leid.«

»Schon gut.« Oliver war darauf bedacht, sie nicht zu berühren, doch immer wieder streifte sein Handrücken den Unterschenkel ihres anderen Beines, wenn er die Mullbinde in die andere Hand nahm.

»So, das sollte fürs Erste gehen.« Er sah sich auch den Ellbogen und ihre Handflächen an. »Wie ist das denn eigentlich passiert?«

»Mir hat ein Transporter die Vorfahrt genommen.« Sie schniefte wieder, und er reichte ihr ein Taschentuch. »Ich bin gerade abgebogen und wollte auf dem Radweg die Straße überqueren, als er meine Spur gekreuzt hat.«

Oliver merkte, wie es ihm eiskalt den Rücken hinunterlief. Wenn Emmi nur eine winzige Sekunde später reagiert hätte, hätte der Transporter sie womöglich erfasst; und dann wäre mehr kaputt gewesen als nur sein Mountainbike.

»Tut mir wirklich leid mit deinem Fahrrad«, sagte sie, weil er anscheinend zu lange geschwiegen hatte.

»Jetzt vergiss doch mal das blöde Fahrrad.«

Emmis Augen weiteten sich. Mist, jetzt hatte er sie auch noch angefahren. Kein Wunder, dass sie da erschrocken war. Sie hatte sich verletzt, hatte bestimmt einen Schock davongetragen, dazu die Sorge, was er zu dem kaputten Rad sagen würde, und er war auch noch so unfreundlich. Oliver fuhr sich durchs Haar. Wieso brachte ihn diese Frau so aus der Fassung? Er kannte sie doch überhaupt nicht. Wieder dachte er an seinen Sommer mit Meike. Er musste höllisch aufpassen.

»Komm, ich mache dir einen Kaffee.«

»Geht auch Cappuccino?«, fragte sie vorsichtig.

Über Olivers Gesicht huschte ein Lächeln. »Meinetwegen.«

Emmi rutschte von der Truhe, und zusammen gingen sie in den Unterrichtsraum, wo Oliver hinter dem Tresen verschwand und die Kaffeemaschine einschaltete.

»Setz dich doch«, sagte er, während er mit Tassen, Besteck und einer Dose hantierte.

Emmi suchte sich einen Platz nicht weit vom Tresen entfernt. Sie ließ ihren Blick durch den hellen Raum gleiten, betrachtete die Fensterdeko aus Strandgut und Glasperlen, die Theresa, Bennos Frau, gebastelt hatte.

»Gibst du hier die Theoriestunden?«, fragte sie.

Oliver nickte. Er balancierte ein Tablett zum Tisch, auf dem zwei Tassen Cappuccino und ein Teller mit Gebäck standen.

»Das sind selbst gemachte Kekse mit Marmeladenfüllung von meiner Mutter.«

Emmi nahm einen und probierte. »Wow, die sind ja großartig! Womit sind sie gefüllt?«

»Brombeer-Schokoladen-Gelee. Das haben wir immer bekommen, wenn ...« Oliver brach ab, als er an seinen Bruder dachte. »Als Kind haben mich diese Kekse oft getröstet. Wenn ich zum Beispiel von meinem Trettraktor gefallen bin oder beim Stelzenlaufen das Gleichgewicht verloren habe. Und später bei meinem ersten Liebeskummer.«

Emmi kicherte.

»Hey!« Oliver sah sie mit gespielter Empörung an.

Emmi naschte auch das restliche Stück ihres Kekses. »Das glaube ich gern, dass sie da gut geholfen haben.« Sie seufzte. »Jetzt geht's mir auch ein wenig besser.«

»Dann ist dein Termin nicht so verlaufen, wie du dir erhofft hast?«

Sie schüttelte den Kopf.

Oliver überlegte, nachzufragen, doch er wollte nicht indiskret oder neugierig wirken. Also schob er ihr den Keksteller über den Tisch zu, so wie es seine Mutter immer bei ihm gemacht hatte, und wartete.

»Wie du ja weißt, bin ich auf der Suche nach meinem Vater.« Sie machte eine kleine Pause. »Gestern Abend im Bett hat Lea im Veranstaltungskalender gelesen, dass sich die regionalen Biobauern in Friedrichshafen treffen.«

»Ach so, deshalb das Fahrrad.«

Emmi nickte.

»Und er wollte nicht mit dir sprechen?«

»Dazu kam es gar nicht, der Termin war falsch eingetragen und längst vorbei. Das Einzige, was ich noch abstauben konnte, war eine Infobroschüre.« Sie zog den Flyer aus ihrem kleinen Lederrucksack und legte ihn auf den Tisch.

Oliver sah die Broschüre an. »Da steht eine Internetseite drauf.«

»Ja, toll. Da kann ich dann lesen, wie viele Kilo Äpfel alle zusammen geerntet haben.«

»Quatsch, da kannst du gucken, wer alles Mitglied ist.«

In Emmis Augen flackerte etwas auf.

Oliver zog sein Smartphone aus der Hosentasche und scannte den QR-Code. »Na bitte, wer sagt's denn: *Mitglieder*«, las er vor und drückte auf den Button. Er scrollte durch die Höfe. »Also, wenn ich das richtig sehe, hast du jetzt nicht nur einen Vater, sondern eher so um die vierzig ...«

Emmi lachte. »Zeig mal her.«

Oliver legte sein Smartphone in die Tischmitte, und als sie sich zusammen darüber beugten, spürte er die Wärme, die von ihrem Körper abstrahlte. Eine ihrer Haarsträhnen kitzelte ihn, aber er sagte nichts, und irgendwie genoss er die Nähe, auch wenn sie überhaupt nichts zu bedeuten hatte.

»Weißt du, manchmal hätte ich mir gewünscht, meine Mutter hätte diverse Liebhaber gehabt. Dann hätte es wenigstens irgendeinen Mann in meinem Leben gegeben.«

»Dann bist du nur mit deiner Mutter aufgewachsen?«

Sie schüttelte den Kopf. »Früher gab es noch meinen Opa, aber als der ins Heim musste, kurz nachdem meine Oma gestorben ist …« Sie schluckte.

»Lass uns mal sehen, wer in die engere Auswahl kommt«, sagte Oliver beschwingt, in der Hoffnung, Emmi so ein wenig von ihren trüben Erinnerungen ablenken zu können. »Der sieht doch nett aus.« Er klickte auf ein Bild von einem Bauern mit dunkelbraunem Haar und freundlichem Lächeln.

»*Familienvater von drei Kindern, Hühnerhof, Bio-Eier-Verkauf*«, las Emmi vor. »Hm, wahrscheinlich eher nicht.«

»Und wie wäre es mit dem?« Oliver zoomte ein Bild von einem Mann mit Halbglatze und weißem Haarkranz groß.

»Na, ich weiß nicht. Der ist schon ein bisschen alt, findest du nicht?« Sie sah ihm in die Augen, und Oliver hielt für einen Sekundenbruchteil den Atem an. Braun, mit einem großen Anteil Grün, stellte er fest. Geheimnisvoll und tief. Vor allem das Grün erinnerte ihn an den See im Morgengrauen, wenn das Licht sich geheimnisvoll darin brach, der Sand vom Bootsmotor aufgewirbelt wurde und wie Goldstaub in der Morgensonne unter der Wasseroberfläche tanzte. Und genauso glitzerten jetzt auch Emmis Augen, als befänden sich feinste Goldpartikel in ihrer Iris, beinahe magisch, und Oliver ertappte sich erneut dabei, wie er sich überlegte, seine Hand an ihre Wange zu legen, mit dem Daumen darüberzustreichen und ihr eine ihrer sanft gelockten Haarsträhnen, eine Nuance heller als das Braun ihrer Augen, hinters Ohr zu stecken. Er musste sich wirklich zusammenreißen.

»Okay, dann der Nächste …« Er scrollte weiter, da nun ein paar Frauen folgten, die ebenfalls zu dem Verein gehörten.

»Ich fühle mich gerade ein bisschen wie bei *Bauer sucht Frau*.«

»Wohl eher bei *Tochter sucht Bauer*«, meinte Oliver zwinkernd.

»Stopp!« Emmi legte ihre Hand auf seine, und ein Schlag durchzuckte ihn. Himmel, was war das für eine Berührung gewesen? Er sah zu Emmi, doch die schien nichts davon bemerkt zu haben, denn sie blickte wie gebannt auf das Display seines Smartphones. »Der könnte es sein.«

Oliver vergrößerte das Bild. Emmi kramte in ihrem Rucksack und zog das Foto heraus. Tatsächlich, die Ähnlichkeit war verblüffend. Schmale, eng stehende Augen, leichter Dreitagebart, volles Haar, auf dem jüngeren Foto hatte es sich ein wenig an der Stirnpartie gelichtet und war grauer geworden, jedenfalls schätzte Oliver das, denn auf der Fotografie war der Mann nur sehr klein abgebildet.

»*Johann Gruber*«, las er vor.

Emmi atmete tief durch. »Das ist er. Hundert Prozent!«

»Blöd, dass er keine Homepage hat«, sagte Oliver. Die anderen Mitglieder hatten ihre private Seite genutzt, um sich vorzustellen, ein paar Bilder von sich und ihren Höfen hochgeladen und unter einer Kurzbeschreibung den Link zu ihrer eigenen Homepage gepostet. »Aber immerhin hat er eine Adresse angegeben.«

Johann Gruber, dynamischer Landwirtschaftsbetrieb, Wilhelmsdorf.

»Und jetzt?«, fragte Emmi.

»Na, jetzt fährst du da hin und redest mit ihm.«

Sie sah ihn abschätzig an. »Klar, ich klingle da einfach und frage, wieso er auf dem Foto hier drauf ist, das meine Mutter seit sechsundzwanzig Jahren im Keller in einer Kakaokiste aufbewahrt.«

»Beispielsweise.« Oliver lehnte sich zurück und brachte so etwas Abstand zwischen sich und Emmi. Ihre Nähe machte ihn ganz durcheinander. »Ich würde ihn eventuell vorher noch begrüßen.«

»Sehr witzig.« Sie trank einen Schluck von ihrem Cappuccino, der auf ihrer Oberlippe einen süßen Schaumbart zurückließ. »Du ... äh ... hast da was.« Er deutete auf ihr Gesicht.

Emmi sah ihn überrascht an. »Oh!« Sie wischte sich mit der Hand über den Mund. »Besser?«

Er räusperte sich. »Ein wenig.« Sollte er sich einfach zu ihr beugen und mit seinem Daumen den restlichen Schaum wegwischen? Lieber nicht, sagte er sich, denn er wusste nicht, wie sie darauf reagieren würde. Und schon gar nicht, was es mit seinem Herz anstellen würde. »Da links ist noch ein bisschen was.«

Emmi sog die Lippe ein und versuchte so, den Schaum wegzubekommen. Ihre Verrenkungen sahen unglaublich süß aus. »Jetzt geht es«, sagte Oliver, um sie endlich zu erlösen.

»Danke. Na, jedenfalls kann ich da nicht einfach vorbeifahren und klingeln.«

»Wieso nicht?«

»Na, weil … weil …« Sie suchte nach Worten. »Was glaubst du denn, was dann passiert? Dieser Mann tritt heraus, erkennt in mir auf den ersten Blick seine längst verloren geglaubte Tochter und fällt mir lachend um den Hals?« Emmi schlug den Blick zur Decke. »Ich sehe es ganz genau vor mir: Kamerazoom auf die beiden Protagonisten. Im Hintergrund leise, romantische Geigenmusik – Cut – Cliffhanger – nächste Telenovela-Folge.« Sie schüttelte den Kopf. »Aber mal im Ernst. Solche Sachen passieren in meiner Familie nicht. Bei uns ist alles mehr Drama und Herzschmerz und … Chaos.« Das letzte Wort betonte sie so abfällig, dass Oliver aufhorchte. Es musste Emmi sehr treffen, dass sie nicht in einer intakten Familie aufgewachsen war.

»Also mehr so Zweiundzwanzig-Uhr-Abendkrimi?«

Jetzt musste Emmi doch wieder schmunzeln.

»Wenigstens nicht Null-Uhr-dreißig-Splattermovie«, sagte er gleichmütig.

»Bei euch ist alles so einfach und harmonisch und schön. Da fällt man sich in die Arme oder lacht und scherzt, während man zusammen Erdbeeren putzt bis spät in die Nacht …« Sie seufzte.

»Träum weiter, Cinderella.«

»Dornröschen.«

»Was?«

»Dornröschen war die, die hundert Jahre geschlafen hat. Cinderella war die mit dem Schuh.«

»Alles klar. Danke für den Märchenexkurs. Du scheinst dich auszukennen.«

»Hab ich alles schon hinter mir.«

»Das Schlafen oder das mit dem Schuh verlieren?«

Sie verdrehte die Augen. »Ich wünschte, ich könnte mal wieder hundert Jahre schlafen … Und die Sache mit dem Schuh hat noch nie wirklich geklappt.«

»Alkoholexzess zu Teeniezeiten oder Kleinkind-Erfahrung?«

»Das werde ich dir jetzt auf die Nase binden.«

Oliver sah sie gespannt an, doch Emmi verschränkte nur die Arme und lehnte sich zurück. »Also, interessante Geschichten scheinst du jedenfalls eine ganze Menge auf Lager zu haben …«

»Ja, wunderbar. Dann kann ich dir ja auch erzählen, was dabei herausgekommen ist, wenn ich bei fremden Leuten klingle.«

»Dann machst du's?«

»Nein!« Emmi sah ihn entsetzt an. »Ich bin doch nicht verrückt.«

»Emmi, jetzt mal im Ernst. Du bist hierhergefahren, um herauszufinden, wer dieser Mann ist, weil er möglicherweise dein Vater sein könnte. Und jetzt hast du einen Anhaltspunkt, der dich weiterbringen könnte. Warum zögerst du?« Er legte eine Pause ein, doch Emmi rührte sich nicht. »Hast du Angst?«

»So ein Blödsinn.«

Oliver sah sie an. »Du hast Angst.« Er unterdrückte ein Schmunzeln.

»Hey, das ist nicht witzig.« Sie strich sich mit einer raschen Geste eine ihrer ahornbraunen Haarsträhnen hinters Ohr.

»Was soll denn schlimmstenfalls passieren?«

»Was weiß ich? Vielleicht schlägt er mir die Tür vor der Nase zu.«

»Das glaub ich nicht.«

Emmi blickte ihn überrascht an.

»Sieh mal, wenn deine Mutter dieses Foto über zwanzig Jahre aufbewahrt hat, dann hat ihr die gemeinsame Zeit mit diesem Mann etwas bedeutet. Und da kann ich mir fast nicht vorstellen, dass es ihm nicht genauso ergangen ist.«

»Oh, dann zählst du also zu den Romantikern?«

Mist. War er mit seiner Aussage etwa zu weit gegangen? Er dachte wieder an Meike, daran, wie er mit ihr zusammen auf der *Victoria* eine unvergessliche Nacht verbracht hatte, wie sie eng aneinandergeschmiegt auf dem Bug des Schiffes gesessen hatten, eine Decke um die Schultern, und zugesehen hatten, wie die Sonne über den Pfänder emporstieg und sich im Bodensee spiegelte.

»Nicht so wirklich«, sagte er, da er sich nach ihrer unschönen Trennung geschworen hatte, nie wieder so verletzt zu werden. »Und du?«

»Mein Leben ist jedenfalls kein Liebesfilm mit Happy End. Und was bringt es, etwas Vergangenem hinterherzutrauern?«

»Und das hier ist nicht vergangen?« Er tippte auf das Foto.

»Das ist was anderes.« Emmi wandte den Blick ab. »Wie auch immer, vielen Dank für deine Hilfe und die Kekse.« Sie wollte aufstehen, doch sofort sog sie wieder scharf die Luft ein und griff sich ans Knie.

»Wenn es bis morgen nicht besser geworden ist, solltest du zu einem Arzt gehen.«

»Wenn ich mich dann noch vorwärtsbewegen kann.«

»So schlecht sind meine Verbandskünste auch wieder nicht.«

Auf Emmis Gesicht breitete sich ein Lächeln aus. »Hoffen wir es mal.« Sie griff nach ihrem Rucksack und humpelte zur Tür.

»Soll ich dich fahren?«

»Womit denn?«, fragte Emmi irritiert. »Dein Rad sieht jedenfalls nicht mehr so fahrtüchtig aus. Abgesehen davon bin ich, glaube ich, aus dem Alter raus, wo ich mich bei einem Jungen auf den Rahmen setze und nach Hause fahren lasse.«

Oliver beugte sich zu ihr vor. »Ich hab so etwas, das sich Auto nennt. Ist eine total krasse Erfindung, die wir hier auch nutzen.«

»Ich flipp aus!«, sagte Emmi gespielt. »So was besitzt du?«

»Ich würde dir ja den Schlüssel leihen, aber in Anbetracht der Tatsache, dass du verletzt bist und bereits mein Bike zu Schrott gefahren hast ...«

»Jaja, ist ja schon gut. Wo steht denn deine Zauberkutsche?«

»Auf dem Parkplatz, ein paar Schritte von hier.«

»In die Pension?«, fragte er, als sie schließlich nebeneinander im Auto saßen.

Emmi nickte.

»Ich glaube, ich würde doch gerne zu meinem Vater fahren«, sagte sie nach einer Weile.

Oliver warf ihr einen überraschten Blick zu.

Emmi sah ihn von der Seite an. »Kein Triumph, weil ich doch fahre?«

»Nö.«

Sie verschränkte die Arme. »Wie kommt's?«

»Ich wusste es.« Er sah kurz zu ihr hinüber und grinste breit, während Emmi bloß den Kopf schüttelte. Dann konzentrierte er sich wieder auf die Straße.

Er dachte an Tim und daran, wie zerrissen die Familie seinetwegen war. Wenn er Emmi helfen konnte, ihre Familie wieder zusammenzuführen, sollte er das tun. Außerdem mochte er Emmi. Als sie heute mit blutigen Knien, aufgeschürftem Ellbogen und Schrammen an der Hand vor ihm gestanden hatte, hatte er sich tatsächlich Sorgen um sie gemacht. Er musste wirklich aufpassen, dass das nicht aus dem Ruder lief ...

Vor der Pension angekommen drehte Oliver den Zündschlüssel herum, und der Motor erstarb. »Da wären wir«, sagte er und hätte sich im nächsten Moment für diesen blöden Satz ohrfeigen können. War ihm wirklich nichts Besseres eingefallen?

Emmi blickte kurz durch die Windschutzscheibe auf die Pension seiner Eltern. »Ja.« Sie lächelte. »Es ist wirklich schön hier.«

»Das finde ich auch.« Oliver versuchte sich ebenfalls in einem Lächeln, obwohl er merkte, dass sein Puls schneller ging. Emmi noch immer so nahe bei sich zu haben, brachte ihn ganz durcheinander. Dazu ihr Parfüm, das sich mit seinem leichten, lieblichen Duft nach Birne, Lotus, Holz und Pfingstrose langsam im ganzen Auto ausgebreitet hatte. Die Erinnerung daran, wie sie so dicht über das Display seines Smartphones gebeugt war.

Emmi löste ihren Blick von der Pension und sah zu ihm. »Danke fürs Fahren. Sag mal, ich weiß, das kommt jetzt bestimmt richtig blöd rüber, aber … Kann ich mir vielleicht deinen Wagen leihen?«

»Klar.«

»Wie? Das ist alles? Keine Moralpredigt darüber, dass ich ja vorsichtig sein soll?«

»Nein.«

»Das überrascht mich jetzt.«

Er schmunzelte. »Nach dem Vorfall mit meinem Fahrrad wirst du auf mein Auto ganz besonders gut aufpassen.«

»Du bist echt schräg.«

Oliver zuckte mit den Schultern. »Kann sein.«

Und dann, ohne dass er damit gerechnet hatte, umarmte sie ihn einfach.

Oliver durchrieselte es heiß und kalt. Einen Augenblick wusste er überhaupt nicht, was er tun sollte, ehe er behutsam seine Hand auf ihren Rücken legte. »Gern geschehen«, murmelte er, denn er hatte Mühe, den Moment einzuordnen. Begann das zwischen Emmi und ihm etwa so wie mit Meike? Wobei, die hatte er beim Tanzen abends kennengelernt, und bei ein paar Cocktails hatten sie sich über ihre gemeinsamen Interessen ausgetauscht. Das mit Emmi war anders. Jetzt musste er nur aufpassen, dass er da nicht etwas falsch interpretierte und später wieder allein dastand, mit gebrochenem Herzen und einem Haufen Scherben, die er zusammenkehren konnte.

Doch er konnte nichts dagegen tun, dass es sich in seiner Brust eigentümlich zusammenzog, als Emmi sich jetzt aus der Umarmung löste und aus seinem Wagen stieg ...

8

»Du liebe Zeit, mit wem hast du dich denn angelegt?« Lea ließ ihr Smartphone sinken, auf dem sie eben noch einen Videocall mit ihrem Sohn gehabt hatte. Sie hatte es sich auf dem Balkon gemütlich gemacht, ein Glas Limonade vor sich auf dem kleinen Klapptisch und ein Buch nicht weit davon entfernt.

»Mit einem Auto.«

Lea sah sie bestürzt an. »Geht's dir denn gut? Bist du schlimm verletzt?«

»Alles okay«, sagte Emmi. »Ich wurde schon professionell verarztet.« Und da Lea nun fragend die Augenbrauen hob, fuhr sie fort: »Von Oliver aus der Segelschule.«

Als sie seinen Namen aussprach, bekam sie augenblicklich wieder weiche Knie. Sie erinnerte sich an seine sanften Berührungen, wie er zufällig – oder absichtlich? – mit seinem Handrücken immer wieder ihr Bein gestreift hatte, während er das andere verband. Dieses seltsame Kribbeln, das in ihr aufgekommen war, als sie sich so nahe waren, dieser eine kurze Blick, als er sie von unten angesehen hatte. Emmi wurde es ganz warm, wenn sie daran dachte. Oder bildete sie sich das nur ein, weil er einfach nett gewesen war und sich um sie gekümmert hatte? Und weil er ihr bei ihrer Vatersuche half? Und dann im Auto … Zum Glück war sie einfach ausgestiegen. Sie hatte beschlossen, den Abschied nicht zu sehr in die Länge zu ziehen.

Bloß nichts falsch verstehen, Emmi, sagte sie sich. Sie käme sich entsetzlich dumm vor, wenn sie einen Gefallen mit aufkeimenden Gefühlen verwechselte. Abgesehen davon war Oliver dann mit einem Mal bei ihrem Gespräch in der Segelschule ja auch so eigenartig geworden. Als ob sie irgendetwas Falsches gesagt oder etwas missverstanden hätte. Doch dann hatte sich die Stimmung wieder gedreht, und er hatte sie geneckt und zum Lachen gebracht. Was hatte das zu bedeuten? Oder hatte sie sich das womöglich nur eingebildet?

»Aha, wusste ich's doch! Der steht auf dich.«

»Lea!« Emmi schüttelte empört den Kopf. »Ganz sicher nicht. Und falls doch, hat sich das mittlerweile erledigt.«

»Wieso?«

»Weil ich sein Mountainbike zu Schrott gefahren habe.«

»Okay. Das ist wirklich kein guter Start.«

Emmi winkte ab. »Ich bin ja auch nicht auf der Suche – also jedenfalls nicht nach einem Freund.«

»Stimmt. O Mann, was für ein Tag.« Sie seufzte. »Zu doof, dass das Treffen des Bio-Obstvereins bereits gestern war.«

»Ja. Aber der Hausmeister hat mir einen Flyer mitgegeben, über den haben Oliver und ich jemanden ausfindig gemacht.«

»Oliver und du, soso.«

Emmi verdrehte die Augen. »Mensch, Lea, du kannst auch nicht ernst bleiben. Aber egal, ich wäre schon noch draufgekommen, die Internetseite des Vereins nach seinen Mitgliedern zu durchstöbern. Oliver war nur einfach schneller.«

»Emmi, die Krimidetektivin aus der Vorabendserie.« Lea schmunzelte. »Aber im Ernst, hast du jetzt einen konkreten Anhaltspunkt?«

Emmi nickte. »Der Mann hat einen biodynamischen Hof in Wilhelmsdorf. Oliver …« Sie legte eine kurze Pause ein und ärgerte sich über sich selbst, dass sie seinen Namen schon wieder erwähnte. »… leiht mir sein Auto.«

Ein Pfiff kam durch Leas Zähne. »Na, der hat ja Vertrauen zu dir.«

»Ja, oder eine extrem gute Versicherung.«

Lea kicherte. »Morgen fahre ich auf jeden Fall mit. Tut mir leid, dass es heute nicht geklappt hat.«

»Das wäre toll. Ich schätze, allein traue ich mich nicht wirklich. Wie geht's denn Max?«

»Alles wieder in Ordnung. Ich habe gerade noch mal mit ihm gesprochen. Es ist, als wäre heute Morgen gar nichts gewesen.«

»Zum Glück. Und wie war dein Segeltörn?«

»Supertoll! Wir sollten uns das mit dem Einsteigerkurs echt überlegen. Und Kathrin hat mich mit einem umwerfenden Snack versorgt, als ich wieder da war.«

»Die sind wirklich nett hier.« Emmi seufzte leicht und ließ ihren Blick über den Garten mit seiner Liegewiese, die wenigen Häuser und den Zipfel des Sees schweifen, den man von hier aus sehen konnte.

»Ja, eine richtig tolle Familie.«

Emmi lächelte betrübt.

»Ach, Emmi, lass den Kopf nicht hängen.« Lea griff über den Tisch nach ihrer Hand. »Vielleicht kann dir dieser Mann wirklich weiterhelfen und dir Antworten auf all die Fragen geben, die du hast.«

»Und wenn nicht?«

»Dann hast du es wenigstens versucht.«

Emmi dachte nach. Es stimmte, sie hatte nicht viel zu verlieren. »Ich wünsche mir einfach so sehr, zu erfahren, wer mein Vater ist.«

»Ich weiß. Und das ist doch wirklich eine heiße Spur. Warten wir ab, was wir morgen herausfinden.«

Emmi nickte. »Willst du das eigentlich wirklich machen mit dem Segelkurs?«, fragte sie nach einer Weile.

»Oh, ich bin echt kurz davor, den zu buchen.« Emmi konnte die Sehnsucht auf dem Gesicht ihrer Freundin erkennen. »Kathrin und Achim wollen ihn uns als Dankeschön für unsere Hilfe mit den Erdbeeren schenken. Hast du nicht doch Lust, mich zu begleiten?«

»Nee, lass mal, ich glaube, das ist nicht so meins.«

»Schade, aber ich versteh schon. Du willst die Zeit lieber für die Recherche nutzen. Außerdem, wer weiß, wo das noch hinführen wird, wenn du mehr Zeit mit Oliver verbringst.«

»Da führt überhaupt nichts irgendwo hin«, sagte Emmi mit gespielter Empörung.

»Ach, komm schon, der sieht verdammt gut aus. Und ich will nicht wissen, was da für Muskeln unter seinem Hemd stecken.«

»Willst du doch.«

Lea verdrehte die Augen. »Na gut, zugegeben. Vielleicht könnte ich mir da was vorstellen, wenn er mich wenigstens einmal so angesehen hätte wie dich.«

»Lea!« Emmi beugte sich nach vorne und pikste ihrer Freundin neckend in die Rippen. »Hör auf, mir da was einzureden. Eine unglückliche Liebe kann ich jetzt nicht auch noch gebrauchen.«

»Na, dann nimm ihn halt als Urlaubsromanze. Also ich würde ihn jedenfalls nicht von der Bettkante stoßen …«

»Ich stoß dich nächstes Mal über die Reling, wenn du weiterhin so einen Quatsch erzählst. Und aus reiner Erfahrung kann ich dir versichern, dass kein Liebesfilm nur mit einer netten Urlaubsromanze endet. Da gibt es immer Diskussionen und Streit und Tränen hinterher und gebrochene Herzen und viel Drama. Erinnerst du dich, als wir letztes Mal zusammen im Kino waren?«

Lea lachte. »Wenigstens hast du jetzt keine trüben Gedanken mehr. Wollen wir was essen gehen?«

Emmi erwachte aus einem leichten Schlaf. Sie wickelte ihren Verband ab und war sehr erleichtert, dass ihre Schrammen sich tatsächlich nur als leichte Schürfwunden entpuppten, nahm eine schnelle Dusche, schlüpfte in ein türkisgrünes Kleid mit V-Ausschnitt und band sich ihre welligen Haare zu einem losen Pferdeschwanz zusammen. Danach setzte sie sich an den Weinkisten-Schminktisch und legte ein leichtes Make-up auf.

Lea drehte sich auf die Seite und blinzelte verschlafen. »Guten Morgen«, sagte sie. »Bist du schon lange auf?«

Emmi lächelte ihr durch den Spiegel mit dem bizarren Goldrahmen zu. »Schon eine Weile«, sagte sie. »Ich konnte auch nicht mehr länger liegen bleiben. Ich bin einfach zu nervös.«

»Verstehe ich.« Lea gähnte herzhaft und fuhr sich mit einer Hand über die Augen. Sie sah süß aus mit ihren schwarzen Locken, die wild von ihrem Kopf abstanden. Auch tags ließen sie sich kaum bändigen, aber morgens, nach dem Aufstehen, schienen sie ein regelrechtes Eigenleben zu führen. »Wie geht's dir?«

»Abgesehen von meiner Nervosität? Gut. Sieh mal, meine Knie sind schon wieder fast verheilt.« Sie zeigte Lea den Schorf.

»Na, dann los. Ich springe nur schnell unter die Dusche, damit ich aussehe wie ein Mensch.« Anscheinend musste sie Emmis Blick auf ihre Haare vorhin bemerkt haben. »Willst du schon runter zum Frühstück?«

»Nein, ich warte auf dich.« Emmi trat auf den Balkon, während sich Lea ihre Kleider zusammensuchte und im Bad verschwand. Sie hörte dem Gesang einer Amsel zu, die sich auf dem Giebel des Nachbardachs niedergelassen hatte, sog die klare Morgenluft ein und beobachtete die Motorboote auf dem See, die bereits über die Wasseroberfläche fuhren. Heute war der See admiralblau, tief und dunkel. Sie überlegte, wie es wohl war, hier zu wohnen. Jeden Tag so dicht am See, das Wasser geheimnisvoll und mit all seinen Facetten. Man müsste den Tourismus mögen, ging ihr durch den Kopf, wenn sie an die vielen Ferienwohnungen und -zimmer dachte, die hier zur

Miete angeboten wurden. Und auch die vielen Leute, die jeden Tag durch den beschaulichen Ort liefen. Sie hatte es gestern selbst gemerkt, als sie mit Lea durch die Fußgängerzone geschlendert war. Zwar waren mit der letzten Fähre auch die meisten Tagesgäste abgereist, doch natürlich hatte es noch einige Touristen gegeben, die hier übernachtet hatten. Ob es im Winter auch zuging wie in einem Bienenstock? Wahrscheinlich war man da eher für sich und konnte die Stille und die Ruhe genießen.

»Fertig!«

Emmi drehte sich zu Lea herum, die aus dem Badezimmer getreten war. Sie trug ein bunt gestreiftes Kleid und ein paar schwarze Sandalen.

Im Frühstücksraum empfing Kathrin sie herzlich und brachte ihnen gleich darauf Kaffee in einer Thermoskanne, zwei Gläser frisch gepressten Orangensaft, einen Brötchenkorb und eine Platte mit Wurst und Käse.

»Bist du mit deiner Suche vorangekommen?«, fragte sie, als sie aufgedeckt hatte.

»Ich glaube, ich habe den Mann auf dem Bild gefunden. Wir wollen heute zu seinem Hof fahren und ihn fragen, ob er meine Mutter kennt.«

»Wow, das ist ja großartig. Ich drücke dir die Daumen.« Sie sah sich auf dem Tisch um. »Oh, die Marmelade fehlt noch.« Gleich darauf stellte sie ein Schälchen mit leuchtend roter Erdbeermarmelade zwischen all die Köstlichkeiten. »Der Obstsalat kommt auch gleich. Guten Appetit!« Sie zwinkerte ihnen zu.

Emmi nahm als Erstes von der Marmelade und bestrich sich damit ein Körnerbrötchen. Sie schmeckte noch genauso gut wie am vorletzten Abend, als sie sie frisch gekocht hatte. Auch die Konsistenz war nahezu perfekt. Sie ließ sich leicht streichen und hielt gleichzeitig auf dem Brötchen, ohne zäh zu sein. Sie war ihr wirklich gut gelungen. Emmi meinte sogar, die Sonnenstrahlen zu schmecken, in denen die Früchte gereift waren, und wenn sie die Augen schloss, konnte sie auch das Feld vor sich sehen, auf dem Frucht an Frucht hing. Ein Lächeln legte sich auf ihre Lippen, als sie nun wieder an das Marmeladekochen mit ihrer Großmutter dachte. Es sollte viel öfter solche Momente geben, schöne Erinnerungen, die man einkochen konnte wie das leckere Sommerobst, um sie dann an kalten Wintertagen oder in dunklen Stunden wieder hervorzuholen, zu genießen und sich daran erinnern zu können. Marmeladenglasmomente, dachte Emmi. Ob das Treffen heute mit ihrem Vater auch ein solcher Moment werden würde?

Nach ihrem Frühstück brachen sie auf.

»Es ist echt nett, dass Oliver uns sein Auto leiht«, sagte Emmi, als sie die Pension verließen.

Lea nickte. »Ein Glück. Wilhelmsdorf liegt nämlich wirklich ab vom Schuss – jedenfalls wenn man kein Auto hat.«

Sie liefen zur Segelschule, wo Oliver und sein Freund gerade den Unterrichtsraum vorbereiteten. Der Hund mit schokoladenbraunem Fell trottete begeistert auf sie zu, als sie den großen Raum betraten, in dem Oliver auf jeden

Platz einen Block und einen Stift legte, während Benno den Beamer testete.

Lea schaute sehnsüchtig auf das Schiff, das an die weiße Leinwand geworfen wurde.

»Dann frag halt mal ...«, wisperte Emmi und kraulte die Hündin hinter den Ohren, die schwanzwedelnd zu verstehen gab, wie toll sie das fand.

»Leika, komm her!«, rief Benno, der noch immer auf dem Tresen kniete und den Beamer einstellte. »Entschuldigung, sie ist sehr neugierig und glaubt, jeden begrüßen zu müssen.«

»Kein Problem«, sagte Emmi mit einem Lächeln. Es machte ihr wirklich nichts aus, die Hündin zu kraulen.

»Wie ich sehe, geht's dir besser«, sagte Oliver.

»Ja, danke. Ist schon fast wieder ganz verheilt.« Aus irgendeinem Grund freute sie sich darüber, dass Oliver gefragt hatte. »Ich wurde bestens verarztet.«

Sie blickte in seine Richtung, aber Oliver ignorierte ihre Bemerkung und machte mit seiner Arbeit weiter. Was war denn los? Wo war der Zauber von gestern hin? Hatte sie sich das zwischen ihnen doch bloß eingebildet? Es konnte ihm doch nicht entgangen sein, dass zwischen ihnen die Luft geknistert hatte. Sie war sich fast sicher gewesen, dass auch er den Atem angehalten hatte, als er sie mehrmals zufällig mit seinem Handrücken gestreift hatte. Was hatte das zu bedeuten? Emmi merkte, wie sie sich ärgerte, weil sie ihn überhaupt nicht einschätzen konnte.

»Seid ihr für den Segelunterricht hier?«, riss Benno sie aus ihren Gedanken.

»Nein.« — »Ja.« Sagten Emmi und Lea gleichzeitig.

Oliver blickte sie irritiert an. »Was denn jetzt?«

»Eigentlich sind wir hier, weil ich dich fragen wollte, ob das Angebot mit deinem Auto noch steht. Aber Lea interessiert sich sehr fürs Segeln und würde gerne mal ein paar Stunden mitmachen.«

»Dann willst du beim Einsteigerkurs mitmachen?«, fragte Benno. Offensichtlich war er mit der Einstellung des Beamers nun zufrieden, denn er sprang vom Tresen und kam auf die beiden Frauen zu. »Oliver hält heute Nachmittag eine Theoriestunde ab. Kommt doch einfach dazu, wenn ihr wollt.«

»Klar, gern!«

»Hier stehen noch mal alle Infos drauf.« Benno überreichte ihr einen Flyer.

Lea war mit einem Mal sichtlich aufgeregt. Endlich erfüllte sich ihr großer Traum. Emmi gönnte es ihr. Ob es ihr mit ihrem eigenen heute genauso gehen würde? Da war sie nicht so zuversichtlich. Sie sah wieder zu Oliver, der jetzt damit beschäftigt war, die Stühle zurechtzurücken. Was war denn das auf einmal? Emmi dachte an den Moment, kurz bevor sie aus seinem Wagen gestiegen war, an die Umarmung, die sich so herrlich warm und sicher angefühlt hatte, so behutsam und sanft, fast so, als wäre sie angekommen. Da hatte er sie wieder so seltsam angesehen, mit einem Blick, der ihr komplett unter die Haut gegangen war. Wäre sie in einem guten Liebesfilm gewesen, hätten sie sich sicherlich geküsst, aber das war natürlich Blödsinn. So etwas brächte nur mehr Probleme mit sich, als gut für sie beide war.

»Also, äh, was ist jetzt mit dem Auto?«, fragte sie zögernd. »Ich tanke es selbstverständlich auch wieder voll.«

Oliver kramte in seiner Chinohose und warf ihr gleich darauf einen Schlüssel zu, den Emmi gerade noch auffangen konnte.

»Cool, danke!«, sagte sie, um ihre Überraschung zu überspielen. Zum Glück hatte sie den Schlüssel noch bekommen und sich so nicht komplett zum Deppen gemacht.

»Um acht brauche ich ihn wieder.«

»Geht klar.«

»Und fahr vorsichtig.«

Emmi sah ihn überrascht an. Also machte er sich doch Sorgen um sie? Ohne es verhindern zu können und ohne zu wissen, warum, machte ihr Herz auf einmal einen Satz.

»Nicht, dass es meinem Auto genauso geht wie meinem Mountainbike.«

Er war wirklich ein Genie darin, alles zu zerschlagen, was er einen Moment vorher aufgebaut hatte. Emmi atmete tief durch. Sie musste gut auf ihr Herz aufpassen, denn sonst würde es für sie irgendwann ein böses Erwachen geben.

»Na, dann los.« Emmi drehte den Zündschlüssel und rollte vom Parkplatz. Sie schlängelte sich durch die Straßen von Hagnau, bis sie auf die Umgehungsstraße kam, und reihte sich dort in den dichten Verkehr ein.

»Ich glaube, ich würde ausflippen, wenn ich hier wohnen würde«, sagte Lea.

»Wieso? Das ist auch nicht mehr Verkehr als in Frankfurt.«

»Das kann ja sein, aber zu Hause kann ich einfach in eine Bahn steigen.«

»Dafür hast du hier viel mehr begeisterte Leute, die den Seeblick genießen und sich auf ihren Urlaub freuen.«

»Stimmt. Aber sag mal, was ist das eigentlich zwischen dir und Oliver?« Emmi konnte deutlich den bohrenden Blick spüren, der auf ihr lag. »In einem Moment sorgt er sich um dich, und im nächsten macht er einen auf cool.«

»Zum Glück ist es dir auch aufgefallen, ich habe nämlich keinen blassen Schimmer«, sagte Emmi wahrheitsgemäß. Die Umarmung im Auto gestern ließ sie weiterhin vorsorglich lieber unerwähnt. Es war auch so schon kompliziert genug, auf den Verkehr achtzugeben, vor allem, wenn sie daran dachte, dass sie heute schon wieder in Olivers Auto saß, in dem auch gestern diese seltsame Stimmung gewesen war. Und dass alles irgendwie nach ihm roch. In dem ganzen Auto hing sein Duft und machte es ihr noch schwerer, sich auf das Fahren zu konzentrieren.

Je weiter sie ins Hinterland kamen, desto weniger Verkehr gab es. Die meisten Autos fuhren tatsächlich dem See zu. Emmi bog in eine Straße ein, die sich einen Hügel hinaufschlängelte und bald in einen Feldweg überging. Hinter mehreren Buchen, die den Wegesrand säumten, entdeckte sie ein weißes Gebäude.

»Da vorne ist es«, sagte sie, und auch das Navi bestätigte: »Sie haben Ihr Ziel erreicht.«

Emmi parkte den Wagen auf einer freien Fläche vor dem Hof. Sie stiegen aus, und Emmi ließ erst einmal den Blick schweifen. Da war es – das Haus auf dem Foto! So musste es sich anfühlen, wenn man immer von etwas geträumt hatte und es auf einmal Realität wurde. Oder würde sie gleich aufwachen? Nein, sie war hier; das war echt. Vielleicht erhielt sie heute endlich das fehlende Puzzleteil ihrer Vergangenheit. Hatte sie nach all den Jahren ihren Vater gefunden? Emmi fühlte sich wie elektrisiert. In wenigen Minuten würde sie es erfahren ...

Das Gebäude sah noch genauso aus wie auf dem Bild: ein altes Fachwerkhaus mit dunklem Dach und dem großen, hölzernen Scheunentor. Daneben der Eingang mit seinen zwei Stufen, auf denen eine schwarz-weiß gefleckte Katze lag. Sie schien keine Besucher zu mögen, denn sie beobachtete sie argwöhnisch und in geduckter Haltung. Lea machte einen Schritt auf den Schuppen aus Holzlatten zu, der deutlich in die Jahre gekommen war, und schirmte mit der Hand ihre Augen vor der Sonne ab. Das schien die Katze als persönlichen Angriff zu empfinden, denn sie rannte, so schnell sie ihre Beinchen tragen konnten, zur Scheune und zwängte sich durch ein Loch im unteren Bereich des Holztors.

Emmi legte die Stirn in Falten. Hoffentlich waren sie bei den restlichen Bewohnern etwas willkommener, dachte sie. Sie schaute sich um und suchte nach dem Traktor, den sie auf dem Foto gesehen hatte, fand aber keinen. Vielleicht stand er in der Scheune, vielleicht gab es ihn auch längst nicht mehr. Hoffentlich wohnte hier überhaupt noch jemand, schoss es ihr durch den Kopf, aber so verwaist sah der Hof nicht aus, auch wenn er sicherlich schon bessere Zeiten erlebt hatte.

Sie lief über den Vorplatz, auf dem sich ein Brunnen mit einer dunkelgrünen Pumpe befand, und blieb vor dem Haupthaus stehen. Neben den Steinstufen stand eine Holzbank. Drei Polster lagen darauf, auf einem davon hatte sich eine weitere braun getigerte Katze niedergelassen, die Pfoten unter den Körper geschlagen. Als Emmi die zwei Stufen nach oben ging, öffnete sie ein Auge und beobachtete sie. Immerhin war sie nicht so schüchtern wie ihre Artgenossin, dachte Emmi, das machte ihr ein wenig Mut. Lea lief währenddessen über den großen Vorplatz und sah sich um.

Emmi bemerkte das Paar schwarze Gummistiefel, das neben einem Schuhabstreifer aus Metall vor der Eingangstür stand. Der untere Teil der Tür war aus Holz, im oberen waren sechs Glasscheiben eingesetzt, doch Emmi traute sich nicht, hindurchzublicken. Sie sah auf das Klingelschild, das keine Sprechanlage besaß. *J. Gruber* stand darauf, anscheinend wohnte der Mann allein hier. Auf dem Briefkasten nebendran, ein schlichtes Modell in Dunkelgrün mit flachem, spitz zulaufendem Dach, stand ebenfalls nur sein Name.

Emmi atmete tief durch. Sollte sie klingeln? Sie warf einen Blick auf die Katze, die sie jedoch für so uninteressant hielt, dass sie den Kopf wieder gerade gedreht und das Auge geschlossen hatte. Was hatte sie schon zu verlieren?

Mit bebenden Fingern drückte sie auf den Knopf. Nichts rührte sich. Emmi zählte die Sekunden. Sollte sie noch einmal klingeln? Sollte sie warten? Wie lange brauchte man wohl, um das Haus zu durchmessen? Ihr Herz klopfte ihr bis zum Hals. Vielleicht war dieser Johann Gruber gar nicht da. Vielleicht war er auf dem Feld oder im Garten oder auf dem Markt und verkaufte sein Gemüse, überlegte sie.

Sie wollte gerade auf dem Absatz kehrtmachen, als die Tür hinter ihr aufgerissen wurde und ein Mann heraustrat. Er trug ein weißes Hemd, einen dunkelbraunen Janker mit Edelweißknöpfen und einem dunkelgrünen Besatz am Revers, dazu einfache Jeans mit ein paar Flecken und Dreck vom Feld. Emmi spürte sofort wieder dieses warme Gefühl, das sie auch beim ersten Mal durchflossen hatte, als sie den Mann auf dem Foto gesehen hatte. Sie war sich ganz sicher, dass es dieselbe Person war.

»Ja?«, fragte er. Seine Stimme war viel tiefer, als Emmi gedacht hatte, viel tiefer als die Stimme, die sie ihrem imaginären Vater in Gedanken immer gegeben hatte, wenn sie sich ausmalte, wie er mit ihr sprach, aber sie war warm und schmiegte sich in ihr Ohr. All die Jahre, die sie ihren Vater vermisst hatte, all die Momente, in denen sie sich gefragt hatte, wie er wohl war und wer er sein mochte, waren mit einem Mal bedeutungslos. Und da wusste sie es.

»Herr Gruber?«, fragte sie. »Johann Gruber?«

»Ja«, brummte der Mann. »Und wer sind Sie?«

»Ich bin Emmi. Ihre Tochter.«

Emmis Foodblog

A-new-beginning-Marmelade

Johannisbeermarmelade
ist wie ein Neuanfang,
gemischt mit alten Erinnerungen

Zutaten:

1kg rote Johannisbeeren
500g Rohrzucker
2 TL Zitronensaft
1 Vanilleschote
1 Prise Salz

Zubereitung:

Die Johannisbeeren gut abspülen und von den Rispen zupfen.
Die Beeren zusammen mit dem Zucker und einer Prise Salz in einen Kochtopf geben und vermischen.
2 Stunden ruhen lassen, bis der Zucker den Saft aus den Beeren gezogen hat.

Die Beeren mit der Flüssigkeit durch ein Sieb streichen.
Die aufgefangene Beerenmasse in einem Topf erhitzen, dabei den Zitronensaft und die Vanilleschote zufügen.

Die Marmelade 4 Minuten sprudelnd kochen lassen.
Sobald die Konsistenz der Marmelade ist wie gewünscht, den Herd ausstellen und die Vanilleschote herausholen.

In sterilisierte Gläser füllen und die Marmelade fest verschließen.

Heute habe ich die Marmelade aus meiner Kochausbildung nachgekocht. Es war die erste Marmelade, die ich damals allein hergestellt habe, nach einem Rezept von meiner Mutter, und es ist die erste Marmelade, die ich bei Johann gekocht habe. All die vielen guten Johannisbeeren hätte ich doch nicht verkommen lassen können.

Johann und Johannisbeeren – was für ein Zufall, dass die kleinen Früchte fast genauso heißen wie er. Ob meine Mutter sie deshalb so gerne mag?

Es ist seltsam, bei Johann in der Küche zu stehen. Ich habe das Gefühl, ihn schon ewig zu kennen, und gleichzeitig weiß ich nichts über ihn. Es ist wie mit dem Geschmack der Johannisbeermarmelade, zuckersüß, und doch steckt eine überraschende, erfrischende Säure darin, denn ich weiß noch nicht, was da ist, was ich erfahren werde. Welche Rolle spielt er in meiner Familie, und warum hat meine Mutter sein Bild all die Jahre in einer Kiste im Keller verwahrt? Ich wünschte, die Antworten wären so tröstlich wie der Geschmack dieser Marmelade, der mich abholt und mir ein wenig Halt gibt.

9.

Emmi klopfte das Herz bis zum Hals.

»Ich habe keine Tochter.« Johann Gruber wollte die Tür gerade wieder schließen, da hielt Emmi sie mit der flachen Hand auf.

»Warte … Ich meine, warten Sie …« Sie stellte einen Fuß in den Eingangsbereich. Aus ihrem kleinen Lederrucksack kramte sie das Foto heraus. »Das sind doch Sie, oder?«

Er nahm das Bild und sah es an. Emmi bemerkte, wie ihm einen kurzen Augenblick die Gesichtszüge entglitten. »Woher haben Sie das?«

»Meine Mutter hat es aufbewahrt. Maren Gehring. Sie kennen sie doch, habe ich recht?«

»Das ist lange her.«

Emmi atmete kaum merklich durch. Sie lag richtig. Das war ihre Chance. Jetzt durfte sie sie bloß nicht verspielen. »Ich habe dieses Foto bei Mama gefunden. Sie hatte es in eine Kiste im Keller verbannt, aber neulich ist es mir in die Hände gefallen. Ich dachte, wenn sie es über sechsundzwanzig Jahre aufbewahrt hat, dann hat es etwas zu bedeuten.«

»Ist sie tot?«

»O Gott, nein!« Emmi sah ihn entsetzt an, aber dann begriff sie, wieso er fragte. Für ihn war sie eine Fremde, die

147

ein Foto von einer Frau hatte, die er einmal gekannt haben musste. Aber wieso war die Frau nicht selbst gekommen, wenn sie das Foto all die Jahre aufbewahrt hatte?

Erleichterung zeichnete sich in seinem Gesicht ab, und jetzt wirkte er deutlich zugänglicher.

»Ich weiß nicht, wer mein Vater ist. Mama hat mir nie etwas von ihm erzählt. Und auch Sie habe ich nur durch Zufall gefunden. Lea, meine Freundin, und ich sind auf der Suche nach ihm. Bitte, helfen Sie mir, dieses Rätsel zu lösen …«

Er zögerte. »Na gut. Kommen Sie rein.«

Emmi wagte kaum, aufzuatmen. Sie warf Lea, die mittlerweile hinter sie getreten war, einen kurzen Blick zu.

Hinter einem Windfang kam man in ein großes lichtdurchflutetes Zimmer mit offener Wohnküche. Das Zimmer war mit allem Möglichen zugestellt. In der einen Ecke entdeckte Emmi Kisten mit Werkzeugen, daneben lag ein Stapel Bretter. In einem Regal an der Wand standen Holzkisten, alle beschriftet, in die weiteres Bau- und Bastelmaterial einsortiert war. Ein Esstisch aus Holz mit zwei Bänken befand sich im vorderen Bereich des Zimmers, darauf lagen Drähte und Kabel und ein aufgeschraubtes Radio, direkt neben dem Panoramafenster stand ein grünes Sofa, auf dem zwei beigefarbene Kissen lagen und einige Zeitschriften neben der Armlehne gestapelt waren. Eine Kommode auf der anderen Seite, ebenfalls aus Holz und mit vielen Schubladen, trug den Fernseher, vor dem weitere kleine Kisten mit Krimskrams standen.

»Bitte.« Johann Gruber deutete auf das Sofa und nahm

selbst in einem Sessel gegenüber Platz. Emmi und Lea setzten sich. Dann herrschte wieder Stille. Es war unerträglich, nicht einmal das Ticken einer Uhr war zu hören. Emmi sah sich um, es gab keinerlei Dekoration oder ein Bild, dafür schien Johann sich sehr für das Reparieren von Dingen zu begeistern. Draußen auf der Terrasse entdeckte sie einen Sack Blumenerde und viele kleine Töpfe. Krümel und Klumpen von Erde waren überall verstreut. Anscheinend hatte er etwas eingepflanzt, und Emmi war sich nicht sicher, ob sie ihn gerade bei der Gartenarbeit oder beim Reparieren des Radios gestört hatten. Ihr Blick wanderte weiter zu einem anderen Regal, in dem ein paar Bücher standen, ein Pokal und ein Segelboot, ebenfalls aus Holz.

Wer war dieser Mann? Selbst jetzt, wo sie sich gegenübersaßen, hatte sie das Gefühl, ihn genauso wenig einschätzen zu können wie zuvor. Es gab keinen Anhaltspunkt, an den sie anknüpfen konnte, kein gemeinsames Interesse. Ob es ein Fehler gewesen war, hierherzukommen? Früher hatte sie wenigstens noch das Bild von ihrem Vater zeichnen können, wie es ihr am besten gefiel, hatte sich vorgestellt, gemeinsame Interessen zu haben, etwas mit ihm zusammen zu unternehmen, wie sie lachten und die Zeit wie im Flug verging. Jetzt zog sie sich wie Karamell. Und dieser Mann kam ihr vor wie ein Eremit, der mit sich selbst zufrieden war und einfach vor sich hinlebte und bastelte. Krampfhaft überlegte Emmi, was sie sagen könnte.

Ein seltsames Geräusch durchbrach die Stille, irgendein Schrei oder Ruf eines Tieres. Emmi hob erstaunt den Kopf.

»War das ein Esel?«, fragte Lea verwundert.

Johann nickte. »Er steht draußen auf der Weide, zusammen mit zwei Schafen.«

Verblüfft hob Emmi die Brauen.

»Manchmal zuckelt er hier am Fenster vorbei.« Johann lächelte, versank dann aber wieder in seiner Stille, bis das Lächeln auf seinem Gesicht ganz erloschen war.

Emmi knetete ihre Hände. Wie könnte sie ihn nach der Vergangenheit fragen? Nach all den Sachen, die sie so sehr beschäftigten?

»Meine Mutter«, begann Emmi, und sie merkte, wie ihre Stimme wackelte. »Kannten Sie sie früher gut?«

Er räusperte sich. »Wie gesagt, es ist lange her.«

»Ich weiß, sechsundzwanzig Jahre. Sie hat hier ihre Kochausbildung gemacht, in Langenargen. Kaum ein Jahr später wurde ich geboren. Ich würde gerne wissen, was damals passiert ist.«

Johann legte die Stirn in Falten, schien in seinen Gedanken zu graben, wie er vermutlich auch in den Kisten wühlte, wenn er etwas suchte.

»Ich habe das Gemüse geliefert, in das Restaurant meine ich.«

Emmis Augen weiteten sich. Wie gut kannte er ihre Mutter? Was würde er noch erzählen?

»Maren – sie war eine tolle Frau. Sie hat mich schon umgehauen, als ich sie das erste Mal gesehen habe.« Ein wehmütiges Lächeln legte sich auf seine Gesichtszüge. »Zwei Jahre lang habe ich einmal in der Woche das Gemüse dort vorbeigebracht. Und nie habe ich mich getraut, sie anzusprechen. Bis sie es irgendwann getan hat.«

Verblüfft tauschten Emmi und Lea einen Blick.

»Es war ein wunderschöner Sommer. Der Sommer meines Lebens, wie man so schön sagt. Aber dann hat sie von einem Tag auf den anderen allem den Rücken gekehrt und ist gegangen. Ich weiß bis heute nicht, warum.«

»Und was ist dann passiert?«

»Wir haben beide unsere Leben weitergeführt.« Er zuckte mit den Schultern. »Ich habe geheiratet, sie hat anscheinend eine Familie gegründet. Ich habe nie mehr etwas von ihr gehört.«

Wieder schwiegen sie sich mehrere Minuten an, und Emmi begann sich zu fragen, was sie hier eigentlich machte. Vielleicht war Johann doch nicht ihr Vater. Vielleicht hatte sie sich da in etwas verrannt, an etwas glauben wollen, das es gar nicht gab. Vielleicht hatte Maren einfach jemanden in Frankfurt kennengelernt, es hatte nicht geklappt, und dann stand sie allein mit einem Kind da. Womöglich hatte sich Emmi nur etwas zusammengesponnen, als sie dieses Bild in der Kiste gefunden hatte. Hatte an eine große Liebe und einen Vater glauben wollen, weil sie mehr sein wollte als das Produkt eines One-Night-Stands.

»Es tut mir wirklich sehr leid, ich kannte zwar Ihre Mutter, aber ich bin mir ganz sicher, dass ich keine Tochter habe. Maren hätte mir das doch erzählt, oder nicht?«

Seine Worte schnitten wie Damaszenerstahl in Emmis Herz, obwohl sie doch nur bestätigten, was sie selbst gerade vermutete. Aber wieso fühlte sie dann diese eigentümliche Schwingung zwischen ihnen, dieses Band, das sie miteinander zu verweben schien wie unzählige feine Wurzeln?

»Verzeihung, ich wollte nicht … Sie haben recht.« Emmi zögerte und suchte nach den richtigen Worten. Auch wenn er nicht ihr Vater war, wollte sie wissen, wieso Maren all die Jahre sein Bild aufgehoben hatte und wieso sie die Erinnerungen verschlossen im Keller verwahrte. Das musste doch etwas zu bedeuten haben! Vielleicht war etwas passiert, worüber er nicht sprechen wollte. Vielleicht hatte nicht er ihre Mutter, sondern sie ihn verletzt, und sie hatten sich deshalb aus den Augen verloren – oder bewusst getrennte Wege eingeschlagen. »Ich wollte keine alten Wunden aufreißen.«

»Schon gut.« Er atmete tief durch. »Es ist lange her.«

Das Klingeln an der Tür ließ Emmi aufschrecken.

»Entschuldigung.« Johann stand auf und öffnete. »Ah, hallo, Tim, schön, dich zu sehen.«

»Hey, Johann, ich wollte die Gemüsekisten abholen.« Ein hochgewachsener Mann in dunkelblauem Anzug stand in der Tür. Er hatte blonde Haare, markant geschnittene Gesichtszüge und ein unwiderstehliches Lächeln. »Entschuldige, ich wusste nicht, dass du Besuch hast.«

»Kein Problem. Die Kisten stehen im Schuppen.«

»Macht es dir was aus, mir beim Tragen zu helfen? Mein Azubi ist leider erkrankt.«

»Ich bin gleich wieder da«, sagte Johann an die beiden Frauen gewandt.

»Wir können auch helfen!«, rief Emmi ihnen hinterher.

Lea blickte sie irritiert an.

»Na, bevor wir hier sinnlos rumsitzen«, flüsterte sie. »Und außerdem finde ich so vielleicht einen besseren Zugang zu meinem Vater.«

»Bist du denn wirklich sicher, dass er dein Vater ist? Im Moment sieht es für mich ganz und gar nicht danach aus. Vielleicht ist er ja auch nur irgendein Mann, den deine Mutter gekannt hat.«

»Ich bin mir sicher, Lea. Ich spüre das. Hier …« Sie legte ihre Hand auf ihre Brust.

»Schön, meinetwegen«, gab Lea nach und stand auf.

Zusammen verließen sie das Wohnhaus und folgten den beiden Männern in den Schuppen, der sich direkt an das Haus duckte und fast so aussah, als würde er im nächsten Augenblick zusammenbrechen. Emmi bemerkte, dass er überwiegend für das Lagern von Holz, Landwirtschaftsmaschinen und etwas Gerümpel genutzt wurde. Aber auch hier fand sie nichts, was sie mit Johann gemeinsam haben könnte. Sie griff nach einer der Holzkisten, die in drei Reihen auf dem Boden gestapelt waren. Frische Bohnen, Rhabarber, Erdbeeren, Salat, Radieschen, Möhren und Kartoffeln befanden sich darin. Zwar waren nicht alle Sachen ganz rund, bei den Kartoffeln gab es unterschiedliche Größen, eine Möhre hatte zwei Beine, und bei den Erdbeeren waren manche etwas klein, aber alles duftete so herrlich frisch und verlockend, dass Emmi am liebsten etwas davon gekostet hätte. Gemeinsam mit Lea trug sie Kiste um Kiste zu dem dunkelblauen Lieferwagen, der mit der Aufschrift *Residenz-Hotel* beklebt war. Auch dieser Tim half mit, obwohl er einen Anzug anhatte. Das imponierte ihr. Sie überreichte ihm eine Kiste, und ihre Hände berührten sich kurz. Seine waren warm und seine Haut weich und zart. Ganz anders als die des Segellehrers. Oliver hatte bestimmt viel mit Tauen und Seilen zu tun, vielleicht reparierte er auch die Boote selbst, während Tim ihr eher wie ein Geschäftsmann vorkam, der viel im Büro arbeitete.

Ihre Blicke trafen sich, und Emmis kleine Härchen im Nacken stellten sich auf. Tims Augen waren dunkelbraun, beinahe schwarz, und Emmi verlor sich fast darin. Sie hatte Mühe, Luft zu holen, so intensiv war sein Blick. Rasch lief sie in den Schuppen zurück, um die nächste Kiste mit Johannisbeeren zu holen.

»Wie viele Kisten sind es denn noch?«, fragte Tim, der ebenfalls eine Kiste davon hinaustrug.

»Fünf Stück habe ich noch. Wenn du willst, kannst du sie alle haben.«

»Du liebe Güte, was soll ich denn mit so vielen Johannisbeeren?«

»Du könntest deinen Gästen Smoothies anbieten«, schlug Johann vor, der jetzt ebenfalls eine Kiste davon zum Lieferwagen trug.

»Das ist wirklich nett, aber das bekommen wir nicht verarbeitet. Vielleicht findest du einen anderen Kunden, der sie besser brauchen kann.« Tim schloss die hinteren Wagentüren, überreichte Johann das Geld und verabschiedete sich mit einem Handschlag. »Bis nächstes Mal.«

»Bis dann.« Johann blickte dem Lieferwagen kurz hinterher. »Und was mache ich jetzt mit den restlichen Beeren?«

»Meine Freundin kann hervorragend Gelee daraus kochen«, sagte Lea.

Jetzt war es an Emmi, Lea einen irritierten Blick zuzuwerfen.

Johann räusperte sich. »Ich will wirklich keine Umstände machen.«

»Nein, ach was«, beeilte sich Emmi zu sagen. Schließlich wollte sie Lea nicht in einem schlechten Licht dastehen lassen, und vielleicht ergab sich so für sie ja die Gelegenheit, doch noch etwas mehr Zeit mit diesem Mann zu verbringen, von dem sie so sicher war, dass er ihr Vater war, und so etwas über ihre Vergangenheit herauszufinden. Sie musste unbedingt wissen, was damals passiert war, wieso Maren so überstürzt abgereist war. Denn wenn es für sie wirklich vorbei gewesen wäre, hätte sie nicht all die Jahre diesen Brief und das Foto von ihm verwahrt.

»Also schön, dann lasst uns die Beeren reintragen.«

Zusammen brachten sie die Beeren in die Küche.

»Ich brauche Zucker, am besten Gelierzucker, eine Zitrone, eine Vanilleschote und eine Prise Salz. Und natürlich jede Menge Gläser zum Einkochen«, sagte Emmi.

Johann suchte in seinen Schränken und stellte Emmi Kochbesteck, einen großen Topf, eine alte Küchenwaage mit zwei Schalen, ein Metallsieb und die gewünschten Zutaten bereit.

»Gelierzucker habe ich nicht. Normalen Zucker auch nicht. Ich habe nur Rohrzucker.«

»Damit wird es auch gehen«, sagte sie. »Ihr könnt mir beim Abzupfen der Beeren helfen.«

Lea und Johann setzten sich, und zusammen entfernten sie die Beeren von den Rispen, lasen vereinzelte Blätter aus, legten die nicht so schönen Beeren beiseite.

»Woher haben Sie die eigentlich alle?«, fragte Lea.

»Die wachsen bei mir hinterm Haus.«

»Im Ernst?«, fragte Emmi ungläubig. »Das müssen ja unglaublich viele Sträucher sein.«

»Maren hat Johannisbeeren geliebt. Wir haben sie damals zusammen eingepflanzt. Wir hatten uns ausgemalt, wie wir den Garten gestalten wollten und …« Als Johann bemerkte, was er gesagt hatte, verstummte er wieder.

Emmi blickte überrascht auf. Hatte sie es sich doch gedacht, dass da mehr Gefühle seitens ihrer Mutter im Spiel gewesen waren. Als ihr Blick den von Johann traf, sah sie ihn mitfühlend an. »Das ist toll«, sagte sie. »Vor allem, dass sie heute noch Früchte tragen.« Sie schenkte ihm ein aufmunterndes Lächeln. »Meine Großeltern haben damals für mich Himbeeren gepflanzt.«

»Ich kann sie euch ja später mal zeigen.«

Das Angebot überraschte Emmi, und sie sagte erfreut zu. »Das passt gut, die Beeren müssen ohnehin eine Weile ruhen, damit der Zucker den Saft herausziehen kann.« Sie wog Zucker ab, mischte ihn mit den Beeren und gab eine Prise Salz mit in den Topf. »So, ich bin fertig. Dann kann der Rundgang ja losgehen.«

»Rundgang?« Johanns buschige Augenbrauen wanderten in die Höhe. Davon hatte er zwar nichts gesagt, aber Emmi war erleichtert, dass er ihr den Wunsch nicht abschlug. »Na gut, kommt mit.« Er öffnete die Schiebetür des Panoramafensters und trat auf eine kleine Terrasse, von der drei Stufen nach unten in den Garten führten. Die Treppe war aus Sandsteinen zusammengesetzt, und Emmi konnte sich gut vorstellen, dass Johann sie selbst betoniert hatte.

Hinter dem Haus erstreckte sich eine riesige Fläche Land. Emmi blieb kurz stehen, so überwältigt war sie. Sie hatte das Areal deutlich kleiner eingeschätzt. Auf der abgezäunten Koppel für den Esel stand ein Bauwagen mit zwei Rädern, um den einige Hühner gackerten. Vermutlich war er ihr Zuhause. Sie scharrten mit ihren Krallen auf dem staubigen Boden auf der Suche nach Würmern und Körnern.

»Das ist Liselotte«, sagte Johann. »Sie gehört meiner Schwester.«

»Dann haben wir sie vorhin gehört?«, fragte Lea, und Johann nickte.

»Die Schafe Fritzi und Ina verkriechen sich meistens im Schatten hinter dem Wohnwagen.«

»Und wie heißen die Hühner?«, fragte Emmi. Sie war überrascht, wie viel Liebe plötzlich in seiner Stimme lag – jetzt, da er von seinen Tieren sprach.

»Die gehören auch meiner Schwester und haben eigentlich keine Namen.«

»Oh.« Enttäuscht sah Emmi zu ihrer Freundin. Lea zuckte bloß mit den Schultern.

»Aber ich nenne sie Gertrude, Rotfeder, Körner-Mia, und das braune da hinten ist Kleiner Fuchs, weil sie ständig ausbüxt.«

Emmi schmunzelte. Dass er den Hühnern doch heimlich Namen gegeben hatte, machte ihn ihr noch sympathischer.

»Hast du eigentlich noch mehr Familie?«, fragte sie.

Er schüttelte den Kopf. »Seit meine Eltern gestorben sind, bewirtschafte ich den Hof allein mit meiner Schwester.«

Johann lief einen geschlungenen Weg entlang, der sie nach rechts an der Weide vorbeiführte. »Da sind die Sträucher«, sagte er und blieb vor mehreren Reihen Johannisbeeren stehen. Sie alle waren akkurat nach oben gebunden, und über dem Gerüst hing eine Stoffplane, damit die Vögel sie nicht klauen konnten. Um die Beeren schien er sich besonders zu kümmern, vielleicht erinnerten sie ihn noch immer an Maren. Warum hatte sie all die Jahre geschwiegen?

»Die schwarzen mochte Maren am liebsten«, erzählte er.

Emmi durchrieselte es. Er kannte sogar ihre Lieblingssorte. Sie hoffte, er würde noch mehr erzählen, doch er vergrub nur die Hände in den Taschen, wahrscheinlich hing er einer Erinnerung nach.

»Und kommt das Gemüse, das dieser Tim mitgenommen hat, auch hier vom Hof?« Sie wollte nicht, dass die Unterhaltung abbrach.

Johann nickte. »Da hinten pflanze ich es an, und linker Hand sind die Obstplantagen.«

»Wow, das ist ja riesig!«, staunte Lea. »Wie machen Sie das? Bewirtschaften Sie den Hof allein?«

»Gelegentlich habe ich Saisongäste, die helfen. Manchmal Studenten, die für eine Übernachtungsmöglichkeit hier arbeiten, und eine Handvoll fest angestellter Aushilfen. Viel kommt bei so einem biodynamischen Hof nicht rum.«

»Das kann ich mir gar nicht vorstellen«, sagte Emmi. »Die Leute wollen heutzutage doch immer mehr Bioprodukte kaufen.«

»Das schon«, stimmte Johann ihr zu. »Aber dafür zahlen wollen sie nicht. Aufgrund meiner kleinen Größe und der Biodiversität kann ich nicht in solchen Mengen produzieren, dass sich die Abnahme lohnt. Dafür sind mein Obst und Gemüse tadellos. Ich brauche kaum Schädlingsbekämpfungsmittel, weil ich alles natürlich mache. Ich pflanze zum Beispiel Zwiebeln neben Erdbeeren und Möhren, denn sie schützen gegen Pilzkrankheiten, und zwischen den Kohlbeeten stehen Salbei und Pfefferminze. Die Kräuter locken nicht nur nützliche Bestäuber an, um so eine größere Ernte zu generieren, sie helfen außerdem auch gegen den Kohlweißling.«

Emmi war fasziniert von dem Wissen, gleichzeitig tat es ihr leid, dass Johann, obwohl er sich so engagiert für seine Produkte einsetzte, so wenig zu verdienen schien. Das war doch ein Konzept, das man fördern sollte, fand sie.

»Und auf dem Markt verkaufen?«, fragte Lea. »Oder in einem Ständchen hier gleich am Hof?«

Johann winkte ab. »Hab ich alles schon versucht. Dabei kommt man auf keinen grünen Zweig. Eigentlich müsste ich den Hof verkaufen, damit jemand eine Monokultur auf das schöne Stückchen Land packt, aber das bringe ich nicht übers Herz.«

»Und wie überleben Sie dann?«, wollte Lea wissen.

»Tim ist Hotelier. Er hat ein Luxushotel in Friedrichshafen und unterstützt uns Kleinbauern hier aus der Region, indem er von uns die Zutaten für sein Restaurant kauft. Für ihn ist es ein Imagegewinn, für uns ein guter Vertrag. Aber viel bleibt nicht hängen, es reicht gerade so, um über die Runden zu kommen. Und die Konkurrenz ist groß.«

»Kann ich mir vorstellen«, sagte Lea.

Schweigend liefen sie das Grundstück ab, und Johann zeigte ihnen seine Gemüsebeete und die Obstplantagen.

»Das ist wunderschön«, sagte Emmi berührt.

»Ja, ich tue, was ich kann. Da hinten lasse ich die Wildblumen wachsen, damit die Bienen auch etwas finden. Das sieht nicht nur schön aus, sondern bringt auch mehr Ertrag bei meiner Ernte.« Ein Schatten legte sich auf sein Gesicht. »Wollen wir zurückgehen?«

Zusammen kehrten sie auf den Hof zurück. Emmi machte sich in der Küche daran, die Beeren durch ein Sieb zu streichen und die Masse in einem Topf aufzufangen. Diesen stellte sie auf den Herd, presste eine Zitrone aus, die ihren frischen Duft durch den ganzen Küchenbereich und bis zum Wohnraum verbreitete, gab zwei Esslöffel Zitronensaft und eine Vanilleschote dazu. Dieses Mal kratzte sie das Mark nicht heraus, damit der Eigenschmack der Johannisbeeren nicht zu sehr davon überlagert wurde. Sie wollte das Aroma der Vanille lediglich als leichte Nuance unter dem fruchtig süß-säuerlichen Geschmack darunterliegen haben. Während die Marmelade erhitzte, kochte Emmi die Gläser aus, die Johann aus einem Küchenschrank hervorgeholt hatte.

»Gleich ist es so weit«, sagte Emmi. Sie rührte in der sprudelnden Masse, und der beerig-warme Duft breitete sich jetzt durch das Zimmer aus, wo eben noch die Zitrone in der Luft gehangen hatte.

Johann hatte sich auf die Bank an den Tisch gesetzt und wartete. Emmi sah ihn immer wieder im Augenwinkel, wie er so dasaß, ganz allein an dem großen Holztisch, den er eben ein wenig abgeräumt hatte, damit sie Platz hatten. Sie stellte sich vor, wie heimelig es hier wäre, wenn eine bestickte Tischdecke in der Mitte liegen würde, wie damals bei ihrer Oma, ein Wildblumenstrauß von dem Blühstreifen aus dem Garten darauf, frisch gebackenes Brot, selbst gekochte Marmelade, vielleicht ein Steingutgeschirr, das eben jemand aufgedeckt hatte. Noch immer fühlte sie sich verbunden mit dem Mann, der leicht zusammengesunken dasaß, die Hände in den Schoß gelegt, die Schultern vornübergebeugt.

Emmi tat etwas von der roten Marmelade auf einen Unterteller, suchte in einer Schublade nach einem Kaffeelöffel und setzte sich Johann gegenüber an den Tisch. »Sie ist fertig.« Mit einem aufmunternden Blick schob sie ihm das Tellerchen über die Tischplatte hinweg zu und legte den Löffel daneben. »Probieren Sie mal!«

Johann sah sie zögernd an. Zu ihrer Erleichterung griff er dann aber doch nach dem Löffel, tauchte die Spitze in die leuchtend rote Marmelade und kostete. Emmi beobachtete seine Gesichtszüge genau. Sie sah, wie er sich die Marmelade auf der Zunge zergehen ließ, wie sie in diesem Moment ihren Geschmack entfalten musste. Sie sah, wie sich in seinem Ausdruck etwas veränderte, wie seine Gesichtszüge auf einmal weich wurden, seine Augen sich mit Tränen füllten.

»Emmi«, flüsterte er. »Wie hast du das gemacht? Sie schmeckt genauso wie bei Maren damals.«

Emmi sah ihn berührt an. Dass er weinte, zog ihr das

Herz zusammen. »Es ist ihr Rezept«, wisperte sie. »Es war das erste, das ich damals in der Kochschule allein gekocht habe.«

»Es ist, als wäre Maren hier in der Küche. Wie damals ...« Er schluchzte.

Ohne darüber nachzudenken, griff Emmi über den Tisch nach seiner Hand und drückte sie sanft. »Es tut mir so leid.«

»Schon gut.« Er atmete tief durch und wischte sich mit einem karierten Stofftaschentuch über die Augen. »Du kannst ja nichts dafür.«

Emmis Härchen stellten sich auf, weil er so unvermittelt zur vertrauten Anrede gewechselt hatte.

»Sie hat dir sehr wehgetan damals, nicht wahr?«, fragte sie zaghaft. Noch fühlte sich das Du für sie ungewohnt an, aber keineswegs falsch, denn da war auch immer noch diese Wärme, die sie beide verband.

Er nickte kaum merklich. »Maren und ich hatten einen wunderschönen Sommer. Schon als ich sie das erste Mal gesehen habe, wusste ich: Sie ist es. Ihr langes, dunkelbraunes Haar, braungrüne Augen – wie ein geheimnisvoller Wald im Morgengrauen.« Er machte eine kurze Pause. »Es war sofort um mich geschehen.«

Emmi lächelte leicht. Es wärmte ihr das Herz, ihn so über ihre Mutter sprechen zu hören. Er musste sie wirklich sehr geliebt haben. »Was ist dann passiert?«

Johanns Züge wurden härter, eine Melancholie breitete sich auf seinem Gesicht aus, wie Emmi sie noch nie zuvor gesehen hatte. »Ich habe sie gefragt, ob sie sich ein Leben mit mir vorstellen kann, ob sie zu mir auf den Hof zieht.«

Emmi hielt den Atem an. Was hatte ihre Mutter gesagt? Wie hatte sie reagiert? War ihre Antwort der Grund, warum diese Liebe damals zerbrochen war? Jede Faser ihres Körpers war angespannt, denn gleich würde sie das Geheimnis erfahren. Sie war so nervös, dass alles in ihr kribbelte.

»Wir hatten einen Treffpunkt vereinbart, eine Stelle am See. Dort, wo wir uns das erste Mal geküsst haben.« Er machte wieder eine Pause. »Aber sie war nicht da. Sie ist einfach nicht gekommen.« Johann seufzte schwer.

Emmi hatte das Gefühl, als würde sie ein riesengroßer Stein nach unten in die Dunkelheit ziehen. So musste sich auch Johann damals gefühlt haben. »Das tut mir sehr leid.« Sie sah Johanns bekümmertes Gesicht. Es musste ihn noch immer sehr schmerzen, dass Maren ihn damals versetzt hatte. »Habt ihr euch nie ausgesprochen?«

Er schüttelte den Kopf. »Einmal habe ich sie in Wiesbaden gesucht. Aber als ich dann gesehen habe, dass sie eine kleine Tochter … dass sie dich hat … habe ich es gelassen. Ich dachte, sie ist glücklich, hat jemanden kennengelernt und eine Familie gegründet.«

»Meine Mutter hatte nie einen anderen Mann«, sagte Emmi. »Sie hat sich immer nur auf ihre Catering-Firma fokussiert.«

Johann sah Emmi lange an. »Die Augen«, sagte er. »Die hast du von deiner Mutter.«

Emmi wusste nicht, was sie darauf erwidern sollte. In ihr wirbelten so viele Gefühle durcheinander. Da war die Freude, dass sie den Mann auf dem Foto tatsächlich gefunden hatte, und gleichzeitig die Unsicherheit, weil sie nicht wusste, wie sie mit ihm umgehen sollte. Seine Geschichte, wie er Maren kennengelernt hatte, die ihn kurz darauf verließ, berührte sie so sehr, dass sie selbst von dieser Traurigkeit ergriffen wurde. Sie wünschte sich, sie würde auch nur einmal so lieben können wie er. Was sollte sie jetzt tun? Sollte sie es bei diesem Wiedersehen belassen? Oder sollte sie ihn um ein weiteres Treffen bitten?

»Segelst du?«, fragte Lea und deutete auf das Segelboot im Regal.

Emmi war ihrer Freundin unheimlich dankbar, dass sie ein zweites Mal die Stille durchbrach.

»Ja, es ist meine große Leidenschaft.«

»Oh, wie toll. Wir waren heute Morgen auch in einer Segelschule.«

»Dann segelt ihr auch?«

»Nein.« – »Ja«, sagten wieder beide gleichzeitig.

»Noch nicht«, erklärte Lea. »Heute Nachmittag ist die erste Theoriestunde.«

Johann sah Emmi lächelnd an. »Das ist toll. Ich habe mir immer Kinder gewünscht, die das gleiche Hobby wie ich haben. Und wenn du wirklich meine Tochter bist …« Er verstummte, dachte nach, schüttelte kaum merklich den Kopf. »Ich kann das alles immer noch nicht glauben. Maren müsste mich ja dann verlassen haben, als sie mit dir schwanger war. Aber warum? Warum hat sie mir nie erzählt, dass es dich gibt?«

»Wenn ich das wüsste«, sagte Emmi.

»Ihr könntet einen Vaterschaftstest machen lassen«, schlug Lea vor. »Dann habt ihr Gewissheit.«

»Wie lange seid ihr eigentlich hier?«

»Ein paar Tage«, sagte Emmi.

»Was hältst du davon, wenn du mich bei der anstehenden Segelregatta begleitest?«

Emmi fielen tausend Gründe ein, die dagegensprachen, aber sie wollte Johann nicht vor den Kopf stoßen. Außerdem hätte sie so womöglich einen Anknüpfungspunkt zu ihm. »Das wäre fabelhaft«, sagte sie mit erzwungenem Lächeln. »Ich glaube, wir müssen dann auch mal los, sonst verpassen wir noch unsere erste Theoriestunde.«

Johann nickte, erhob sich und begleitete die beiden zur Tür. »Schön, dass ihr vorbeigekommen seid«, sagte er. »Ich hoffe, wir sehen uns bald wieder.« Auf seinem Gesicht zeigte sich ein vorsichtiges Lächeln.

Emmis Herz quoll über vor Freude. »Wie wäre es mit morgen?«

»Sehr gern.«

10.

Als sie wieder im Auto saßen, ließ Emmi ihren Hinterkopf gegen die Kopfstütze sinken. »Scheiße«, murmelte sie.

»Und ich wollte gerade sagen, dass es doch eigentlich ganz gut gelaufen ist.«

»Johann glaubt, dass ich eine begeisterte Wasserratte bin.«

»Na, so weit würde ich jetzt nicht gehen. Aber immerhin begleitest du mich jetzt anscheinend doch zum Segelkurs.« Lea grinste sie breit an.

Emmi schloss die Augen. »Ich sollte noch mal zu ihm gehen und das richtigstellen.«

»Bist du verrückt, Emmi? Er hat sich so gefreut, dass ihr etwas gemeinsam habt, solltet ihr tatsächlich ...« Sie verstummte.

»Ich rufe heute Abend meine Mutter an und stelle sie zur Rede«, entschied Emmi.

»Na, da bin ich mal gespannt.«

»Ich auch.« Emmi stöhnte gequält. »Und jetzt muss ich nur noch einen Segelkurs überleben.« Aber was sollte groß schiefgehen? Ein bisschen Theorie, etwas Praxis – es musste ja nur reichen, um die anstehende Segelregatta mit Johann zu überstehen.

In der Segelschule war schon einiges los. Es hatten sich bereits mehrere Leute im Unterrichtsraum versammelt, ein älteres Ehepaar, ein paar junge Erwachsene, Emmi tippte aufgrund ihrer Gespräche über einen Dozenten und die bevorstehende Seminararbeit auf Studenten, außerdem noch ein Pärchen etwa in ihrem Alter.

»Ah, da seid ihr ja wieder«, begrüßte Benno sie mit einem freundlichen Lächeln. Leika, die Hündin, war dieses Mal nicht in der Segelschule. Vermutlich hatte Benno sie wegen der vielen Leute weggebracht, oder sie döste in einem der Nachbarräume. »Ihr kommt gerade rechtzeitig. Oliver wollte gleich mit der Theoriestunde anfangen.«

»Was wollte ich?«, fragte Oliver, der soeben aus dem Büro kam, einen Ordner in der Hand, und anscheinend seinen Namen gehört hatte.

»Ich sagte gerade, dass du für diese beiden reizenden Damen doch sicherlich noch einen Platz in deiner Theoriestunde freihast.«

»Ach, jetzt auf einmal doch zwei Plätze? Ich dachte, Segeln sei nicht so dein Ding?« Herausfordernd blickte er Emmi an, ein Blick, der von den Füßen bis zu ihrem Kopf alles zum Kribbeln brachte, als würde man den aufsteigenden Blasen in einem Wasserkocher kurz vor dem Siedepunkt zusehen.

»Tja, gelegentlich kann man seine Meinung ja auch mal ändern.«

»Da steckt bestimmt ein Mann dahinter, hm?« Er ließ seine Brauen mehrfach in die Höhe schnellen.

»Könnte man so sagen. Hier ist übrigens dein Autoschlüssel.«

»Danke. Und? Wie steht's um den Wagen?«

»Unversehrt und ohne Kratzer«, sagte Emmi. Wieso sah Oliver so unverschämt gut aus? Eine seiner blonden Haarsträhnen war ihm ins Gesicht gefallen, und er schüttelte sie mit einer lässigen Kopfbewegung einfach nach hinten.

»Dann hoffen wir mal, dass das bei meinen Segelbooten auch so bleibt. Ich habe nämlich keine Lust, mir die *Unsinkbar drei* anschaffen zu müssen.«

Emmi verdrehte die Augen.

»Kaffee?«, fragte Benno an die beiden Freundinnen gewandt, der gerade mit zwei Tassen hinter dem Tresen hervorkam und sie an den Tisch mit dem jüngeren Paar brachte.

»Gerne einen Cappuccino«, sagte Emmi, die sehr erleichtert über die Ablenkung war.

»Zwei bitte«, bestellte Lea.

Sie suchten sich einen Platz unweit vom Fenster und setzten sich.

»Oliver hält sich aber auch für ganz schön witzig, was?«, wisperte Emmi.

»Also ich finde ihn ja eigentlich ganz süß«, flüsterte Lea zurück.

Emmi schüttelte den Kopf. »Ich hoffe, zwei Theoriestunden und einmal auf dem Boot mit ihm reichen. Mehr halte ich, fürchte ich, nämlich nicht aus.«

Lea kicherte. »Du stehst also mehr auf Typen in Anzügen.«

»Was?«, zischte Emmi, doch es war wohl lauter als beabsichtigt, denn einige Köpfe drehten sich zu ihnen um.

»Darf ich um Ruhe bitten?« Oliver warf einen Blick in ihre Richtung.

Emmi atmete genervt aus. Mit dem Kugelschreiber trommelte sie auf den Tisch.

»Herzlich willkommen zu unserer ersten Theoriestunde. Mein Name ist Oliver Peters, zusammen mit meinem Freund Benno führe ich hier die Segelschule. Heute wird es erst einmal um das Thema Sicherheit gehen. Wir reden über Seeventile, Feuerlöscher und Löschdecke, besprechen, was zu tun ist bei einem Brand im Motorraum, und außerdem lernen Sie etwas über Schwimmwesten, die Laufleine an Deck, Rettungsinseln und Leuchtraketen.«

Emmi lehnte sich auf ihrem Stuhl zurück. Das versprach, eine gähnend langweilige Stunde zu werden.

»Und wann geht's richtig los?«, fragte ein Student, der anscheinend der gleichen Ansicht war.

»Morgen Nachmittag«, sagte Oliver. »Dazu teilen wir euch in zwei Gruppen ein. Die eine Hälfte segelt mit mir, die andere mit meinem Kollegen. Benno wird gleich herumgehen und euch Zettel ziehen lassen. Grüne Zeichen sind bei mir, blaue bei ihm.«

Auf sein Stichwort kam Benno mit einer Blechdose, in der mehrere zusammengefaltete Zettel lagen. Emmi zog einen, und auch Lea griff in die Dose.

»Na toll«, sagte Emmi, als sie die Zettel auseinandergefaltet hatten. »Ich habe Grün.«

»So etwas Blödes«, sagte Lea und zeigte ihr enttäuscht den blauen Zettel.

»Dann sind wir ja nicht mal zusammen in einer Gruppe.«

Die Studentenclique schien darüber genauso wenig erfreut zu sein. »So können wir ja gar nicht zusammen segeln. Wir wollten das eigentlich als Semesterferienevent machen«, beschwerte sich eine von ihnen.

»Der Sinn dahinter ist, dass ihr euch auf neue Leute einlasst. Beim Segeln müsst ihr einander vertrauen und euch auf den anderen verlassen können, egal, ob ihr ihn kennt oder nicht.«

Das Aufstöhnen im Saal sprach für sich. Den Rest der Theoriestunde saß Emmi die Zeit ab und malte kleine Blumen auf ihren Notizblock. Sie dachte noch immer an Johann und ihre Begegnung. Hoffentlich kam sie ihm so ein wenig näher.

»Na, hast du was behalten?«, fragte Oliver, als die Stunde beendet war und alle den Saal verließen.

»Logo«, sagte Emmi. »Ich könnte gleich morgen einen Test darüber schreiben.«

»Muss ja ein ziemlich beeindruckender Typ sein, wenn du sogar so fleißig lernst.«

»Fängst du jetzt schon wieder damit an?«

»Wie war es denn eigentlich bei deinem Vater?«

»Gut«, sagte Emmi knapp, denn sie hatte nicht die Absicht, Oliver weiter davon zu erzählen. Wenn sie zugeben musste, dass sie ausgerechnet wegen Johann mit dem Segeln anfing, würde er sie am Ende nur bemitleiden. »Wir sind uns sehr ähnlich, haben viel gemeinsam, gleiche Interessen.«

»Oh, toll.« Er sah sie prüfend an. »Das freut mich wirklich für dich.«

»Danke.« Emmi schulterte ihren Rucksack. »Na dann, bis morgen.«

»Bis dann.« Emmi war gerade zur Tür hinausgetreten, als sie seine Stimme hinter sich hörte: »In welchem Team bist du denn?«

»Grün«, rief Emmi ihm über ihre Schulter hinweg zu.

Auf Olivers Gesicht breitete sich ein zufriedenes Grinsen aus. »Cool! Bis morgen!«

»Wollen wir noch etwas essen gehen?«, schlug Emmi vor.

»Unbedingt! Ich hab Hunger wie ein Bär!«

»Was hältst du von dem Restaurant in dem süßen Fachwerkhaus in der Fußgängerzone, das wir gestern gesehen haben?«

»Gern. Ich glaube, die hatten Saibling und Zanderfilet auf der Wochenkarte stehen.«

»Klingt gut.«

Zusammen schlenderten sie am Konstanzer Zehnthaus vorbei, das unmittelbar am See lag. An der rötlichen Fassade war das Wappen des Bischofs Franz Johann Prassberg angebracht sowie die Jahreszahl 1695. Am Urban-Brunnen, einer rechteckigen Brunnenschale, über der auf einem Sockel ein Heiliger stand, der in der einen Hand ein Buch mit einer Weintraube und in der anderen einen Stab hielt, bogen sie ab. Sie schlenderten weiter durch die Fußgängerzone, die um diese Zeit recht belebt war, als Emmis Smartphone klingelte.

»Das ist meine Mutter«, sagte sie nach einem kurzen Blick auf das Display.

»Willst du rangehen?«

Emmi nickte. »Dann habe ich es hinter mir.« Emmi nahm das Gespräch entgegen. »Hallo, Mama.«

»Hallo, Emmi. Ich wollte nur fragen, wo du die grünen Satinbänder aufbewahrst.«

»Rechte Schublade im Kellerschrank«, sagte Emmi. »Wie immer.« Sie hörte Marens leisen Vorwurf, dass sie sie so unvermittelt im Stich gelassen hatte, und atmete kaum merklich durch. Sie hatte alles organisiert und bereitgelegt. Maren würde die Satinbänder gar nicht benötigen, weil Emmi alles zusammengesucht und in eine Kiste getan hatte. Das war also nicht der Grund, warum sie anrief. »Ich habe ihn gefunden«, sagte sie deshalb unvermittelt. »Johann Gruber.«

»Du bist eine gute Detektivin.«

»Er ist mein Vater, nicht wahr?«

Die eisige Stille am anderen Ende bewies ihr, dass sie recht hatte.

»Mama, du kannst es zugeben. Johann ist bereit, einen Vaterschaftstest zu machen. Soll ich es lieber von einem Stück Papier aus dem Labor erfahren oder von meiner Mutter?«

»Ja, also schön. Ist er.«

Emmis Herz pochte schneller. Dann hatte sie ihr Gefühl also nicht getrogen. Diese Wärme, als sie sich gegenübergesessen hatten. So eine Verbundenheit hatte sie bei ihrer Mutter nie empfunden, aber bei einem Mann, den sie nicht kannte ...

»Warum hast du ihn verlassen?«

»Emmi, jetzt hör doch mal mit der Vergangenheit auf. Das ist Jahre her.«

»Verdammt, Mama, es ist mein Leben! Warum hast du mir nie von ihm erzählt, wenn du doch wusstest, wer er ist? Warum hast du ihn mir immer vorenthalten?«

»Es ist besser so, Emmi, glaub mir. Es bringt nichts, das alles wieder aufzurollen.«

»Ich habe es satt, dass du die ganze Zeit nur abblockst. Ich will endlich wissen, was damals passiert ist.«

»Es geht dich nichts an, verdammt noch mal.«

»Und ob es mich was angeht! Du hast mir all die Jahre meinen Vater vorenthalten, obwohl du gewusst hast, wer er war und wie sehr ich ihn vermisse. Ich habe dich so oft gefragt, und du hast mir ins Gesicht gelogen.«

»Ich habe dich beschützt!«

»Nein, du hast immer nur an dich selbst gedacht! An dich und deine Befindlichkeiten. Dabei hättest du einmal an mich denken müssen. Mich betrifft das auch!« Emmi merkte, wie wütend und gleichzeitig verzweifelt sie klang, und das wollte sie nicht mehr. Sie hatte den ersten Schritt getan. Sie hatte ihren Vater gefunden, und jetzt galt es herauszufinden, was damals passiert war. Und selbst wenn sie nichts herausbekam, hatte sie so wenigstens die Möglichkeit, neu anzufangen. »Weißt du, die Vergangenheit können wir vielleicht nicht ändern, aber die Gegenwart und damit auch unsere Zukunft.« Sie reckte ihr Kinn nach vorne.

»Wer sagt denn, dass das gut ist? Manchmal ist es besser, die Dinge so zu belassen, wie sie sind.«

»Das ist deine Ansicht, Mama.«

»Emmi, sei nicht so egoistisch. Du weißt nicht, was damals war.«

»Dann erzähl es mir, verdammt noch mal!« Sie war den Tränen nahe.

Als ihre Mutter immer noch schwieg, raffte sich Emmi zusammen. »Ich muss Schluss machen. Ich bin jetzt mit Lea zum Essen verabredet.« Sie beendete das Gespräch und atmete tief durch.

»Alles okay?«, fragte Lea mit besorgtem Blick.

Emmi nickte. »Alles bestens.« Sie zwang sich zu einem Lächeln. »Lass uns essen gehen. Das hebt bestimmt meine Laune.«

Sie erreichten das Fachwerkhaus mit seinen blau gestrichenen Balken und suchten sich einen Platz im Freien. Eine Kellnerin brachte ihnen die Speisekarte.

»Mama hat zugegeben, dass Johann mein Vater ist«, sagte Emmi schließlich.

»Wow.« Lea blickte sie aus großen Augen an. »Wie geht's dir damit?«

»Dass er es sein könnte, habe ich ja die ganze Zeit über gespürt, seit ich das Foto zum ersten Mal gesehen habe. Und als ich ihn heute getroffen habe, war da diese Verbundenheit zwischen ihm und mir. Ich kann es gar nicht richtig erklären. Ich habe es einfach gefühlt, dass es so sein muss.«

»Jetzt müssen wir nur noch herausfinden, was damals passiert ist und warum sie sich getrennt haben.«

»Wenn das mal so einfach wäre. Mama schweigt sich da nach wie vor beharrlich drüber aus.«

»Aber warum?«

Emmi zuckte mit den Schultern. »Ich weiß es nicht«, gab sie offen zu. »Sie weiß doch, wie sehr ich ihn all die Jahre vermisst habe. Vielleicht hätte ich dann auch ein besseres Verhältnis zu ihr gehabt, wenn ich es gewusst hätte.«

»Möglicherweise erfahren wir ja von Johann noch ein bisschen mehr«, sagte Lea zuversichtlich. »Ich finde es jedenfalls super, dass du jetzt doch mit in den Segelkurs gehst.«

Emmi schnitt eine Grimasse. »Na ja, wenn ich ihn nicht enttäuschen will, bleibt mir wohl nichts anderes übrig.«

»Du wirst sehen, das wird bestimmt toll. Wenn wir morgen das erste Mal richtig loslegen …«

Emmi drehte sich bei dem Gedanken sofort wieder der Magen um. Eigentlich wollte sie darüber überhaupt nicht nachdenken. Sie fragte sich, ob ihre Mutter womöglich doch recht hatte.

»… noch dazu mit so einem attraktiven Lehrer«, sinnierte Lea weiter.

Emmi verdrehte die Augen. »Gefällt er dir etwa?«

»Quatsch. Er ist nett, aber er ist absolut nicht mein Typ. Und außerdem hätte ich sowieso keine Chance, weil er nur Augen für dich hat.«

»So ein Unsinn.«

»Nein, wirklich. Er hat sich wahnsinnig gefreut, dass du in seiner Gruppe bist. Hast du das nicht gemerkt?«

Emmi wurde nachdenklich. War das wirklich so? Oliver hatte schon erfreut gewirkt. Und er hatte sich davor erkundigt, ob sie mit der Suche nach ihrem Vater vorangekommen war. Wollte er einfach nur nett sein, oder sah er in ihr etwa den neuen Ferienflirt? Andererseits tat sie ihm vielleicht auch einfach unrecht. Emmi beschloss, dass sie zukünftig ein bisschen freundlicher zu ihm sein würde. Vermutlich blieb ihr auch gar nichts anderes übrig, wenn sie jetzt in seinem Segelteam war. Oh, was für eine furchtbare Idee sie da gehabt hatte. Wieso hatte Johann denn kein anderes Hobby?

11.

Nachdem Oliver und Benno den Unterrichtsraum aufgeräumt hatten, machten sie sich auf den Weg in die Tennishalle. Tennis war Olivers Ausgleich. Hier konnte er sich auspowern, während er mit dem Segelboot die Stille und Weite des Sees genoss.

»Cool, dass die zwei von gestern heute doch noch dazugekommen sind«, sagte Benno, während sie sich aufwärmten. »Damit hätte ich gar nicht gerechnet.«

»Ich auch nicht«, gab Oliver zu. Vor allem Emmi hätte er es nicht zugetraut, dass sie sich noch einmal aufs Wasser wagte. Sie hatte schon das erste Mal nicht wirklich glücklich dort ausgesehen. »Hast du eigentlich geschummelt, damit sie in mein Team kommt?«

Benno sah ihn gelassen an. »Wie kommst du denn darauf?«

»Na ja, ein bisschen eigenartig finde ich es schon.«

»Das hat der Zufall so entschieden.«

»Klar, oder das Schicksal«, brummte Oliver und verdrehte die Augen.

»Aber süß ist sie schon. Ha! Siehst du, wusste ich's doch«, rief Benno triumphierend, weil Oliver nichts darauf erwiderte, sondern sich stattdessen einen Schläger genommen hatte und auf das Feld trat. »Du hast also doch Interesse an ihr.«

»Ich wollte nur wissen, ob sie ihren Vater getroffen hat.«

»Da hat sie sich aber bedeckt gehalten, findest du nicht?«

Oliver ignorierte ihn. Das war nämlich in der Tat ein wunder Punkt bei ihm. Natürlich hätte er gerne mehr erfahren, doch vor all den anderen Segelschülern hatte er sie auch nicht ausfragen wollen. Er wartete, bis Benno auf die andere Seite des Felds gegangen war, ließ den Ball einmal auf den Boden prellen, schleuderte ihn in die Luft und schlug dagegen.

»Oha, ich sehe schon, dich hat es wirklich erwischt.«

Oliver konnte den Ball, den Benno ihm zurückspielte, geschickt weitergeben, sodass dieser ihn knapp verfehlte.

»Fünfzehn zu null«, sagte Oliver.

»Ist ja schon gut, ich höre auf.«

Oliver schlug den nächsten Ball auf. Benno reagierte blitzschnell, sodass Oliver den Ball zu spät traf und er im Netz landete.

»Fünfzehn zu fünfzehn«, sagte Benno triumphierend.

»Vielleicht war es ihr unangenehm, vor so vielen Leuten über das Thema zu reden«, sagte Oliver, als er sich einen neuen Ball nahm.

»Wieso fragst du sie nicht einfach noch mal, wenn es ein bisschen ruhiger ist?«

Benno hatte recht. Der Kurs ging über mehrere Tage, also würden sie sich noch ein paarmal sehen. Etwas, das ihn ungemein freute, wie er sich selbst eingestehen musste. Vielleicht würde er mit Emmi dann ja doch noch mal ins Gespräch kommen. Und wenn ihr Vater hier in der Nähe wohnte, würden sie sich in Zukunft möglicherweise auch noch hin und wieder über den Weg laufen. Was für ein eigenartiger Gedanke. Er war doch gar nicht auf der Suche nach jemandem.

»Heute kam übrigens die Rückmeldung für unsere Anmeldung bei der Segelregatta. Ich habe sie auf den Schreibtisch gelegt.«

»Haben wir eine gute Startposition?«, fragte Oliver.

»Vordere Mitte.«

Er warf seinem Freund einen kurzen Blick zu. »Und Tim?«

»Erstes Drittel.«

Olivers nächster Aufschlag war so präzise und schnell, dass Benno sprinten musste, um ihn noch zu erreichen. Der Ball kam in Olivers Feld genau auf der Linie auf und hüpfte ins Aus.

»Fünfzehn zu dreißig«, sagte Benno. »Komm schon, mit deiner Erfahrung überholen wir den doch locker. Und dann kassieren wir das Preisgeld und reparieren unsere Fahrräder damit.«

»Mir geht es nicht um das Preisgeld, sondern um die PR, die da mit dranhängt. Tim hat schon genug Schlagzeilen, während wir ein bisschen Werbung wirklich gut gebrauchen könnten.«

»Ich weiß.« Benno seufzte. »Ich habe den Artikel in der Zeitung gelesen.«

»Über eine halbe Seite.«

»Wir könnten unser Preisgeld auch in eine PR-Agentur investieren«, schlug Benno vor.

»Meinetwegen. Aber jetzt müssen wir erst mal dafür sorgen, dass Tim nicht gewinnt.«

»Du hast ja noch ein paar Stunden auf dem Segelboot, in denen du üben kannst. Und du bist in bester Gesellschaft.«

»Fängst du jetzt schon wieder an?«, fragte Oliver leicht genervt.

»Es war lediglich eine Feststellung.«

Oliver schickte einen neuen Ball über das Netz. Benno spielte den Ball zurück, und Oliver musste in die andere Ecke des Felds hechten.

»Na, vielleicht frage ich sie ja wirklich mal«, sagte Oliver, als er den Ball gekonnt zurückgab und Benno ihn verfehlte.

»Wow, du spielst ganz schön energisch heute«, rief Benno. »Dreißig zu dreißig.«

Oliver schmunzelte. Er hatte sich einen neuen Ball genommen und ließ ihn wieder aufspringen, ehe er einen Aufschlag machte. Benno brachte ihn zurück, und Oliver spielte den Ball so knapp übers Netz, dass Benno nicht mehr herankam.

»Vierzig zu dreißig«, sagte Oliver triumphierend.

»Guter Schlag«, lobte Benno. »Man könnte meinen, dir geht es um etwas.«

»Vielleicht ist mein Ehrgeiz ja geweckt.«

»Reden wir von Emmi oder von unserem Tennismatch?«

Oliver spielte den nächsten Aufschlag so geschickt in eine Ecke, dass er kurz vor der Linie aufkam, ehe er ins Aus ging. »Vierzig zu vierzig. Einstand.«

Oliver setzte zu einem weiteren Aufschlag an. Der Ballwechsel wurde intensiver, und schließlich blieb Bennos Ball im Netz hängen.

»Vorteil für mich«, sagte Oliver.

Mit einem kraftvollen Aufschlag brachte er den Ball erneut ins Spiel. Benno erwischte ihn gerade noch so, doch als Oliver jetzt mit einem entschlossenen Schlag den Ball knapp hinter der Grundlinie platzierte, fuhr Benno fluchend mit dem Schläger durch die Luft.

»Gewonnen«, sagte Oliver und reichte Benno, der ebenso schwer atmete wie er, über das Netz hinweg die Hand.

Emmis Foodblog

Sweet-Memories-Marmelade

*Apfel-Zucchini-Marmelade ist für mich
Vergangenheit, Gegenwart und Zukunft*

Zutaten:

500g Zucchini
500g säuerliche Äpfel
500g Gelierzucker 2:1
Saft von zwei Zitronen
1 Messerspitze Zimt
100ml Apfelsaft

Zubereitung:

Die Zucchini waschen und in kleine Würfel schneiden.
Äpfel schälen und klein schneiden.
Zwei Zitronen auspressen.

Apfel- und Zucchinistücke in einen Topf geben.
Zitronen- und Apfelsaft hinzufügen.
Eine Messerspitze Zimt einrühren.
Ca. 3 – 4 Minuten weich kochen.

Den Gelierzucker dazugeben und unter ständigem Rühren aufkochen.
Sprudelnd kochen lassen.

Sobald die gewünschte Konsistenz erreicht ist, in vorbereitete Gläser abfüllen, verschließen und auf dem Kopf ca. 10 Minuten stehen lassen.

Noch immer ist es ein eigenartiges Gefühl, mit meinem Vater zusammen in der Küche zu stehen und Marmelade zu kochen, wie es mir meine Mutter beigebracht hat. Aber mit jeder neuen Sorte fühle ich mich ihm ein kleines bisschen näher, erfahre etwas von früher, kann Stückchen für Stückchen die Vergangenheit zusammensetzen. Die Marmelade ist wie eine Verbindung zwischen all den Erinnerungen, die sich süß und doch auch leicht säuerlich wie die zarte Wehmut darüberlegt und alles miteinander verwebt. Und gleichzeitig ist sie auch ein Stück weit Zukunft, denn als ich sie in den Picknickkorb packte, spürte ich dieses aufgeregte Kribbeln. Ich möchte, dass jemand ganz Besonderes diese Marmelade probiert, jemand, der für mich genauso wichtig geworden ist wie die Menschen aus meiner Vergangenheit – nur, dass er meine Zukunft werden könnte …

12.

Emmi hatte an diesem Morgen kaum ihr Frühstück herunterbekommen. Sie war viel zu aufgeregt. Lediglich ein halbes Brötchen mit Erdbeer-Rhabarber-Marmelade hatte sie gegessen und dazu eine Tasse Kaffee getrunken.

»Willst du lieber allein gehen?«, fragte Lea, aber Emmi schüttelte bloß den Kopf.

»Am Ende weiß ich vielleicht nicht, worüber ich mit ihm reden soll. Ich fühle mich wohler, wenn du dabei bist.«

Oliver lieh ihnen wieder bereitwillig sein Auto, als sie ihn in der Segelschule danach fragten.

»Das ist wirklich nett von ihm«, sagte Lea auf der Fahrt zum Hof.

»Stimmt, aber ich schätze, für die kommenden Tage sollten wir uns etwas anderes überlegen.«

Lea nickte. »Ich kann ja doch mal nach einem Mietwagen gucken.«

Emmi fuhr auf den Vorplatz vor dem alten Fachwerkhaus und stellte den Motor ab. Dieses Mal war keine Katze draußen, und der Hof wirkte beinahe verlassen, doch als Emmi klingelte, wurde ihr sofort geöffnet. In der Tür stand Johann mit einem Lächeln im Gesicht.

»Hallo, Emmi. Schön, dass du gekommen bist«, sagte er. »Ich hatte schon Sorge, dass du ...« Er verstummte.

Emmi krauste die Stirn. »Warum sollte ich nicht kommen?«, fragte sie, doch dann fiel ihr ein, was Johann über die Trennung von ihrer Mutter erzählt hatte. Die Stimmung drohte zu kippen und fühlte sich wie ein ungemütlicher Herbsttag an. Hoffentlich fiel ihr schnell etwas ein, um ihn wieder aufzuheitern.

Sie betrat den Wohnraum mit der offenen Küchenzeile und sah die beiden Katzen, die sich ihr Frühstück schmecken ließen. Ein Lächeln breitete sich auf ihrem Gesicht aus, vor allem, da sie dieses Mal nicht das Weite vor Emmi ergriffen. Und es wirkte noch viel heimeliger und behaglicher, wenn sie da waren.

»Oh, stören wir dich beim Frühstück?«, fragte Lea und deutete auf Johanns Teller.

»Ich bin gerade fertig geworden. Habt ihr schon was gegessen?«

»Ja, danke.« Emmi bemerkte, dass auf seinem Teller noch eine halbe Scheibe Brot lag. Den Spuren am Messer nach zu urteilen hatte er es sich mit Johannisbeermarmelade bestrichen, was Emmis Herz ganz weich werden ließ.

»Darf ich mich setzen?«, fragte sie.

Johann nickte, räumte den Tisch ab und spülte den Teller. »Möchtet ihr was trinken? Ich habe selbst gemachten Apfelsaft.«

»Sehr gerne«, sagte Emmi, und Johann brachte einen Krug und zwei Gläser.

»Die Äpfel sind auch von meinem Hof«, erzählte er, während er die Gläser einschenkte.

Emmi trank einen Schluck und war überrascht, wie

fruchtig und süß der Saft schmeckte. »Der ist fantastisch! Verkaufst du den auch?«

Johann nickte. »Tim schenkt ihn ebenfalls in seinem Hotel aus. Seine Gäste lieben ihn.«

»Das glaube ich«, sagte Lea. »Da kann keine Saftflasche im Supermarkt mithalten.«

Man konnte sehen, wie stolz Johann auf dieses Kompliment war.

»Hast du noch mehr von den Äpfeln?«, fragte Lea.

»Jede Menge. Letztes Jahr hatten wir eine gute Ernte, und ich habe noch ganz viele von ihnen eingelagert. Verkaufen kann ich sie nicht mehr, dafür sind sie zu alt. Und bald kommt ja auch die neue Ernte, da werde ich sie sowieso nicht mehr los. Deshalb wollte ich einen Teil heute wieder zum Moster bringen – sonst schimmeln sie mir noch –, aber ich kann nicht.« Seine Miene verfinsterte sich.

»Warum denn nicht?«, wollte Emmi wissen.

»Buchhaltung.«

Emmi unterdrückte ein Schmunzeln. Sie war ihrem Vater wohl doch ähnlicher, als sie angenommen hatte.

»Ich hasse es«, gab Johann offen zu. »Ich bin bei diesen ganzen Belegen und Tabellen rettungslos verloren. Den Hof führen, das liegt mir, aber das ganze Drumherum. Eigentlich hat das immer Bianca, meine Schwester, übernommen, aber seit sie für ein Jahr nach Australien gegangen ist ...«

Emmi hob verwundert die Brauen.

»Selbstfindung oder so was«, sagte Johann. Man konnte ihm deutlich anmerken, dass er seine Schwester lieber hier bei sich gehabt hätte. »Jedenfalls muss ich jetzt die ganzen Belege abheften und kopieren und wieder abheften. Das frisst so viel Zeit. Schon damit allein könnte man eine ganze Person beschäftigen.«

»Oh, ich kenne da jemanden, der so etwas über alles liebt.«

Jetzt war es an Johann, verblüfft zu gucken. Emmi deutete auf ihre Freundin.

»Lea ist zufälligerweise ein Genie in so etwas. Sie macht auch bei uns in der Firma die komplette Buchhaltung.«

Johann wirkte immer noch nicht ganz überzeugt.

»Wenn du möchtest, kann ich mir das Ganze ja einmal ansehen«, bot Lea nun an.

Er nickte zögernd. »Aber nur, wenn es dir wirklich nichts ausmacht.«

Lea lächelte. »Ich bin ein Ordnungsfreak. Ich liebe es, Sachen abzuheften, zu kopieren und an ihrem richtigen Platz abzulegen.«

»Grauenhaft«, entfuhr es Johann, und alle drei lachten.

»Das sage ich auch immer«, gestand Emmi offen. Als Johann sie jetzt anblickte, fühlte sie, wie eine angenehme Wärme sie durchspülte. Es tat so gut, mit ihm zusammen zu lachen und ihre Gemeinsamkeiten zu entdecken. Jetzt war auch die anfängliche Kälte von vorhin vergangen, und sie wünschte sich, sie könnte den Moment noch etwas länger festhalten.

»Zeigst du mir das Büro?«, fragte Lea.

Johann nickte und stand auf. Er führte Lea zu einer Tür, die in einen kleineren Raum abging. Dort stand ein alter

Schreibtisch am Fenster mit Blick hinaus auf die Obstwiese. Das Regal daneben quoll beinahe über vor Ordnern und Büchern. Auch auf der Tischplatte stapelten sich Papiere und Schachteln, aus denen Zettel herauslugten, und Emmi wunderte sich, wie dieser wackelige Turm überhaupt halten konnte. Sie würde sich jedenfalls nicht trauen, hier zu lüften. Allein schon, wenn man an dem Schreibtisch vorbeischlich, musste man die Befürchtung haben, einen Blättersturm wie in einem Hurrikan zu verursachen.

Lea seufzte. »Ich sehe schon, das kreative Chaos. Wie die Tochter, so der Vater ...«

»Also, du musst wirklich nicht ... wenn du nicht willst«, druckste Johann herum. Man konnte merken, dass ihm das Ganze sichtlich unangenehm war.

»Keine Sorge.« Lea schenkte ihm ein warmherziges Lächeln. »Ich mach das gerne. Kümmere du dich ruhig um den Hof und unternimm was Schönes mit Emmi. Sie freut sich schon so.«

Johann sah dankbar zu Lea, dann ein wenig ratlos zu Emmi. Anscheinend wusste er nicht, was er mit einer erwachsenen Tochter anfangen sollte.

»Wir lassen dich dann mal allein«, übernahm Emmi und schob Johann vorsichtig aus dem Zimmer.

»Hast du denn mit deiner Mutter ... Ich meine, konntest du mit Maren sprechen?«

Über Emmis Gesicht huschte ein flüchtiges Lächeln. »Wir brauchen keinen Vaterschaftstest mehr. Mama hat zugegeben, dass du mein Vater bist.«

»Wow, das ist … Also …« Er kratzte sich an seinem ergrauten Haar. »Ich glaube, ich muss mich erst mal setzen.« Er rückte sich einen Stuhl zurecht. »Dann ist es jetzt also offiziell. Ich habe eine erwachsene Tochter.«

Emmi, die ihm gegenüber Platz genommen hatte, musste schmunzeln. »Ja, verrückt, was?«

Johann nickte. »Und hat Maren … Ich meine, weißt du, warum …«

»Leider nicht«, erwiderte Emmi seufzend, »aber das bekommen wir schon noch raus.« Sie streckte ihre Hand über den Tisch aus und drückte kurz sanft seinen Arm. »Also, gibt es etwas, das du mich unbedingt fragen willst? Ich meine, möchtest du etwas Bestimmtes von mir wissen?«

»Na ja … Also, da ist so viel …« Johann schien noch immer völlig überwältigt von der Information zu sein. Emmi konnte es ihm nicht verübeln. Es war ja doch eher selten, dass man mit einem Mal eine fünfundzwanzigjährige Tochter hatte.

»Gehst du gerne segeln? Ich meine, du warst bestimmt oft segeln, wenn du dir jetzt überlegst, einen Kurs zu machen, oder?«, fragte er schließlich, offensichtlich erleichtert, dass ihm doch noch etwas eingefallen war.

»Ehrlich gesagt, nein. Das kam alles sehr spontan.«

»Und wie war deine erste Unterrichtsstunde?«

»Ich weiß nun, wie man Feuer in Kombüsen löscht und Leuchtraketen in den Himmel schießt.«

Er sah sie ein wenig irritiert an. »Segeln ist etwas Praktisches. Das lernt man nicht in einem Unterrichtsraum.«

Emmi sank das Herz, wenn sie an den Nachmittag

dachte. »Der praktische Teil kommt erst heute«, erklärte sie ausweichend.

»Oh, ich bin mir sicher, du wirst es lieben, wenn der Wind durch dein Haar weht, du die Gischt auf deinen Lippen schmeckst und über den See dahinfliegst.«

Ihr wurde jetzt schon flau allein von der Beschreibung, und auch die Erinnerung an ihre erste Segeltour mit Oliver machte es nicht besser. Für sie waren solche Boote eine schwimmende Nussschale.

»Bestimmt«, sagte sie und versuchte sich in einem Lächeln.

Ihre Gedanken wanderten wieder zu Oliver, der gestern diese furchtbar langweilige Theoriestunde gehalten hatte. Vermutlich hatte sie ihn ein bisschen vor den Kopf gestoßen, weil sie so wenig Interesse gezeigt hatte. Das musste sie dringend ändern. Da kam ihr eine Idee: Wenn sie sich ihrem Vater annähern wollte, musste sie über das Segeln Bescheid wissen. Sonst würde sie auf der Regatta eine ziemlich miese Figur abgeben. Und um an genügend Informationen zu kommen, um wiederum Oliver zu imponieren, könnte sie ja bei Johann ihr Wissen ein bisschen aufpolieren. Vielleicht hatte das Segeln ja auch etwas Gutes …

»Wie geht das?«, fragte sie, als sie einen Seemannsknoten in einem zarten Goldrahmen an der Wand entdeckte. Das Bild neben dem Sofa war ihr beim ersten Mal gar nicht aufgefallen.

»Oh, das ist ein Palstek. Den braucht man quasi ständig auf dem Boot. Der Vorteil ist, dass sich die gebildete Schlaufe nicht zuzieht und der Knoten sehr belastbar ist.«

Emmi horchte auf. Das klang doch interessant. Wenn man diesen Knoten überall gebrauchen konnte, könnte sie Oliver mit ihrem Wissen vielleicht beeindrucken. Und vielleicht würde es sie auch ihrem Vater etwas näherbringen, wenn er ihn ihr zeigte.

»Und wo kann ich ihn beispielsweise benutzen?«

»Du kannst damit sehr einfach das Boot an einem Poller festmachen.«

»Kannst du mir zeigen, wie man den knotet?«

Johann lächelte. »Man sagt *stecken*.«

»Oh ... okay.«

»Warte.« Johann öffnete eine Holztruhe mit zwei Eisenbeschlägen und holte ein Seil heraus, das etwa einen Meter lang war. »Wenn man den Palstek einmal beherrscht, vergisst man ihn in der Regel nicht wieder.«

»Wie Radfahren«, scherzte Emmi, wobei sie wieder an ihren Unfall und damit auch unweigerlich an Oliver und seine Fürsorge denken musste.

Johann nickte. »So ungefähr.«

Emmi hoffte, dass sie bei dem Knoten mehr Glück hatte als beim Radfahren.

»Zuerst legst du ein Auge, also eine Schlaufe.« Johann machte es vor. »Dann steckst du das lose Ende von unten durch und führst es um das andere Ende herum. Und dann lässt du es wieder im Auge verschwinden.« Er zog den Knoten zu.

»Was?« Emmi sah entgeistert auf den Knoten. »Noch mal.«

Johann schmunzelte, öffnete den Knoten und machte es ihr noch einmal vor.

Emmi versuchte ratlos, den Knoten nachzumachen. Dabei kam die braun getigerte Katze um die Ecke geschlichen und angelte mit einem Mal nach dem Seilende.

»Hey«, sagte Emmi lachend, aber dann spielte sie doch ein bisschen mit dem Tier, das begeistert dem Seilende nachjagte.

»Jetzt ist es aber gut, Louis.« Liebevoll schob Johann den Kater beiseite und nahm das Seil wieder auf die Tischplatte. »Es gibt da einen Merkspruch: Die Schlange kommt aus dem See heraus, kriecht um den Baum und gleitet wieder ins Wasser hinein.« Während er ihr den Spruch vorsagte, machte er zusammen mit Emmi die Bewegungen.

Emmi stellte sich vor, wie es gewesen wäre, wenn er ihr auch das Schuhebinden beigebracht hätte. »Hasenohr, Hasenohr, einmal 'rum und dann durchs Tor«, hallte es durch ihre Gedanken. Emmi kämpfte gegen den Kloß in ihrem Hals an. Ihr hatte es eine Erzieherin im Kindergarten beigebracht, nicht einmal ihre Mutter. Maren hatte für so etwas keine Zeit gehabt.

»Noch mal?«, fragte Johann, der gemerkt haben musste, dass Emmi mit den Gedanken woanders gewesen war.

Sie nickte, und Johann führte die Bewegung noch einmal mit ihr durch.

»Fertig. Versuch es jetzt mal allein.«

Emmi sagte den Merkspruch auf und legte dabei das Seil so, wie Johann es ihr gezeigt hatte.

»Halt, du musst hier durch«, sagte Johann und nahm ihre Hand.

Emmi hielt inne und guckte ihn an.

»Entschuldige«, sagte er, doch sie schüttelte den Kopf und lächelte ihn an.

»Schon gut. Ist es so richtig?«

»Ja.« Johann blickte stolz auf den Knoten. »Soll ich dir noch mehr zeigen?«

»Ich glaube, ich brauche erst mal eine Pause. Wie wäre es, wenn wir ein Stückchen spazieren gehen?«

Johann stimmte zu, und so liefen sie kurz darauf über den malerischen Hof. Emmi ließ ihren Blick über den Gemüsegarten schweifen, sah die Tomaten, Bohnen und Zucchini, die schwer und reif an den Stängeln hingen und darauf warteten, geerntet zu werden. Ein Helfer goss das Gemüse, und weiter hinten entdeckte sie zwei andere, die sich um die Äpfel kümmerten, die bald reif wurden.

»Das sieht auch dieses Jahr nach einer vielversprechenden Ernte aus, oder nicht?«, fragte Emmi, als sie zu den großen Apfelbäumen schlenderten, an deren Zweigen sie die Früchte entdeckte.

»Das stimmt«, sagte Johann. »Dabei habe ich noch so viele Lageräpfel. Also, wenn du etwas daraus machen willst, nur zu. Ich habe sogar Gelierzucker gekauft, weil ich letztes Mal keinen dahatte.«

Das beeindruckte Emmi. Sie dachte nach, sah auf die vielen Früchte und ließ ihren Blick dann wieder über die Wiese zu dem Gemüsebeet schweifen.

»Was hältst du von Apfel-Zucchini-Marmelade?«, fragte sie.

»Apfel-Zucchini-Marmelade?« Johann sah sie verständnislos an. »Meinst du, das schmeckt?«

»Ich bin mir sogar sicher«, sagte Emmi. »Wenn du ein paar Zucchini übrig hast?«

»Du kannst gerne welche ernten.«

Johann folgte ihr in den Gemüsegarten, wo Emmi vorsichtig eine der großen, dunkelgrünen Früchte vom Stängel brach. Sie roch daran, nahm die von der Sonne gewärmte Erde und den fruchtigen Duft wahr, der sie mit einer aufregenden Vorfreude erfüllte.

»Das wird wunderbar. Hilfst du mir?«

Johann war verblüfft, nickte dann aber und pflückte mit ihr zusammen das Gemüse. »Und wie viele Äpfel brauchst du?«

»Ich denke, zwei kleine Körbe reichen.«

Johann nickte und brachte aus der Scheune zwei Körbe mit Äpfeln in die Küche. Dort legte auch Emmi ihre Ernte auf den Tisch, wusch eine Zucchini nach der anderen und schnitt sie in kleine Würfel. Dann half sie Johann dabei, die Äpfel zu schälen, auszuschneiden und ebenfalls zu würfeln.

»Was brauchst du noch?«, fragte Johann.

»Du kannst zwei Zitronen auspressen.«

Er nickte, nahm eine Saftpresse aus einem der Oberschränke und schnitt die Zitronen auf. Emmi roch die fruchtige Frische und freute sich schon auf die säuerliche Marmelade. Sie gab die Apfel- und Zucchinistücke in einen Topf, schüttete den Zitronensaft und etwas Apfelsaft dazu.

»Hast du Zimt da?«, fragte sie.

»Ja, hier.« Johann zog eine Schublade auf, in der mehrere Gewürzdosen standen, und suchte nach der richtigen.

»Deine Mutter hat auch immer so extravagante Rezepte

gehabt«, sagte er, während Emmi eine Messerspitze Zimt zu den Fruchtstücken gab und alles unter Rühren weich kochte. »Ich erinnere mich an einen Zucchini-Nuss-Kuchen.« Er verdrehte schwärmerisch die Augen. »Anfangs dachte ich ja, sie veralbert mich, als sie sagte, dass da wirklich Zucchini drin seien.«

»Das macht den Kuchen schön saftig«, sagte Emmi mit einem verschmitzten Lächeln.

»O ja.« Johann seufzte leicht. »Das war der saftigste Kuchen, den ich jemals gegessen habe. Alle anderen waren trocken und beinahe staubig.«

Emmi kicherte.

»Genau wie ihr Braten ...« Jetzt legte sich wieder etwas Wehmütiges auf seine Gesichtszüge. »Ich habe nie mehr so etwas Köstliches gegessen wie bei ihr.«

»Du meinst ihren Schweinebraten?«, fragte Emmi, und Johann nickte.

»Mit Klößen.«

»Ich glaube, du hast Glück. Ich habe von der Meisterin selbst gelernt«, sagte sie zwinkernd. »Also, wenn du willst, koche ich ihn für dich.«

Johanns Miene hellte sich sichtlich auf. »Wenn du mir eine Einkaufsliste schreibst, kannst du morgen gleich loslegen.«

Emmi ließ den Gelierzucker in den Topf rieseln, und während sie darauf wartete, dass die Marmelade sprudelnd kochte, zählte sie Johann die Zutaten für Marens Bratenrezept auf.

Johann notierte sich alles auf einem kleinen Karoblock.

»Mmh, das duftet aber lecker«, sagte Lea, als sie aus Johanns Büro kam. »Was kochst du denn Gutes?«

»Apfel-Zucchini-Marmelade«, sagte Emmi.

»Die hast du ja schon seit Ewigkeiten nicht mehr gemacht.« Emmi reichte Lea ein Tellerchen mit einem Klecks Marmelade. Ihre Freundin tupfte ihren Finger in die gelbgrüne Marmelade und probierte. »Sie ist fantastisch geworden. Ich liebe sie.«

Auch Johann naschte mit einem Kaffeelöffel etwas davon und stimmte Lea zu.

»Bist du denn mit der Buchhaltung vorangekommen?«, fragte Johann.

»Ja, absolut. Ein paar Tage werde ich noch brauchen, aber so chaotisch ist es gar nicht.«

Sichtlich erleichtert atmete er auf.

»Ich habe Johann vorgeschlagen, dass wir morgen wiederkommen. Ich möchte Marens Schweinebraten machen.«

Lea war begeistert. Sie half Emmi dabei, die nach Apfel, Zucchini und Zimt duftende Marmelade in Gläser zu füllen, schraubte die Deckel darauf und drehte sie um.

»Ich finde ja, Emmi sollte viel mehr Marmelade machen. Sie hat wirklich Talent dazu«, sagte Johann, der die Gläser auf den Küchentisch stellte.

Emmi errötete wegen seines Kompliments. »Weißt du, in meinem Alltag habe ich für so etwas gar keine Zeit.«

»Du solltest sie dir nehmen. Wer weiß, was daraus noch werden kann.«

»Apropos Zeit«, sagte Lea, »ich weiß, ihr würdet euch

bestimmt gerne noch unterhalten, aber wir müssen los. Der Segelunterricht fängt in einer Stunde an.«

»Na gut. Also, morgen mache ich dann Schweinebraten«, sagte Emmi.

»Und ich besorge die Zutaten.« Johann blickte noch einmal glücklich auf seine Liste. »Vielleicht kann ich mir ja auch aufschreiben, wie du ihn zubereitest.«

»Aber klar doch«, entgegnete Emmi lachend.

13.

Oliver war im Hafen, um die *Storm* klarzumachen.

»Eben hat einer von den Studenten angerufen und einen Teil der Clique abgemeldet«, sagte Benno, als er zu ihm auf das Boot kam.

»Für heute oder komplett?«

»Komplett, fürchte ich.« Benno schnitt eine Grimasse. »Anscheinend hat es ihnen nicht gefallen, dass sie getrennt hätten segeln sollen.«

Oliver atmete tief durch. »Hm, da kann man nichts machen. Wir hätten die Gruppen ja wieder neu gemischt.«

Benno zuckte mit den Schultern. »Ich glaube, die sind auch eher Kandidaten für Stand-up-Paddling.«

»Wahrscheinlich«, stimmte Oliver ihm zu.

»Wenn du willst, kann ich die anderen übernehmen und mit allen zusammen auf der *Victoria* segeln«, bot Benno an. »Dann hast du mit Emmi ein bisschen Zeit für dich.«

Oliver zögerte, brummte dann aber eine Zustimmung. Dass er Benno im Grunde ganz dankbar dafür war, musste er seinem Freund ja nicht gleich auf die Nase binden.

Als das ältere Ehepaar kam, erklärte er ihnen kurz, dass es eine Änderung bei der Gruppenzusammensetzung gab, da ein paar Schüler abgesprungen waren.

»Und da kommen meine restlichen Schüler«, sagte

Benno, als das Pärchen in ihrem Alter an den Anleger trat. Benno winkte ihnen, ging auf sie zu und grüßte sie freundlich. »Wir sind heute auf der *Victoria* unterwegs.«

Verblüfft sah das Pärchen ihn an, nickte dann aber, nachdem auch er ihnen von der Absage und der neuen Gruppenzusammensetzung erzählt hatte. Benno reichte ihnen zwei Schwimmwesten. »Hier, die könnt ihr schon mal anziehen. Wir warten noch auf Lea und die anderen beiden Studenten, dann sind wir vollzählig.«

Das Paar legte sich die Schwimmwesten an und stieg zusammen mit Benno aufs Boot. Oliver sah, wie die beiden Freundinnen an den Anleger kamen. Leas wilde Lockenfrisur hüpfte bei jedem Schritt. Sie wirkte entschlossen, während Emmi sich eher zögerlich näherte.

»Hey!«, grüßte Oliver. »Wo bleibt ihr denn?«

»Emmi hat noch eine superleckere Marmelade eingekocht«, sagte Lea.

Emmi errötete ein wenig. Sie sah bezaubernd aus in dem türkisfarbenen T-Shirt und ihren Jeansshorts. Oliver merkte, dass er sie vielleicht einen Moment zu lange angesehen hatte, und riss sich mühevoll von ihr los.

»Hat meine Mutter etwa schon wieder etwas falsch bestellt?«

»Nein, keine Sorge, dieses Mal habe ich meinem Vater geholfen.«

»Kann's losgehen?«, fragte Lea und stemmte ihre Hände in die Hüften.

»Benno wartet da vorne auf dich.« Er deutete auf das Boot ein paar Meter weiter im Hafen.

»Alles klar, dann bis später.« Sie gab Emmi ein Küsschen auf die Wange und kletterte zu Benno hinunter.

Oliver wandte sich wieder Emmi zu, die ihn prüfend musterte.

»Wo sind die anderen?«, fragte sie.

»Ein Teil der Studenten ist leider abgesprungen«, sagte er, »und das ältere Ehepaar segelt heute ausnahmsweise bei Benno mit. Wie es aussieht, sind wir allein.«

»So ein Zufall.« Emmi blickte ihn prüfend an. Ob sie ahnte, dass er mit ihr allein segeln wollte? Oder suchte sie gerade nach einer Ausrede, um nicht mitfahren zu müssen?

»Also, was ist nun? Brauchst du einen roten Teppich, oder kommst du so an Bord?« Er sah, wie Benno zum Auslaufen bereit war und die Leinen löste.

»Das ist eine Nussschale – eine Haselnussschale, um genau zu sein! Wo ist das Boot?«

Oliver deutete auf die *Victoria*, die gerade an ihnen vorbeischipperte.

Emmi legte den Kopf schief. »Das ist nicht dein Ernst. Wo ist das andere Boot?«

»Ich dachte, du magst es nicht wegen des Namens, deshalb habe ich heute die *Storm* genommen. Außerdem ist es so viel kuschliger. Also, kommst du jetzt?«

Emmi presste die Lippen aufeinander, stieg dann aber ohne ein weiteres Wort die Leiter zu ihm hinunter.

Oliver reichte ihr die Hand, die Emmi, ihrem Blick nach zu urteilen, dankbar annahm. Ihr Griff war wieder so fest, dass es ihn beinahe an den Fingern schmerzte, und ihre Augen wanderten rastlos umher.

»Setz dich«, sagte Oliver und beobachtete Emmi dabei, wie sie in der Mitte des Bootes Platz nahm. Er reichte ihr eine Schwimmweste, die sie, fast zu seinem Bedauern, dieses Mal allein anzog und schloss. Wenn man ihr etwas gezeigt hatte, musste man es ihr also nicht noch einmal erklären. Das beeindruckte ihn. Emmi lernte schnell. »Kann es losgehen?«, fragte er.

Emmi nickte.

Er ging zum Bug und löste die Leinen, als Emmi sich panisch im Inneren des Bootes rechts und links abstützte. Anscheinend hatte sie mit dem sanften Schaukeln nicht gerechnet. »Geht's dir gut?«

»Bestens«, versicherte sie mit kühler Stimme.

»Noch kannst du von Bord, wenn du eher eine Landratte bist.« Herausfordernd blickte er sie an, doch zu seiner Überraschung schüttelte sie bloß den Kopf.

»Bringen wir es hinter uns.«

»Das sind die schönsten und vermutlich warmherzigsten Worte, die ich vor einem Trip jemals zu hören bekommen habe«, entgegnete Oliver mit einem Schmunzeln. »Und du genießt immerhin Privatunterricht.«

Emmi verdrehte die Augen. »Darauf hätte ich gut verzichten können. Wobei bei deinem Ego vermutlich sowieso sonst niemand mehr Platz im Boot gehabt hätte.«

Oliver verkniff sich ein Grinsen, während er die *Storm* rückwärts aus dem Hafen lenkte. Er mochte die Wortgefechte mit Emmi, wie er sich selbst eingestehen musste. Das Wetter war ein Traum. Die Sonne hatte schon den ganzen Morgen warm und klar am Himmel gestanden, und jetzt waren vereinzelte Quellwölkchen hinzugekommen und spendeten gelegentlich Schatten. An solchen Tagen war auch der See ziemlich voll. Bei schönem Wetter herrschte hier Hochbetrieb, wie man auch an der Fähre sehen konnte, die gerade anlegte. Möwen kreischten und flogen aufgeregt um das Schiff herum, auf der Suche nach einem Brocken Brot. Oliver umschiffte die Fähre, während Emmi die Passagiere beobachtete, die an der Reling standen und darauf warteten, an Land gehen zu können.

»Sie benutzen einen Palstek, habe ich recht?«, fragte Emmi, die beobachtet hatte, wie die Leinen an den Anleger geworfen wurden.

Verblüfft sah Oliver sie an. »Das stimmt. Der Vorteil ist ...«

»... dass er sich nicht zuzieht«, beendete Emmi seinen Satz.

Oliver war beeindruckt. »Woher weißt du das?«

Sie zuckte mit den Schultern.

»Dann hat dich das Segeln also doch überzeugt?«

»Es ist ein Hobby, das ich mit meinem Vater teile.«

»Ha! Ich wusste doch, dass ein Mann dahintersteckt.«

»Ich hoffe, du hast nicht geglaubt, dass du das bist.« Sie funkelte ihn an.

Oliver musste wieder schmunzeln. »Na, hoffentlich hat der etwas mehr Spaß als du«, sagte er, da ihm nicht entgangen war, dass sich Emmi noch immer am Holz festkrallte.

»Sehr witzig. Vermutlich hätte ich mehr Vertrauen, wenn ich nicht wüsste, dass du schon ein Boot versenkt hast. Bei jemand anderem wäre ich bestimmt entspannter.«

»Du weißt aber schon, dass der Name nur ein Witz ist, oder?«

Emmi warf ihm einen vernichtenden Blick zu.

Eine Ente suchte mit ihren Küken schnatternd das Weite, als Oliver weiter auf den See hinaussteuerte.

»Zu meiner Verteidigung möchte ich darauf hinweisen, dass es viele untalentierte Skipper hier am Bodensee gibt: Wusstest du zum Beispiel, dass Hunderte versunkene Schiffswracks am Grund des Sees liegen? Und das aus allen Epochen.«

»Ich glaube nicht, dass mich das gerade sonderlich ermutigt.«

»Da sind Schiffe aus Zeiten von Julius Cäsar genauso darunter wie Handelsschiffe aus dem 19. Jahrhundert.«

»Ja, und die *Unsinkbar*.« Emmi krallte sich unglücklich am Boot fest. »Wahrscheinlich war das doch kein Witz.«

Oliver schmunzelte. Er schaltete den Motor aus, und das Boot wurde von den Wellen sanft hin und her gewiegt. »Na, zum Glück sitzen wir dieses Mal auf der *Storm*. Komm, lass uns loslegen.«

»Wir?« Emmi blickte ihn aus großen Augen an.

»Naja, wenn du segeln lernen willst, geht das am besten, wenn du mithilfst.«

»Es muss nur für so viel reichen, dass ich irgendwie die Regatta überstehe.«

»Du segelst mit ihm bei der Regatta?«

Emmi nickte. »Er hat mich eingeladen, da konnte ich kaum absagen.«

»Obwohl Wasser anscheinend nicht gerade dein Element

ist.« Er zog die Brauen in die Höhe, denn Emmis Hände krallten sich um das Holz, ihre Fingerknöchel traten weiß hervor. Es kam ihm fast so vor, als hätte sie Angst.

»Du musst dir wirklich keine Sorgen machen, es ist nahezu unmöglich, ein Boot zum Kentern zu bringen«, sagte Oliver. »Und falls es doch passiert, kann ich es wieder aufrichten.«

Jetzt schenkte ihm Emmi tatsächlich ein zaghaftes Lächeln, eines, das direkt sein Herz berührte, sich hineinschlich und es sich anscheinend darin bequem machte. Oliver musste aufpassen, dass er sich nicht zu viel davon versprach. Bei Meike hatte es auch so angefangen, damals hatte er geglaubt, sie sei die Eine, und dann war er so bitter enttäuscht worden. Das wollte er nicht noch einmal durchmachen. Dennoch hatte Emmi etwas an sich, das ihn faszinierte. Es war ihre forsche, neckende Art und gleichzeitig diese Verletzlichkeit, wenn sie auf dem Boot saß. Ihre braungrünen Augen, die geheimnisvoll funkelten, ihr Haar, das in großzügigen Wellen über ihre Schultern fiel und mit dem der Wind spielte. Unwillkürlich fragte Oliver sich, wie weich sich wohl ihre Haut anfühlte, auf die immer wieder einzelne Tröpfchen von Gischt perlten.

Da plötzlich sah Oliver das entgegenkommende Boot.

»Achtung, bereit zur Wende!«, rief er Emmi zu, doch er hatte nicht bedacht, dass sie dafür zu unerfahren war.

In dem Moment, als er in letzter Sekunde mit der *Storm* ausweichen wollte, geriet sie in Schieflage. Oliver konnte sich selbst nicht erklären, was passiert war. Er war nur einen Moment unachtsam gewesen. Im selben Augenblick hörte er jemanden schreien und kurz darauf ein lautes Platschen. Verdammt! Emmi war ins Wasser gefallen. Oliver spürte kaum einen Wimpernschlag später ebenfalls das kalte Wasser. Er war gekentert! Er brauchte nur kurz, bis er sich wieder gefasst hatte. Suchend ließ er die Augen über die Wasseroberfläche gleiten. Wo war Emmi? Sein Herz setzte einen Schlag aus. Verdammt, wo schwamm sie? Hoffentlich war ihr nichts passiert. Sie hätte längst wieder auftauchen müssen. Nervös drehte er sich im Wasser herum, hielt weiterhin Ausschau nach ihr.

»Emmi!« Das konnte doch nicht sein. »Emmi!«

Wieder drehte er sich im Wasser, fuhr sich mit der Hand übers Gesicht, um das Nass daran zu hindern, in seine Augen zu laufen. »Emmi!« Seine Lungen schmerzten, so laut rief er. Ob sie sich den Kopf gestoßen hatte und ohnmächtig geworden war? Er könnte tauchen, doch wahrscheinlich würde er sie nicht sehen. »Emmi!« Seine Stimme war verzweifelt.

Das Boot trieb auf der Seite, unweit daneben tauchte Emmi wieder auf, rudernd und wild um sich schlagend. Erleichtert atmete er tief durch. Ein Glück! Da fiel es Oliver wie Schuppen von den Augen: Emmi konnte nicht schwimmen! Das war der Grund, weshalb sie solche Angst auf dem Wasser hatte. Mit ein paar Kraulbewegungen war Oliver bei ihr, doch er kam nicht an sie heran. Zu wild strampelte und zappelte sie, aus Angst, unterzugehen.

»Emmi!«, rief er, so ruhig er konnte, »Emmi, hab keine Angst. Die Schwimmweste trägt dich.« Er konnte sehen, wie Emmi kurz innehielt, doch gleich darauf begann sie wieder, wild um sich zu schlagen. So konnte er sich ihr keinesfalls nähern. Sie würde ihn verletzen und er sich selbst damit in Gefahr bringen. »Emmi, beruhige dich. Ich bin gleich bei dir.«

»Hilfe!«

Er wusste nicht, wie sie es schaffte, aber irgendwann schien sie ihn zu hören, drehte sich im Wasser zu ihm herum, sah ihn an, patschte mit den Armen auf die Oberfläche, dass es wild spritzte.

»Ganz ruhig, noch ein paar Meter«, redete er sanft auf sie ein. »Ich helfe dir sofort.« Er schwamm noch etwas näher an sie heran. »Emmi, du musst mir jetzt vertrauen. Hör auf, dich zu bewegen.«

»Oliver!«

Zu seiner Überraschung hörte Emmi tatsächlich auf, wild im Wasser zu zappeln. Wahrscheinlich war sie überrascht, dass sie ihn zwischen den kleinen Wellengipfeln erblickte. Oliver zögerte keine Sekunde. Er tauchte mit Kraulbewegungen zu ihr, drehte ihr den Arm auf den Rücken und drückte sie dadurch ins Hohlkreuz, sodass das Wasser sie in Rückenlage trug.

Emmi prustete, schnappte nach Luft, zappelte noch immer im Wasser, aber sein Griff war fest, gerade so, dass er ihr nicht wehtat, er sie aber gut halten konnte.

»Alles ist gut«, sagte er an ihrem Ohr. »Ich bin da.«

Emmi nickte, doch an ihren zuckenden Bewegungen merkte er, dass sie ihm noch immer nicht ganz vertraute.

»Ich bringe dich jetzt zum Boot.«

»Okay«, flüsterte Emmi.

Auf dem Rücken schwimmend, zog er sie mit sich durchs Wasser, steuerte auf die *Storm* zu, bis er ihren Rumpf erreichte. »Du hängst dich jetzt an das Schwert«, sagte er. »Hier kannst du dich festhalten.« Er führte Emmis Hand an das Schwert, griff um, hielt sie an den Hüften und half ihr, sich aus dem Wasser emporzuziehen.

Emmi hustete und keuchte, hielt sich aber fest. »Ich kann mich so nicht lange halten«, wimmerte sie.

»Ich weiß. Wir richten das Boot gleich gemeinsam auf.« Er ließ sich zurück ins Wasser sinken, schwamm um das Schiff herum und zog den Bug in den Wind. So schnell er konnte, schwamm er zu Emmi zurück. »Du musst mir jetzt helfen«, sagte er. »Wir klettern gemeinsam am Bootsboden empor und üben Druck auf das Boot aus, um es wieder aufzurichten. Du wirst dabei noch einmal kurz ins Wasser zurückfallen, aber du kannst dich sofort wieder am Boot festhalten, sobald es steht. Okay?«

Emmi sah ihn mit weit aufgerissenen Augen an.

»Hab keine Angst.« Olivers Stimme war fest und tief. »Wir schaffen das gemeinsam. Ich bin direkt neben dir, dir kann nichts passieren. Du hast immer noch die Schwimmweste. Kann es losgehen?«

Wieder nickte Emmi.

»Gut.« Oliver zog sich neben ihr am Schwert empor und hängte sich mit den Beinen daran. »Wir müssen jetzt zusammen mit den Füßen daran hochklettern, um aus dem Wasser zu kommen. So können wir mit unseren Körpern mehr Druck ausüben und das Boot leichter aufrichten.«

Zusammen drückten sie auf das Boot, kletterten Stückchen für Stückchen empor, bis es ins Schwanken kam, unter ihnen nachgab und sich aufrichtete.

»Achtung«, sagte Oliver, als das Segel über ihre Köpfe hinwegschwang. Emmi duckte sich, drückte sich gegen den Bootsrumpf, klammerte sich fest mit den Händen an das Holz. »Du machst das sehr gut«, sagte Oliver. »Jetzt müssen wir nach hinten schwimmen und über das Heck einsteigen.«

Emmi sah ihn hilfesuchend an. »Ich kann nicht schwimmen«, wimmerte sie, und plötzlich kullerte eine Träne über ihre Wange.

Obwohl Oliver damit schon gerechnet hatte, erstaunte es ihn, als Emmi es aussprach. Für einen Sekundenbruchteil überlegte er, ob er sie über die Reling hochgezogen bekäme, doch er entschied sich dagegen. Das Wasser würde einen Sog bilden und er sie so nicht herausbekommen.

»Ich helfe dir. Du wirst nicht untergehen.« Es erstaunte ihn, dass Emmi tatsächlich das Boot losließ. Als sie dieses Mal wieder ins Wasser glitt, war sie deutlich ruhiger. Wahrscheinlich merkte sie, dass die Schwimmweste sie trug. »Du kannst dich an mir festhalten«, bot er an.

»Okay«, hauchte Emmi. Er merkte ihre Angst noch immer.

»Leg deine Hände auf meine Schultern.«

Er spürte, wie sich ihre Finger auf seinen Schultern verkrampften, wie sie ihn mit ihrem Gewicht nach unten drückte, weil er im Moment ihr einziger Halt war. Auch wenn es ihn Mühe kostete, schwamm er ruhig zum Heck des Bootes, bot Emmi seinen Arm an, damit sie besser an die Griffe kam. Als sie sich jetzt hochzog, half er ihr, indem er seine Hände sanft an ihre Hüften legte und sie nach oben schob.

»Danke«, keuchte Emmi, als sie klitschnass auf dem Boden im Inneren des Bootes kniete, das Wasser rann an ihren nackten Armen herunter und tropfte aus ihren welligen Haaren, die an ihrem Gesicht klebten.

Oliver zog sich ebenfalls empor, dankbar, wieder an Bord zu sein. Er streifte sich das T-Shirt ab und beobachtete amüsiert, wie Emmis Augen groß wurden.

»Du musst auch aus den nassen Sachen raus«, sagte er.

»Träum weiter!«

»Sonst frierst du.«

Sie suchte offensichtlich nach einer Ausrede, doch ihr fiel nichts ein.

»Brauchen Sie Hilfe?«

Ein kleines Motorboot war zu ihnen herangefahren. Anscheinend hatten sie gesehen, dass sie gekentert waren.

»Danke, uns geht's gut.«

»Dann nehmen Sie wenigstens unsere Decke.« Der Mann auf dem Boot reichte sie ihnen über die Reling, während die Frau behutsam das Boot noch etwas dichter zu seinem lenkte.

»Danke schön.« Oliver breitete die Decke aus und legte sie um Emmis Schultern.

»Und du?«, fragte Emmi, doch er schüttelte nur leicht den Kopf.

»Ich vermute, dass ich öfter baden gehe als du. Ich bin es gewohnt.«

Emmi wandte sich ab und schlüpfte umständlich aus ihrer Kleidung. Die nassen Sachen fielen auf das Holz des Bootes, ehe sie die Schwimmweste wieder anlegte und die Decke um sich schlang.

»Ich bringe uns jetzt auf dem schnellsten Weg wieder an Land.«

Emmi nickte dankbar, setzte sich und hielt die ganze Zeit die Decke fest umklammert. Oliver konnte sehen, dass sie allmählich zu zittern begann, dass ihre Lippen sich bläulich färbten. Es wurde höchste Zeit, dass sie unter eine heiße Dusche kam.

Sie erreichten den Hafen, und Oliver legte an, vertäute die *Storm* und reichte Emmi eine Hand, damit sie auf dem nassen Holz nicht ausrutschte. Emmi raffte ihre Kleider zusammen und kletterte umständlich die Leiter nach oben. Oliver folgte ihr in kurzem Abstand.

»In der Segelschule kannst du duschen«, sagte er, als sie die Promenade entlangliefen. Die wenigen Meter hatten sie schnell zurückgelegt, dennoch zogen sie einige fragende und mitleidige Blicke auf sich, als sie – er mit klatschnasser Hose und T-Shirt in der Hand, sie in die Decke gewickelt – die Promenade entlangliefen. Oliver schloss auf und ließ Emmi eintreten. »Die Tür neben dem Gäste-WC.«

Das Badezimmer war wirklich winzig.

»Badetücher liegen im Regal. Nimm dir einfach eines. Die Seife in der Dusche kannst du ebenfalls benutzen.«

»Danke.«

»Willst du einen Cappuccino? Der wärmt dich von innen.«

»Gern«, sagte Emmi, und wieder huschte ein Lächeln

über ihr Gesicht. Wie schön sie war. Selbst mit den nassen Haaren und nach dem Bootsunfall. »Ähh, du müsstest mich dann allerdings kurz vorbeilassen.«

»Oh, ja … klar. Wobei …«

Sie warf ihm einen bitterbösen Blick zu, was ihn noch mehr amüsierte.

»Ist ja schon gut, ich mache Kaffee.« Oliver zog die Tür ins Schloss und ging hinter den Tresen im Unterrichtsraum. Er schmunzelte noch immer, wenn er an ihre Empörung dachte, während er die Tassen vorbereitete und die Kaffeemaschine einschaltete. Dann ging er in sein Büro und holte seinen Pullover von heute Morgen. Er durchsuchte die Schränke und hatte Glück, denn er fand sogar ein Paar Shorts und eine Jeans. »Cappuccino ist gleich fertig«, sagte er gegen die geschlossene Badezimmertür, wieder auf dem Weg in den Unterrichtsraum.

»Ich auch gleich«, hörte er gedämpft zwischen dem Duschstrahl hindurch.

»Ich leg dir ein paar trockene Sachen vor die Tür. Du kannst mir deine geben, dann tue ich sie in den Trockner.«

»Danke!« Er hörte, wie das Wasser abgestellt wurde.

»Willst du meine Boxershorts oder die Jeans? Meinen Pullover gebe ich dir auf jeden Fall. Was anderes habe ich leider nicht da.«

»Ich nehm die Shorts.«

Das verblüffte Oliver, denn er hatte damit gerechnet, dass sie definitiv die Jeans nehmen würde.

»Sag bloß, du willst mich nicht in Unterwäsche sehen«, zog er sie auf.

»Das vielleicht schon, aber ich mache mir Sorgen, was dein Freund denken könnte, wenn du nur noch in Unterwäsche dastehst und ich deine Sachen anhabe.«

»Wir können immer noch sagen, dass es nicht das ist, wonach es aussieht.«

»Träum weiter«, sagte sie, und Oliver schmunzelte. Damit Emmi sich nicht noch einmal aufregen konnte, huschte er in den Unterrichtsraum zurück, schlüpfte in die Jeans, die auch schon einmal bessere Tage gesehen hatte, befüllte die Tassen, die er mit ein bisschen Kakaopulver bestreute, und legte ein paar von den Brombeer-Schokolade-Plätzchen auf den Teller.

Bald darauf hörte er die Badezimmertür, und Emmi kam in seinem viel zu weiten Pullover und den Boxershorts heraus. Mit dem Handtuch frottierte sie ihre Haare trocken. Okay, ein bisschen sah es tatsächlich so aus, als hätten sie etwas miteinander gehabt, und Oliver musste sich eingestehen, dass er davon definitiv nicht abgeneigt wäre.

»Wo steht der Trockner?«

»Im Abstellraum.«

Emmi folgte ihm, und Oliver nahm ihr das nasse Kleiderbündel ab, legte es zu seinen Sachen in den Wäschetrockner und schaltete ihn ein.

»So, das hätten wir. In einer knappen Stunde hast du deine Sachen zurück.« Er lächelte sie an und erhob sich wieder. Als sie sich jetzt gegenüberstanden, waren sie sich aufgrund des kleinen Raumes so nahe, dass Oliver ihren sanften Atem auf seiner Haut spüren konnte. Er fühlte die Wärme, die von ihrem Körper abstrahlte, und er überlegte, sich an ihr vorbeizuschieben, doch der Abstellraum war so eng, dass zwischen den Maschinen und dem Regal, das ihnen gegenüberstand, kein Platz dafür war. Als er jetzt seine Arme hob, merkte er, wie sich Emmis Atem beschleunigte. Auch er war nervös, sein Puls raste unter seiner Haut, seine Nackenhaare stellten sich auf, als Emmi plötzlich einen Schritt auf ihn zu machte. Sie war so groß, dass sie einander in die Augen blicken konnten, und wieder verlor er sich in diesem Braungrün. Zärtlich strich er ihr eine Haarsträhne aus dem Gesicht, spürte die Feuchtigkeit, dieses Mal von der Dusche. Ohne darüber nachzudenken, legte er seine Hände an ihre Schultern, streichelte mit dem Daumen ihren Hals entlang. Er bemerkte, wie sich Emmis Härchen aufstellten, wie ein wohliger Schauer durch ihren Körper rieselte.

»Du duftest nach meiner Seife«, raunte er in Emmis Ohr, und er hörte, wie Emmi leise lachte.

»Dann war das also alles geplant?«, fragte sie mit funkelnden Augen zurück.

»Natürlich. Ich bringe regelmäßig meine Flotte zum Kentern, um dann irgendwelche Frauen abzuschleppen. Weißt du doch.«

»Jetzt kenne ich wenigstens den wahren Grund für das Schicksal der *Unsinkbar*. Aber wer sagt denn, dass ich mich abschleppen lasse?«, fragte Emmi herausfordernd.

Oliver strich mit seiner Nasenspitze ihren Hals entlang. Er spürte, wie Emmi sich ihm entgegenbog, wie sie leise seufzte.

»Klingt für mich schon danach«, erwiderte er amüsiert.

»Bilde dir bloß nichts darauf ein.« Emmi schob ihn ein Stückchen von sich und musterte ihn.

Oliver merkte, wie es in seiner Magengrube kribbelte. Dass Emmi nicht mit sich spielen ließ, gefiel ihm. Doch dann geschah etwas, womit er nicht gerechnet hatte. Plötzlich legte Emmi ihre Hände an seine Wangen, zog sein Gesicht zu sich heran und küsste ihn. Oliver blieb für einen kurzen Moment die Luft weg, so überrascht war er, doch dann öffnete er seine Lippen und gab sich nur allzu gern dem Kuss hin. Und Emmi küsste wirklich gut. Es war ein intensiver, fordernder Kuss, und er musste sich beherrschen, nicht mehr zu verlangen. Er legte seine eine Hand an ihr ahornbraunes Haar, streichelte über ihren Hinterkopf, ließ seine andere Hand ihren Rücken hinabwandern.

»O verdammt, ist das gut«, murmelte er, als sich ihre Lippen wieder voneinander lösten.

»Ja, ganz anständig«, wisperte Emmi zurück.

»Was?« Oliver sah sie mit gespieltem Tadel an. »Das findest du nur ganz anständig? Na warte, dann muss ich dich wohl davon überzeugen, dass ich das noch besser kann.« Er zog Emmi wieder zu sich, senkte seine Lippen auf ihre und küsste sie erneut, dieses Mal jedoch sinnlicher, zärtlicher und sanfter. Er spürte, wie Emmi ihm entgegenkam, wie sie ihre Arme um seinen Nacken schlang und sich an ihn schmiegte. Oliver drehte sie ein Stückchen herum, sodass sie nun mit dem Steiß gegen die Waschmaschine drückte. Er spürte ihre warme Haut an seinen Beinen, freute sich darüber, dass sie so leicht bekleidet war, legte seine Hände rechts und links an ihre Hüften, hob sie an und setzte sie auf die Waschmaschine.

Emmi riss überrascht die Augen auf, zog ihn jedoch sofort wieder zu sich, legte ihre Beine um ihn und küsste ihn weiter.

»Du bist aber stürmisch«, brachte er zwischen zwei weiteren Küssen hervor, während er mit seinen Fingerspitzen sanft ihre nackten Oberschenkel auf und ab streichelte. Am liebsten hätte er sie einfach an sich gezogen, ihr den Pullover nach oben gestreift und seine Finger weiter über ihre nackte Haut gleiten lassen.

»Vielleicht küsst du ja doch so gut, wie du behauptest. Oder ich bin einfach völlig durcheinander und froh, noch am Leben zu sein.«

»War das etwa ein Kompliment?«

Emmi wiegte den Kopf hin und her und kicherte, als er fragend die Brauen hob. Er spürte erneut ihre Hände an seinen Wangen, als sie plötzlich Stimmen hörten.

»Oliver? Emmi?«

Emmi zuckte zusammen, und auch Oliver blieb vor Schreck beinahe das Herz stehen. Das war Benno mit den anderen. Sie mussten gerade von ihrem Segelausflug zurückgekommen sein.

»Und jetzt?«, wisperte sie und klang dabei beinahe ein bisschen ängstlich. Irgendwie fand er das süß, vor allem, als er sah, wie sie errötete.

»Jetzt sollten wir schleunigst dafür sorgen, dass wir in dieser Position nicht gefunden werden, denn ich habe kein T-Shirt an und du keine Hose«, raunte Oliver dicht an ihrem Ohr, und ein zufriedenes Lachen entfuhr ihm, als er sah, wie Emmi darauf reagierte.

Doch wenn er glaubte, dass sich Emmi damit geschlagen gab, hatte er sich getäuscht. Sie rutschte von der Waschmaschine, aber viel Platz hatte sie nicht, sodass sie Oliver streifte, was dieser mit einem sehnsüchtigen Seufzen quittierte.

Emmi angelte eine Decke aus dem Regal, schlang sie um ihre Hüften, drehte ihren Kopf über die Schulter zu ihm und sah ihn herausfordernd an. »Also, was ist nun? Kommst du, oder hast du Lust auf irgendwelche blöden Fragen?«

Oliver warf ihr einen letzten sehnsüchtigen Blick zu, doch da hatte sie schon die Tür zur Abstellkammer geöffnet.

»Ach, hier seid ihr«, sagte Benno, und im selben Moment hörte er Leas Stimme.

»Hast du dich umgezogen? Was sind das denn für Sachen? Und wieso sind deine Haare so nass?«

»Oliver hat mir gezeigt, warum in ihrer Flotte die *Unsinkbar zwei* mitfährt«, hörte er Emmi sagen. »Und wenn ihr nicht gekommen wärt, wäre er in der Abstellkammer vermutlich über mich hergefallen, obwohl er mir ja angeblich nur zeigen wollte, wo der Trockner steht.«

Als er jetzt Leas Lachen hörte, verstand er ihre Taktik. Er verdrehte die Augen, fuhr sich durchs Haar und gab sich einen Ruck. Emmi war wirklich unglaublich. Jetzt konnte er vermutlich einiges erklären.

14.

Sie hatte Oliver geküsst! Und Oliver küsste wirklich wahnsinnig gut. Emmi schwebte noch immer wie auf Wolken. Wenn sie die Augen schloss, spürte sie sogar noch immer seine Lippen auf ihren, dieses Kribbeln, das mit einem Mal erst in ihren Lippen angefangen und dann ihren ganzen Körper geflutet hatte. Emmi durchlief es jedes Mal, wenn sie daran dachte, heiß und kalt.

Natürlich hatte Oliver das alles nicht so stehen lassen können, denn er musste sich vor seinem Freund erklären. Er erzählte von der *Storm*, die gekentert war, weil er versucht hatte, im letzten Moment einem anderen Boot auszuweichen, und davon, wie sie sie gemeinsam wieder aufgerichtet hatten. Emmis panische Angst erwähnte er glücklicherweise nicht. Sie war ihm auch dankbar, dass er nicht weiter nachgefragt hatte. Trotzdem war sie ihm eine Erklärung schuldig. Oder besser gesagt: Sie *wollte* ihm sogar erklären, woher diese Angst kam und wieso sie sie zu überwinden versuchte. Oliver hatte die Gelegenheit genutzt und den anderen an einem Modell gezeigt, wie man das Boot in einem solchen Fall wieder aufrichtete.

Damit dies nicht noch einmal passierte, hatte Emmi ihren Vater gebeten, mit ihr ein bisschen zu lernen, während sie in seiner Küche den Braten zubereitete. Und

Johann war sehr erfreut darüber, dass er Emmi erklären konnte, wie man Seemeilen absteckte und was man auf einer Seekarte sehen konnte. Emmi formte Knödel und ließ sie in heißes Wasser sinken, schnippelte Gemüse für die Bratensoße und verfeinerte diese mit der Johannisbeermarmelade, die sie heute Morgen schon gekocht hatte.

»Probier mal«, sagte sie und hielt Johann einen Kaffeelöffel mit etwas Soße hin.

Johann kostete, leckte sich mit der Zunge über die Lippen, spürte dem Geschmack nach. Emmi sah, wie seine Augen wässrig wurden.

»Genau wie damals«, flüsterte er, und seine Stimme war ganz rau. »Du kannst wirklich zaubern.«

»Ach was, das Geheimnis ist das Gelee«, sagte Emmi.

Louis lugte um die Ecke. Anscheinend hatte ihn der Duft des Bratens angelockt. Formvollendet platzierte er seine beiden Pfoten nebeneinander und ließ Emmi nicht aus den Augen.

»Du willst also auch probieren, habe ich recht?«, sagte sie und bückte sich, um der getigerten Katze über den Kopf zu streicheln, was diese schmusend entgegennahm. »Na schön, du hast mich überzeugt.« Sie angelte ein Stückchen Fleisch aus der Soße, legte es auf einen Teller und pustete, ehe sie ihn vor der Katze abstellte. Schnurrend stürzte sich Louis darauf.

»Wie es scheint, verzauberst du wirklich alle hier mit deinen Kochkünsten.«

»Außer seine Schwester«, sagte Emmi und dachte an die schwarz-weiß gefleckte Katze, die noch immer einen gewissen Sicherheitsabstand zwischen ihnen pflegte, aber immerhin nicht mehr davonlief, wenn sie den Raum betrat.

»Mach dir keinen Kopf, Cleo war schon immer die schüchternere von den beiden.« Johann blickte wieder sehnsüchtig zum Herd. »Jetzt weiß ich zwar, wie dein Braten gemacht wird, aber wenn du gehst, habe ich bestimmt alles wieder vergessen und kann ihn nicht selbst zubereiten.«

»Unsinn, ich habe es dir ganz genau aufgeschrieben.« Sie gab ihm eine Karteikarte, auf der sie das Rezept Schritt für Schritt notiert hatte. »Und jetzt erklär mir noch mal, wo ich den Zirkel genau anlegen muss.«

Johann zeigte es ihr noch einmal, und Emmi passte gut auf. Sie musste schließlich genau wissen, wie das funktionierte.

»Sag mal, willst du damit etwa einen Mann beeindrucken?«

»Johann«, rief Emmi empört, und dann merkte sie, wie ihr Herz ganz warm wurde.

»Also habe ich recht!« Johann grinste überlegen über beide Backen.

Emmi spürte, wie sie rot anlief. »Na ja, ein bisschen vielleicht«, gab sie zu.

»Emmi, glaub mir, so wird das nichts.«

Sie blickte ihn spöttisch an. »Sondern?«

»Wenn du wirklich Interesse an ihm hast, dann musst du ihn umhauen.«

»Aber das tue ich doch, wenn ich ihm zeige, was ich draufhabe.«

Johann wiegte den Kopf. »Ja und nein. Überrascht wird er sein, aber wenn du dich wirklich in sein Herz stehlen willst, dann musst du etwas tun, das er nie wieder vergisst.«

Emmi dachte an den Kuss im Abstellraum, mit dem Oliver ganz sicher ebenfalls nicht gerechnet hatte, und sie merkte, wie sie noch ein bisschen dunkler anlief. »Und was schlägst du vor?«, fragte sie und versuchte dabei, so unverbindlich wie möglich zu klingen.

»Was mag er denn?«

Seufzend stützte Emmi die Arme auf den Tisch und legte ihr Kinn in die Handflächen. »Wenn ich das wüsste. Wasser, würde ich sagen.«

»Und abgesehen vom Segeln?«, fragte Johann.

Emmi dachte nach. »Ich glaube, er ist sehr sportlich. Er spielt Tennis oder so, wenn ich das Gespräch mit ihm und seinem Freund richtig verstanden habe. Und er fährt Rad.«

»Und was machst du gerne?«, fragte Johann.

Emmis Herz klopfte ein wenig schneller. Sie wollte ihrem Vater so viel über sich erzählen, doch wo sollte sie anfangen? Wie die letzten fünfundzwanzig Jahre ihres Lebens zusammenfassen? »Ich koche gerne«, sagte sie nach einigem Überlegen. »Aber bei meiner Mama ist kein Platz in der Küche«, setzte sie dann etwas leiser hinzu.

Zu ihrer Überraschung lachte Johann dröhnend. »O Emmi, mach dir darüber keine Gedanken, so war Maren schon immer. Kochen war ihr Ding, da durfte ihr niemand dazwischenfunken. Innerhalb kürzester Zeit hatte sie sich in ihrer Ausbildung vom Soßenmachen zu den Desserts und dann zu den Hauptspeisen vorgearbeitet. Da konnte ihr niemand das Wasser reichen. Also, was machst du stattdessen?«

Wieder dachte Emmi kurz nach. Es berührte sie, dass Johann ihre Mutter so gut kannte, und irgendwie fand sie es jetzt auch gar nicht mehr so schlimm, dass sie so selten mit ihr zusammen kochen konnte. »Meistens berichte ich darüber, was meine Mutter so macht. Ich erzähle von den Catering-Events, mache Fotos und schreibe einen Blog darüber. Gelegentlich poste ich dort auch Rezepte. Das kommt immer ziemlich gut an. Warte, ich zeige es dir.« Sie holte ihr Smartphone heraus und öffnete ihre Internetseite.

Johann blickte auf das Display und las einige Einträge. »Das klingt wirklich toll«, sagte er sichtlich beeindruckt.

»Nebenher wickle ich ihr Büro ab, übernehme Buchungen, gestalte Werbeflyer und Broschüren. Ich kümmere mich auch gerne um die Dekoration der Veranstaltungen.«

Johann lächelte. »Ein Händchen fürs Schöne also.«

Emmi erwiderte sein Lächeln.

»Also ich finde, dann solltest du dir auch einen richtig schönen Tag mit deinem ... wie heißt er noch gleich?«

»Sehr geschickter Versuch.« Emmi sah ihn grinsend an, aber Johann verschränkte nur die Arme und lehnte sich zurück. Im Pokern war er anscheinend gut. »Oliver. Er heißt Oliver.«

»Oliver der Segellehrer, soso ...«

Emmi verdrehte die Augen. »Also, was schlägst du vor?«

Johann holte tief Luft und dachte nach. »Hmm, ich denke, ein Tag im Strandbad wäre toll.«

Emmi verzog das Gesicht. »Wasser ist nicht so meines. Ich …« Sie zögerte. »Ich kann nicht schwimmen.«

»Oh.« Johann sah sie verblüfft an, doch dann wandelte sich seine Miene. »Ohh«, sagte er dann, und dieses Mal klang es hocherfreut. »Das ist doch fantastisch. Er kann es dir beibringen. Dabei kommt ihr euch auch ganz unauffällig näher, und … na ja … du weißt schon …« Er räusperte sich.

»Äh … Solltest du als mein Vater mich nicht eher davon abhalten?«

»Emmi, du bist jetzt …« Er legte eine kurze Pause ein. »Fünfundzwanzig, wenn ich mich nicht verrechnet habe. Ich glaube, für solche Gespräche sind wir mittlerweile beide zu alt, meinst du nicht?«

Emmi lachte. »Du hast recht. Also, welches Strandbad empfiehlst du mir?«

»Nußdorf ist ganz schön. Da hat es auch einen kleinen Kiosk und ein Restaurant, für den Fall, dass ihr etwas essen wollt. Wobei, das solltest du lieber verschieben und mit dem Rad gegen Abend auf die Wilhelmshöhe fahren.«

»Ist die nicht direkt über Hagnau?«, fragte Emmi irritiert. Johann nickte.

»Aber da war er sicherlich schon unzählige Male.«

»Das vielleicht, aber nicht mit dir.«

Emmi war von seinen Worten sehr berührt.

»Außerdem ist es einer der schönsten Aussichtsplätze am Bodensee. Da kannst du mitten in den Reben ein Picknick bei Sonnenuntergang machen, dann seid ihr auch schnell zurück, wenn es dunkel wird.«

»Okay. Also noch mal langsam. Ich mache mit Oliver einen Radausflug, verbringe einen Tag im Strandbad und picknicke danach mit ihm in den Reben?«

Johann nickte wieder.

»Und du meinst, das überzeugt ihn?«

Johann verschränkte die Arme. »Also Maren war sehr angetan davon. Das war unser erster Ausflug zusammen.«

Es brauchte einen Moment, bis Emmi die Information verarbeitet hatte. Johann hatte ihr tatsächlich gerade von seinem ersten Date mit ihrer Mutter erzählt.

»Wow, das wusste ich gar nicht.«

Ein Lächeln breitete sich auf seinem Gesicht aus. »Ich glaube, das war der Tag, an dem wir uns so richtig ineinander verliebt haben. Der Tag, an dem ich wusste, dass ich mein Leben mit ihr verbringen will. Ich war sogar bereit, für sie auf den Hof zu verzichten.«

Das verblüffte Emmi. Johann musste ihre Mutter wirklich sehr geliebt haben. Warum nur war es dann zerbrochen? Emmi hatte keine Erklärung dafür.

»Es tut mir so leid, dass es nicht geklappt hat.«

Johann zuckte mit den Schultern. »Das Leben geht manchmal andere Wege, als wir uns wünschen. Aber für dich hoffe ich, dass alles genau so kommt, wie du es dir erträumst.« Er legte seine Hand auf ihre.

»Danke.« Emmi wurde ganz warm ums Herz.

»Mmh, was riecht denn hier so lecker?«, fragte Lea, die gerade aus dem Arbeitszimmer kam.

»Das ist Emmis Braten«, sagte Johann. »Ich durfte schon die Soße probieren. Sie ist ein Gedicht.«

»Ich weiß.« Lea zwinkerte ihm zu. »Also, deine Buchhaltung ist jetzt wieder auf Vordermann.«

»Vielen Dank.« Johann war sichtlich erleichtert.

»Aber, wenn ich so offen sein darf, du brauchst irgendein rentables Konzept. Etwas, das sich trägt. So wirst du auf lange Sicht den Hof nicht weiterführen können, und wenn du ihn nicht verkaufen willst, müssen wir uns eine Lösung einfallen lassen.«

»Wir?«, wiederholte Johann verwundert.

Lea zuckte mit den Schultern. »Na ja, wenn wir schon mal da sind, können wir ja auch ein bisschen zusammen brainstormen, oder was meinst du, Emmi?«

»Definitiv. Eine Hand wäscht die andere.« Sie zwinkerte ihrem Vater zu, holte Teller aus dem Oberschrank und stellte sie auf den Holztisch.

Lea legte Besteck daneben.

»Ich sehe schon, wenn ihr beide hier die Führung übernehmt, läuft es wie geschmiert.«

»Na, das will ich doch hoffen«, sagte Lea überschwänglich.

Emmi schnitt den Braten in Stücke, und Lea fischte die Klöße aus dem Wasser. Wie zufällig ließ Emmi noch ein zweites Stück auf den Teller der Katze fallen, die dies mit einem dankbaren Schnurren um ihre Beine quittierte. Jetzt flitzte sogar Cleo um die Ecke, versteckte sich aber gleich wieder unter Johanns Stuhl. Anscheinend hatte sie mitbekommen, dass es hier etwas gab. Emmi gab ein weiteres Stückchen Fleisch auf einen Teller und schob ihn Cleo unter dem Stuhl entgegen. Dass die schwarz-weiß gefleckte Katze auch dieses Mal nicht davonsprang, wertete sie als gutes Zeichen. Vielleicht gewöhnten sie sich ja doch noch aneinander. Emmi erhob sich wieder, damit Cleo in Ruhe fressen konnte.

»Apropos geschmiert – was machst du eigentlich mit all der Marmelade?«, fragte Lea mit einem Blick auf die vier Kisten, die übereinandergestapelt in der offenen Küche standen. »Willst du das alles selbst auf deine Brote schmieren?«

»Quatsch. So lecker sie auch ist, so viel Marmelade kann einer allein nicht essen. Nein, ich dachte daran, sie dem Residenz-Hotel anzubieten. Vielleicht möchte Tim sie seinen Gästen beim Frühstück servieren. Sie schmeckt wunderbar, ist selbst gemacht und kommt hier aus der Region. Das ist eigentlich genau das, wonach er immer sucht.«

Lea legte die Stirn in Falten. »Daraus lässt sich doch etwas machen«, murmelte sie. »Emmi, wie viel kann man für so ein Glas Marmelade verlangen?«

»Puh.« Emmi stieß hörbar die Luft aus. »Vier bis fünf Euro vielleicht. Je nach Zutaten.«

»Das hätte ich auch geschätzt.« Lea stellte die Schüssel mit den Klößen in die Tischmitte, und sie setzten sich und begannen damit, das Essen auszuteilen. »Stell dir mal vor, man könnte anstelle von Obst und Gemüse Marmelade verkaufen. Da wäre doch eine Preissteigerung drin.«

»Aber wer soll die kochen?«, fragte Johann ein wenig mutlos. »Ich bin, was das angeht, nicht sonderlich talentiert.«

»Na ja, das kann ich übernehmen. Ich komme im Sommer für ein paar Wochen zu dir, um das Obst einzukochen. Dann kannst du immer noch frische Ware an das Residenz-

225

Hotel liefern, und den Rest verarbeiten wir zu Marmelade. Im Herbst komme ich dann noch einmal, und wir stellen Wintermarmelade her, zum Beispiel Mirabelle-Zimt oder Apfelpunsch. Etwas mit Marzipan könnte ich mir auch gut vorstellen. Vielleicht Orange.«

»Das klingt perfekt«, sagte Lea. »Ich werde mich gleich nachher mal dransetzen und einen Businessplan dafür erstellen.«

»Macht dir das wirklich nichts aus?«, fragte Johann überrascht.

Lea winkte ab.

»Lea macht so etwas mit links. Und sie hat daran sogar Spaß«, sagte Emmi. »Aber noch mal zu der Sache mit Tim. Meinst du, du könntest bei ihm mal vorfühlen, ob da wirklich Interesse besteht?«

Johann nickte zögernd. »Ich wollte nachher ohnehin noch eine Obst- und Gemüselieferung vorbeibringen. Aber du musst mitkommen, Emmi, schließlich sind es deine Marmeladen.«

»Ich?« Emmi sah an sich herunter. Sie trug ein weißes Kleid mit Streublumen, das zwar luftig leicht und schön sommerlich war, für ein Businessgespräch aber alles andere als passend. »Ich weiß nicht.«

»Also allein bekomme ich das nicht hin«, sagte Johann. »Ich weiß ja gar nicht, was in der Marmelade alles drin ist. Da fange ich nur an zu stammeln, wenn ich danach gefragt werde. Und nach dem, was ich alles auf deiner Internetseite gesehen habe, führst du ganz sicher die besseren Verkaufsgespräche.«

»Aber ich habe doch gar keine Flyer da. Oder sonst irgendwas.«

»Wieso, du hast doch die Marmelade«, entgegnete Lea.

Emmi dachte nach. »Das schon, aber hübsch sehen die Gläser nicht gerade aus. Man müsste sie noch ein bisschen verschönern. Vielleicht einen kleinen Zweig von einem Apfelbaum, ein Stück Stoff, das man über die Deckel binden kann, am besten mit einer Kordel oder einem Satinband. Hast du so etwas da?«

Johann sah sie ratlos an. »Ich kann mal schauen, was sich in meinen Schubladen und Kisten verbirgt. Vielleicht hat meine Schwester auch noch etwas Passendes in ihrem Nähkästchen.«

»Viel brauchen wir ja nicht. Drei bis vier Gläser reichen ja erst einmal als Kostprobe.«

»Okay, dann machen wir es so«, sagte Lea entschieden. »Ich erstelle euch einen Businessplan, und ihr überzeugt die Kundschaft.«

Nach dem Essen verzierte Emmi die Apfel-Zuccini-Marmeladengläser mit etwas grünem Stoff, einem weißen Band und einem Zweig von einem Apfelbaum.

Die Johannisbeermarmelade bekam einen roten Blumenstoff und eine Schleife aus naturfarbener Spitzenborte. Aus einem Stück Kraftpapier schnitt Emmi eine Blume und schrieb mit leicht verschnörkelter Schrift »Handmade« darauf.

»Wow, die sehen umwerfend aus!«, sagte Johann.

»Du solltest mal ihre Tischdeko bei unseren Veranstaltungen sehen.«

Emmi schnitt eine unglückliche Grimasse. »Tja, leider ganz im Gegensatz zu mir.«

»Wieso, du trägst doch dein schönes Sommerkleid«, fand Lea.

»Und außerdem kommt es nicht darauf an, wie du aussiehst, sondern was du sagst.«

Emmi lächelte ihren Vater dankbar an. »Trotzdem fühle ich mich nicht sehr wohl. Normalerweise würde ich etwas Seriöseres anziehen, wenn ich solche Gespräche führe.«

Johann dachte kurz nach, dann ging er in das Zimmer seiner Schwester und kam gleich darauf mit einem Jackett zurück. Er half Emmi dabei, hineinzuschlüpfen, sah sie prüfend an und lächelte schließlich zufrieden. »Also ich finde es perfekt.«

»Einerseits wie eine Gärtnerin, die den ganzen Tag ihre Blumen genießt und das Obst, das sie eben selbst gepflückt hat, abends in der Küche verarbeitet, und andererseits die selbstbewusste Businessfrau, die genau weiß, was sie möchte«, stimmte Lea ihm zu. »Damit können wir arbeiten.« Sie zwinkerte Emmi zuversichtlich zu.

»Also schön, wenn ihr meint.« Emmi warf einen kritischen Blick in den Spiegel. Johann und Lea hatten recht, so sah es wirklich gar nicht so schlecht aus. »Dann mal los«, sagte sie an ihren Vater gewandt.

Der nickte und nahm die Schlüssel zu seinem Kleinwagen.

»Viel Glück euch beiden!«, rief Lea ihnen noch hinterher, als er mit Emmi die Stufen nach unten lief. Emmi hatte ihr Smartphone herausgeholt und tippte eine Nachricht an Oliver: *Was machst du morgen?*

Segelkurs geben, schrieb er zurück. *Ich dachte, du kommst?!*

Klar. Ich meine vormittags, tippte Emmi.

Noch nichts.

Und nach dem Segelkurs?

Auch noch nichts. Emmi wollte schon antworten, als sie sah, dass Oliver erneut schrieb. *Warum fragst du? Brauchst du mein Auto?*

Emmi schmunzelte. *Dieses Mal nicht. Ich brauche dich …*

Oho, erzähl mir mehr! Diese Nachricht war so schnell gekommen, dass Emmi sich fast sicher war, dass er das Smartphone gar nicht mehr aus der Hand gelegt hatte, während er mit ihr schrieb.

Ich würde dich gerne nach Nußdorf ins Strandbad einladen. Als Dankeschön …

Wir waren doch zusammen schwimmen …, schrieb Oliver zurück.

Emmi kicherte.

»Alles okay?«, fragte Johann mit einem Blick aus dem Augenwinkel, während er den Wagen in Richtung Bodensee lenkte.

»Alles gut«, bestätigte Emmi.

Ja, aber dieses Mal freiwillig …, tippte Emmi.

Ich dachte, du kannst nicht schwimmen?

Emmi biss sich auf die Unterlippe. *Vielleicht kannst du es mir beibringen?*, tippte sie.

Schwimmen und Segeln? Es folgte ein Smiley mit übertrieben großen Augen. *Und was bekomme ich dafür?*

Emmis Herz begann wie wild zu klopfen. *Eine Überraschung am Abend?*

Er tippte, die Information erlosch, dann tippte er erneut. Emmi konnte es kaum abwarten, dass er endlich auf »Senden« drückte.

Okay, ich mache die Räder klar …

Super, dann bis um halb neun.

Erleichtert ließ sie sich in den Sitz sinken und atmete tief durch.

»Bist du nervös?«, fragte Johann.

»Ein wenig«, gab Emmi zu, wobei sie nicht wusste, ob es an dem bevorstehenden Termin mit Tim oder an ihrer Verabredung mit Oliver lag. Sie blickte auf das glitzernde Wasser, das immer wieder zwischen ein paar Bäumen hindurchspitzte. Es war atemberaubend, die Segler zu sehen, die über das Wasser fuhren und kleine Schaumkronen in den Wellen zurückließen, als wären sie gerade auf eine Torte mit Marzipan und Sahne als Dekoration gesetzt worden. »Von dem Treffen gleich hängt viel für dich ab.«

Johann warf ihr erneut einen knappen Blick zu, ehe er sich wieder auf die Straße konzentrierte. Anscheinend hatte er mit dieser Antwort nicht gerechnet. »Ich habe in mehrfacher Hinsicht eine erwachsene Tochter.«

Emmi schmunzelte und dachte an ihren Schlagabtausch mit Oliver. »Da wäre ich mir nicht so sicher.«

In Friedrichshafen wurde es voller. Viele Touristen und Ausflügler bummelten an der Promenade entlang, liefen über die Zebrastreifen oder huschten eilig zwischen der Blechlawine hindurch, die von den Ampeln in kleinere Portionen gestückelt wurde. Die Blumenbeete am Rand der Fahrbahn standen in voller Blüte, rote Petunien, kleine

Palmen, gelber Sonnenhut, dazu immer wieder Familien mit Eistüten in der Hand. So hatte Emmi sich immer einen Urlaub in Italien vorgestellt. Gleichzeitig war sie froh, bei dem Gedränge nicht fahren zu müssen.

Johann setzte den Blinker und bog in eine Einfahrt ein, die mit *Anlieferung* beschildert war. Anscheinend lag das Hotel direkt am Wasser. Er parkte den Wagen in einer Ladezone und klingelte an einem Hintereingang, wo ihm gleich darauf ein Mann in weißer Kochkleidung öffnete.

»Hey, Johann, schön, dich zu sehen. Komm rein, Sahra wartet schon auf dich!«

»Hallo, Dirk, alles klar.« Er wandte sich an Emmi. »Sahra ist die Chefköchin des Hauses. Vielleicht kann sie deine Marmelade für ihre Rezepte verwenden.«

Emmi nickte. Jetzt wurde sie richtig nervös. Sie atmete unauffällig durch und folgte ihrem Vater in die Küche, in der es ziemlich turbulent zuging. Zwei Köche standen am Herd und brieten Fleisch, eine Köchin blanchierte Gemüse. Weiter hinten richteten drei Leute Dessertteller an, ein junger Mann – Emmi schätzte, dass es ein Azubi war – garnierte Salat. Emmi kannte den Trubel nur zu gut von den Caterings ihrer Mutter, und jetzt bekam sie ein schlechtes Gewissen, weil sie Maren einfach so hatten sitzen lassen. Aber das hier war wichtiger, sagte sie sich, Maren würde mit ihren Aushilfen die Woche schon zurechtkommen. Und dass sie ihren Vater gefunden hatte und ihm jetzt womöglich auch noch helfen konnte, bedeutete ihr viel. Ganz abgesehen von Oliver, der ihr Herz jedes Mal zum Schlagen brachte, wenn sie auch nur an ihn dachte.

Na ja, sie durfte sich da jetzt auch nicht reinsteigern. Sie hatte ihn geküsst, mehr nicht. Eine nette Urlaubsromanze, und wer wusste, was daraus wurde, wenn sie wieder nach Hause fuhr? Bestimmt hätte er sie bei seiner nächsten Segelschülerin schon wieder vergessen. Irgendwie versetzte dieser Gedanke Emmi einen leisen Stich, doch sie schob das Ziehen und die Gedanken an Oliver rasch beiseite. Für Liebesangelegenheiten hatte sie jetzt keine Zeit.

»Sahra, hey, können wir kurz sprechen?«, fragte Johann, als sie sich einen Weg zu der Frau in weißem Kochkittel und schwarz-weiß karierter Hose bahnten, die damit beschäftigt war, neue Anweisungen an ihr Personal zu geben.

»Hi, Johann! Bringst du mir wieder dein Gemüse?«, fragte sie, als sie einen neuen Bestellzettel in eine Metallklammer über der Küchenanrichte heftete.

»Dieses Mal gibt es Unmengen Tomaten, und ein paar Bohnen habe ich auch mitgebracht.«

»Klingt wunderbar.«

»Und Zucchini. Ich habe so viele, dass wir sogar etwas Neues ausprobiert haben. Hast du einen Moment Zeit?«

»So? Jetzt machst du mich neugierig.« Sie wischte sich ihre Hände an einem blau-grau karierten Handtuch ab und kam auf sie zu.

»Das ist Emmi, meine … Tochter.«

Emmi durchrieselte es heiß und kalt, als er dieses Wort aussprach. Dass er es vor Fremden benutzte, machte es noch einmal ein Stück realer, dass sie ihn tatsächlich gefunden hatte – und dass er zu ihr stand.

»Sie hat eine hervorragende Marmelade aus meinen

Zucchini gekocht, verfeinert mit Apfel.« Er wirkte unglaublich stolz, als er das sagte. Maren hatte nie so über Emmi gesprochen.

»Außergewöhnlich«, stellte Sahra fest. »Wann darf ich probieren?«

»Zufälligerweise haben wir eine kleine Kostprobe dabei.« Emmi überreichte ihr die beiden Gläser. »Das andere ist Johannisbeermarmelade, und Erdbeer-Rhabarber habe ich auch schon eingekocht. Ich lasse Ihnen in den nächsten Tagen gerne ein Glas davon zukommen, wenn Sie daran ebenfalls Interesse haben.«

»Das klingt nicht schlecht. Tim ist immer auf der Suche nach neuen regionalen Produkten. Ich gehe davon aus, dass Sie noch kein anderes Hotel hier in der Region beliefern?«

Emmi schüttelte den Kopf. Sie zögerte, doch dann erinnerte sie sich an Leas Strategie, gleich aufs Ganze zu setzen. »Aber wir haben einige Interessenten«, beeilte sie sich zu sagen. Und so ganz gelogen war das nicht, wenn sie an die Pension Seemöwe dachte.

»Ich verstehe«, sagte Sahra. »Warten Sie, ich rufe eben Tim an.« Sie ging zum Wandtelefon und drückte eine Kurzwahltaste. »Ja, hallo, hier ist Sahra. Ist Tim zufällig an der Rezeption? … Wenn du ihn siehst, würdest du ihn bitte runter in die Küche schicken? … Ah, okay. Alles klar, dann kommen wir hoch … Ja, bis gleich.« Sie hängte den Hörer ein und wandte sich wieder Johann und Emmi zu. »Er erwartet uns in der Lobby.«

Emmi warf Johann einen kurzen Blick zu, und dieser nickte kaum merklich.

»Ihr haltet die Stellung, bis ich zurück bin«, wies Sahra ihre Arbeiter an. »Die Einundzwanzig will das Lachsfilet mit Ratatouille. Xaver, achte bitte darauf, dass der Reis nicht zu weich wird. Bei der Achtzehn die Mousse mit Himbeeren verzieren, nicht mit Johannisbeeren. Ich bin gleich wieder da.«

Sie folgten Sahra in einen Aufzug, der sie gleich darauf ein Stockwerk höher wieder ausspuckte. Dort kam Emmi aus dem Staunen kaum heraus. Im Foyer dominierte heller Marmor. Zwei weiße Ledergarnituren standen vor einem Panoramafenster, das einen atemberaubenden Blick auf den See mit seiner Promenade freigab. Drei Stufen führten hinunter in einen kleinen Garten, von dem aus man direkt ans Ufer gelangte. Auf der anderen Seite der Lobby befand sich eine Rezeption aus dunkelbraunem Holz, hinter der ein Portier stand und Papierkram erledigte. In der Mitte des Raumes befand sich ein viereckiges Wasserbecken, das zweimal zwei sich kreuzende Wasserfontänen nach oben spuckte. Dieses Haus musste ein Luxusresort sein! Wenn sie sich Leas Marketing-Ratschlag zu Herzen nahm, müsste sie an den Preis ihres Marmeladenglases eine Null hängen – und zwar vor dem Komma.

»Johann, hallo, das ist ja eine Überraschung, dich hier zu sehen. Wie geht's dir?« Tim, heute in hellgrauem Anzug und taubenblauem Hemd, kam aus einer Seitentür neben der Rezeption heraus und auf sie zu.

»Gut, danke. Und dir?«

»Auch. Was kann ich für dich, Verzeihung, für euch tun?« Er reichte Emmi die Hand und sah sie dabei mit einem seltsam tiefen Blick an. Emmis Magen schlug einen Purzelbaum.

»Emmi kennst du ja schon«, sagte Johann. »Sie hat bei mir Marmeladen aus meinem Obst und Gemüse eingekocht, die ich dir gerne präsentieren würde.«

»Das klingt interessant. Bitte, kommt doch mit in mein Büro.«

Die drei folgten ihm an der Rezeption vorbei in sein Büro, das ebenfalls geschmackvoll und modern eingerichtet war. Er deutete auf eine schwarze Ledersitzgruppe, die um einen Tisch mit Holzplatte stand, die von einer überdimensional großen Hand balanciert wurde. Emmi nahm neben ihrem Vater auf der Couch Platz, die Köchin und Tim jeweils in einem Sessel.

»Das sind sie«, sagte Emmi und stellte ohne Zögern ihre beiden Gläser auf den Tisch. Sie hoffte, dass ihre resolute Geste ihre Unsicherheit überspielte. Sie durfte bloß nicht daran denken, was für ihren Vater von diesem Gespräch abhing. »Johannisbeere und Apfel-Zucchini.«

»Interessant.« Tim nahm eines der Gläser und betrachtete es. »Schöne Farbe, nett verpackt. Wenn es geschmacklich hält, was es optisch verspricht, bin ich sehr neugierig.« Er stand auf, ging zu seinem Glasschreibtisch und drückte auf die Sprechanlage des Telefons. »Bringen Sie mir bitte ein paar Kaffeelöffel.«

Wenig später wurde die Tür geöffnet, und der Portier kam mit einem Silbertablett zurück, auf dessen weißem Deckchen mehrere Löffel lagen. Er stellte sie in die Tischmitte und zog sich wieder zurück. Tim schraubte die beiden

Gläser auf und nahm sich einen der Löffel. Er probierte zuerst von dem Johannisbeergelee, ließ es sich auf der Zunge zergehen, schmeckte der fruchtigen Frische nach. Dann legte er den Löffel beiseite, griff nach einem zweiten und probierte von der Apfel-Zucchini-Marmelade.

»Nicht schlecht«, sagte er schließlich, nachdem er beides hatte auf sich wirken lassen.

Emmi kam beinahe um vor Nervosität, als jetzt auch die Köchin ihre Marmelade probierte. Sie hielt die Luft an. Warum kam denn kein Urteil von ihr? Brauchte sie wirklich so lange, um dem Geschmack nachzuspüren, oder schmeckten ihr Emmis Kreationen nicht?

Endlich nickte sie, und Emmi atmete erleichtert durch. »Man könnte diverse Soßen damit verfeinern«, sagte die Köchin. »Und Desserts. Kekse beispielsweise oder auch Torten mit Cremefüllung.«

»Also zu Braten mit Knödeln schmeckt sie ebenfalls fantastisch«, sagte Johann.

Emmi spürte ihren Herzschlag bis in ihre Ohren.

»Ich könnte sie mir auch gut als Frühstücksmarmelade vorstellen«, sagte Tim. Sein Blick blieb an Emmi hängen, ein wenig verträumt und mit einem weichen Lächeln. Emmi spürte, wie ihre ganze Haut prickelte wie die Kohlensäure in einer Sektflasche. Sie musste unweigerlich daran denken, wie es wohl wäre, mit Tim zu frühstücken. Oder hatte er das gar nicht als Anspielung gemeint? O Gott, sie musste sich konzentrieren. Was war nur los mit ihr? »Gerne auch saisonal mit anderen Dingen im Wechsel. Hast du da auch etwas in deinem Sortiment?«

Jetzt musste sie sich etwas einfallen lassen. Ihre Handflächen wurden mit einem Mal ganz schwitzig. »Nun, die Produktion befindet sich ja noch ganz am Anfang, aber ich könnte mir durchaus saisonale Besonderheiten einfallen lassen wie beispielsweise *Sunrise over the Sea*, eine Kreation aus aromatischen Erdbeeren und frischer Minze, verfeinert mit fruchtiger Ananas, oder den Kick-Starter, *Lemon Kiss*, dieser wird ab Oktober vom *Autumn Miracle* abgelöst, Kürbismarmelade mit spritziger Orangen-Ingwer-Note, und nicht zu vergessen eine spezielle Weihnachtsmarmelade, *Winter Dreams*, mit Zimt und Pflaumen, gegebenenfalls auch etwas Marzipan.«

Tim hatte die Fingerspitzen aneinandergelegt und hörte interessiert der Beschreibung ihrer Kreationen zu, die sie sich soeben ausgedacht hatte. Dass er sie dabei nicht aus den Augen ließ, entging Emmi nicht, und sie spürte, wie ihr Atem wieder schneller ging. Bestimmt nur die Aufregung, dachte sie, oder lag es an seinem intensiven Blick aus beinahe schwarzen Augen?

»Das klingt alles sehr vielversprechend. In welcher Stückzahl kannst du liefern?«

»Äh …« Emmi geriet ins Straucheln.

»Nun, erst einmal ist es eine exklusive Produktion«, sagte Johann. »Aber selbstverständlich können wir die Stückmengen der Nachfrage anpassen.«

»Gut, dann erwarte ich eure erste Lieferung Ende der Woche, passt euch das? Zum Wochenende würde ich gerne schon einen Testlauf damit starten, in der Regel sind da meist ein paar mehr Gäste in meinem Haus. So können wir sehen, wie die Marmeladen bei ihnen ankommen. Läuft es gut, sprechen wir über eine regelmäßige Lieferung und die Konditionen.«

»Einverstanden, dann bringen wir morgen jeweils fünfzehn Gläser vorbei«, sagte Emmi, die sich wieder gefasst hatte. Unauffällig drückte sie den Rücken durch.

»Sehr schön.« Tim stand auf und reichte ihr zum Abschied die Hand. »Und komm gerne persönlich vorbei, wenn du möchtest.« Er zwinkerte ihr lächelnd zu. Bildete sie sich das ein, oder hatte er ihre Hand gerade einen Moment zu lange festgehalten? »Ich würde mich freuen.«

15.

»Und du hast dir einfach spontan irgendwelche Marmeladensorten einfallen lassen?«, fragte Lea ungläubig, als sie zusammen von Johanns Hof wieder zurück nach Hagnau fuhren.

Emmi nickte. »Irgendetwas musste ich ihm in dem Moment ja erzählen. Und er war wirklich sehr interessiert – wenn ich ehrlich bin, nicht nur an der Marmelade.«

»Emmi, ich bin entsetzt!«, rief Lea lachend. »Wie vielen Männern willst du hier denn noch den Kopf verdrehen?«

Emmi lachte. »Keinem, um genau zu sein. Ich weiß auch nicht, er hat mich immer wieder kurz angesehen, wenn er gedacht hat, ich merke es nicht, und er hat mich sogar eingeladen, meine Marmeladen persönlich zu liefern.«

»Der lässt also nichts unversucht, um dich wiederzusehen. Stell dir mal vor, du wirst die Co-Besitzerin eines Luxushotels, steinreich und mit so viel Prestige.«

»Eigentlich wollte ich ja bloß Marmelade kochen, aber dann kann ich wenigstens meinem Vater finanziell unter die Arme greifen.«

»Nein, nein, du siehst das ganz falsch. Stell dir mal ein Leben hier vor: Direkt am See, malerischer Ausblick, Sonnenuntergänge, die die Wasseroberfläche rot färben, und nachts tanzt das Spiegelbild der Sterne darauf.«

»Kann es sein, dass du mich nur deshalb mit irgendjemandem hier verkuppeln willst, weil du dann öfter am Bodensee sein könntest?«

Lea grinste. »Zugegeben, das wäre wirklich praktisch, wenn ich öfter segeln gehen möchte. Also, welcher von den beiden ist dein Favorit?«

Emmi verdrehte die Augen. Sie musste an Oliver denken und an ihren Kuss. Sie wusste überhaupt nicht mehr, was mit ihr los war. In letzter Zeit hatte es gar keinen Mann gegeben, für den sie sich interessiert hätte, und hier waren es gleich zwei? Dabei durfte sie nicht vergessen, warum sie eigentlich hier war. Es ging um Johann. Ihr verwirrendes Liebesleben musste warten.

»Okay, im Grunde ist es ja auch egal, für welchen du dich entscheidest. Hauptsache, du hältst dir Tim für die Marmeladenlieferungen warm und Oliver für meine Segeltörns.«

Lea schien von ihren Grübeleien zum Glück nichts zu merken. Sie plapperte einfach fröhlich weiter. Und im Grunde lag sie mit ihrer Aussage auch gar nicht so falsch. Wenn ein bisschen Flirten zum Erfolg führte, warum nicht? Wobei Emmi wusste, dass sie sich da selbst in die Tasche log. Das Gespräch mit Tim, das sich vordergründig um den Marmeladenverkauf drehte, war weit mehr gewesen als ein bloßes Geschäftstreffen. Irgendetwas war da zwischen ihnen, doch Emmi konnte nicht genau sagen, was. Es war ein anderes Kribbeln, ein anderes Knistern als das, was sie bei Oliver gespürt hatte. Aber es war genauso reizvoll.

»Johann bringt die Gläser morgen im Residenz-Hotel vorbei«, sagte Emmi.

»Gehst du nicht mit?«

Emmi schüttelte den Kopf. »Ich habe schon was anderes vor.«

»Und was? Das muss ja etwas unglaublich Wichtiges sein, wenn du dafür so eine Gelegenheit sausen lässt.«

Emmi spürte, wie sich ihre Wangen mit einer zarten Röte färbten. »Was ist denn los mit dir?«, fragte sie mit gespielter Empörung. »Erst verkuppelst du mich mit Oliver, und jetzt versuchst du dein Glück mit Tim.«

Lea zuckte gelassen mit den Schultern. »Na, wer weiß, irgendeiner dieser Männer hier wird dein Herz doch wohl erobern können. Du bist nämlich schon viel zu lange allein.«

»Und wie du weißt, komme ich auch so hervorragend zurecht. Aber, um deine andere Frage zu beantworten, ich habe einen Ausflug geplant. Und, offen gestanden, bräuchte ich dafür deine Hilfe.« Auch wenn sie sich ein wenig seltsam fühlte, dass sie jetzt vorhatte, etwas mit Oliver zu unternehmen, wo sie sich vor ihrer Freundin eben noch so tough und unnahbar gegeben hatte und gleichzeitig nicht wusste, wohin das mit Tim führte. Vielleicht hatte Lea recht, und sie sollte das alles einfach auf sich zukommen lassen, es wirklich nur als Urlaubsflirts sehen, aber sie wollte nicht, dass am Ende jemand verletzt wurde, dass ernste Gefühle im Spiel waren und einer oder vielleicht sogar sie alle drei mit gebrochenem Herzen dastanden. Doch dafür müsste sie zuerst einmal wissen, was sie fühlte.

Lea sah sie mit großen Augen an. »Wow, wir machen einen Ausflug?«

»Äh … nein. Genau genommen mache nur ich einen Ausflug«, setzte sie ein wenig verlegen hinzu. »Mit Oliver.«

»Oho! Wusste ich's doch! Jetzt wird es spannend. Deshalb bist du auch immun gegen die Flirtversuche dieses superreichen Hotelbesitzers, der – und das möchte ich der Vollständigkeit halber noch hinzufügen – ebenfalls echt verdammt heiß aussieht. Man könnte wirklich meinen, hier laufen nur die besten Typen herum, schließlich hat sich deine Mutter hier ja auch verliebt.«

»Wer sagt denn, dass ich mich verliebt habe?«

»Na ja, warum sonst planst du einen Überraschungsausflug für ihn?«

»Ich will mich nur bei ihm bedanken, dass wir uns sein Auto ausleihen durften und dass er mir hilft, dass ich durch den Segelkurs meinem Vater näherkomme.«

Lea drehte sich empört zu ihrer Freundin um. »Hallo, nur mal so fürs Protokoll, wer hat dich denn überhaupt erst überredet hierherzufahren? Wo bleibt mein Überraschungsausflug?«

»Der kommt schon noch, keine Sorge«, versprach Emmi schmunzelnd. »Ein Wellness-Wochenende mit allem Drum und Dran. Oder ein Familienausflug mit deinem Sohn eine Woche auf einem Bauernhof.«

»Deal.« Lea verschränkte zufrieden die Arme und lehnte sich zurück. »Also, wobei soll ich dir helfen?«

»Ich brauche einen Badeanzug.«

»Einen Badeanzug?« Lea blickte sie ungläubig von der Seite an. »Habe ich das gerade richtig verstanden?«

Emmi nickte zögernd.

»Einen Moment, ich fasse mal eben zusammen: Du bist gestern gekentert, du hasst Wasser, du erklärst dich bestenfalls im Sommer dazu bereit, mit mir ins Freibad zu gehen, und wenn wir dort sind, liegst du eigentlich nur die meiste Zeit auf der Liegewiese herum und liest. Und jetzt planst du einen Badeausflug?«

»In Nußdorf, um genau zu sein.« Emmi versuchte, ihre Stimme so überzeugend klingen zu lassen, als wäre es keine große Sache – war es ja im Grunde auch nicht, wenn da eben damals nicht dieser Badeunfall gewesen wäre …

»Okay, und jetzt noch mal für mich: Warum genau bist du auf diese Idee gekommen?«

»Johann hat mir das vorgeschlagen.« Jetzt war Emmis Stimme nicht mehr so selbstsicher, wie sie es sich gewünscht hatte. Sie machte eine kleine Pause. »Das war das Date, bei dem sich mein Vater in meine Mutter verliebt hat.«

»Ist das süß! Und so romantisch.«

»Dann hilfst du mir?«

»Na logo.«

In Hagnau schlenderten sie durch die malerische Fußgängerzone. Bunte Häuser standen mit kleinem Abstand nebeneinander, durch den man immer wieder einen Blick auf den glitzernden See erhaschen konnte. Es gab handgemachtes Keramikgeschirr, einen Taschenladen, Souvenirs und Postkarten für die Besucher, selbst gebastelte Geschenke, eine Papeterie stellte ihre Geburtstagskarten aus. In einem weißen Haus etwas weiter vorne, mit einer weißgelb gestreiften Markise und Holzbalkonen, an denen üppig die Geranien in Rot und Rosa und die Petunien in Weiß und Lila ineinander verwuchsen, konnte man Obstbrände kaufen. Auf einer improvisierten Holztheke standen Himbeeren, Brombeeren, Heidelbeeren, Zwetschgen, Pfirsiche und Trauben in Pappschalen. Sie sahen so lecker aus, dass Emmi am liebsten zugegriffen hätte, aber sie hatte natürlich schon genügend Obst bei ihrem Vater genascht. Direkt davor gab es ein großes Holzfass, dem ein Sonnenschirm Schatten spendete. Darauf standen ein Tablett mit Obstbrandgläsern und ein Schild in Kreidetafeloptik, das zum Probieren der Brände aus eigener Herstellung einlud. Ein paar Leute hatten es sich an den Tischen vor dem Haus unter der Markise gemütlich gemacht und genossen ein Stück Kuchen und eine Tasse Kaffee.

Emmi und Lea schlenderten weiter, bis sie an einem Klamottenladen ankamen. Vor dem Haus gab es einen Ständer mit Schals und Tüchern, im Schaufenster drei Kleiderpuppen, die hübsche Sommersachen trugen. Eine von ihnen hatte eine Strandtasche aus Bast über der Schulter hängen. Neben ihnen auf dem Boden waren Sand und Muscheln verteilt, ein gelber Kindereimer, bunte Sandförmchen und eine Schaufel lagen daneben, als hätte gerade noch jemand damit gespielt.

»Wollen wir hier mal reingehen?«, schlug Lea vor.

Emmi nickte und stieg die zwei Stufen in den Laden hinauf. Drinnen erwartete sie ein geschmackvoll eingerichtetes Geschäft. An den Wänden rechts und links gab es Kleiderstangen, auf denen T-Shirts, Oberteile und Strickjacken hingen. Auf einem Kleiderständer in der Mitte waren knielange Sommerkleider ausgestellt. Hinten in der Ecke befanden sich zwei Umkleidekabinen mit hellgrauen Stoffvorhängen, ihnen gegenüber waren die Bademoden und ein kleiner Bereich Dessous und Nachtwäsche untergebracht.

»Hallo, wir suchen Badeanzüge«, wandte sich Lea direkt an die Inhaberin, die hinter einem dunkelbraunen Tresen mit Glasauslage stand.

»Gerne, kommen Sie mit.« Die Frau begleitete sie in den hinteren Teil des Raumes. »Für Sie beide?«

»Nein, nur für mich«, sagte Emmi.

Die Verkäuferin nickte und hatte sie anscheinend mit einem unauffälligen Blick bereits gemustert und ihre Größe abgeschätzt, denn gleich darauf zog sie einen auberginefarbenen Badeanzug hervor.

»Hm, überzeugt mich nicht ganz«, gab Emmi zu, auch wenn die Raffung sicherlich eine schöne Figur machen würde.

»Wir brauchen etwas, das einen Mann umhaut.«

»Lea!«, zischte Emmi empört.

»Verstehe.« Die Verkäuferin schmunzelte und zeigte ihr einen Bikini. »Wie wäre es mit diesem Modell in der Trendfarbe Smaragd?«

Emmi griff nach dem smaragdgrünen Bikini und verschwand in der Umkleidekabine. Sie schlüpfte aus ihrem Sommerkleid und zog den Bikini an. Unsicher betrachtete sie sich im Spiegel, der über eine ganze Wand angebracht war.

»Und?«, fragte Lea ungeduldig.

Statt einer Antwort zog Emmi den Vorhang zur Seite.

»Wow!« Lea musterte sie anerkennend. »Nicht schlecht.«

Emmi drehte unsicher ein Knie nach innen. »Also ich weiß nicht ...« Sie sah sich wieder im Spiegel an.

»Was stört dich?«

»Ich finde, es ist zu viel Haut.«

»Es ist ein Bikini«, gab Lea zu bedenken.

»Ja, aber für ein erstes Date?«

»Im Skianzug wirst du bei den Temperaturen kaum erscheinen können.«

Emmi verdrehte die Augen. »Das ist mir schon klar, aber ich finde es trotzdem irgendwie zu gewagt.«

»Sie können ihn mit einem Strandtuch kombinieren.« Die Verkäuferin nahm ein Tuch mit grünem und blauem Muster von einem Bügel und reichte es Emmi. »Das können Sie zum Beispiel zu einem Rock binden.«

Lea schüttelte den Kopf. »Vielleicht hättest du besser einen Kinobesuch geplant.«

Emmi bedachte ihre Freundin mit einem vernichtenden Blick.

»Ich kann Ihnen noch den klassischen Tankini anbieten.« Sie nahm ein dunkelblaues Oberteil mit weißen Punkten von der Kleiderstange, dazu einen einfarbigen Bikinislip in Blau.

»Besser«, sagte Emmi mit einem glücklichen Lächeln, nahm die beiden Teile entgegen und verschwand wieder in der Umkleidekabine. Gleich darauf präsentierte sie Lea das Ergebnis. Der V-Ausschnitt war vorne leicht überkreuzt gerafft und zauberte ein umwerfendes Dekolleté.

»Perfekt«, fand auch Lea. »Und dazu noch ein weißes Tuch, damit du dich wohlfühlst.«

Emmi wickelte das Tuch um ihre Hüften, das die Verkäuferin ihr reichte. »Das nehme ich.«

Wenig später schlenderte sie mit einer Papiertasche, in der sich ihr neuer Tankini befand, aus dem Laden.

»Und jetzt brauche ich noch alles für ein Picknick.«

»Da fragen wir am besten in unserer Pension nach.«

»Wollen wir dort auch was essen?«

Lea stimmte zu, und die beiden Freundinnen machten sich auf den Weg zur Seemöwe. Dort entschieden sie sich für Cordon Bleu mit Kartoffelsalat, und dazu gab es einem großen gemischten Salat mit Karotten, Gurken und Rettich, ein bisschen Blattsalat mit Joghurtdressing, garniert mit Radieschen und Kresse.

»Es hat wie immer fabelhaft geschmeckt«, sagte Emmi, als Kathrin den Tisch anschließend abräumte.

»Das freut mich. Darf es noch ein Nachtisch sein? Wir haben Vanillemousse auf einem Himbeer-, Erdbeer-, Johannisbeerspiegel oder ein Stück frisch gebackenen Käsekuchen.«

»Für mich die Vanillemousse«, sagte Emmi.

»Und ich nehme den Käsekuchen.«

»Sehr gerne.«

»Ach, Kathrin, ich habe noch eine Frage: Könntest du mir für morgen einen Picknickkorb zusammenstellen? Ich möchte einen Ausflug für zwei Personen unternehmen.«

»Selbstverständlich. Wann willst du los?«

»Ich habe vorher noch etwas anderes vor. Den Picknickkorb brauche ich erst am späten Nachmittag.«

»Das bekommen wir hin.«

»Und kann ich auch ein Handtuch entführen?«

Kathrin lachte. »Natürlich. Wo geht's denn hin?«

»Mit dem Rad nach Nußdorf ins Strandbad.«

»Ein schöner Ausflug, aber für morgen ist leider kein so gutes Wetter gemeldet. Eher durchwachsen und nur mit ein paar Sonnenstunden.«

Emmi war ein wenig geknickt. Sie hatte sich ihre Verabredung mit Oliver so schön ausgemalt. Sollte sie sie jetzt einfach absagen oder verschieben? Andererseits hatte Oliver schon zugesagt, und den Termin verschieben wollte sie auch nicht.

Nach dem Abendessen gingen die beiden Freundinnen auf ihr Zimmer. Lea wollte noch mit ihrem Sohn videotelefonieren. Sie legte sich bäuchlings aufs Bett und lehnte das Smartphone gegen ein Kissen, während ihre Beine in der Luft baumelten.

Emmi hingegen entschied sich noch einmal für einen Spaziergang an der Promenade. Sie genoss den Blick auf den See, über den nun die Dämmerung hereinbrach. Das erste Blinken aus der Schweiz konnte sie schon erkennen, aber auf dem See herrschte noch reges Treiben. Die Fähre aus Romanshorn steuerte gerade in Richtung Friedrichshafen, und kleine Boote fuhren kreuz und quer über die alkaliblaue Wasseroberfläche. Der Urlaub mit ihrer Mutter an der Nordsee vor siebzehn Jahren kam ihr wieder in Erinnerung, das lupinenblaue Wasser, die Dünen und Salzwiesen, das Strandgras, das sich im Wind leicht bog, das

Kreischen der Möwen und das Rauschen der Brandung, als sich Welle um Welle an ihren Füßen überschlug. Damals war sie zum letzten Mal freiwillig baden gegangen.

Emmi seufzte und gab sich einen Ruck. Sie zog ihr Smartphone heraus und rief ihre Mutter an.

»Hallo, Mama, wie geht es dir?«, fragte sie, als Maren das Gespräch entgegengenommen hatte.

»Viel zu tun.«

Emmi kämpfte gegen ihr schlechtes Gewissen an. »Und … Kommst du zurecht?«

»Muss ich wohl, während meine Tochter Urlaub am Bodensee macht und mit neuen Rezepten experimentiert.«

Dann hatte sie ihre Blogbeiträge also gelesen. Somit wusste sie auch, dass sie Zeit mit ihrem Vater verbrachte.

»Ich wollte Johann helfen.«

»Und mir hilfst du nicht mehr?« Marens Stimme war schneidend.

Emmi hatte Mühe, ruhig zu bleiben. Sie atmete tief durch. »Doch, Mama, dir helfe ich natürlich auch wieder. Aber jetzt möchte ich Johann unterstützen, damit er seinen Hof behalten kann.«

Ihre Mutter erwiderte nichts, was Emmi verunsicherte.

»Willst du mir nicht sagen, was damals passiert ist?«

»Emmi, lass endlich die Vergangenheit ruhen.«

»Nein!« Emmi war selbst erschrocken darüber, wie energisch sie das gesagt hatte. »Und selbst wenn du mir nicht erzählst, was damals passiert ist, wirst du nicht verhindern können, dass wir wenigstens eine gemeinsame Zukunft haben. Johann ist ein so netter Mensch. Er hat es verdient, glücklich zu sein. Und ich glaube, er vermisst dich noch immer. Aber du bist ja lieber halsstarrig und stur und hältst an dem fest, was damals passiert ist. Kostet es dich wirklich so viel Überwindung, einfach mal neu anzufangen?«

»Du weißt gar nichts, Emmi!«, schleuderte ihre Mutter ihr entgegen.

Emmi war erschrocken über die Härte in ihrer Stimme.

»Ich muss jetzt Schluss machen«, wisperte sie und legte auf.

Emmi schluchzte. Sie setzte sich auf eine Mauer und blickte auf den See, auf das gleichmäßige Blinken, das wie ein beruhigendes Atmen war, hörte die letzten Vögel in der Dämmerung pfeifen. Endlich kam sie ein wenig zur Ruhe. Was war damals nur geschehen? Mit den Fingern wischte sie sich die Tränen aus den Augen. Wieder dachte sie an Oliver, an die unerwartete Nähe, die plötzlich zwischen ihnen entstanden war, und natürlich an den Kuss. Emmi war noch nie zuvor in ihrem Leben so zärtlich geküsst worden, so sanft und behutsam, und doch hatte es etwas Forderndes gehabt, etwas, das die Leidenschaft in ihrem Körper entfacht und ihre ganze Haut zum Prickeln gebracht hatte. Ob sie sich dieses Mal wieder küssen würden? Sofort fing es in ihrer Magengrube an zu kribbeln. Sie malte sich aus, wie das Date zwischen ihrem Vater und ihrer Mutter damals wohl verlaufen war, und ein melancholisches Lächeln legte sich auf ihre Lippen.

»Was machst du denn hier?«, riss Olivers Stimme sie aus ihren Gedanken.

Emmi zuckte zusammen. »Oliver«, sagte sie überrascht, während sie mit ihrer Hand die tief stehende Sonne abschirmte, um ihn besser zu erkennen.

»Sag bloß, du hast so große Sehnsucht nach mir, dass du schon heute Abend hier auf mich wartest.«

»Träum weiter.« Sie schüttelte amüsiert den Kopf. »Ehrlich gesagt ist es Zufall, dass wir uns jetzt hier über den Weg laufen.«

»Schade«, sagte Oliver, doch weil sie auf seinen neckenden Tonfall nichts erwiderte, setzte er sich neben sie auf die Mauer. »Hey, ist alles okay?«

Emmi schüttelte den Kopf. »Meine Mutter«, wisperte sie, und als erneut Tränen in ihren Augen aufstiegen, legte Oliver plötzlich den Arm um sie und zog sie an sich.

Im ersten Moment war Emmi überrascht, doch dann fiel die Anspannung von ihr ab, und sie lehnte ihren Kopf gegen seine Schulter.

»Ich habe mir immer eine perfekte Familie gewünscht«, flüsterte sie.

»Ach, wer hat die schon«, sagte Oliver gelassen.

»Du?« Sie blinzelte ihn von unten an, doch Oliver musste lachen. »Ich weiß nicht, vielleicht hat meine Mutter recht und ich wäre besser nie hergekommen.«

»Dann hätten wir uns auch nicht kennengelernt.«

»Ja, aber seit ich hier bin, streite ich nur noch mit ihr.«

»Hattet ihr denn davor ein gutes Verhältnis?«

Emmi schüttelte den Kopf. »Vielleicht war es trotzdem die schlechteste Entscheidung meines Lebens.«

»Vielleicht war es auch die beste.«

Entmutigt blickte sie ihn an. »Und woran merke ich das?«

»Wie sagt man doch so schön? Hör auf dein Herz – oder deinen Segellehrer.«

»So ein bescheuerter Ratschlag.« Als sich ihre Blicke jetzt trafen, mussten sie beide lächeln. »Was machst du eigentlich, wenn du mal zweifelst?«

»Segeln gehen.«

16.

Am nächsten Morgen war Emmi schrecklich nervös. Sie hatte sich für ein Midikleid aus Viskose mit Zick-Zack-Muster und Rundhalsausschnitt entschieden, dazu ein paar weiße Sommersneaker und ihre Sonnenbrille. Ihre welligen Haare flocht sie zu einem losen Zopf, der ihr auf einer Seite leicht über die Schulter fiel.

Lea stieß einen anerkennenden Pfiff aus. »Nicht schlecht. Aber willst du so aufs Rad steigen?«

»Das Kleid hat einen Schlitz, es wird schon gehen.«

»Ich hoffe, dein Oliver weiß das zu schätzen.«

»Mein Oliver«, wiederholte Emmi spöttisch. »Na los. Lass uns zum Frühstück gehen.« Wobei, richtig hungrig war sie nicht. Dafür war sie viel zu aufgeregt. Sie zwang sich, ein Buttercroissant mit Erdbeer-Rhabarber-Marmelade zu essen, und trank dazu einen Milchkaffee.

»Ich glaube, ein Kamillentee hätte dir besser getan«, zog Lea sie auf.

»Entschuldige.« Emmi blickte schon wieder auf ihre Uhr. »Es ist nur ... Ich will nicht ...«

»Ist schon gut.« Ihre Freundin warf ihr einen verständnisvollen Blick zu.

»Geh schon«, sagte Lea liebevoll. »Ich sehe doch, dass du es kaum abwarten kannst.«

»Und was machst du?«, fragte Emmi, die doch ein schlechtes Gewissen hatte, weil sie ihre Freundin heute allein ließ.

»Ich werde mich noch ein bisschen in die Segeltheorie einlesen, ehe ich mich an den Businessplan für deinen Vater setze. Und heute Mittag sehen wir uns ja sowieso beim Segelkurs.«

»Klingt nicht gerade nach einem entspannten Tag.«

»Keine Sorge, ich suche mir dafür ein gemütliches Plätzchen am See.« Lea zwinkerte ihr zu. »Vielleicht mache ich heute Morgen auch einen kleinen Ausflug mit der Fähre. Dann kann ich euch zuwinken, wenn wir am Strand vorbeifahren. Wobei du mich wahrscheinlich sowieso nicht sehen wirst, weil du nur Augen für Oliver haben wirst.«

Emmi schüttelte grinsend den Kopf. »Na dann, bis später.«

»Bis dann, und genieß es«, sagte Lea zwinkernd.

Emmi nahm ihren Rucksack und machte sich auf den Weg zur Segelschule. Oliver stand schon da und prüfte den Luftdruck der Reifen.

»Guten Morgen«, sagte sie beschwingt.

»Hey.« Oliver blickte auf und lächelte sie an. »Schön, dich zu sehen.«

»Ebenfalls.«

»Was machen die Räder?«

»Sind wieder alle tipptopp. Hier, du kannst das mit dem Gepäckkorb haben. Da kannst du deinen Rucksack reinlegen.«

»Kann es losgehen?«, fragte Emmi.

»Einen Moment.« Er ging noch einmal in die Segelschule, und gleich darauf kam er mit einem riesigen pinkfarbenen Flamingo-Schwimmreifen zurück.

»Was ist das?«, fragte Emmi entsetzt.

»Deine Schwimmhilfe.«

Emmis Augen wurden groß, aber Oliver steckte nur seine Arme durch, sodass der Reifen jetzt um seinen Bauch lag, und stieg aufs Rad. Es sah so albern aus, dass Emmi lachen musste, weil er zwischen sich und dem Lenker den Kopf des aufgeblasenen Flamingos hatte.

»Bist du startklar?«

»Auf jeden Fall«, sagte Emmi amüsiert. »Wenn du so fahren kannst.«

Sie fuhren mit den Rädern am Ufer entlang in Richtung Nordwesten. Die Fahrradwege waren noch recht leer, und dadurch, dass es noch so früh am Morgen war, war es auch nicht sehr heiß. Emmi genoss die Sicht auf das distelblaue Wasser. Heute glitzerte es nicht, und kleine Wellengipfel hoben sich gleichmäßig an der Wasseroberfläche empor, wie wenn Maren mit dem Rührgerät durch die geschlagene Sahne glitt. Auch der leichte Wind, der immer wieder ging, war eher kühl. Hoffentlich würde es trotzdem ein schöner Vormittag werden, auch wenn es kein Badewetter war. Nach einer guten dreiviertel Stunde erreichten sie das Strandbad. Sie sperrten ihre Räder ab und liefen auf das nostalgische, gelbe Kassenbüdchen zu. Emmi wollte zwei Tickets kaufen, aber Oliver winkte ab. »Ich lade dich ein.«

»Danke, aber so war das eigentlich nicht geplant, schließlich wollte ich mich ja bei dir bedanken.«

»Schon okay.« Oliver lächelte und zahlte.

»Oh, sieh mal, da gibt es bunte Naschtüten!«, rief Emmi entzückt. »Die habe ich als Kind immer beim Bäcker gekauft.«

»Und eine Naschtüte, bitte«, fügte Oliver schmunzelnd hinzu.

Der Kassierer legte eine Klarsichttüte mit den bunt gemischten Gummibärchen, Fröschen, Colafläschchen, Fruchtschnüren und Lakritzschnecken dazu.

Oliver nahm die Tickets und die Tüte, und sie umrundeten das Kassenhäuschen und liefen über den gepflasterten Weg, bis dieser von einer Wiese abgelöst wurde.

»Warte«, sagte Emmi, blieb stehen, hielt sich an Olivers Schulter fest und zog ihre Sneaker aus. »Ahh, so ist es besser.«

Oliver tat es ihr gleich, und zusammen schlenderten sie in Richtung Strand.

»Wo willst du hin?«, fragte Oliver.

Das Bad war um diese Zeit – und vermutlich auch wegen des Wetters – nicht sehr besucht. Auf dem Spielplatz, der aus einem Klettergerüst und Federtieren zum Wippen bestand, war noch nichts los.

»Am liebsten ganz dicht beim Ufer«, entschied Emmi.

Oliver wählte einen Platz in der Nähe der Einstiegstelle unter den Bäumen. Emmi breitete ihr Badetuch aus und stellte ihren Rucksack daneben. Ohne zu zögern, zog Oliver sein T-Shirt über den Kopf und faltete es zusammen. Als er gleich darauf auch noch aus seiner Hose schlüpfte und in Schwimmshorts dastand, schoss Emmi das Blut in den Kopf. Sollte sie sich jetzt etwa auch einfach hier ausziehen? Unschlüssig blickte sie sich um, während Oliver nach dem Flamingo-Schwimmring griff und sie herausfordernd anblickte.

»Also, was ist nun?«, fragte er.

»Ich muss mich erst noch umziehen.«

»Na, dann los!«

»Es wäre nett, wenn du mir dabei nicht zugucken würdest«, druckste sie herum.

Oliver hob die Brauen und sah sie musternd an. »Wieso? Hast du etwas zu verbergen?«

»Nein, aber ich schätze meine Privatsphäre.«

Er zuckte mit den Schultern. »Wie du meinst.« Zu Emmis Erleichterung drehte er sich dann aber doch um, und Emmi zog vorsichtig den Reißverschluss ihres Kleides auf, hielt den Stoff vor ihrer Brust fest, schlängelte sich umständlich aus dem BH und zog sich den Tankini über. Zum Glück waren noch nicht viele Badegäste hier. Die ersten mussten so früh hier eingetroffen sein, dass sie schon eine Runde geschwommen waren und jetzt in der Wiese lagen und sich wieder aufwärmten, andere standen noch knietief im Wasser, um sich langsam an die Badetemperatur zu gewöhnen. Ein Mann besprenkelte seine Arme mit Wasser, es schien ihm ein wenig zu kalt zu sein.

Emmi blickte auf das Schweizer Bergpanorama, das sich in der diesigen Luft heute nur erahnen ließ. In sanftem Blaugrau konnte man die Umrisse erkennen, die sich vor dem hellgrauen Himmel abzeichneten, Säntis und Altmann, die beiden größten, wie sie mittlerweile wusste. Oliver hatte es ihr beim Segeln erzählt.

»Dauert das noch lange?«, fragte Oliver und drehte seinen Kopf über die Schulter.

»Nicht gucken!«, rief Emmi empört und drückte ihr Kleid fest an ihren Körper.

»Ist ja gut.« Oliver stellte sich wieder gerade hin.

Emmi zog ihren Slip aus, verhedderte sich mit ihren Beinen und wäre beinahe umgekippt. Im letzten Moment konnte sie sich an Olivers Schulter festhalten, der sich überrascht umdrehte.

»Fertig?«, fragte er.

»Äh ... fast ...« Jetzt war sie mit Sicherheit tomatenrot. Sie versteckte ihren Slip hinter ihrem Rücken, kniete sich dann zu ihrem Rucksack und angelte ihre Badehose heraus. So einen peinlichen Moment hatte sie schon lange nicht mehr erlebt. Umständlich zog sie sich an, sodass sich der Stoff ihres langen Kleides mit ihrer Hose verknotete, bis sie ihn endlich zurechtgezogen hatte und den Rock über ihre Hüften gleiten ließ. »Fertig«, sagte sie, selbst erleichtert über diese Tatsache.

»Na, endlich.« Oliver drehte sich wieder zu ihr herum und ließ einen anerkennenden Blick über ihren Körper gleiten. Er war nicht unangenehm, und ein sanftes Lächeln legte sich auf seine Lippen. »Blau steht dir.«

»Danke.«

Er beobachtete sie dabei, wie sie ihr Kleid zusammenlegte und neben ihr Badetuch legte.

»Nächstes Mal kannst du übrigens auch die Umkleidekabinen da vorne nehmen.«

Sie folgte seinem Fingerzeig in die Richtung hinter ihr

258

und entdeckte hellblau gestrichene Holzhäuschen, die Umkleiden. Wieso hatte sie die denn vorhin beim Kommen nicht gesehen? Emmi blickte ihn ein wenig verärgert an.

»Hättest du mir das nicht vorher sagen können?«

»Dann wäre es doch nur halb so lustig gewesen.«

»Hoffentlich bist du ein besserer Schwimmlehrer.«

»Och, das kann ich ungefähr so gut wie segeln.«

»Das klingt ja vielversprechend …« Emmi blickte ihn spöttisch an.

»Bist du trotzdem mutig genug?«

»Na ja, segeln gehe ich ja auch mit dir. Also, los geht's!«

Zusammen liefen sie über die Wiese – das Gras kitzelte Emmis Füße – und steuerten eine der breiten Einstiegstellen an. Kleine Muscheln und Steinchen, die der See vermutlich angespült hatte, gaben sanft unter ihren Schritten nach, und bald darauf umspülten die ersten sanften Wellen Emmis Knöchel. Das Wasser war eiskalt. Emmi bezweifelte, dass sie da überhaupt bis zum Bauchnabel hereinkommen würde, aber Oliver lief völlig gleichgültig, mit diesem albernen Flamingo-Schwimmreifen unter dem Arm, vor.

»Wo bleibst du denn?«, fragte er, als die Wasseroberfläche den Bund seiner Badeshorts erreicht hatte.

»Ich bin gleich da. Wieso hast du eigentlich dieses Teil mitgenommen?«

»Na, für dich. Du meintest doch, dass du nicht schwimmen kannst.«

Emmi sah sich verlegen um, aber das ältere Pärchen, das ein Stückchen weiter neben ihnen ebenfalls ins Wasser ging, schien sich für sie gar nicht zu interessieren.

»Und das soll mir dabei helfen?«

»Es trägt dich, damit du dich an das Wasser gewöhnst und keine Angst mehr davor hast. Ich dachte, für Schwimmflügel bist du mittlerweile wohl zu alt.«

Emmi musste lächeln. Obwohl es eiskalt war, überwand sie sich und machte noch ein paar Schritte nach vorne. Sie strauchelte, denn die Steine, die im Wasser lagen, waren deutlich größer als die kleinen Steine an der Einstiegstelle, und diese hier taten ihr sogar fast schon an der Fußsohle weh. Dazu die Kälte des Wassers. Emmi hätte sich gewünscht, einen wärmeren Tag für ihre Badeversuche ausgesucht zu haben, doch jetzt konnte sie nicht mehr zurück.

Oliver lief noch weiter in den See hinein, der blau und blass, aber wenigstens ruhig und mit nur kleinen Wellen vor ihnen lag.

»Kannst du hier immer noch stehen?«, wunderte sie sich, da er fast schon die Nichtschwimmermarkierung erreicht hatte.

»Der Strand hier hat einen sehr breiten Nichtschwimmerbereich. Als ich klein war, waren wir immer mal wieder mit meinen Eltern hier. Später habe ich dann lieber den Sprungturm genutzt.«

Emmi sah auf den Sprungturm, der sich mitten im Wasser befand. Mit ihm würde sie sich ganz sicher nie anfreunden. Sie hatte ja so schon Probleme, überhaupt ins Wasser zu gehen, da wollte sie sich gar nicht erst ausmalen, wie es wäre, einfach ins Ungewisse zu springen. Sie dachte an ihr Segelunglück. Für einen Moment hatte sie geglaubt, wieder das kleine Mädchen zu sein, das von den Wellen nach unten gezogen worden war, keinen Halt unter den Füßen, um sie herum nur das eisige Wasser, aber dann hatte sie gemerkt, dass die Schwimmweste sie trug, hatte Olivers Stimme gehört, der beruhigend und immer wieder auf sie eingeredet hatte, und in einem Augenblick, als sie nicht mehr panisch und ängstlich um sich geschlagen hatte, hatte er ihr geholfen und sie zurück zum Boot gebracht, wo sie sich festhalten konnte. Emmi blickte auf den pinkfarbenen Flamingo.

»Soll ich dir helfen?«

»Lass mal, ich komm klar.«

»Ja, das sehe ich, aber die schließen hier bei Einbruch der Dunkelheit.«

Emmi sah ihn spöttisch an. »Sehr witzig.«

Oliver watete wieder aus dem Wasser heraus zu ihr. Kleine Tropfen flogen nur so um ihn herum, während er über die Steine stapfte, als würde ihm der Schmerz an seinen Fußsohlen überhaupt nichts ausmachen.

Das ältere Pärchen neben ihnen ließ sich im gleichen Moment ins Wasser gleiten, und Emmi blickte ihnen sehnsüchtig hinterher, während sie die ersten Schwimmzüge taten. Sie wünschte, sie wäre so tapfer und mutig.

Oliver, der sie gerade erreicht hatte, streckte ihr die Hand entgegen. Emmi legte ihre Finger dankbar in seine Handfläche, und sie spürte, wie er mit seinem Daumen zärtlich darüberstreichelte. Emmis Herz zog sich zusammen.

»Komm«, sagte er, und Emmi machte ein paar unsichere Schritte ins Wasser. Jetzt, wenn sie sich ein wenig auf Oliver abstützen konnte, war es tatsächlich leichter für sie, über die Steine zu laufen. Als sie ebenfalls bis zum Bauchnabel im Wasser stand, tauchte sie die Hände in den See und fuhr sich mit dem kühlen Wasser über Bauch und Arme.

»Das Reinkommen ist immer das Schlimmste«, sagte Oliver. »Aber sobald man mal drin ist, ist es richtig schön.«

»Ich weiß nicht, ob ich diese Behauptung mit dir teilen kann.«

»Warum kannst du eigentlich nicht schwimmen?«, fragte Oliver.

»Als Kind hatte ich mal einen Badeunfall. Seitdem habe ich Angst vor Wasser.«

»Was ist passiert?«

Emmi zögerte, aber dann begann sie doch zu erzählen: »Ich habe mit meiner roten Luftmatratze unter dem Arm im Wasser gestanden, mich zu meiner Mutter umgedreht, die in einem Strandkorb in ihrem Roman gelesen hat.« Sie erinnerte sich noch genau daran, als ob es gestern passiert wäre. »Mama wollte nicht mit ins Wasser, aber sie hat mir versprochen, später eine Sandburg mit mir zu bauen. ›Geh nur nicht zu tief rein‹, hat sie noch gesagt, und ich habe bloß genickt und bin davongaloppiert, den Wellen entgegen, dass das Wasser nur so hochgespritzt ist. Ich wollte mich eigentlich nur auf die Luftmatratze setzen und ein bisschen treiben lassen, die Füße im Wasser, ein paar Fische beobachten. Ich habe ganz genau darauf geachtet, dass ich mich nur dort aufhalte, wo das Wasser mir gerade bis knapp zu den Oberschenkeln ging.«

»Dort, wo du stehen konntest«, sagte Oliver, der ihr die ganze Zeit ruhig und aufmerksam zugehört hatte.

Emmi nickte. »Ich war mir ganz sicher. Doch dann hat mich auf einmal eine Welle erfasst, mit der ich nicht gerechnet habe. Sie hat an der Luftmatratze gezerrt und sie einfach herumgedreht, mit mir obendrauf. Ich habe den Halt verloren und bin abgerutscht.« Tränen sammelten sich auf einmal in ihren Augen bei der Erinnerung daran. Sie spürte noch den Sand unter ihren Füßen, wenn sie daran dachte. »Ich wollte nach der Luftmatratze greifen, doch dann kam eine weitere Welle und riss sie mit sich fort. Ich habe um Hilfe geschrien, aber meine Worte kamen nur als Luftblasen aus meinem Mund.«

»Wie furchtbar«, murmelte Oliver.

»Ich habe versucht, mich nach oben zu drücken, aber das rote Plastik hat mir den Weg versperrt. Ich wollte die Luftmatratze wegschieben, doch die Wellen waren so stark, dass ich es nicht geschafft habe.« Eine Träne kullerte über ihre Wange.

Ohne dass sie es gemerkt hatte, war Oliver ganz dicht an sie herangetreten und hatte den Arm um sie gelegt. »Das muss schlimm für dich gewesen sein«, sagte er sanft. »Ich wünschte, du hättest so etwas nie erleben müssen.«

Energisch wischte sich Emmi die Tränen fort. »Plötzlich habe ich eine Hand gespürt, die mich unsanft am Rücken gepackt hat. Auf einmal waren da aufgeregte Stimmen, das Schreien meiner Mutter, die Wellen, die an den Strand klatschten und sich dort überschlugen … Ich habe gespürt, wie mich jemand auf den pulverfeinen Sand gelegt hat, da waren fremde Gesichter, die sich über mich beugten, die gleißend helle Sonne, das Gesicht meiner Mutter, umrahmt von ihren damals noch langen Haaren. Und dann erinnerte ich mich an nichts mehr.«

Oliver sah sie mit festem Blick an. »Es wird Zeit, dass wir diese schreckliche Erinnerung mit einer schönen überschreiben«, sagte er entschieden. »Hier musst du jedenfalls keine Angst haben. Ich bin die ganze Zeit direkt neben dir und passe auf dich auf. Und mein rosafarbener Freund hier sowieso.«

Emmi verzog das Gesicht.

»Na schön, wenn dich das nicht überzeugt, am Strand sind auch Lifeguards, die dich ebenfalls im Blick haben. Es kann dir also nichts passieren.«

»Das hoffe ich. Im Moment wünschte ich, ich hätte dich lieber zu einem romantischen Dinner eingeladen.«

Oliver schmunzelte. »Davon hatte ich schon unzählige, aber ein Strandbadbesuch mit einer Nichtschwimmerin ist tatsächlich ein Novum.«

»Freut mich, wenn ich dich überraschen konnte.«

»Oh, du bist für eine Menge Überraschungen gut. Schließlich hätte ich auch nicht gedacht, dass du mein Boot zum Kentern bringst.«

»Ich habe dein Boot zum Kentern gebracht? Das wird ja immer besser. Nur weil du der schlechteste Segellehrer bist, den ich kenne, musst du mir nicht die Schuld in die Schuhe schieben.« Emmi war froh um den Schlagabtausch, denn das lenkte sie tatsächlich von ihrer Angst und ihren schlechten Erinnerungen ab.

»Glücklicherweise kennst du nicht so viele Segellehrer, sonst wäre dein Kompliment gar keins.«

»Im Ernst, wenn du so weitermachst, musst du dir demnächst noch die *Unsinkbar drei* anschaffen.«

Oliver grinste. »Fürs Erste würde es mir reichen, wenn ich dich mal komplett ins Wasser bekäme. So wird das nämlich nichts mit Schwimmen. Tauch einfach einmal kurz mit dem Körper bis zu den Schultern unter, dann hast du es hinter dir.«

Emmi hätte ihn am liebsten gefragt, ob er von allen guten Geistern verlassen war, vor allem, nachdem sie ihm ihre Geschichte erzählt hatte, aber sie beherrschte sich. Er hatte ja recht. So würde sie noch eine halbe Ewigkeit bis zu ihrem Bauchnabel im Wasser stehen und nicht vorankommen. Es half nichts: Wenn das hier ein gelungener Tag werden sollte, musste sie sich überwinden.

Also schön, sagte sich Emmi, biss die Zähne zusammen und ging in die Knie, sodass das Wasser über ihren Schultern zusammenschwappen konnte. Es war eisig kalt, Emmi holte impulsiv Luft und atmete tief durch. Sofort drückte sie sich wieder nach oben, merkte, dass sie stehen konnte, war erleichtert und ließ sich direkt wieder in das kühle Wasser sinken.

»Sehr gut.« Oliver reichte ihr den Flamingo. »Hier, nimm.«

»Das sieht total affig aus, wenn ich da jetzt reinschlüpfe.«

Er zuckte bloß mit den Schultern. »Sehr viele Leute sind ja zum Glück nicht da, die das affig finden könnten.«

Das stimmte. Mittlerweile hatte sich noch eine Frau mit einem Buch auf die Bank direkt auf der Mauer gesetzt, und die vereinzelten Badegäste interessierten sich wirklich nicht für sie. Emmi ergab sich in ihr Schicksal und schlüpfte in den Schwimmreifen.

»Und jetzt?«, fragte sie.

»Jetzt fangen wir erst einmal damit an, deine Angst vor dem Wasser abzubauen. Bisher waren deine Bekanntschaften damit ja eher mit etwas Negativem verbunden: Badeunfall, gekentertes Boot … Du brauchst etwas Lustiges.«

»Deshalb der pinke Flamingo?«

Oliver nickte, und Emmis Herz zog sich vor Rührung zusammen. Sie merkte, wie sie tatsächlich die Angst verlor, als er den Schwimmreifen langsam auf das Wasser hinausschob. Sie spürte nur noch leicht unter ihren Zehenspitzen den Grund, ehe sie auch dort die Bodenhaftung verlor und durchs Wasser schwebte. Ihre Finger krampften sich fest um den Schwimmreifen, aber Oliver, der ja nahezu genauso groß war wie sie und nun ebenfalls nicht mehr stehen konnte, schwamm in aller Seelenruhe neben ihr her.

Eine Entenfamilie suchte schnatternd das Weite.

»Siehst du, die mögen ihren gefiederten Freund auch nicht«, stellte Emmi fest.

»Die mögen auch sonst keine Störung«, sagte Oliver.

Emmi blickte nach unten ins Wasser, um abzuschätzen, wie tief der See unter ihr wohl sein mochte, aber bis auf einen Schwarm Fische, der gleichmütig ein paar Handbreit unter der Wasseroberfläche schwamm, sah sie nichts. Zu ihrer Erleichterung blieb Oliver in der Nähe der Nichtschwimmerabsperrung und schob sie mit dem Schwimmreifen auf Höhe des Strandbades auf und ab.

»Und?«, fragte er, als er wieder zum Umdrehen ansetzte.

»Lässt sich aushalten. Fehlt nur noch ein Cocktail in der Hand.«

Oliver schmunzelte. »Jaja, lass mich nur arbeiten, während du hier den Ausflug genießt.«

»War das nicht so gedacht?«, neckte Emmi ihn und lehnte sich in dem Schwimmreifen zurück. Sie ließ ihre Fingerspitzen durchs Wasser gleiten, ruderte ein wenig mit den Beinen mit, damit Oliver nicht die komplette Arbeit allein hatte.

»Fürs Erste schon, aber sobald du schwimmen kannst, tauschen wir natürlich.«

»Das könnte dir so passen. Wo bleibt denn da die Motivation für mich, es zu lernen?«

»Das ist natürlich ein Argument. Wobei ich eigentlich dachte, dass es für mich dann ein erhöhter Ansporn ist, es dir beizubringen.«

Sie tauschten einen Blick und mussten beide lachen. Als sie wieder an der Einstiegstelle angekommen waren, nahm Emmi ihren Mut zusammen.

»Lass es mich allein probieren«, sagte sie.

Oliver sah sie prüfend an, dann nickte er, schob den Schwimmreifen wieder in Richtung Ufer, hob die Absperrung des Nichtschwimmerbereichs empor und schob Emmi mit dem Flamingo darunter hindurch.

Emmi schlüpfte aus dem Reifen, und Oliver brachte ihn an Land, wo die Frau, die in ihrem Buch las, kurz aufblickte und sich dann wieder in ihre Zeilen vertiefte.

Ein paar Kleinkinder saßen mittlerweile am Sandstrand und buddelten fleißig. Ein Mädchen baute mit seinem

Vater eine Sandburg. Emmi war noch immer sehr entspannt, die ruhige Atmosphäre um sie herum trug auch dazu bei.

»Okay, du legst dich auf den Bauch, und ich halte dich«, sagte Oliver, als er jetzt wieder zu ihr zurück ins Wasser kam.

Emmi sah ihn skeptisch an.

»Keine Angst. Ich lasse dich nicht los. Hier kannst du stehen, es passiert dir nichts.«

Emmi atmete tief durch. Jetzt galt es also. Sie ließ sich ins Wasser gleiten, aber sobald sie die Füße vom Boden entfernte, begann sie, hektisch mit den Armen um sich zu schlagen, um nicht unterzugehen.

»Ganz ruhig«, sagte Oliver. »Ich halte dich, und das Wasser trägt dich, wie du eben festgestellt hast.«

Emmi hörte auf zu zappeln und ließ sich von Olivers Händen durchs Wasser tragen.

»Sehr gut«, sagte er mit ruhiger Stimme. »Und jetzt versuche, mehr Körperspannung zu bekommen.«

Emmi drückte ihren Rücken durch und spannte die Muskeln an. So richtig wollte es ihr nicht gelingen, aber sie merkte, dass sie nicht mehr so leicht unterging.

»Und jetzt versuch mal, die Arme nach vorne lang zu machen. Genau. Und dann ziehst du einen großen Halbkreis nach außen.«

Emmi probierte die Bewegung.

»Ja, sehr gut. Und weiter. Immer wiederholen. Ganz genau.«

Oliver drehte sich auf einer Stelle im Wasser um sich

selbst und ließ Emmi um sich herumschwimmen, während sie die Schwimmbewegungen auszuführen versuchte.

»Du machst das großartig. Genau, immer weiter. Und dann nimmst du die Beine dazu wie ein Frosch.«

»Das ist ganz schön viel gleichzeitig«, protestierte Emmi, prustete, spuckte das Wasser aus, das sie beim Sprechen beinahe geschluckt hätte.

»Konzentriere dich nur darauf. Das bekommst du hin.«

Und tatsächlich, nach ein paar Runden merkte Emmi, wie ihre Bewegungen zielgerichteter wurden, wie sie ruhiger und gleichmäßiger ihre Arme durchs Wasser zog und die Beine erneut anwinkelte, um sie wieder zu strecken.

Sie merkte, wie Oliver seine Hände von ihrem Körper löste, doch sobald sie wie ein Stein nach unten zu sinken drohte, drückte er sie sofort wieder an die Wasseroberfläche und sie schwamm weiter.

»Du machst das wunderbar«, lobte er sie immer wieder, und Emmi merkte, wie sie voller Stolz durchs Wasser glitt. Die Abstände, in denen Oliver seine Hände von ihrem Körper nahm und sie nach oben drücken musste, wurden länger, was ihr zusätzliches Selbstvertrauen gab.

»Du schwimmst!«, rief Oliver auf einmal, und Emmi kam für einen kurzen Moment aus dem Takt. Sie sackte ein wenig ab, konnte gerade so noch ihren Kopf über Wasser halten, fing sich aber sofort wieder und schwamm weiter. »Wie eine kleine Meerjungfrau«, scherzte Oliver, und Emmi traute sich tatsächlich und spritzte ihn zwischen zwei Schwimmbewegungen nass.

Oliver lachte, und sie konnte den Stolz in seinen Augen funkeln sehen, als sie jetzt von ihm wegschwamm. Sie hörte ein leises Platschen hinter sich im Wasser, spürte, wie sanfte Wellen gegen ihren Körper trieben, und dann sah sie Oliver auf ihrer Höhe, der gleichmäßig und langsam und mit viel ruhigeren Zügen neben ihr schwamm. »Da schwimmt mir meine Meernixe einfach davon, dabei habe ich ihr doch versprochen, auf sie aufzupassen, damit sie nicht untergeht.«

Emmi lachte und warf ihm einen kurzen Blick zu. »Aber jetzt brauche ich eine Pause, glaube ich. Das ist schon alles ziemlich anstrengend.«

»O ja. Lass uns was essen«, schlug Oliver vor.

Sie schwammen zum Ufer zurück, und als Emmi merkte, dass das Wasser, das sie verdrängte, vom Boden zurückgedrückt wurde, suchte sie mit den Füßen Halt und stellte sich hin. Zu ihrer Verwunderung war sie gerade noch etwas mehr als knietief im Wasser. Sie drehte sich noch einmal um, ließ ihren Blick über den See schweifen, über die Nichtschwimmerlinie, die kleinen Wellengipfel, das satte, dunkle Blau, das sich vor ihr weit erstreckte, das Schweizer Ufer und das Säntismassiv. Es war wunderschön.

Nebeneinander wateten sie aus dem Wasser, gingen zu ihrer Liegestelle und trockneten sich ab. Emmi schnappte sich ihr Kleid und verschwand in einer der Umkleiden, während Oliver sich lässig das Badetuch um die Hüfte geschlungen hatte und so in seine Shorts schlüpfte. Zusammen gingen sie zu dem Restaurant und suchten sich einen Platz auf der Terrasse. Emmi bestellte sich Grillgemüse

mit gratiniertem Ziegenkäse, Oliver wählte das Zanderfilet mit Mozzarella, Bandnudeln und Gemüse.

»Ich habe übrigens noch eine Überraschung für dich«,
sagte Emmi, als sie beide das Essen genossen.

Oliver blickte sie neugierig an. »Das ist doch schon ein
gelungener Tag.«

»Das stimmt, aber ich habe mir sozusagen noch einen
krönenden Abschluss für den Abend überlegt.«

»So?« Er hob die Brauen. »Ich bin gespannt. Da überlege
ich ja glatt, meinen Segelkurs nachher ausfallen zu lassen.«

Emmi lachte. »Wann müssen wir eigentlich los?«

»Eine gute Stunde haben wir noch.«

»Okay, dann will ich noch mal schwimmen gehen, jetzt,
wo ich es kann. Und, wer weiß, vielleicht brauche ich das
ja bei meinem nächsten Segeltörn wieder.«

»Hast du bei so einem schlechten Skipper angeheuert?«,
fragte Oliver.

Emmi wiegte den Kopf hin und her. »Gut aussehen tut
er schon, und küssen kann er auch, aber sonst …«

Sie merkte, wie Oliver bei dem Wort *küssen* leicht zu-
sammenzuckte.

Sie aßen weiter, unterhielten sich aber über unverfänglichere Themen wie die nächste Lerneinheit in der Segelschule und die bevorstehende Regatta, an der Oliver natürlich mit Benno teilnehmen wollte.

Nach dem Essen schwammen sie noch einmal eine
Runde im See, und als sie dann wieder ihre Sachen pack-
ten und sich auf die Räder schwangen, war Emmi seltsam
nervös.

Der Segelunterricht war an diesem Mittag gar nicht mehr so schlimm. Ob es daran lag, dass Emmi nun schwimmen konnte oder dass sie wieder das Glück hatte, bei Oliver mitzusegeln, wusste sie nicht. Lea war ebenfalls mit auf dem Boot, dazu einer der Studenten und der Mann des älteren Ehepaars. Sie stellten sich geschickt an, und Emmi konnte einiges, was sie bei ihrem Vater gelernt hatte, anwenden.

»Du wirst immer besser«, sagte Oliver.

»Danke. Noch circa dreihundert Stunden bis zur Regatta, und ich kann mitfahren.«

Er schmunzelte. »Unsinn. Dein Vater gibt die Kommandos, und du unterstützt ihn. So wie vorhin auf dem Boot.« Er verabschiedete sich von den anderen und schloss die Segelschule ab.

Der Himmel war noch immer diesig, aber man konnte die Sonne erahnen, die ein gutes Stück über den Himmel gewandert war und nun so tief über dem See stand, dass man das Gefühl hatte, sie würde bald hineinfallen.

»Wo geht es jetzt hin, Kapitän?«, fragte Oliver und sah Emmi gespannt an.

»Auf den Radweg, raus aus Hagnau. Wir müssen nur noch einen kleinen Umweg zur Seemöwe machen«, sagte Emmi.

»Aye!« Oliver schwang sich auf den Sattel und fuhr neben ihr durch das malerische Fischer- und Winzerdorf.

Oben auf dem Aussichtspunkt hatten sie ihre Picknickdecke zwischen den Reben ausgebreitet. Nun machte

Emmi sich daran, den Korb auszupacken und nachzusehen, was Kathrin ihnen eingepackt hatte. Neben einer Weinflasche samt Gläsern gab es eine Metalldose mit Gemüsesticks, ein Schraubglas mit Kräuterdip und eines mit einer gelben Creme – Emmi vermutete, etwas mit Curry, denn so roch es, als sie den Deckel aufschraubte –, Trauben, kleine panierte Schnitzel, Käsewürfel, ein Einmachglas mit Knabberstangen, von denen Kathrin manche mit Käse überbacken hatte, und natürlich das Glas Apfel-Zucchini-Marmelade, das Emmi eingepackt hatte, um Oliver zu fragen, wie es ihm schmeckte.

»Schade, dass sich die Sonne erst jetzt wieder zeigt«, sagte sie, als sie alles ausgepackt hatte.

»Ich muss zugeben, dass die diesigen Tage meine liebsten sind«, erwiderte Oliver, als er neben ihr auf der Decke Platz nahm. Zu Emmis Verwunderung ließ er dieses Mal etwas weniger Platz als noch mittags im Strandbad. Aber Emmi störte sich überhaupt nicht daran, im Gegenteil, sie merkte, wie ihr Herz leise jubelte.

»Warum denn?«, fragte sie interessiert.

»An solchen Tagen ist es am See nicht zu überlaufen.« Er öffnete geschickt die Weinflasche. »Die Touristen suchen sich dann lieber ein anderes Ausflugsziel, und wir Einheimischen haben ein bisschen unsere Ruhe.« Er zwinkerte, als er ihr eines der Gläser reichte, die er eingeschenkt hatte. »Deshalb mag ich auch den Herbst so gerne, wenn die Wellen höher werden und das Wetter rauer. Dann gehört der See gefühlt fast uns allein. Und im Winter ist es auch besonders schön. Da merkt man von dem Tourismus hier beinahe gar nichts mehr. Außer natürlich auf den großen Weihnachtsmärkten.«

Emmi und er stießen an, und ein wohlklingender Ton erklang. »Das hört sich so an, als würdest du es überhaupt nicht mögen, wenn Gäste hier sind«, wunderte sich Emmi, als sie einen Schluck von dem beerigen, süßen Wein getrunken hatte. Sie stellte ihr Glas ab, nahm einen Karottenstick, dippte ihn in den Currydip und probierte. Er schmeckte himmlisch, fruchtig frisch; Emmi vermutete, dass Kathrin ein bisschen Mango dazugetan hatte.

»Doch, das schon, schließlich lebe ich ja von ihnen – jedenfalls meistens.« Jetzt wurde er wieder verschlossen.

»Die Segelschule läuft nicht so gut, wie sie sollte, oder?«, fragte Emmi vorsichtig.

Oliver schüttelte den Kopf. »Als ich sie mit meinem Freund zusammen eröffnet habe, habe ich es mir anders vorgestellt, leichter irgendwie. Aber die Konkurrenz ist groß.«

Emmi nickte und wurde nachdenklich. Sie merkte, dass auch Olivers Stimmung sich verändert hatte. Freundschaftlich stieß sie ihn am Arm, was Oliver mit einem gespielt empörten »Hey!« erwiderte.

Sofort war diese kribbelnde Nähe wie damals in der Abstellkammer wieder zwischen ihnen. Und hatte sie sie nicht auch vorhin beim Schwimmen gemerkt, als er sie in den Arm genommen und getröstet hatte?

Emmi sah auf den See und die Sonne, die kurz davor war, hinter den Bergen zu verschwinden.

Hatte sie etwas Falsches gesagt? Wieso war Oliver auf

einmal so schweigsam? Emmi musterte ihn unsicher von der Seite, doch er ließ sich nichts anmerken und zupfte eine Traube ab, die er sich gleich darauf in den Mund schob.

»Wusstest du eigentlich, dass wir jetzt genau auf dem Wasserspeicher Hagnaus sitzen?«

»Äh, was?« Emmi blickte ihn irritiert an.

»Von hier hat man nicht nur einen herrlichen Blick über den See – wenn es ein Feuerwerk gibt, kann man das von hier aus auch am besten beobachten.«

Emmi spürte, wie Enttäuschung in ihr aufkam. Sie hatte ihm eine Freude machen, ihm einen ganz besonderen Tag schenken wollen, aber natürlich hatte Oliver, der ja hier wohnte, schon alles gesehen und erlebt – und dann auch noch mit Feuerwerk und allem Drum und Dran. Da konnte ihr einfaches Picknick in den Reben an einem diesigen Tag wie heute natürlich nicht mithalten. Emmi wurde das Herz schwer. Es hätte alles so schön sein können.

»Hey«, flüsterte Oliver, der bemerkt haben musste, dass etwas nicht stimmte. »Alles okay?«

»Ja, schon«, brachte Emmi zögernd hervor.

Oliver legte seine Hand an ihr Kinn und drehte ihr Gesicht zu sich. »Sicher?«, fragte er, und als seine blauen Augen jetzt auf ihr ruhten, schüttelte sie kaum merklich den Kopf.

»Ich wollte mit dir etwas Besonderes machen«, brachte Emmi halblaut hervor.

»Es ist besonders«, sagte Oliver, »denn ich bin mit dir hier.«

Das berührte Emmi, und sie beschloss, dass sie sich eine

Erinnerung an diesen Moment mitnehmen wollte. Sie packte die Knabberstangen aus dem Einmachglas, stellte es so hin, dass es die Sonnenstrahlen und den orange glühenden Feuerball, der gerade hinter den Bergen versank, reflektierte, zog ihr Smartphone aus der Tasche und machte davon ein Foto.

»Was machst du da?«, fragte Oliver interessiert.

»Das ist für meinen Blog.«

»Dieser Foodblog, von dem ihr erzählt habt?«

Emmi schmunzelte. »Ja.«

»Und wofür brauchst du das Foto?«, fragte er interessiert.

Emmi drehte ihm das Smartphone so hin, dass er die Aufnahme sehen konnte.

»Wow, das ist wunderschön!«

»Ein Marmeladenglasmoment«, sagte Emmi, und sie spürte, wie gerne sie die wenigen Zentimeter überbrückt hätte, die noch zwischen ihnen waren. Aber wollte Oliver das auch? Unsicher warf sie ihm einen Blick von der Seite zu.

»Ein bisschen ist der Blog auch wie mein Tagebuch. Ich erzähle ein wenig über mich oder kann mich anhand der Rezepte, die ich mir ausgedacht habe, erinnern, was mich damals ganz besonders beschäftigt hat.«

»Verstehe. Und was beschäftigt dich jetzt?«

»Die Zeit hier. Ich würde gerne ein Rezept für Apfel-Zucchini-Marmelade teilen, die ich mit meinem Vater gemacht habe«, sagte sie. »Aber ich brauche noch ein paar Rückmeldungen, wie es schmeckt.«

»Okay, ich stelle mich gerne als Testesser bereit.«

Emmi lachte. »Also schön.« Sie griff nach dem Marmeladenglas, öffnete es und reichte ihm eine Knabberstange, die er hineindippte.

»Mmh, das ist wirklich lecker«, sagte er, als er gekostet hatte. »Das hätte ich gar nicht erwartet. Apfel-Zucchini, das klingt so ungewöhnlich, noch dazu für Marmelade.«

»Freut mich, dass sie dir schmeckt. Ich liebe es, in der Küche zu stehen und mit verschiedenen Zutaten zu experimentieren. Aber eigentlich komme ich viel zu selten dazu.«

»Warum? Diese Marmelade schmeckt wirklich lecker.«

Emmi seufzte. »Weil für meine Mutter und mich kein Platz zusammen in der Küche ist. Deshalb mache ich ihr Büro und lebe mich kreativ auf dem Blog aus.«

»Das ist sehr schade. Ich finde, du hättest wirklich Talent. Hast du noch mehr Marmelade zum Probieren? Ich könnte mich als dein Vorkoster bewerben.«

Das brachte Emmi erneut zum Lachen. »Genau genommen ist es Konfitüre. Marmeladen dürfen offiziell nur aus Zitrusfrüchten hergestellt werden.«

Oliver sah sie beeindruckt an. »Woher weißt du so was?«

Sie zuckte gleichmütig mit den Schultern und biss ein Stückchen von ihrer Knabberstange ab, die sie ebenfalls noch einmal in das Glas dippte. »Das habe ich in meiner Ausbildung gelernt. Aber da die meisten Menschen einfach jeden Fruchtaufstrich Marmelade nennen, habe ich es mir angewöhnt, es ebenfalls so zu machen.«

»Solche Banausen!« Olivers Augen funkelten, als er das sagte. »Du hast da übrigens etwas Apfelkonfitüre. Oder

Gelee?« Er legte seine Hand an ihre Wange und fuhr mit dem Daumen über ihre Oberlippe, um ihr die Marmelade wegzuwischen.

Emmi hielt die Luft an. Ihr Herz schlug schneller, und als er sich jetzt zu ihr beugte und seine Lippen auf ihre senkte, vergaß sie alles andere um sich herum. Sein Kuss schmeckte fruchtig und süß wie seine Lippen, und doch war da auch dieses Unbekannte, wie die Säure der Äpfel, ein Geschmack, den sie so bisher noch nie geschmeckt hatte. So mussten sich die Figuren in all den Liebesfilmen fühlen, die Emmi so gerne schaute. Ein magischer Moment, mit diesem Kribbeln im Bauch, als würde man fliegen. Aber das hier war viel besser als ein Film; das hier war echt. Und es passierte ihr!

Als sich ihre Lippen wieder voneinander lösten, sah sie ihn atemlos an. »Himbeermarmelade mit Chili«, wisperte sie.

»Wie bitte?«

»Dein Kuss …«

Oliver wirkte noch immer irritiert.

»Wenn ich deinen Kuss in einer Marmeladensorte festhalten wollte, dann wäre es Himbeermarmelade mit Chili.«

»Oh, verstehe«, raunte er und steckte ihr eine Haarsträhne hinters Ohr.

Emmi lauschte den Vögeln, die unweit von ihnen in den Reben zwitscherten, sie hörte den Wind, der leise durch die Blätter strich. Die Sonne versank hinter dem Horizont, und das Blau, das jetzt auf den See fiel und ihn dunkel färbte, spiegelte Olivers Augenfarbe wider. Sie verlor sich in dem Glitzern seiner Augen und vergrub ihre Hände in seinen halblangen blonden Haaren, die sie durch ihre Finger gleiten ließ. Ohne dass sie damit rechnete, küsste er sie erneut.

»Es war ein wunderschöner Tag«, raunte er in ihr Ohr.

Emmis Nackenhärchen stellten sich auf, und eine kleine wohlige Gänsehaut jagte über ihren Rücken und ihre Arme hinab. »Das fand ich auch«, flüsterte sie zurück.

»Was hältst du davon, wenn wir den Abend noch nicht enden lassen?«

Emmi spürte, wie es in ihr kribbelte wie bei dem ersten Schluck Wein, den sie genommen hatte. »Ich bin mir nicht sicher, ob ich weiß, was du meinst«, flüsterte sie. Sie nahm ihr Weinglas und nippte noch einmal an dem beerigsüßen Getränk.

Oliver fuhr mit seinen Fingerspitzen über ihre Schulter, streichelte ihren Hals hinauf, gleich darauf wieder hinab und die Kuhle ihres Halses entlang, was ihr den nächsten wohligen Schauer über den Rücken jagte. »Doch, ich glaube schon«, flüsterte er an ihrem Ohr, und Emmi schloss die Augen. Es fiel ihr schwer zu atmen.

»Ich bin mit meiner Freundin hier«, sagte sie.

»Ich weiß«, raunte Oliver, als er seine Lippen dicht über ihren schweben ließ. »Aber wir könnten ja zu mir gehen.«

»Du meinst, in deine Wohnung, die in der Pension deiner Eltern untergebracht ist?«

»Okay, erwischt.« Er sah sie ein wenig enttäuscht an, fuhr sanft die Züge ihres Gesichts nach. »Aber was hältst du davon, wenn wir uns in der Segelschule treffen?«, schlug er leise vor. »Ich glaube, da gibt es etwas, das wir noch zu Ende bringen sollten …«

Emmis Foodblog

Love-of-my-life-Marmelade

*Himbeer-Chili-Marmelade, so süß und
aufregend wie der erste Kuss, so feurig und
leidenschaftlich wie eine neue Liebe*

Zutaten:

500g Himbeeren
1 Chilischote
150ml Johannisbeersaft
300g Gelierzucker 2:1
2 TL Zitronensaft

Zubereitung:

Die Himbeeren waschen und etwas zerdrücken.
Chilischote entkernen und fein hacken.
Beides in einen Topf geben.

Zitronen- und Johannisbeersaft dazugießen.
Gelierzucker hinzufügen und alles unter Rühren zum Kochen bringen.
Ca. 4 Minuten sprudelnd kochen lassen.
Heiß in Gläser füllen, sobald die gewünschte Konsistenz erreicht ist.

*Ich hätte niemals gedacht, dass ich mein Herz so schnell
verschenken könnte, aber beim ersten Kuss war es schon*

um mich geschehen. Wenn man das Gefühl hat, zu schweben, wenn man vor lauter Emotionen den Eindruck hat, man zerfließt, aber da dann doch Hände sind, die einen halten, wenn man verstanden wird, ohne auch nur ein Wort zu sagen, dann ist es Liebe. Ich spüre noch immer diesen heißen, aufregenden Geschmack, wenn ich meine Augen schließe. Ich schmecke die Süße seiner Lippen, die Süße des Gefühls, wenn er mich ansieht. Ich will diesen wunderschönen Moment unbedingt festhalten. Schon lange war ich nicht mehr so inspiriert, neue Rezepte auszuprobieren, zu experimentieren und zu sehen, wohin mich all das führen wird. Es ist wie mit einer neuen Liebe, bei der man kaum erwarten kann, was sie alles für einen bereithält …

17.

Emmi hörte das Plätschern der Wellen, die sanft an die Kaimauer schwappten. Sie schlug die Augen auf und brauchte
einen Moment, um sich zu orientieren. Segelschule, fiel es
ihr wieder ein, und als sie die Sitzpolster unter sich spürte,
die Oliver am Vorabend zu einem provisorischen Lager
auf den Boden gelegt hatte, musste sie lächeln. Sie zog die
Decke bis über ihre Brust und setzte sich auf, als Oliver
sich brummend neben ihr umdrehte und sie verschlafen
anblinzelte.

»Guten Morgen«, raunte er.

»Hey.« Emmi lächelte ihn an.

»Bist du schon lange wach?«

»Ein paar Minuten vielleicht.«

Er stützte sich auf seinen Ellbogen und fischte in dem
Kleiderhaufen neben ihnen nach seiner Armbanduhr. »Wie
spät ist es denn?« Er kniff die Augen zusammen. »Viertel
nach acht«, murmelte er und ließ sich wieder in die Kissen
und Polster sinken.

»Was?« Emmi sprang entsetzt auf und zog Oliver dabei
die Decke weg.

»Hey«, protestierte dieser und griff nach einem Kissen.

»Ich muss los. Ich bin heute mit meinem Vater verabredet.«

»Ich dachte, du kommst zum Segeln«, brummte Oliver noch immer verschlafen und richtete sich auf. »Es ist der letzte Tag vor der Regatta.«

»Ja, ich weiß, aber ich muss ihn heute unterstützen. Er kann einen wichtigen Auftrag an Land ziehen. Ein Hotel hier aus der Region hat Interesse, Marmelade zu kaufen, die ich aus seinen Früchten herstelle, aber ich muss erst noch neue Sorten kreieren.«

»Emmi, die Marmeladenfee.«

Emmi griff nach einem Kissen und warf es ihm ins Gesicht.

Oliver schmunzelte, als er es mit seinem Arm abwehrte. »Ich sehe schon, ich kann dich heute nicht zum Bleiben überreden.«

»Fürs Erste nicht«, sagte Emmi. »Aber wir könnten uns nach der Regatta einen schönen Abend machen.«

»Oh, das klingt fabelhaft.« Oliver griff nach Shorts und T-Shirt, als Emmis Smartphone klingelte.

»Guten Morgen, Lea«, sagte sie, als sie das Gespräch entgegennahm.

»Okay, du lebst, das ist sehr schön. Und ich vermute, ich muss nicht fragen, wo du bist.«

Emmi biss sich auf die Unterlippe und sah Oliver ein wenig verlegen an, der sich gerade seine zerzausten Haare mit ein paar Handgriffen richtete.

»Ich gehe mal davon aus, dass du den Termin mit deinem Vater nicht vergessen hast, oder?«

»Nein. Sollen wir uns in einer halben Stunde an der Segelschule treffen?« Sie hielt mit einem Finger das Mikrofon zu. »Kann ich mir noch mal dein Auto leihen?«, fragte sie an Oliver gewandt.

»Meinetwegen.«

»Mach mal lieber zehn Minuten daraus, dein Vater hat mich angerufen, dass der heiße Hotelboy heute Nachmittag bei ihm vorbeikommt. Anscheinend kann er die Marmeladenlieferung kaum noch abwarten. Wobei ich ja glaube, dass es eher mit etwas anderem zu tun hat. Aber das scheint dich ja momentan überhaupt nicht zu interessieren, also gehe ich davon aus, dass du anderweitig beschäftigt bist.«

»Möglicherweise«, sagte Emmi mit einem verlegenen Blick in Olivers Richtung und sah ihm dabei zu, wie er in Shirt und Shorts schlüpfte.

»Aha, du kannst dir sicherlich vorstellen, dass ich nachher alle Details wissen will.«

Emmi lachte. »Ich habe es befürchtet.«

»Also gut, bis später.«

»Bis dann.«

»Deine Freundin?«, fragte Oliver, als sie das Gespräch beendet hatte.

Emmi nickte. »Und mein Vater hat auch versucht, mich zu erreichen. Anscheinend ist es dringend. Jetzt muss ich ziemlich schnell duschen, weil sie in zehn Minuten hier sein wird.«

»Verstehe.« Oliver lächelte, streichelte über ihre Wange und hauchte ihr einen Kuss auf die Lippen. »Ich könnte dir natürlich ein wenig helfen«, schlug er vor.

»Ich glaube nicht, dass du damit die Sache beschleunigst.«

Etwas enttäuscht brummte Oliver, als sie die Decke um

ihren Körper schlang und im Bad verschwand. Dort nahm sie eine schnelle Dusche und zog sich ihr Kleid an. Sie frottierte ihre Haare, spülte sich den Mund mit etwas Wasser aus und ging wieder zurück zu Oliver.

»Frühstück habe ich leider nicht, nur die Kekse mit Marmeladenfüllung.«

Emmi nahm sich einen von dem Teller, den er ihr anbot. »Danke.«

»Ich würde dir ja was vom Bäcker holen, aber du musst los, oder?«

»Leider«, sagte Emmi nickend.

»Und einen Kaffee?«

Sie lächelte. »Ein anderes Mal.«

»Ich freue mich schon auf unser Treffen nach der Regatta – und auf heute Mittag zum Segeln.«

»Ich mich auch. Ich hoffe so sehr, dass das, was ich kann, reicht, um mit meinem Vater zu segeln.«

»Bestimmt.« Oliver schien überzeugt zu sein. »Du kannst beim Wenden helfen, und auch sonst bist du mit dem Grundwissen vertraut.«

»Ich habe trotzdem ein bisschen Bammel.«

»Vor dem Wasser?«, fragte er behutsam, und als sie leicht nickte, zog er sie in seine Arme. »Das brauchst du nicht. Schwimmen kannst du ja jetzt.«

»Dank dir«, sagte sie lächelnd und hauchte ihm einen zärtlichen Kuss auf die Lippen.

»Und das Segeln klappt auch.«

»Na ja.«

»Für den Anfang ist das gar nicht so schlecht, was du

schon kannst. Du warst immerhin nur ein paarmal auf dem Wasser. Es ist sehr mutig von dir, dass du als Anfängerin bei der Regatta startest.«

»Ich will einfach meinen Vater nicht enttäuschen.«

»Das wirst du nicht. Das meiste wird er machen als erfahrener Segler, und du kannst ihm zur Hand gehen.«

»Vielleicht hatte ich ja einen guten Lehrer«, sagte Emmi zwinkernd.

»Ja, das könnte durchaus sein.« Er stupste mit seiner Nasenspitze gegen ihre. »Wobei du dir vieles auch selbst erarbeitet hast, aber dank mir später, ich glaube, deine Freundin kommt.«

Emmi blickte hinter sich aus dem Fenster und sah Lea in einem Faltenrock und einem Blumenoberteil auf die Segelschule zukommen. Ihre Korkenzieherlocken wippten bei jedem Schritt auf und ab.

»Oje, wenn sie so einen forschen Schritt hat, kann ich mir sicherlich gleich was anhören.«

Oliver schmunzelte und übergab ihr den Autoschlüssel. »Na dann, viel Erfolg.«

»Danke. Bis später.« Emmi gab ihm noch einen flüchtigen Kuss, verließ die Segelschule und ging auf Lea zu.

»Guten Morgen, aha, immer noch in demselben Kleid. Wusste ich's doch!«

»Hallo, Lea«, sagte Emmi und unterdrückte ein Grinsen.

»Okay, dann leg mal los mit den Details.«

»Netter Ausflug, schöner Abend, und ich kann jetzt schwimmen«, fasste Emmi zusammen, während sie zu Olivers Wagen liefen.

»Wow!« Lea sah sie beeindruckt von der Seite an. »Dann ist der Segellehrer also auch ein Schwimmlehrer?«

»Sozusagen.« Sie stiegen ein, und Emmi startete den Wagen.

»Moment, du sagtest etwas von schöner Abend. Wenn es dabei geblieben wäre, hättest du in der Pension übernachtet. Also?«

Emmi schmunzelte überlegen. »Sei nicht so neugierig.«

Lea klappte die Kinnlade nach unten. »Emmi! Also wirklich! Da tust du die ganze Zeit so, als könntest du kein Wässerchen trüben, und dann das?«

Sie warf ihrer Freundin einen amüsierten Blick zu. »Du hast gesagt, ich soll meinen Aufenthalt hier genießen.«

»Allerdings, und der Meinung bin ich immer noch.« Lea ließ sich wieder in den Sitz plumpsen. »Donnerwetter!«

»Wie war denn dein Abend?«

»Gähnend langweilig – bis auf den Teil, bei dem ich mit meinem Sohn telefoniert habe. Er hat mir sein neuestes Lieblingslied vorgesungen.«

»Ist das süß!« Emmi konnte sehen, wie stolz Lea auf ihren Sohn war.

»Übrigens konnte ich unser Zimmer übers Wochenende noch verlängern. Dann können wir ganz entspannt zur Regatta.«

»Oh, wie schön«, freute sich Emmi. »Segelst du eigentlich morgen mit?«

Lea schüttelte den Kopf. »Benno und Oliver sind ja in einem Team, und dann ist keiner da, der mit uns Anfängern fahren könnte. Für die beiden hängt viel davon ab. Benno hat erzählt, dass sie mit dem Preisgeld die Segelschule um ein paar Angebote erweitern wollen. Und abgesehen davon ist es für sie natürlich gute PR.«

Emmi nickte. »Ich bin schon ein bisschen nervös.«

»Das schaffst du schon. Johann ist ein erfahrener Segler, und du bringst ja nicht jedes Mal die Boote zum Kentern.«

»Na, vielen Dank auch.«

»Emmi, endlich, da bist du ja!« Johann stand leichte Panik ins Gesicht geschrieben, als er ihnen die Tür öffnete. »Ich habe versucht, dich zu erreichen, aber du hast nicht abgenommen.«

»Entschuldigung, ich habe es nicht gehört«, sagte Emmi wahrheitsgemäß, auch wenn sie jetzt doch ein bisschen ein schlechtes Gewissen hatte.

»Tim will heute Nachmittag neue Marmeladensorten haben. Er war so begeistert von den ersten, dass er jetzt, wenn er die nächsten abholt, gleich weitere Kreationen probieren möchte. Was mache ich denn jetzt?«

Emmi dachte einen Augenblick nach. Sie erinnerte sich an den Kuss, den Oliver und sie auf der Wilhelmshöhe getauscht hatten, der sie an die Süße von Himbeeren und die Intensität von Chili erinnert hatte. Und sie erinnerte sich an das wohlige Kribbeln, an dieses feurige, aufregende Gefühl, das sie mit einem Mal ergriffen hatte. Noch immer in dem Moment hängend, ließ sie ihren Blick durch das Panoramafenster nach draußen gleiten, sah die Himbeer- und Johannisbeersträucher, die Johann unweit der Terrasse gepflanzt hatte. Sie musste an ihre Mutter denken, an das Johannisbeergelee, das für Johann in seiner Erinnerung immer untrennbar mit Maren zusammenhängen würde, die Johannisbeeren, die er all die Jahre so liebevoll gepflegt hatte.

»Ich glaube, ich habe eine Idee.«

Emmi ging nach draußen, lief über die Terrasse und zu den Beerensträuchern. Lea und Johann folgten ihr und sahen sie gespannt an.

»Können wir die verwenden?«, fragte Emmi und deutete auf die Himbeersträucher.

Johann nickte. »Ein paar Schalen habe ich noch in der Scheune stehen, ich weiß allerdings nicht, ob das reicht, denn Tim braucht auch noch welche für sein Restaurant.«

»Okay, dann schlage ich vor, dass wir noch ein paar Beeren ernten, die wir dann verarbeiten können.«

Lea und Johann erklärten sich sofort bereit, ihr zu helfen, und zusammen zupften sie die leuchtend roten Beeren von den Sträuchern und legten sie in eine Schale, wobei die drei nicht widerstehen konnten, die eine oder andere Beere zu naschen, die nach Sommer und Sonne und Urlaub schmeckte.

»Das sollte fürs Erste genügen«, sagte Emmi, als sie eine akzeptable Menge geerntet hatten. »Ich möchte erst probieren, ob das, was ich mir überlegt habe, auch funktioniert. Danach gehen wir in die Großproduktion.« Sie zwinkerte.

»Und was hast du dir überlegt?«, fragte Lea neugierig.

»Himbeer-Chili-Marmelade.«

»Ich bin sehr gespannt«, sagte Johann.

Zusammen gingen sie in die Küche zurück. Dort wusch Emmi die Beeren und zerdrückte sie ein wenig in einem Topf, während Johann eine Chilischote entkernte und fein hackte. Emmi gab die feinen Stückchen zu den Beeren und wartete, bis Lea eine Zitrone ausgepresst hatte. Sie maß den Saft ab, goss noch etwas Johannisbeersaft hinzu und ließ schließlich den Gelierzucker einrieseln, den Lea abgemessen hatte. Unter Rühren brachte sie alles zum Kochen und wartete, bis die Masse sprudelte. Sie nahm eine Untertasse, gab etwas Marmelade darauf und drehte sie vorsichtig in alle Richtungen. Zufrieden beobachtete sie, dass sie sich nur träge bewegte, die Konsistenz war perfekt.

»Okay, die Marmelade ist fertig, wir können sie abfüllen.«

Johann reichte ihr die Gläser, Emmi füllte die Marmelade ein, und Lea schraubte die Deckel darauf und stellte sie für kurze Zeit auf den Kopf, um sie möglichst steril zu verschließen.

»Ich bin so gespannt, wie sie schmeckt«, sagte Johann. »Himbeere mit Chili, so etwas habe ich noch nie probiert.«

Emmi gab jedem einen Löffel, und zusammen kosteten sie von dem Tellerchen.

»Wow, das ist der Wahnsinn!«, sagte Lea und verdrehte schwärmerisch die Augen. »Sie ist nur im Abgang ganz leicht feurig, und ansonsten schmeckt sie süß und beerig, wie man es erwarten würde. Mich erinnert sie an einen Urlaubstag hier auf dem Hof, an Sonne und Sommer und Abenteuer.«

»So gewählt kann ich mich nicht ausdrücken«, sagte

Johann. »Aber für mich ist sie immer die Marmelade, die ich zusammen mit meiner Tochter gekocht habe.«

Emmis Herz wurde von einem warmen Gefühl durchflutet. Endlich hatte sie eine Familie, das, was sie immer vermisst hatte. Und obwohl sie Johann kaum kannte, war da dieses Vertrauen, diese besondere Nähe, die sie wissen ließ, dass sie zusammengehörten. In diesem Moment fasste Emmi den Entschluss, dass sie das nie wieder aufgeben würde. Von jetzt an wollte sie Johann immer bei sich haben, solche Momente mit ihm erleben, in denen sie etwas gemeinsam machten und sich so nahe waren.

»Und wonach schmeckt sie für dich?«, fragte Lea.

Emmi errötete leicht, doch bevor Lea weiter nachfragen konnte, klingelte es an der Tür.

»Oh, das ist sicher Tim«, sagte Johann und öffnete.

»Hallo, Johann«, grüßte der Hotelier. »Entschuldige, ich bin etwas zu früh, aber ich wollte die Marmelade abholen.«

»Nur zu, komm rein.« Johann trat einen Schritt zur Seite. »Die Köchin ist übrigens auch da.«

»Oh, das trifft sich ja bestens. Hallo an die Damen«, sagte er, als er ihnen jetzt in der Küche gegenübertrat. Bildete sich Emmi das ein, oder ruhte sein Blick tatsächlich einen Moment länger auf ihr? »Mmh, das riecht ja himmlisch. Was ist das?«

»Meine neue Kreation«, sagte Emmi, »Himbeer-Chili-Marmelade.«

»So herrlich süß wie ein Urlaubstag«, sagte Johann.

»Und so prickelnd wie eine besondere Begegnung«, erwiderte Emmi und lächelte ihrem Vater liebevoll zu.

»Das klingt sehr ungewöhnlich«, fand Tim, »aber ihr macht mich neugierig.«

»Du darfst gerne probieren.«

Emmi öffnete eines der Gläser, schnitt ein Stück Weißbrot ab und gab einen Klecks Marmelade darauf. Den Teller reichte sie Tim, der interessiert die Farbe und Konsistenz der Marmelade prüfte.

»Gut aussehen tut sie auf jeden Fall schon einmal«, sagte er und lächelte Emmi zu.

In ihrem Inneren flatterte es erneut, als sein Blick jetzt auf ihr ruhte.

Er biss in das Brot und schmeckte der Marmelade nach. »Und der Geschmack ist in der Tat aufregend. Erst ist es süß und dann leicht scharf im Nachgang. Eine sehr gelungene Kombination.«

»Ich würde sie nicht unbedingt zum Frühstück servieren«, sagte Emmi, »sondern eher zu Käse oder angebratenem Fleisch oder Gemüse.«

Tim nickte. »An so etwas habe ich auch gedacht. Ein romantisches Abendessen zu zweit bei Kerzenschein, ein Diner auf dem Balkon mit Blick auf den See, ein Dessert nach einem gelungenen Tag zum Naschen für alle, die es lieber herzhaft mögen. Käsestückchen auf einer rustikalen Holzplatte, dazu Feigen und frisch gebackenes Holzofenbrot, gesalzene Butter. Mit einem Glas Wein auf dem Zimmer serviert …« Wieder blieb sein Blick an Emmi hängen. »Das werde ich gleich an meine Küchenchefin weitergeben«, sagte er dann entschieden. »Was hast du noch?«

Etwas verlegen sah Emmi ihn an. »Offen gestanden ist

das momentan meine erste neue Sorte. Ich habe erst heute Abend mit dir gerechnet, und bis dahin wollte ich noch eine Prosecco-Aprikosen-Marmelade machen. *Sweet Desire*: Sinnliche Sehnsucht trifft auf zarte Liebe«, murmelte sie.

»Mich begeistern deine Kreationen schon allein vom Namen«, sagte Tim, und Emmi merkte, dass sie sich sehr über das Kompliment freute.

»Wir müssten die Aprikosen allerdings erst ernten.«

»Alles klar.« Tim zog sein Sakko aus und hängte es über die Stuhllehne. Geschickt öffnete er die Knöpfe seiner Hemdsärmel und krempelte sie auf. »Meinetwegen kann es losgehen.«

Lea warf Emmi einen überraschten Blick zu, den Emmi nur erwidern konnte. Auch sie hatte nicht damit gerechnet, dass Tim tatsächlich dazu bereit war, Aprikosen zu ernten. Seine Entschlossenheit verwirrte sie. Aber egal, wenn sie ihn überzeugen wollte, musste sie jetzt handeln. Seine Aufmerksamkeit für die Marmelade hatte sie in jedem Fall geweckt, also könnte sie sie jetzt auch zu ihren Gunsten nutzen.

»Gut, dann los«, sagte sie entschieden, und zusammen liefen sie durch das wadenhohe Gras zu den Aprikosenbäumen, die in voller Pracht dastanden und deren Zweige sich unter den reifen, gelb-orangenen Früchten bogen. Emmi pflückte eine Frucht, roch daran und nahm den süßen Duft wahr, der sie an Süden und Urlaub erinnerte. Das würde ganz sicher eine weitere einzigartige Marmelade werden.

»Wartet, ich hole eine Leiter.« Johann verschwand im

Schuppen und kam bald darauf mit einer Holzleiter und einem geflochtenen Weidenkorb zurück. »Hier können wir unsere Ernte hineinlegen.«

»Perfekt.« Emmi lächelte ihren Vater dankbar an, und sogleich machten sich alle daran, die Früchte zu ernten. Lea und Emmi sammelten das Fallobst auf, während sich Tim den unteren Zweigen widmete. Johann entschied sich dafür, auf die Leiter zu klettern und die Aprikosen weiter oben zu ernten. Immer wieder kam er die Leiter herunter, legte die Früchte in den Korb und stieg gleich darauf die Leiter wieder hinauf.

»Wenn das so weitergeht, koche ich mehrere Tage Aprikosenmarmelade ein«, scherzte Emmi.

»Dann reicht es?«, fragte Tim, der ebenfalls noch ein paar Früchte in den Korb legte.

»Ich denke schon«, sagte Emmi. »Komm runter, Johann, wir haben genügend Aprikosen.«

»Die zwei da oben hole ich noch«, rief Johann von der obersten Sprosse zu ihnen herunter. »Die sind richtig schön reif.« Er streckte sich, und Emmi sah ihm zu, wie er die erste Aprikose pflückte. Jetzt stand er freihändig und angelte nach der zweiten. Doch dann verlor er auf einmal das Gleichgewicht, schwankte nach hinten und fiel mit einem erschütternden Schrei rückwärts die Leiter hinunter.

»Papa!« Emmi fuhr der Schreck in alle Glieder. Sofort war sie bei ihm und beugte sich über ihn. »Ist alles in Ordnung?«

»Mein Handgelenk«, sagte Johann und verzog schmerzhaft das Gesicht. »Das tut entsetzlich weh.«

»Ich hole was zum Kühlen«, rief Lea und rannte zurück zum Hof.

Johann versuchte, sein Handgelenk zu bewegen, doch sofort war der nächste Schrei von ihm zu hören. »Verdammt, ich fürchte, das ist mehr als ein kleiner Kratzer.«

»Wahrscheinlich ist es gebrochen oder mindestens verstaucht«, sagte Tim, der sich ebenfalls zu Johann beugte. »Soll ich einen Krankenwagen rufen?«

»Nicht nötig«, sagte Johann. »Ins Krankenhaus komme ich so auch.«

»Ich kann dich hinfahren«, sagte Emmi.

»Ich weiß, mein Engel, aber du musst zum Segelunterricht.« Johann lächelte sie gequält an. »Vielleicht kann Tim mich bringen. Aber egal, wie die Diagnose ausfällt, segeln kann ich so morgen nicht.«

Emmi sah ihren Vater unglücklich an. »Und jetzt?«, fragte sie. Mit einem Mal war sie ganz betrübt, als hätte sich eine dicke Regenwolke vor die Sonne geschoben und ihr Gemüt verdunkelt. Irgendwie hatte sie sich mittlerweile doch auf die Regatta mit ihrem Vater gefreut.

»Jetzt musst du morgen mit jemand anderem fahren«, sagte er.

Emmi riss die Augen auf. »Und wie stellst du dir das vor? Wen soll ich denn mitnehmen? Lea kann genauso wenig segeln wie ich.«

»Dann nimm Tim mit«, sagte Johann. Prüfend blickte er von einem zum anderen.

»Ich weiß nicht.« Tim kratzte sich am Kopf. »Eigentlich segle ich ja für das Residenz-Hotel mit. Ich könnte zwar einen Kollegen bitten, für mich einzuspringen, aber wäre das dann nicht unfair, wenn gleich zwei Boote in meinem Namen antreten?«

»Du würdest ja auf meinem Boot für mich segeln«, sagte Johann.

»Also schön«, sagte Tim. »Schließlich kann ich Emmi nicht hängen lassen.«

Emmi überlegte, ob sie lieber ganz absagen sollte, jetzt wo ihr Vater nicht mehr teilnehmen konnte, aber sie entschied sich dagegen. Sie wollte Johann nicht enttäuschen. Unsicher lächelte sie Tim an.

»Dann treffen wir uns morgen um neun Uhr im Jachthafen von Friedrichshafen«, entschied Tim.

»Okay«, sagte Emmi und wandte sich an ihren Vater. »Und dich fahre ich jetzt trotzdem erst mal ins Krankenhaus, damit sich jemand deine Hand ansieht.«

18.

Glücklicherweise hatte sich Johann das Handgelenk tatsächlich nur verstaucht. Nach einer kurzen Untersuchung hatte man es verbunden und ihn wieder nach Hause geschickt. Trotzdem war er sehr betrübt darüber, dass er an der Regatta nicht teilnehmen konnte.

»Ich werde auf alle Fälle im Ziel stehen und dich anfeuern«, versprach er Emmi.

»Na, hoffentlich komme ich dann nicht als Letzte über die Ziellinie.«

»Selbst wenn, ich freue mich trotzdem, dass du für mich daran teilnimmst. Tim ist ein sehr guter Segler. Er hat es schon als Kind gelernt und war früher oft mit seinem Bruder auf dem Wasser. Ihr werdet sicherlich viel Spaß zusammen haben. Und unseren Segeltörn holen wir einfach nach, wenn ich wieder gesund bin.« Er verzog das Gesicht und hielt seine verbundene Hand in die Höhe.

»Das machen wir.«

An diesem Abend konnte Emmi kaum schlafen. So viele Dinge gingen ihr im Kopf herum.

»Bist du nervös wegen morgen?«, fragte Lea, als sich Emmi wieder in ihrem Bett herumwälzte.

»Etwas«, gab Emmi zu.

Lea drehte sich auf die Seite und stützte ihren Kopf auf den Arm. »Ich muss ja zugeben, dass ich schon ein bisschen eifersüchtig bin, weil du morgen an der Regatta teilnehmen kannst.«

Emmi lächelte gequält. »Glaub mir, wenn ich es nicht für meinen Vater tun würde, würde ich dir den Platz liebend gerne überlassen.«

»Und ich würde ihn nur zu gerne nehmen.« Lea seufzte. »Dieser Tim sieht einfach viel zu gut aus.« Jetzt drehte sie sich wieder auf den Rücken und drückte ein Kissen an ihre Brust. »Groß, blond, dunkle Augen … Hotelbesitzer, der richtig gut verdient. Und dann auch noch ein echter Gentleman. Ich fand es toll, dass er uns beim Ernten geholfen hat.«

»Damit hatte ich auch nicht gerechnet«, sagte Emmi. Sie ließ sich den Nachmittag mit Tim durch den Kopf gehen, wie er sie angesehen hatte, als er sich bereit erklärt hatte, ihren Vater bei der Regatta zu vertreten. Und wie beeindruckt er von ihrer Marmelade war. Hoffentlich würde er mehr davon kaufen. Es wäre wirklich zu schön, wenn sie so ihrem Vater helfen und ihn auf diese Weise unterstützen könnte. Ihr Vater … Emmi seufzte leicht. Was wohl zwischen ihren Eltern vorgefallen war, dass sie sich getrennt hatten? Emmi verstand noch immer nicht, wieso ihre Mutter bei diesem Thema so abblockte. Dabei würde sie es nur zu gerne begreifen. Es war das fehlende Puzzleteil, mit dem sie ihre Vergangenheit endlich verstehen könnte. Doch heute Nacht würde sie ganz bestimmt nicht dahinterkommen.

Am nächsten Morgen wurde Emmi von ihrem Wecker geweckt. Zu ihrer Überraschung war Lea schon auf und kam gerade mit einem Handtuch um den Körper aus dem Badezimmer. Offenbar hatte sie schon geduscht.

»Guten Morgen, du Schlafmütze. Bist du endlich wach?«

Emmi drehte sich verschlafen auf die Seite, tastete auf dem Nachttisch nach ihrem Smartphone und sah auf die Uhr. »So spät ist es doch noch gar nicht«, brummte sie.

»Dann schau mal nach draußen. Da ist schon die Hölle los.«

Emmi richtete sich auf und ließ den Blick über den See gleiten. Heute war er strahlend blau und lag glitzernd und funkelnd in der Sonne. Auch die Temperaturen hatten wieder angezogen, und die Luft, die durch das gekippte Fenster hereinströmte, versprach, dass es ein heißer Sommertag werden würde. Auf der Wasseroberfläche tummelten sich bereits die ersten Boote. Emmi konnte sie mit ihren spitzen weißen Segeln gut erkennen. Sie erinnerten ein bisschen an kleine Sahnetupfen auf einer Dessertplatte.

»Das sind aber ganz schön viele.«

Lea nickte. »Draußen in den Straßen ist genauso viel los. Von überall her strömen die Leute, um zuzusehen oder selbst teilzunehmen.«

Emmi fuhr sich mit den Händen über das Gesicht. Das konnte ja heiter werden, wenn sie vor so viel Publikum segeln musste. Sie hatte eigentlich gedacht, dass es sich um ein entspanntes kleines Wettfahren handelte.

Doch auch der Frühstücksraum war bis auf den letzten Platz besetzt, und Lea und Emmi hatten Glück, dass ihr

Tisch oben auf der kleinen Empore für sie reserviert war, sonst hätten sie vermutlich gar keinen Platz mehr bekommen. Nach einem kurzen Frühstück machten sie sich mit dem Schiff auf den Weg nach Friedrichshafen, zu Leas Verwunderung ohne Emmis Einwände.

»Du wirst ja noch zur echten Wasserratte«, scherzte sie.

»Übertreib nicht gleich«, sagte Emmi, die noch etwas wacklig über das Deck lief und sich vorne in der Nähe der Kiste mit den Schwimmwesten einen Platz suchte.

»Es dauert ja nicht so lange. Am übernächsten Anleger steigen wir schon wieder aus.«

Emmi nickte und ließ den Morgen auf sich wirken. Das Schiff war voll, viele Ausflügler wollten in dieselbe Richtung. Die Menschen standen an der Reling oder hielten sich draußen an Deck des Schiffes auf; im Inneren, wo es Tische und Stühle gab, war kaum jemand. Emmi beobachtete die Möwen, die schreiend vom Anleger aus das Schiff umkreisten. Als die Leinen zurückgeworfen wurden und es mit einem Tuten ablegte, spürte sie das Rattern der Motoren, die es sanft, aber bestimmt vom Anleger in tiefere Gewässer lenkten. Dort fuhr es ruhig und gleichmäßig mit Ziel auf Immenstaad und weiter in Richtung Friedrichshafen.

Der Anleger dort war ebenfalls gut besucht. In den Cafés, die direkt an der Kaimauer ihre Außenbereiche hatten, tummelten sich bereits die ersten Gäste. Familien und Grüppchen mit Freunden liefen lachend und scherzend an der Promenade entlang. Einige bahnten sich einen Weg, um auf den Aussichtsturm hinaufzusteigen. Emmi überlegte, ob sie die Regatta möglicherweise von dort oben beobachten wollten. Die Route führte von Friedrichshafen nach Romanshorn und von dort weiter zur Bahnmarke nach Meersburg und wieder zurück zum Ausgangspunkt.

Emmi und Lea schlenderten zum Jachthafen, wo das Rennen starten würde. Je näher sie ihrem Ziel kamen, desto voller wurde es, und das letzte Stück mussten sie sich regelrecht durchdrücken, bis sie vorne an den Booten angekommen waren. Dort standen so viele Segler, dass Emmi erst einmal den Überblick verlor. Wie sollte sie da Tim finden? Sie wusste ja nicht einmal, wie das Boot ihres Vaters aussah. Dann schlich sich eine weitere Überlegung in ihren Kopf: Wo war Oliver? Suchend ließ sie ihre Augen über die vielen Teilnehmer schweifen. Da! In der *Storm* saß er zusammen mit Benno. Emmis Herz machte einen Satz. Als Oliver sie jetzt erblickte, hob er seine Hand zum Gruß und lächelte ihr zu. Emmi hatte plötzlich das Gefühl, zu schweben. Sofort musste sie wieder an ihre gemeinsame Nacht denken.

»Sieh mal, da sind Oliver und Benno!«, sagte Lea, die die beiden ebenfalls entdeckt haben musste.

»Mhmh«, machte Emmi, als Benno ihnen jetzt ebenfalls zuwinkte. »Jetzt fehlt nur noch Tim.«

Benno und Oliver widmeten sich wieder ihrem Boot und trafen die letzten Vorbereitungen für die Abfahrt. Emmi und Lea liefen weiter am Kai entlang. Ein gutes Stück weiter vorne, in unmittelbarer Nähe des Residenz-Hotels, entdeckte sie Tim an einem Anleger. Er trug einen

Neoprenanzug und schien mit seinem Kollegen zu sprechen, der für ihn einsprang. Unmittelbar daneben stand Johann, eine Hand bandagiert.

»Hallo, Emmi«, rief Tim, als er die beiden auf dem Anleger sah. Mit ein paar Schritten war er bei ihnen und reichte ihnen die Hand. »Schön, dich zu sehen, Lea. Georg macht noch das andere Boot für uns klar, und dann kann es auch schon losgehen.«

»Bist du aufgeregt?«, fragte Johann.

Emmi nickte. »Ich wäre ja lieber mit dir gefahren«, gab sie zu.

»Keine Sorge, das holen wir nach. Ich bin so froh, eine Tochter wie dich zu haben. Was für ein Glück, dass du mich gefunden hast. Aber jetzt wünsche ich dir viel Erfolg für die Regatta. Du schaffst das schon.« Emmi durchrieselte es heiß und kalt. Gleich war es so weit.

»Brauchst du noch etwas?«, fragte Tim.

Sie schüttelte den Kopf.

»Okay, dann lass uns an Bord gehen.«

»Wir warten dann am Ziel auf euch«, sagte Lea. »Viel Glück.«

Emmi lief vorsichtig über den Holzsteg zum Boot. Dort sprang Tim schwungvoll an Deck, holte zwei Schwimmwesten hervor und reichte ihr eine davon. Er bot Emmi die Hand, damit sie ohne Probleme an Bord kommen konnte. Anders als beim Anleger in Hagnau musste sie hier keine Leiter nach unten klettern, sondern konnte mit einem großen Schritt direkt an Deck kommen. Ihr wurde flau, als das Boot unter ihr wackelte, aber Tim hielt sie mit festem

Griff, der Emmi Sicherheit vermittelte und keineswegs unangenehm war. Und außerdem konnte sie ja jetzt schwimmen. Oliver hatte es ihr beigebracht, auch wenn sie nicht wusste, ob sie im ersten Moment nicht wieder so eine Schrecksekunde hätte wie beim letzten Mal, als das Boot gekentert war.

»Danke«, sagte sie lächelnd. Sie nahm Platz und wartete, bis Tim ebenfalls so weit war und den Motor startete. Als er das Boot jetzt aus dem Hafen lenkte, begann Emmis Herz wie wild zu klopfen. Nun gab es wirklich kein Zurück mehr. Sie sah sich um, und tatsächlich winkte ihr Vater ihr noch einmal zu, und sie hörte seine Stimme:

»Viel Glück, Emmi!«

Emmi umfasste das Holz mit beiden Händen. Ich kann schwimmen, sagte sie sich. Das Wasser trägt mich. Es kann mir nichts passieren. Aus dem Augenwinkel warf sie Tim einen Blick zu. Er konzentrierte sich darauf, das Boot zwischen den anderen an die Startlinie zu bringen. Mit Oliver hatte sie sich irgendwie sicherer an Bord gefühlt. Sie konnte sich selbst nicht erklären, wieso.

»Bist du so weit?«

Emmi nickte verkrampft. In ein paar Stunden wäre der ganze Spuk vorbei. Dann wäre sie wieder an Land und hätte festen Boden unter den Füßen. Jetzt mussten sie nur noch die Zeit auf dem Boot hinter sich bringen. Wobei der Bodensee heute eigentlich ganz schön war. Das Wasser lag türkisfarben unter ihnen; blickte sie weiter in Richtung Horizont, war es eine Mischung aus Aquamarin und Smaragd. Überall, wo die Sonne auf die Oberfläche traf, glitzerte und funkelte es. Emmi lauschte den kleinen Wellen, die an den Bug schlugen.

»Sehr geehrte Damen und Herren, ich freue mich sehr, Sie heute zu unserer Segelregatta begrüßen zu dürfen«, hörte sie eine Stimme aus einem Lautsprecher hallen. »Unsere Teilnehmer sind schon in Position und warten sehnsüchtig auf das Startzeichen. Ich wünsche uns allen angenehme Unterhaltung, allen Seglern viel Glück, und möge der oder die Beste gewinnen.« Ein Pistolenschuss war zu hören, und gleich darauf setzten die ersten Boote die Segel und starteten. Emmi sah zu, wie Tim ebenfalls die Segel hisste, und sogleich merkte sie, wie sich die Jolle in Bewegung setzte.

Tim blickte gelassen zum Horizont, und Emmi folgte seinem Blick und sah das Schweizer Ufer in der Ferne. Sie segelten zügig, und schon bald hatte Tim einige Segler eingeholt, die vor ihnen gestartet waren. Emmi hatte das Gefühl, als würde das Wasser unter ihnen nur so hinweggleiten, fast war es, als würden sie fliegen. So schnell war sie mit Oliver nie unterwegs gewesen.

»Alles okay?«, fragte Tim.

»Alles bestens.«

Sie hielten weiter Kurs, und Emmi war dankbar, als sie die erste Bahnmarke erreicht hatten.

»Bereit zur Wende?«

Emmi nickte. Sie wusste, dass es jetzt auf ihre Mithilfe ankam, und sie fasste mit an, wie Oliver es ihr gezeigt hatte. Ihr Vater wäre sicherlich stolz auf sie gewesen. Das Segel flatterte über sie hinweg und bauschte sich erneut im Wind, die Jolle drehte und schlug die entgegengesetzte Richtung ein.

»Gute Arbeit«, sagte Tim, und Emmi freute sich über sein Lob. Das machte sie selbstbewusster, und entschlossen blickte sie nun auf das deutsche Ufer in Richtung Meersburg, wohin weitere Segler steuerten. Sie beobachtete die anderen Boote, die teilweise noch auf dem Weg in Richtung Schweiz waren. Mittlerweile segelten sie im vorderen Drittel der Teilnehmer mit. Oliver und die *Storm* konnte sie nirgendwo ausmachen. Sie wusste auch nicht, ob er vor oder hinter ihnen war. Dafür waren es einfach zu viele Boote.

Ihr Ziel lag jetzt im Lee, und Emmi wusste, dass sie ihren Kurs ändern und auf den anderen Bug gehen mussten.

»Klar zur Halse?«, fragte Tim im selben Moment.

»Ist klar.«

Tim überprüfte, ob der Raum im Lee frei war, wo sie hinwenden wollten. Er ließ das Boot langsam abfallen und bereitete zusammen mit Emmi die Halse vor. »Baum kommt!«, rief Tim, und Emmi duckte sich unter dem Segel weg.

Mittlerweile hatte sie sogar ein wenig Spaß daran, denn sie merkte, wie ihre Handgriffe sicherer wurden.

Tim blickte sie an, lächelte, und Emmi lächelte zurück.

»Kurs liegt an, Großsegel auf«, sagte Tim und trimmte das Boot für den neuen Kurs.

Emmi sicherte das Segel.

Endlich sah sie Meersburg vor sich auftauchen, und als sie um den nächsten Markierungspunkt wendeten, schaffte es Tim, noch ein paar weitere Boote zu überholen. Das Manöver war riskant, denn er segelte recht eng um die Boje, aber Emmi ging ihm zur Hand, und sie merkte das Kribbeln, das sie jetzt erfüllte.

»Los, die anderen schaffen wir auch noch«, sagte Tim und sorgte dafür, dass die Jolle noch einmal an Tempo anzog. Die Gischt schäumte um den Bug, und die aufspritzenden Wellen waren lauter als zuvor, aber Emmi spürte bloß den Fahrtwind, der ihre Haare zerzauste, die Sonne, die auf ihr Gesicht strahlte, und die Nervosität, ob sie noch ein paar Plätze gutmachen konnten. Tatsächlich überholten sie noch einmal einige Teilnehmer, bis schließlich die ersten Ausläufer von Friedrichshafen in Sicht kamen. Emmi erkannte die Stadt deutlich an ihrer Fontäne und dem hohen Turm, auf dem dichtes Gedränge herrschte. Sie sah, wie die ersten Menschen ihnen zuwinkten, wie die Zielfahne in Sicht kam, und sie wurde von einem solchen Ehrgeiz gepackt, dass sie ihren Kopf zu Tim herumdrehte.

»Können wir noch etwas schneller fahren?«, rief sie gegen den Wind an.

»Ich kann es probieren«, sagte er und justierte das Segel. Die Jolle zog wirklich noch einmal an, und Emmis Herz begann aufgeregt zu schlagen. Wieder zogen sie an ein paar Booten vorbei, waren jetzt unter den vorderen fünf. Sie hörte die Leute, die am Kai standen, hörte ihr Rufen, ihr Klatschen, das Anspornen ihrer Freunde und Bekannten. Ihren Vater konnte sie unter all den vielen Leuten nicht ausmachen, aber dass er da war, bedeutete ihr viel.

Da sah Emmi die *Storm*, und zu ihrer Überraschung

holte Tim auf. Die beiden Männer warfen sich einen Blick zu, ehe sie beide wieder geradeaus auf ihr Ziel starrten. Es war ein Kopf-an-Kopf-Rennen, und Emmi merkte, wie verbissen Tim um jeden Zentimeter kämpfte. Jetzt waren sie gleichauf, und wenige Augenblicke später lag sie mit Tim sogar ein klein wenig weiter vorne. Sie sah, wie Oliver und Benno aufzuholen versuchten, wie es ihnen ein Stück weit gelang, doch dann setzte sich Tim wieder durch und zog endgültig an ihnen vorbei. Er lenkte die Jolle vor Olivers, und Emmi hörte ein Fluchen. Hatte Tim ihn etwa gerade abgedrängt? Sie drehte sich um, doch sie konnte nichts erkennen. Die Boote waren so schnell, dass sie sich nicht lange auf etwas anderes als ihren Halt konzentrieren konnte.

Jetzt wurde das Jubeln der Leute lauter, die Zielboje kam in Sicht. Noch drei Boote lagen vor ihnen, und zu Emmis Überraschung schaffte Tim es, sogar noch ein weiteres Boot zu überholen. Sie schossen unter der Zielfahne hindurch, und Tim rief ihr die Kommandos zu, damit sie das Boot stoppen und die Segel einholen konnten.

Emmi war ganz außer Atem, als sie es endlich geschafft hatten.

»Auf Platz eins liegt die *Julietta*, dicht gefolgt von der *Iphigenie*. Und Platz drei geht an die *Grace*!«, hörte sie den Moderator aus den Lautsprechern.

»Wir haben gewonnen!«, rief Emmi außer sich vor Freude. »Wir haben den dritten Platz gemacht!«

Im selben Moment umarmte Tim sie, und Emmi wusste gar nicht, wie ihr geschah. Sie war so voller Adrenalin, dass sie es selbst kaum glauben konnte. Tims Augen funkelten, sein Lachen war perlend hell, und dann, ohne weiter darüber nachzudenken, küsste sie ihn auf die Wange. Gleich darauf fühlte sie Tims Lippen auf den ihren. Erschrocken riss sie die Augen auf und blickte ihn an.

Sie hörte, wie Oliver hinter ihnen fluchte, wie weitere Boote die Zielmarkierung erreichten, und so schnell, wie der Moment gekommen war, war er auch schon wieder vorbei.

»Hey!«, rief sie erschrocken. »Was sollte das denn?«

»Ich dachte, du …«

»Nein.« Emmi fuhr sich durchs Haar. Sie hätte ihn im Überschwang nicht auf die Wange küssen dürfen. Wahrscheinlich hatte sie ihm da falsche Hoffnungen gemacht. »Bring mich an Land«, forderte sie.

Tim lenkte die Jolle an den Anleger und vertäute sie. Emmi stieg aus, und gleich darauf folgte er ihr. Sie sah Oliver, der ebenfalls aus seinem Boot gestiegen war und sich einen Weg durch die Menge bahnte.

»Oliver!«, rief Emmi, aber er reagierte nicht. »Oliver, warte!« Sie merkte, wie verzweifelt ihre Stimme mit einem Mal klang.

Oliver drehte sich zu ihr um. »Worauf? Auf eine weitere Demütigung?«

Emmi sah ihn abschätzig an. »Komm schon, nur weil ich den dritten Platz gemacht habe? Das wirst du doch verkraften, immerhin bin ich deine Schülerin.«

»Darum geht es nicht!«, fuhr Oliver sie an.

»Worum dann?«

»Darum, dass du mich angelogen hast.«

Emmi sah ihn verständnislos an. »Wieso angelogen?«

»Ich dachte, du segelst mit deinem Vater!«

»Das wollte ich ja, aber er hat sich verletzt. Und dann war Tim so nett, einzuspringen.«

»Tim.« Oliver schleuderte ihr das Wort richtiggehend entgegen.

»Verdammt, Oliver, wo ist dein Problem?«

»Du hast meinen Bruder geküsst!«

Emmi konnte die Wut in Olivers Augen flackern sehen. Sie brauchte einen Moment, um seine Worte zu begreifen.

»Bruder?«, fragte sie irritiert. »Oliver, ich kann dir das erklä...« Doch im selben Moment wurde sie von Gratulanten von ihm weggedrängt. Sie spürte Händeschütteln und Menschen, die ihr eine Medaille umhängten. Sie sah Smartphones, die gezückt wurden, und Kameralinsen, die das Sonnenlicht reflektierten und sie blendeten. Emmi merkte, wie sie zusammen mit Tim auf ein Siegertreppchen gedrängt wurde, wie weitere Fotos von ihr geschossen wurden. Sie hörte, wie eine Flasche Sekt entkorkt wurde, spürte die kühlen Tropfen, die auf sie herabregneten, als die Flüssigkeit sprudelnd nach oben schoss. Sie sah ihren Vater, der in der Menge stolz jubelte, doch den einen, den sie die ganze Zeit auszumachen versuchte, fand sie nicht: Oliver.

19.

Bloß weg! Oliver bahnte sich einen Weg durch die Menge. Er erreichte endlich eine Querstraße, in der nicht mehr so viel los war, weil die meisten Besucher sich für die Regatta interessierten, und stieg in ein Taxi. Mit hängenden Schultern und den Händen in den Hosentaschen betrat er wenig später die Pension Seemöwe. Was für ein grässlicher Tag.

»Oliver«, sagte seine Mutter überrascht, als er durch die hintere Tür, die sie auch für Lieferungen benutzten, in die Küche trat. »Wie ist es gelaufen?«

»Furchtbar«, sagte er und ließ sich auf einen Stuhl fallen.

»Dann hast du also nicht gewonnen.«

»Nein.«

Mitfühlend sah seine Mutter ihn an. »Mach dir nichts daraus. Ein paar Rücklagen haben wir noch auf dem Sparbuch. Die können wir investieren, um deine Segelschule über Wasser zu halten.«

»Es geht doch gar nicht um das Preisgeld«, sagte Oliver. »Viel schlimmer ist, dass Tim auf dem Siegertreppchen gestanden hat.«

»Er ist dein Bruder«, gab Kathrin zu bedenken. »Ihr seid früher so gerne zusammen gesegelt.«

»Das war einmal«, brummte Oliver. »Mittlerweile hat er eine andere Begleitung an Bord.« Grimmig dachte er an

Emmi, die bei ihm im Boot gesessen hatte. Wie hatte sie ihn, Oliver, nur so verraten können?

Kathrin rückte sich einen Stuhl zurecht und setzte sich Oliver gegenüber. »Warum könnt ihr euch nicht wieder versöhnen?«

Sein Vater betrat die Küche und blickte überrascht auf. »Oliver, hallo. Wie war ...« Doch als Kathrin im selben Moment kaum merklich den Kopf schüttelte, verstummte er. »Meinst du, du hättest nachher ein paar Minuten Zeit, um mal nach der Kellertür zu sehen? Sie klemmt schon wieder.«

»Meinetwegen können wir das auch gleich machen.«

»Okay.« Achim ging voraus und holte den Werkzeugkasten aus dem Schuppen. Zusammen liefen sie die vier Stufen nach unten, die sie zur Kellertür führten. »Wahrscheinlich ist es wieder das Scharnier.«

»Gut möglich.« Oliver begutachtete die Tür. »Wie du vermutet hast, das Scharnier hat einen Riss, deshalb hängt die Tür. Ich fürchte, wir werden es früher oder später austauschen müssen.«

»Vielleicht hat dein Bruder doch recht.«

»Womit?«

»Tim war gestern Abend bei uns und hat mit uns über die Pension gesprochen.«

»Aha. Und was hat er sich dieses Mal überlegt?«

»Na ja, du weißt doch, dass deiner Mutter und mir die Pension eigentlich zu viel Arbeit ist ...«

»Was, wenn ich euch mehr unter die Arme greife?«

»Das ist lieb, aber auf Dauer können wir das nicht von dir verlangen. Du hast die Segelschule.«

»Und wenn ihr noch mehr Personal einstellt?«

»Das rechnet sich nicht.«

»Ich finde trotzdem, dass ihr die Seemöwe nicht aufgeben solltet. Ihr hängt daran. Sie ist euer Lebenswerk.«

Sein Vater lächelte ihm freundlich zu. »Vielleicht finden wir ja doch noch eine andere Lösung.«

»Das klingt, als hätte Tim schon eine grandiose Idee.«

»Die hat er tatsächlich«, sagte Achim. »Er hat vorgeschlagen, dass er die Pension als vorzeitiges Erbe von uns übernehmen würde. Dich würde er im Gegenzug dafür ausbezahlen.«

Oliver glaubte, sich verhört zu haben. Zwar könnte er das Geld für seine Segelschule gut gebrauchen, doch wollte er wirklich Geld von Tim annehmen? Noch dazu, wenn das zur Folge hatte, dass seine Eltern dafür ihr Lebenswerk aufgaben? So etwas Geschmackloses konnte wirklich nur seinem Bruder einfallen. »Wie kommt er darauf?«

»Er möchte die Seemöwe in ein kleines Luxusresort für sein Hotel umbauen. Dort sollen einzelne Apartments für Paare entstehen, die beispielsweise ihre Flitterwochen bei ihm verbringen oder einfach etwas Ruhe suchen.«

Aha, daher wehte also der Wind, dachte Oliver. »Und da ist ihm nichts Besseres eingefallen als eure Pension?«

»Na ja, die Lage hier ist nun mal optimal, und es könnte eine gute Lösung für uns alle sein. Überleg mal, du hättest neues Kapital, das du investieren kannst, und am Ende verstehst du dich vielleicht auch wieder besser mit Tim.«

Oliver schüttelte den Kopf. »Ich finde es respektlos euch gegenüber.«

»Wir haben ja noch nicht zugesagt.«

»Und das solltet ihr auch auf keinen Fall tun.«

Oliver konnte seine Wut nur schwer unterdrücken. Tim schreckte wirklich vor nichts zurück. Wenn es um die Bedürfnisse oder Wünsche seines Bruders ging, spielte alles andere keine Rolle mehr. So war es auch damals mit Meike gewesen, das hatte er selbst schmerzlich erfahren müssen.

Nachdem er zusammen mit seinem Vater die Tür notdürftig repariert hatte, machte sich Oliver wieder auf den Weg zur Segelschule. Er musste jetzt allein sein, um nachzudenken. Der heutige Tag hatte es wirklich in sich. Eigentlich wollte er sich der Buchhaltung widmen, doch er merkte schnell, dass er unkonzentriert war, und so scrollte er stattdessen durch die neuesten Regionalnachrichten. Leika lag zusammengerollt in ihrem Körbchen unter dem Fenster. Als Oliver einen Artikel über die Segelregatta entdeckte, der erst vor Kurzem hochgeladen worden war, klickte er darauf und überflog ihn. Es ärgerte ihn, dass Tim namentlich erwähnt wurde. Natürlich musste er das als Drittplatzierter, aber Tim hatte mit seinem Hotel die Regatta nicht nur ordentlich gesponsert, der Reporter legte sogar ein großes Augenmerk darauf, dass er dieses Mal aktiv an der Regatta teilnahm, wenn auch nicht im Namen seines Hotels, sondern ganz privat mit dem Boot eines Freundes. Das Letzte jedoch war das Foto, das für den Artikel ausgewählt worden war. Es zeigte die jubelnde Menge, die ihre Sieger mit großem Applaus begrüßte, allen voran natürlich die Gewinner des ersten Platzes, doch unweit dahinter erkannte er Tim, und das Schlimmste war, dass es genau dann aufgenommen worden war, als Emmi seinen Bruder küsste.

Das Pochen gegen seine Bürotür riss ihn aus seinen Gedanken.

»Oliver? Bist du da?«

Leika hob den Kopf und lief schwanzwedelnd zur Tür, da sie Bennos Stimme erkannte.

»Komm rein«, brummte Oliver widerwillig. Als Benno das Büro betrat, wurde er begeistert von Leika begrüßt.

»Wo warst du denn auf einmal?«, fragte er an Oliver gewandt.

»Ich wollte allein sein.«

»Es hat nicht geklappt, na und? Wir bekommen das auch ohne das Preisgeld und die PR hin.«

»Darum geht es doch gar nicht.«

»Worum dann?«

Oliver verschanzte sich wieder hinter dem Schreibtisch und deutete auf den Bildschirm. Benno kam zu ihm herum und blickte auf den Artikel.

»Da steht, wer gewonnen hat«, sagte Benno, nachdem er den Artikel überflogen hatte. »Okay, dein Bruder ist auf Platz drei. Das ist ärgerlich, aber verschmerzbar. Das kommt davon, dass du ihm damals das Segeln beigebracht hast.«

Oliver schnaubte abfällig. »Schau es dir genauer an.«

Benno beugte sich nach vorne und ließ seinen Blick über den Bildschirm gleiten. »Also wenn da nicht irgendwelche geheimen Botschaften in den Anfangsbuchstaben der

Absätze versteckt sind, sieht das für mich nach einem ganz normalen Artikel aus.«

Oliver verdrehte die Augen und zoomte in den Artikel. Er schob ihn so zurecht, dass Benno das Bild genauer betrachten konnte.

»Gratulanten, viele Menschen, Treppchen für die Siegerehrung …« Benno zuckte mit den Schultern.

»Da, auf dem Boot, hinter der Menge!« Oliver deutete mit dem Finger in die Menschenmenge auf dem Bild. Mittendrin, ein wenig verdeckt von einer applaudierenden Frau, war der Kuss zwischen Tim und Emmi abgelichtet.

»Sie haben sich geküsst?« Benno sah ihn ungläubig an. »Bist du deswegen nach der Regatta so schnell abgehauen?«

»Natürlich wollte sie mir alles erklären«, sagte Oliver mit kühlem Unterton.

»Und? Hast du es dir angehört?«

»Wozu? Das ist mehr als offensichtlich, da brauche ich nicht auch noch Details.«

»Ich weiß, dass dich Meike damals sehr verletzt hat, aber das ist Vergangenheit. Und Emmi ist nicht so. Vielleicht gibt es ja wirklich eine einfache Erklärung für alles.«

Oliver hob die Brauen. »Dass sie zuerst mich und danach meinen Bruder küsst? So quasi als Vergleich oder wie? Es geht hier nicht um eine Urlaubsbuchung, Benno. Das mit Meike hat mir damals wirklich gereicht.«

»Na ja, es geht hier auch nicht um deine Freundin.«

»Aber immerhin haben wir schon eine Nacht zusammen verbracht. Und ich dachte …«

»Ihr habt … Oh …« Benno sah ihn nachdenklich an und kraulte Leika am Kopf. »Das ändert natürlich alles.«

»So, und jetzt sag mir mal, wie sie das erklären soll.«

»Ich fürchte, das wirst du sie fragen müssen.«

»Es kann doch nicht sein, dass sich Tim jedes Mal alles unter den Nagel reißt.«

»Das damals war Meikes Entscheidung.«

»Mag sein, aber jetzt versucht er, an die Pension meiner Eltern ranzukommen.«

Benno blickte ihn überrascht an.

»Als er gestern bei ihnen war, hat er sie gefragt, ob er die Seemöwe als vorzeitiges Erbe bekommen kann. Mich würde er dafür auszahlen.«

»Das Geld könnten wir tatsächlich gerade ganz gut gebrauchen«, sagte Benno nachdenklich.

»Ich weiß, aber ich verkaufe nicht meine Seele. Tim möchte die Seemöwe zu einem exklusiven Luxusresort umbauen.«

»Aber er hat doch das Hotel. Ist das nicht Luxus genug?«

Oliver zuckte mit den Schultern. »Anscheinend nicht. Ihm schwebt vor, dass er aus der Pension exklusive Suiten für Liebespaare und sonstige gut betuchte Gäste macht. So eine Art Honeymoon House.«

»Das klingt ja furchtbar.« Benno verzog das Gesicht.

»Meine Eltern sehen das offenbar anders. Wie es aussieht, ziehen sie seinen Vorschlag ernsthaft in Betracht.«

»Wieso das? Sie hängen doch an der Pension.«

»Das schon, aber ihnen wird die Arbeit zu viel. Eigentlich bräuchten sie jemanden, der ihnen unter die Arme greift.«

»Aber dein Bruder hat das Hotel und du die Segelschule«, ergänzte Benno.

Oliver nickte grimmig. Er hatte schon öfter darüber nachgedacht, ob er die Segelschule aufgeben und dafür in der Pension seiner Eltern mithelfen sollte, aber er musste sich eingestehen, dass ihn das nicht erfüllte. Trotzdem hatte er ein schlechtes Gewissen, seine Eltern mit der Pension so allein zu lassen.

»Dann meinst du, dass sie wirklich auf diesen Vorschlag eingehen könnten?«

»Ich schließe es jedenfalls nicht aus«, gab Oliver zu.

»Das wäre furchtbar.« Benno legte die Stirn in Falten. »Wie stellt er sich das vor? Dein Vater als Hausmeister, und deine Mutter steht in der Küche?«

»Ich will es mir lieber nicht ausmalen. Jedenfalls ist er sehr gut darin, seine Vorschläge so geschickt zu verpacken, dass alle anderen daran Gefallen finden. Nicht zuletzt Emmi, wie es scheint.«

Benno schüttelte den Kopf. »Noch ist nichts entschieden. Rede noch einmal mit ihr und natürlich auch mit deinen Eltern. Ich bin mir sicher, dass sich alles klären wird.«

Oliver brummte verächtlich. »Das hoffe ich.«

Emmis Foodblog

The-one-and-only-Marmelade

Wenn alles prickelt und du glaubst, die Süße des Lebens zu schmecken, dann ist es entweder der Richtige oder Prosecco-Aprikosen-Marmelade

Zutaten:

1kg reife Aprikosen
150ml Prosecco
Saft einer Zitrone
500g Gelierzucker 2:1
2 Vanilleschoten

Zubereitung:

Aprikosen waschen, entsteinen und klein schneiden.
Zitrone auspressen.
Die Stücke zusammen mit dem Zitronensaft und dem Prosecco in einen Topf geben und bei mittlerer Hitze kochen lassen, bis die Früchte weich sind.

Mit einem Pürierstab die Früchte nur grob pürieren.
Die Vanilleschoten halbieren, das Mark herauskratzen und zugeben.
Den Gelierzucker hinzufügen.
Einmal aufkochen lassen und unter regelmäßigem Rühren bei kleiner Hitze weiterköcheln lassen.

Ist die gewünschte Konsistenz nach etwa 10 Minuten erreicht, in sterilisierte Gläser füllen, verschließen und für etwa eine Minute auf den Kopf drehen. Danach abkühlen lassen.

Noch immer klopft mein Herz wie verrückt, wenn ich an ihn denke. Noch immer kribbelt es in jeder Faser meines Körpers wie Prosecco, wenn ich an unseren gemeinsamen Ausflug und den wunderschönen Abend denke. Seine sinnlich-weiche, samtige Haut, ein Kuss so süß wie die Süße der reifen Aprikosen. Die Farbe der Marmelade gleicht der des Himmels, als wir uns geküsst haben, dem Leuchten in seinen Augen. Jedes Mal, wenn ich einen Löffel von der Marmelade probiere und sich der Geschmack in meinem Mund ausbreitet, sind all meine Sinne bei diesem wunderschönen Tag. Ob es ihm genauso geht, wenn er sie probiert? Und wird er sie jemals versuchen? Mein Herz wird schwer wie Blei und sinkt auf den Grund des Sees, auf dem schon unzählige Schiffe liegen, wenn ich daran denke, dass es vielleicht keine Hoffnung mehr für uns gibt.

20.

Emmi erwachte aus einem unruhigen Schlaf. Der ganze Tag gestern war so überwältigend für sie gewesen. Und die Feier nach der Regatta mit all den vielen Menschen, die Reporter und Fotografen … Emmi hatte sich gefühlt, wie sich eine Filmschauspielerin an ihrer Premiere fühlen musste, und gleichzeitig war sie sehr froh gewesen, ein solches Leben nicht zu führen. Sie genoss doch lieber die Ruhe und die Unbeschwertheit, die sie in ihrem Beruf hatte. Und am allerliebsten beschäftigte sie sich mit neuen Geschmackskombinationen und Rezepten. Die letzten Tage bei ihrem Vater hatte sie wieder deutlich gemerkt, wie viel Spaß ihr das Marmeladekochen machte. Die eigenen Kreationen und Ideen, das Experimentieren mit Früchten und anderen Zutaten, das erste Abschmecken, die Probe, ob die Marmelade die richtige Konsistenz hatte. Emmi war in der Arbeit regelrecht aufgegangen. Oder lag es womöglich an Oliver, der ihr und ihrem Leben völlig neuen Schwung gegeben hatte? Sie hätte nie gedacht, dass sie sich so schnell verlieben könnte. Und das hatte sie, wie sie sich selbst eingestehen musste. Seit ihrem ersten Kuss in der Abstellkammer geisterte er nur noch in ihren Gedanken herum, verfolgte sie bei jedem ihrer Schritte, die auf einmal seltsam leicht, ja beinahe schon beflügelt waren. Aber dann war da auch noch Tim, der sie bei der Regatta begleitet hatte. Er segelte wirklich sicher, und es hatte ihren Ehrgeiz geweckt, als sie die vielen Boote überholt und er ihres so mühelos an die Spitze gesetzt hatte. Emmi hatte sogar ihre Scheu vor dem Wasser vergessen, was vielleicht nicht zuletzt auch an den Schwimmstunden mit Oliver lag. Sie seufzte. Wenn dann nur nicht dieser blöde Kuss passiert wäre. Emmi ärgerte sich über sich selbst. Wahrscheinlich war es einfach mit ihr durchgegangen, als Tim und sie sich vor Freude und Erleichterung um den Hals gefallen waren. Ja, Tim war nett, und irgendwie kribbelte es auch ein wenig, wenn sie sich gegenüberstanden, aber mit Oliver war das etwas ganz anderes. Vielleicht wäre es anders mit Tim, wenn sie Oliver nicht kennengelernt hätte. Unwillkürlich begann sie damit, in Gedanken die Küsse zu vergleichen. Bei Olivers Küssen schwang so eine Sanftheit mit, so eine Leichtigkeit, eine Liebe … Ja, das war es, was sie von Tims Kuss unterschied, und dabei kannte sie beide doch kaum. Wie konnte sie so schnell so empfinden? Emmi seufzte leicht. Und jetzt hatte ein Kuss mit Tim das alles mit Oliver kaputtgemacht. *Du hast meinen Bruder geküsst!*, hallte es durch Emmis Gedanken.

Emmi presste verzweifelt die Lippen aufeinander. Wieso hatte Oliver Tim nie erwähnt? Und wieso war Tim, im Gegensatz zu Oliver, auch nie in der Pension? Es war fast so, als wäre er ein rotes Tuch. War Oliver deshalb bei dem Gespräch nach ihrer Ankunft so still gewesen, als sie von ihrer zerrütteten Familie gesprochen hatte? War seine Familie gar nicht so perfekt, wie sie nach außen hin schien?

Emmi merkte, wie sich ihre Gedanken verdüsterten. So würde es wenigstens Sinn ergeben.

Ein bisschen ärgerte sie sich jetzt über Oliver. Warum hatte er ihr nichts davon erzählt? Hatte er ihr nicht vertraut? Sie hatte ihm doch beinahe alles über ihre Familie berichtet, während er das offenbar nicht für nötig befunden hatte. Sie wurde immer wütender. Wenn er auch nur ein einziges Mal erwähnt hätte, dass er einen Bruder namens Tim hatte, dass sein Bruder Hotelier war, dann wäre das alles doch gar nicht passiert! Dann hätte sie ganz anders mit der Situation umgehen können. Eigentlich hatte also gar nicht Oliver Grund dazu, sauer zu sein, sondern vielmehr sie. Und Emmi hätte sich ihm ja auch nur zu gerne erklärt, aber Oliver hatte sie ja nicht einmal zu Wort kommen lassen.

Emmi schlug energisch die Decke beiseite, sodass Lea sich zu ihr umdrehte und sie blinzelnd anblickte.

»Guten Morgen. Hab ich was verschlafen?«, murmelte sie schlaftrunken.

»Nein, alles okay«, erwiderte Emmi grimmig, und Lea ließ sich nur seufzend in die Kissen zurückfallen.

»Meine Güte, ich bin total verkatert. Anscheinend bin ich überhaupt nichts mehr gewohnt …« Lea fuhr sich mit beiden Händen übers Gesicht. »Merkst du gar nichts von deinen gefühlten tausend Sektgläsern, mit denen du angestoßen hast?«

»Im Gegenteil«, sagte Emmi und schlüpfte in ein gestreiftes Shirt und ihre Bermudas. »Ich habe noch nie klarer gesehen.« Sie griff nach ihrem Smartphone und lief zur Tür.

»Hey, wo willst du denn hin? Hab ich irgendwas verpasst?«

»Nein, ich muss nur was klären.«

»Okay ...« Lea sah sie fragend an.

»Ich erzähl es dir später.«

Emmi zog die Tür hinter sich zu und lief die Treppen nach unten. Sie durchquerte den Frühstücksraum, der an diesem Morgen ungewöhnlich voll war, wahrscheinlich noch Besucher der Regatta, die über Nacht geblieben waren, grüßte Kathrin nur im Vorbeigehen und verließ die Pension. Bei der nächsten Möglichkeit bog sie nach rechts ab, die Straße hinunter und zum See. Dort, an der Promenade, atmete sie erst einmal mehrere Male tief durch. Sie beobachtete eine Entenfamilie, die im seichten Gewässer um ein Büschel Seegras herumschwamm, sah das aufrecht stehende Stahlboot, das an den zugefrorenen See 1963 erinnerte. Sie lief an der Promenade entlang, die an diesem Morgen ebenfalls schon recht belebt war, und schlug den Weg zur Segelschule ein.

»Hallo?« Emmi warf einen Blick in die Segelschule.

»Was willst du?«, fragte Oliver harsch.

Nicht einmal einen guten Morgen konnte er ihr wünschen? In Emmi brodelte es.

»Mit dir reden.«

»Ich aber nicht mit dir.«

»Meine Güte, Oliver, du benimmst dich wie ein kleines Kind.«

»Und du dich nicht, wenn du jeden küsst, der dir über den Weg läuft.«

»Es tut mir leid, was passiert ist, Oliver. Ich habe einfach nicht nachgedacht. Es war ein Kuss auf die Wange, im Affekt, weil ich mich so gefreut habe. Wenn ich gewusst hätte, dass Tim dein Bruder ist, wäre ich sicher nicht zu ihm ins Boot gestiegen.«

»Und das soll mich jetzt besänftigen?«

»Nein, es soll dir erklären, was da gestern passiert ist.«

»Ich habe einfach keine Lust auf irgendeine blöde Urlaubsromanze.«

»So siehst du mich?«

»Na, anscheinend ist es dir mit mir ja nicht ernst, sonst würdest du ja nicht noch einen weiteren Typen haben.«

»Ich wusste nicht mal, dass wir zusammen sind.«

»Wir haben miteinander geschlafen, für wen hältst du mich eigentlich?«

»Die Frage ist wohl eher, für wen du mich hältst. Es war ein Kuss auf die Wange. Nichts weiter.«

»Für mich reicht das, um mir ein Bild von dir zu machen.«

Gekränkt wandte sich Emmi von ihm ab und lief mit raschen Schritten zur Pension zurück. Dort warf sie sich aufs Bett und begann bitterlich zu weinen.

»Emmi, hey … Was ist denn passiert?« Lea kam aus dem Badezimmer. Sie musste Emmis Kommen und ihr Weinen gehört haben. Emmi spürte, wie die Matratze neben ihr nachgab, und die Bettwäsche raschelte leise. Dann merkte sie eine warme Hand auf ihrer Schulter.

»Oliver ist so ein Idiot.« Emmi schniefte.

Lea streichelte ihr sanft über den Rücken. »Das klang gestern aber noch ganz anders«, sagte sie.

»Da hat er mir auch noch nicht so eine blöde Szene gemacht. Und das alles nur wegen einem einzigen dummen Kuss. Ich weiß ja selbst nicht, wieso ich Tim einfach geküsst habe. Es kam so über mich. Ja, ich finde ihn nett, und es hat ein bisschen gekribbelt. Aber bei Oliver war es ganz anders. Und jetzt glaubt er mir nicht, dass mir das mit ihm viel mehr bedeutet hat. Ich konnte ja nicht wissen, dass die beiden Brüder sind!«

»Was?«

Emmi konnte das Entsetzen in Leas Stimme hören. Sie drehte sich auf die Seite und sah ihre Freundin mit verweintem Gesicht an.

»Na, das erklärt aber, wieso er jetzt nichts mehr von dir wissen will.«

Emmi schniefte. Tröstlich fand sie das nicht gerade. »Ich habe alles kaputtgemacht«, wisperte sie.

»Unsinn.« Lea schüttelte sanft den Kopf. »Vielleicht hat es auch etwas Gutes, dass die beiden Brüder sind.«

»Und was hilft mir das?«

»Vielleicht kann Tim Oliver überzeugen, dass da wirklich nichts zwischen euch ist.«

»Ich weiß es nicht.« Dankbar nahm sie das Taschentuch, das Lea ihr reichte. »Ich bin so durcheinander, Lea.«

»Am besten, du kommst erst einmal auf andere Gedanken. Was hältst du davon, wenn wir zu deinem Vater fahren und uns ganz auf die Marmelade konzentrieren? Das lenkt dich bestimmt ab.«

Emmi konnte sich nur schwer vorstellen, wie sie in diesem Zustand Marmelade kochen sollte. So, wie sie sich im

Moment fühlte, würde sie wahrscheinlich ganz eigenartig schmecken, nach Trauergelee oder einfach nach viel zu viel Salz wegen ihrer ganzen Tränen. Doch womöglich würde es sie wirklich auf andere Gedanken bringen.

»Und mit welchem Auto sollen wir fahren? Oliver kann ich ja jetzt schlecht um seines bitten.«

Lea zuckte gleichmütig mit den Schultern. »Wenn du keinen Leihwagen willst, fragen wir eben Kathrin, ob wir uns die Räder leihen können. Es sind ungefähr dreißig Kilometer bis zu deinem Vater, das ist doch ein netter Ausflug. Na, komm schon. Was ist tröstlicher als der süße Duft von Marmelade?«

»Du bist wirklich lieb.« Jetzt musste Emmi doch lächeln, obwohl sie sich so schlecht fühlte. »Und was, wenn ich Tim begegne?«

»Das passt doch perfekt, dann kannst du das gleich mit ihm klären. Komm, Emmi, gib dir einen Ruck. Dein Vater braucht deine Unterstützung.«

Emmi nickte und stand auf. »Du hast recht. Wegen so einem Blödsinn lasse ich mir die Zeit mit meinem Vater nicht verderben.«

Sie hatten Glück, Kathrin hatte tatsächlich noch zwei Leihräder für sie. Und auf dem Weg zu ihrem Vater gelang es Emmi tatsächlich, den Kopf ein wenig freizubekommen. Die grüne Natur am Bodensee tat ihr gut. Überall waren Obstplantagen, Äpfel hingen an den Bäumen, die mit einem Gitter vor Hagel und Unwetter geschützt wurden. Emmi überlegte, welche Marmelade man noch daraus machen könnte. Vielleicht etwas mit Zimt und Nelken für den Winter.

Sie erreichten den Hof, und Emmi und Lea stellten ihre Räder ab. Emmi kraulte Louis, die getigerte Katze, die sich auf der Bank vor der Haustür wie eine Schneckennudel zusammengerollt hatte.

»Hallo, ihr zwei, das ist ja eine Überraschung«, sagte Johann. »Mit euch habe ich heute gar nicht gerechnet. Ich dachte, dass ihr nach der Feier gestern Abend lieber so richtig lange ausschlaft.«

Emmi entging nicht, wie Lea ihrem Vater mit einem kurzen Seitenblick auf sie bedeutete, das Thema lieber nicht anzusprechen. »Ich glaube, Emmi muss ein bisschen auf andere Gedanken kommen. Hast du noch die Aprikosen, die wir vorgestern geerntet haben?«

»Ja klar, sie liegen in der Scheune. Dort ist es etwas kühler.«

»Wunderbar, dann lass sie uns doch am besten gleich holen.« Lea, voller Tatendrang, schritt voran und nahm eine Kiste Obst, um sie in die Küche zu tragen. »Was steht an, Chefin?«, fragte sie mit einem Blick an Emmi gewandt.

Emmi ließ ihre Fingerspitzen über die prallen runden Früchte gleiten, die in zartem Rot, Apricot-Orange und leuchtendem Gelb wie gemalt eine neben der anderen lagen. Die Farben erinnerten sie an den Sonnenuntergang auf der Wilhelmshöhe, und unweigerlich musste sie auch an die darauffolgende Nacht in der Segelschule mit Oliver denken, die noch immer wie Prosecco in ihrem Körper prickelte. Ein leiser Stich zog sich durch ihr Herz, feine Risse, die sich weiter und weiter gruben, wenn sie an ihren Streit mit Oliver und an diesen blöden Kuss mit Tim dachte.

»Was ist los, Emmi, mein Engel?« Johann sah seine Tochter prüfend an.

»Ich habe mich mit Oliver gestritten.«

»Dem Segellehrer, den du so gern magst?«

Emmi nickte zögerlich. »Er ist sauer, weil ich Tim geküsst habe.«

»Moment, ich dachte, du empfindest etwas für Oliver.«

»Tue ich ja auch«, sagte Emmi, und sie merkte, wie verzweifelt sie klang.

»Und warum küsst du dann Tim?«

Sie zuckte mit den Schultern. »Es war einfach im Affekt. In dem Moment, als wir über die Ziellinie gefahren sind und den dritten Platz gemacht haben … Wenn ich gewusst hätte, dass Tim sein Bruder ist, wäre ich niemals mit ihm zusammen die Regatta gefahren.«

»Da kommt ja einiges zusammen.« Johann legte eine Hand auf ihre und drückte sie sanft. »Bedeutet dir der Kuss mit Tim etwas?«

Emmi dachte nach. Ja, es war aufregend gewesen mit Tim, aber da war noch immer Oliver, seine Neckereien, ihre gemeinsamen Segeltörns. Sie dachte an ihren Ausflug ins Strandbad. An seine Nähe und seine Berührungen, als er ihr das Schwimmen beigebracht hatte, und wie sicher sie sich in seiner Gegenwart im Wasser gefühlt hatte. An den Kuss, den sie beide in der Abstellkammer getauscht hatten und der bei ihrer Erinnerung daran wieder all ihre Härchen auf ihren Armen aufstellte. Sie dachte an ihre gemeinsame

Nacht in der Segelschule, an den Morgen, als sie in seinem Arm aufgewacht war. An seinen warmen Körper, den sie an ihrem Rücken gespürt hatte, seinen Duft, der sie eingehüllt hatte, sodass sie gar nicht aufstehen wollte.

»Nein«, sagte sie schließlich. »Nein, weil mein Herz schon längst einem anderen gehört.« Sie seufzte tief. »Papa, ich glaube, ich habe mich in Oliver verliebt. Aber was soll ich denn jetzt tun?« Unglücklich sah sie ihren Vater an.

»Na, ihn davon überzeugen, dass du es ernst meinst!« Johann stemmte die Hände in die Seiten. »Du bist eine der besten Köchinnen, die ich kenne. Überzeuge ihn davon, dass er der Richtige ist, so wie du mich überzeugt hast, dass du meine Tochter bist.«

Emmi blickte wieder auf die Früchte, dachte an das Prickeln, das sie jedes Mal empfand, wenn sie an Oliver dachte. Wieder erinnerte sie sich an ihren Ausflug auf die Wilhelmshöhe, an die Sonne, den gelb-orangenen Ball, der wie eine der Aprikosen ausgesehen hatte, ehe sie am Horizont verschwunden war und ihre letzten funkelnden Strahlen als glitzernde Linie über den Bodensee zu ihnen geschickt hatte und dabei den Himmel in ein zartes Rosa färbte.

»Prosecco-Aprikosen-Marmelade«, murmelte sie. Sie blickte auf und sah erst zu ihrem Vater, dann zu Lea, die sie mit leuchtenden Augen anschaute.

»Was sollen wir tun?«

Auf einmal war Emmi von einem richtigen Tatendrang gepackt. »Wir waschen die Früchte und schneiden sie klein. Anschließend geben wir sie in einen Topf und kochen sie mit etwas Prosecco und Zitrone auf. Die Zitrone brauchen wir, damit es nicht zu süß wird.« Emmi dachte an die bittersüßen Bilder mit Oliver, die ihr in Erinnerung blieben.

»Okay, los geht's!«, sagte Johann. »Ich sehe mal nach, ob ich noch etwas Prosecco dahabe. Demnächst muss ich wohl mal meine Vorräte auffüllen.«

Emmi musste schmunzeln. Lea hatte recht gehabt, es tat ihr gut, Zeit mit ihrem Vater zu verbringen.

Johann fand tatsächlich noch eine Flasche Prosecco in seinem Vorratsschrank, und zusammen zerkleinerten sie die Früchte. Lea presste eine Zitrone aus, und Emmi kochte die Aprikosenstücke zusammen mit dem Zitronensaft und dem Prosecco in einem Topf auf. Als sie weich waren, pürierte sie sie, allerdings achtete sie darauf, dass noch einige Fruchtstückchen übrig blieben. Schließlich sollten nicht alle Marmeladen, die sie herstellte, gleich schmecken. Und in dieser konnte sie sich die Fruchtstücke sehr gut vorstellen.

»Kannst du mir das Mark aus den Vanilleschoten herauskratzen?«, fragte sie ihren Vater.

Johann halbierte die Vanilleschoten und reichte ihr kurz darauf ein Schälchen mit dem Vanillemark, während Emmi den Gelierzucker abwog und einrieseln ließ. Als die Masse einmal aufkochte, drehte Emmi die Temperatur herunter und ließ die Marmelade weiterköcheln, während sie beständig rührte. Dabei musste sie wieder an ihren Abend mit Oliver in der Segelschule denken, und ein wehmütiges Lächeln legte sich auf ihre Lippen. Hoffentlich würde sie Oliver mit dieser Marmelade überzeugen können. Sie war schon sehr gespannt, wie sie ihm schmeckte. Hoffentlich würde er sie überhaupt probieren nach all den Diskussionen. Und würde sie ihn auch an ihren gemeinsamen Tag erinnern, an ihren wunderschönen Ausflug, der Emmi dazu inspiriert hatte? Oder würde Oliver sie für vollkommen verrückt erklären? Sie hatte nur eine Chance, das herauszufinden. Emmi machte ihre Kochlöffelprobe und sah dabei zu, wie die Marmelade träge in den Topf zurücktropfte und sich dabei kleine Nasen am Holz bildeten.

»Das sieht sehr gut aus«, sagte sie. »Lasst uns die Marmelade abfüllen.«

Lea, die die Gläser sterilisiert hatte, stellte alle auf die Küchenanrichte, damit Emmi die Marmelade eingießen konnte. Johann schraubte zügig die Deckel darauf.

»Was für ein Teamwork«, sagte er grinsend, und Emmi und Lea lachten.

»Jetzt müssen wir aber auch probieren, wie sie schmeckt«, sagte Lea.

Emmi nickte. »Ich habe extra etwas mehr im Topf gelassen.«

Johann holte drei Löffel aus der Schublade, und jeder von ihnen kratzte etwas von der bernsteinfarbenen Marmelade aus dem Topf und probierte. Lea nahm sich gleich noch einmal etwas Marmelade und probierte erneut, während Johann noch immer das winzige bisschen auf seinem Löffel kostete. Emmi schloss die Augen. Sie schmeckte die gelb-orangenen Früchte, sah vor ihrem inneren Auge die Aprikosenbäume, von denen sie zusammen mit ihrem Vater die Früchte geerntet hatte. Sie schmeckte die fruchtige

Frische des Sommers, den Spritzer der Zitrone, der aufregend war wie der Beginn ihrer Zeit mit Oliver.

»Also, wenn das nicht funktioniert, weiß ich auch nicht.«

Lea nickte. »Ich schmecke richtig einen Urlaubstag mit Sonne und Sommer und all den Gefühlen.«

Das gab Emmi tatsächlich ein wenig Hoffnung. »Jetzt muss er sie nur noch probieren.«

»Keine Sorge, das wird schon klappen«, sagte Lea. »Im Zweifelsfall fragen wir Kathrin, ob sie uns hilft.«

Emmi betrachtete die Gläser. »Dann lasst uns die Marmeladengläser verzieren und anschließend zu Tim bringen.«

»Ich schau gleich noch mal in der Nähschublade meiner Schwester nach.«

»Ja, gern.« Emmi überkam ein mulmiges Gefühl, wenn sie daran dachte, dass sie bald Tim gegenübertreten musste. Sie wusste, dass sie noch einmal mit ihm über diesen Kuss sprechen musste.

Zusammen mit Lea wusch sie die Gläser, und als Johann mit einem orangefarbenen Stoff und einem zarten weißen Organzaband zurückkam, nickte sie. »Das sieht sehr schön aus. Vielleicht können wir noch etwas in die Schleife binden.«

»Ich habe noch Streudeko aus Holz gefunden und diese Spitze.« Johann reichte sie ihr, und Emmi machte sich sofort daran, eine Schleife zu legen und einen von den kleinen Holzschmetterlingen in die Mitte zu setzen.

»Das gefällt mir gut«, sagte Lea.

»Okay, dann ran an die Akkordarbeit.« Sie zwinkerte

den beiden zu, und während Johann gleichmäßige Quadrate aus dem Stoff schnitt, banden Emmi und Lea Schleifen um die Deckel und fädelten die Holzschmetterlinge ein. »Fertig«, sagte sie zufrieden, als sie die letzte Schleife zuknotete.

Johann holte eine Holzkiste, in die sie die Marmeladengläser stellten.

»Ich fühle mich gar nicht danach, Tim zu begegnen«, gab Emmi zu, als sie zögernd in der Küche stand.

»Je eher du mit ihm sprichst, desto schneller hast du es hinter dir«, sagte Lea.

»Komm, das schaffen wir zusammen.« Johann klopfte ihr auf die Schulter, und Emmi gab sich einen Ruck.

Zusammen liefen sie zu Johanns Wagen, in dessen Kofferraum er die Kiste stellte. Seine Arbeiter hatten schon die Obst- und Gemüsekisten eingeladen.

»Viel Glück!«, rief Lea, als sie einstiegen, und winkte ihnen nach.

Für Emmi hätte die Fahrt zum Residenz-Hotel noch viel länger dauern können, aber Johann bog schon in die Einfahrt für die Lieferanten. Der Motor erstarb, und sie stiegen aus. Johann holte die Kiste aus dem Kofferraum, und Emmi lief neben ihm her auf den Lieferanteneingang zu. In der Küche grüßte man sie mit einem Kopfnicken, und die Küchenchefin verständigte Tim telefonisch.

Dieses Mal mussten sie eine ganze Weile auf ihn warten. Johann stellte die Kiste auf einen Tisch und sah Emmi ratlos an. Endlich kam Tim und grüßte sie knapp. Emmi fragte sich, was in ihm wohl vorging, doch er ließ sich nicht in die Karten blicken. Dafür war er zu sehr Geschäftsmann.

»Hallo, Johann, hallo, Emmi, was gibt es?«

»Wir bringen dir neue Marmelade«, sagte Emmi, bemüht, ihre Stimme fest und ruhig zu halten.

»Hatte ich welche bestellt?« Tim sah sie herablassend an. Emmi glaubte, sich verhört zu haben.

»Das Obst und Gemüse wird gerade ausgeladen, und Emmi wollte dir unbedingt ihre neueste Kreation zeigen. Sie ist gerade fertig geworden«, sagte Johann, nahm eines der Gläser aus der Kiste, dessen Inhalt orange leuchtete. Emmi konnte sehen, wie Tim mit sich haderte, doch er verschränkte nur die Arme.

»Ich habe mittlerweile einen anderen Lieferanten für meine Frühstücksaufstriche.«

»Hast du nicht«, sagte Emmi gekränkt.

»Aber ich bin in Verhandlungen.«

Ihre Augen wurden schmal. »Was soll das, Tim? Letztes Mal warst du so begeistert und wolltest sogar, dass ich in größerer Stückzahl produziere. Am liebsten hättest du einen Katalog mit meinem Sortiment gehabt, und jetzt, wo ich dir eine neue Sorte präsentiere, blockst du ab.«

»Vielleicht bin ich nicht der Einzige, der in seinen Stimmungen ein bisschen wankelmütig ist.«

»Wankelmütig?« Emmi unterdrückte ein Schnauben. »Was wirfst du mir eigentlich vor?«

»Willst du das wirklich vor deinem Vater mit mir besprechen?«

Emmi sah Tim eiskalt an. »Es gibt nichts, was er darüber

nicht wissen kann. Ja, ich habe dich geküsst. Aus einem Impuls heraus, weil ich mich so gefreut habe. Dass es nicht richtig war, weiß ich jetzt. Es tut mir leid, wenn ich dir falsche Hoffnungen gemacht habe. Ich finde dich nett, und ja, ich habe Interesse an dir – als Geschäftspartner.«

Sie wartete, ob Tim etwas erwiderte, doch er sagte nichts. »Es tut mir leid, wenn ich dich verletzt habe. Ich habe nur zugesagt, mit dir zusammen an der Regatta teilzunehmen, weil ich meinen Vater nicht enttäuschen wollte. Da wusste ich noch nicht, was das zwischen uns ist, aber inzwischen ist mir klar geworden, dass ich keine Gefühle für dich habe. Mein Herz gehört einem anderen.«

»Etwa meinem Bruder?«

»Lass uns versuchen, das Geschäftliche vom Privaten zu trennen.«

»Der Meinung bin ich auch«, entgegnete Tim kühl.

Emmi stieß gekränkt die Luft aus. Sie brauchte einen Moment, um seine Antwort zu verarbeiten, doch dann straffte sie ihren Rücken.

»Wenn das so ist, sind wir hier wohl fertig.« Sie griff nach der Kiste mit den Marmeladen und drehte sich um. »Komm, Papa, wir gehen. Ich kenne eine nette Pension, die bestimmt Interesse daran hat, unsere Marmeladen in ihr Frühstückssortiment aufzunehmen.«

21.

Oliver beschloss, dass er seine Mittagspause bei seinen Eltern machen wollte. Allerdings hatte er nicht damit gerechnet, Tim dort zu treffen. Als er den schwarzen Sportwagen hinter dem Haus parken sah, brodelte es in ihm. Was wollte sein Bruder hier? Schwungvoll öffnete Oliver die Tür, die in die Küche führte, und wie er erwartet hatte, saß seine Familie versammelt um den Tisch.

»Oliver«, sagte Tim überrascht, doch seine Stimme blieb kühl.

»Störe ich?«

»Ganz und gar nicht.« Tim stand auf und deutete auf die Papiere, die auf dem Tisch ausgebreitet lagen. »Wenn du willst, kannst du auch gleich einen Blick darauf werfen. Dann brauche ich es nicht zweimal zu erklären.«

Oliver ahnte, was ihn erwartete. Doch als er die Pläne für die Seemöwe genauer betrachtete, spürte er Groll in sich aufsteigen. Die kleine charmante Pension war kaum wiederzuerkennen. Beinahe vollständig sollte sie in einen riesigen Komplex integriert werden. Und, was Oliver noch mehr ärgerte, Tim hatte für seine Pläne tatsächlich bereits einen Architekten engagiert.

»Das Resort Bodensee-Beach verfügt über vierundzwanzig Zimmer, acht davon sind große Luxussuiten. Sofern das Bauamt zustimmt, was uns aber keine Probleme bereiten sollte – immerhin gehe ich mit einem von ihnen dort regelmäßig golfen –, hätte die Hälfte davon einen herrlichen Blick über den Bodensee.«

»Du weißt aber schon, dass du den Nachbargrund dafür auch kaufen musst«, sagte Oliver, nachdem er die Pläne studiert hatte.

»Ich bin bereits in ersten Gesprächen«, entgegnete Tim, ohne sich aus der Ruhe bringen zu lassen. »Selbstverständlich würde ich dich angemessen auszahlen, wenn unsere Eltern damit einverstanden sind, mir die Pension als vorzeitiges Erbe zu überlassen.«

Oliver sah seinen Bruder fassungslos an. »Hörst du dir eigentlich mal selbst zu? Du willst unsere Eltern ernsthaft aus ihrem Haus rauswerfen und es für so einen scheußlichen Komplex abreißen lassen?«

»Nein, Oliver, das hast du falsch verstanden. Die Pension wird integriert.« Er grinste überheblich.

»Weißt du, wie viel unseren Eltern die Pension bedeutet?«

»Natürlich. Deshalb habe ich darum gebeten, einen Komplex zu entwerfen, bei dem möglichst viel des ursprünglichen Charmes erhalten bleibt. Aber wie du weißt, ist es an der Zeit, dass sie von uns unterstützt werden. Sie sind nicht mehr die Jüngsten.«

»Tickst du noch ganz richtig?« Oliver sah von seinen Eltern wieder zu Tim. »Wie redest du über unsere Eltern? Und im Gegensatz zu dir habe ich ihnen hier schon immer geholfen.« Doch zu seiner Verwunderung nahm seine Mutter jetzt seine Hand in ihre.

»Nein, Oliver, Tim hat schon recht. Wir schaffen das kaum noch. Du siehst ja selbst, wie sehr unser geliebtes Häuschen in die Jahre gekommen ist.«

»Dann holt euch Hilfe«, sagte Oliver. »Ihr könntet einen Handwerker einstellen und weitere Arbeitskräfte, einen Koch in der Küche, eine Bedienung oder jemanden, der euch beim Saubermachen und Betten beziehen hilft.«

»Das rechnet sich nicht«, sagte Achim. »Du weißt selbst, dass wir langfristig kürzertreten müssen. Eigentlich wäre es an der Zeit, die Pension an jemand Jüngeren zu übergeben.«

»Gut, dann gebe ich meine Segelschule auf.« Oliver war fest entschlossen, diesen Schritt zu gehen.

»Sie läuft ja sowieso nicht besonders gut«, murmelte Tim.

Das brachte das Fass zum Überlaufen. »Halt dich da raus, Tim. Mit Geld allein kann man sich auch nicht alles kaufen.«

»Reden wir noch immer von der Pension, oder geht es jetzt um Emmi?«

Kathrin horchte auf und blickte irritiert zwischen den Brüdern hin und her.

»Ich werde nicht zulassen, dass du mir noch einmal alles kaputtmachst.«

»Vielleicht hat sie gesehen, was für ein armer Schlucker du bist. So eine kleine Segelschule ist nun mal nicht so beeindruckend wie ein gut gehendes Hotel.«

»Tim!«, ermahnte Achim seinen Sohn. Oliver hätte seinem Bruder am liebsten den Hals umgedreht. Es machte

ihn wahnsinnig, wenn er daran dachte, dass Emmi ihn geküsst hatte. Er hatte wirklich geglaubt, dass er ihr vertrauen
konnte, dass er nicht noch einmal so sehr verletzt wurde
wie damals mit Meike. Dass Emmi jetzt ausgerechnet seinen Bruder geküsst hatte, zog ihm den Boden unter den
Füßen weg. Er wollte nicht noch einmal erleben, wie ihm
das Herz gebrochen wurde, wie sein Bruder um die Frau
kämpfte, in die er sich selbst verliebt hatte, wie er zusehen musste, wie seine Gefühle mit Füßen getreten wurden,
weil seine Liebe nicht reichte, weil er nicht reichte, weil alles, was er geben konnte, nicht genug war.

»Wenn sich Emmi von so etwas blenden lässt, ist sie ohnehin nicht die Richtige für mich.« Seine Worte versetz-
ten ihm selbst einen Stich ins Herz. Wie sehr hatte er gehofft, dass er mit Emmi nicht das Gleiche wie mit Meike
erleben musste. Er war sich ganz sicher gewesen, dass ihre
Gefühle echt waren, dass dieses zarte Band, das da zwischen
ihnen entstanden war, mehr zu bedeuten hatte als damals.
Und jetzt war er doch nur wieder bitter enttäuscht worden. Aber diesen Triumph wollte er Tim nicht gönnen.
»Wenn Emmi Gefühle für dich hat, kann ich dagegen nichts
machen. Aber die Pension bekommst du nicht!«

»Abwarten, großer Bruder.«

»Ich denke, es ist besser, wenn du jetzt gehst.«

Tim hatte offensichtlich einen kurzen Moment Mühe,
sich seine Wut nicht anmerken zu lassen. Doch dann strich
er sein Jackett glatt und nickte. »Ich habe ohnehin alles gesagt. Mama, Papa, überlegt es euch in Ruhe. Mein Angebot steht.«

Er warf Oliver einen Seitenblick zu, und Oliver knirschte mit den Zähnen. Er wusste selbst nur zu gut, dass er keinen finanziellen Spielraum hatte, und dass Tim das so raushängen ließ, ärgerte ihn zutiefst. Dennoch glaubte er nicht, dass sich Emmi von so etwas blenden ließ. Es war einfach zu dreist, wie Tim ihre Eltern von seiner Idee, die Pension vorzeitig zu erben und ihn dafür auszubezahlen, überzeugen wollte. Für ihn wäre es ein Leichtes, ihnen finanziell unter die Arme zu greifen. Warum stellte er nicht einfach ein paar Leute seines Hotelpersonals dort ab? Damit wäre doch allen geholfen. Außer natürlich Tims Traum von seinem neuen Wellness-Klotz.

»Bodensee-Beach ...« Er schüttelte den Kopf. »Es gibt hier nicht mal einen Strand.«

»Oliver, reg dich nicht auf. Du kennst doch Tim. Er ist immer etwas ... übereifrig, wenn er neue Ideen hat.«

»Trotzdem finde ich es unmöglich, dass er sich so über eure Bedürfnisse und Wünsche hinwegsetzt.«

»Vielleicht ist es an der Zeit, ihm das Feld zu überlassen«, sagte sein Vater. »Wir haben ja immer gehofft, dass einer von euch beiden mal die Seemöwe übernimmt. Und wenn Tim nun etwas daraus macht, ist sie wenigstens nicht ganz verloren ...«

»Aber das ist doch auch nicht mehr eure Pension.«

»Hallo?« Das war Emmis Stimme.

Oliver unterdrückte ein Fluchen. Sie war nun wirklich die Letzte, der er gerade begegnen wollte, aber damit hätte er rechnen müssen, schließlich wohnte sie in der Pension seiner Eltern.

»Verzeihung, ich wollte nicht stören.« Sie streckte den Kopf zur Küchentür herein. »Hey, Oliver«, sagte sie etwas leiser, und ihre Stimme klang mit einem Mal verändert. »Tim ist mir gerade an der Tür begegnet, und er wirkte ziemlich aufgewühlt. Habt ihr miteinander gesprochen?«

»In der Tat. Und dass er aufgewühlt ist, kann ich mir denken«, brummte Oliver. Dass Emmi auch noch von seinem Streit in der Familie erfuhr, ärgerte ihn noch mehr.

»Dann hat er mit dir über uns gesprochen?«, fragte sie vorsichtig.

Oliver warf seinen Eltern einen Blick zu.

»Ihr könnt das gerne zwischen euch klären«, sagte sein Vater. »Über Tims Idee können wir noch immer in Ruhe sprechen. Er wird ja nicht gleich morgen mit den Baggern hier auftauchen.«

»Bagger?« Emmi sah irritiert zwischen ihnen hin und her. »Wollt ihr umbauen?«

»Komm, lass uns rausgehen, wenn du sprechen willst.«

Emmi nickte, folgte ihm dann nach draußen.

»Die Seemöwe ist doch wunderschön, wie sie ist«, sagte Emmi, als sie einen Blick über das Gebäude schweifen ließ. »Das verstehe ich nicht.«

»Geht mir genauso, aber mein Bruder ist da wohl anderer Meinung. Er will einen Hotelkomplex daraus machen.«

Emmi schüttelte verständnislos den Kopf. »Aber warum? Er hat doch schon ein Hotel.«

»Ihm ist selten etwas genug, wenn er was hat.«

Sie sah ihn prüfend an. »Wenn das eine Anspielung auf mich sein soll, finde ich das ziemlich geschmacklos.«

»Ich finde es geschmacklos, dass du ihn geküsst hast, wenn du gleichzeitig etwas mit mir anfängst.«

»Meine Güte, Oliver, es war ein einziger Kuss, und es tut mir ehrlich leid. Ich hätte das nicht machen dürfen, du hast recht. Aber dafür weiß ich jetzt, wem mein Herz wirklich gehört. Seit ich hier bin, hat sich in meinem Leben für mich so viel verändert. Ich bin hierhergekommen, und es war wie Ankommen in einer Familie ... Dann habe ich endlich meinen Vater gefunden, nach all den Jahren. Und in der Pension ...« Sie suchte nach den richtigen Worten. »Schon als ich sie das erste Mal betreten habe, hatte ich das Gefühl, nach Hause zu kommen. Und dass dein Bruder jetzt ein Hotel daraus machen will, finde ich schrecklich. Wie geht es denn deinen Eltern damit?«

»Sie denken ernsthaft darüber nach, schließlich werden sie auch nicht jünger.«

»Wieso kannst du ihnen nicht ein wenig unter die Arme greifen? Das ist so ein schönes Haus, das darf nicht einfach verschwinden.«

»Weil ich auch einen Job habe, Emmi. Ich kann nicht einfach alles stehen und liegen lassen.« Es ärgerte ihn, dass sie ihm genau den gleichen Vorschlag machte, über den er bereits selbst nachgedacht hatte. Aber seine Eltern hatten recht. Die Segelschule war das, wofür er immer gekämpft hatte, was er sich sein Leben lang erträumt hatte, wofür er Tag und Nacht hart arbeitete. Wenn er sie jetzt aufgab, würde es sich nur wie eine weitere Niederlage gegenüber Tim anfühlen, denn der hatte ja noch immer sein Hotel, das sogar so gut lief, dass er expandieren konnte. Er würde dastehen wie ein Versager, während sein Bruder als erfolgreicher Hotelier glänzte.

»Es war einfach nur ein Gedanke«, erwiderte Emmi. »Ich sehe doch, wie sehr deine Eltern daran hängen. Da muss es doch irgendeine Lösung geben. Warum stellen sie nicht jemanden ein?«

»Emmi, es reicht!« Oliver hatte keine Lust, ihr von den finanziellen Sorgen seiner Familie zu erzählen, davon, dass es sich langfristig nicht rechnete, dafür die letzten Reserven aufzubrauchen. Und erst recht nicht davon, dass er schon einmal gegen Tim verloren hatte und eine Frau sich für seinen Bruder entschieden hatte. »Das ist einfach ein Thema, das dich nichts angeht. Danke für dein Interesse, aber ab hier ist es Familiensache.«

Emmi öffnete den Mund, um etwas zu sagen, doch offenbar brauchte sie einen Moment, bis sie die passenden Worte fand. »Ich habe dir alles anvertraut, Oliver«, sagte sie halblaut. »Von meiner Familie, meiner Mutter, meinem Vater, den ich mein ganzes Leben vermisst habe. Ich habe dich sogar gebeten, mir zu helfen, ihm etwas näherzukommen. Und du blockst jetzt einfach so ab? Wegen diesem einen dummen Kuss?« Sie schüttelte den Kopf. »Ich dachte wirklich, dass da mehr zwischen dir und mir ist, dass ich nicht nur eine Urlaubsromanze für dich bin. Aber wenn ich dir so wenig bedeute, dass du mir weder einen Fehler verzeihst noch um mich kämpfst, habe ich mich wohl getäuscht.«

»Man muss nicht gleich jedem sein Herz ausschütten, nur weil jemand nett zuhört und lieb fragt.«

»Danke, das reicht mir.« Emmi umfasste die Riemen ihrer Handtasche fester. »Es ist wohl besser, wenn ich jetzt gehe.« Sie ließ ihn stehen und lief an ihm vorbei in die Pension zurück.

Oliver ballte eine Hand zur Faust. Na toll, anstatt sich auszusprechen, hatte sich die Sache mit Emmi nur noch tiefer verstrickt. Er beschloss, noch eine Runde segeln zu gehen. Vielleicht half es ihm, wenn er seine Sorgen an Land ließ und in Ruhe über alles nachdachte.

22.

Die Treppen waren ganz verschwommen, als Emmi mit Tränen in den Augen nach oben lief. Wie hatte Oliver nur so gemein sein können? Sie hatte doch nur helfen wollen, und er hatte sie so harsch abgewiesen. Hatte sie sich wirklich so in ihm getäuscht?

»Was ist denn mit dir passiert?«, frage Lea überrascht, als Emmi in ihr Zimmer kam.

Emmi holte Luft, um etwas zu sagen, doch stattdessen kam nur ein Schluchzen aus ihrer Kehle.

»Du liebe Zeit, Emmi.« Lea legte ihre Segelunterlagen beiseite, in denen sie eben noch gelernt haben musste, stand vom Bett auf und umarmte ihre Freundin.

»Oliver und ich haben uns gestritten«, schluchzte Emmi. »Dabei wollte ich ihm doch nur helfen.«

»Was ist denn genau passiert?« Die beiden Freundinnen nahmen am Fußende des Bettes Platz.

»Tim war in der Pension. Anscheinend wollte er besprechen, wie er aus der Seemöwe ein Luxusresort machen kann. Er will wohl alles umbauen und einen riesigen Komplex daraus machen.«

»Was? Aus diesem süßen Haus hier?«

Emmi nickte unglücklich. »Ich habe auch gesagt, dass sie das nicht machen sollen. Ich habe mich noch nie so wohlgefühlt wie hier. Aber als ich Oliver ein paar Ideen vorgeschlagen habe, wie man die Pension retten könnte, ist er richtig wütend geworden und hat mich angefahren, dass mich das nichts angeht.« Lea reichte ihr ein Taschentuch, und Emmi wischte sich die Tränen ab. »Ich dachte wirklich, das mit uns bedeutet ihm etwas. Ich habe ihm alles über meine Familie anvertraut, über meinen Vater ... Und jetzt wollte ich ihm helfen, und er ist so gemein. Auch dass ich Tim aus dem Affekt heraus geküsst habe, verzeiht er mir nicht. Ich war so dumm, Lea.«

»Vielleicht braucht er einfach Zeit«, sagte Lea nachdenklich.

»Nein, ich glaube, das mit uns bedeutet ihm einfach nichts.« Emmi seufzte tief. »Es ist gut, dass wir morgen nach Hause fahren.«

Lea sah sie überrascht an. »Bist du dir wirklich sicher?«

Nach einem kurzen Zögern nickte Emmi.

»Und was ist mit der Marmelade, die du hergestellt hast?«

»Das bringt doch alles nichts.« Emmi schniefte. »Tim hat kein Interesse mehr daran, sie zu kaufen, und Oliver wird sie nicht einmal probieren, so wie er sich vorhin verhalten hat. Das war alles eine nette Idee, aber in der Realität funktioniert es so nun mal nicht.«

»Ach, Emmi ...« Lea umarmte ihre Freundin gleich noch einmal. »Das tut mir alles so leid.«

»Danke«, murmelte Emmi an ihrer Schulter. »Ich werde jetzt meinen Vater anrufen und ihm sagen, dass ich morgen abreise.«

»Willst du nicht noch mal bei ihm vorbei?«

»Morgen früh vielleicht.« Sie löste sich aus der Umarmung und holte ihr Smartphone aus der Tasche. Dabei fiel ihr Blick auf die beiden Marmeladengläser, die sie eingepackt hatte. Eines für Kathrin und eines für Oliver. Enttäuscht stellte sie die Gläser auf den runden Tisch bei der Sitzgruppe, nahm ihr Smartphone und ging auf den Balkon.

»Hallo, Papa, hier ist Emmi«, meldete sie sich, als er das Gespräch annahm.

»Emmi, was ist los? Hast du etwas bei mir vergessen?«

»Nein.« Emmi zögerte. »Ich wollte dir nur sagen, dass Lea und ich morgen nach Hause fahren werden.«

»Oh, okay. Ich dachte mir schon, dass du nicht ewig bleiben kannst.« Er machte eine kurze Pause. »Ist etwas passiert, Emmi? Du klingst so verändert.«

»Oliver und ich haben uns noch einmal gestritten«, sagte sie. »Ich fürchte, wir haben keine Chance.«

»Ach, Emmi, das ist alles so traurig. Kann ich etwas für dich tun?«

»Ich denke nicht, aber vielen Dank.« Emmis Stimme war ganz belegt. Sie kannte das gar nicht, dass sie Hilfe angeboten bekam. Bei ihrer Mutter hatte sie meist selbst schauen müssen, wie sie zurechtkam.

»Und was hältst du davon, wenn ich noch mal mit Tim rede?«, bot Johann an.

»Ich fürchte, das bringt nichts. Schau mal, er war doch schon neulich so stur und wollte dann nicht mal mehr die Marmeladen kaufen.«

Johann brummte bloß ins Telefon. »Ach, Emmi, ich würde mir so wünschen, dass ich dir helfen kann. Schade, dass du nicht noch ein wenig länger bleiben kannst. Jetzt habe ich dich gerade erst kennengelernt, und dann gehst du schon wieder.«

Emmi seufzte tief. Es fiel ihr schwer, ihren Vater zu verlassen. Sie hätte gerne mehr Zeit mit ihm verbracht. Aber sie brauchte Abstand und Ruhe, um nachzudenken. »Ich komme wieder«, versprach sie. Sie überlegte, ob er sich an den Abschied ihrer Mutter erinnert fühlte. Ob Maren ihm auch versprochen hatte zurückzukehren? Würde das reichen, wenn sie während ihres Urlaubs hierherfuhr und neue Marmeladen kreierte? Was, wenn sie keinen Abnehmer dafür fanden? Auf Tim konnte sie sich jedenfalls nicht verlassen. Es fühlte sich immer noch wie ein kleiner Verrat an, dass er ihr den Kuss nachtrug, doch viel schlimmer war dies bei Oliver.

»Ich brauche jetzt einfach ein bisschen Zeit, um mich zu sortieren.«

»Emmi, wenn ich dir irgendwie helfen kann, lass es mich wissen.« Johanns Stimme klang auf einmal verändert, fest und entschlossen. Emmi stiegen Tränen in die Augen.

»Danke, Papa.« Rasch beendete sie das Gespräch, ehe ihre Stimme brach.

»Und jetzt?«, fragte Lea mit mitfühlendem Blick.

»Jetzt packe ich.« Emmi wuchtete ihren Koffer auf ihre Bettseite, faltete ihre Kleider und legte sie hinein. Mit jedem Kleidungsstück, das aus der Garderobe verschwand, fühlte es sich ein bisschen mehr nach Abschied an, doch es war nicht so ein Abschied, wie sie ihn von Urlauben kannte, diese leise Wehmut, wenn man aus der Entspannung eines Hotels wieder zurück in seinen Alltag musste. Es fühlte sich vielmehr an wie ein tiefer Verlust.

Abends lag sie noch lange im Bett und dachte nach. Sie öffnete ihren Foodblog, scrollte durch die Einträge, die sie hier erstellt hatte. Wehmütig lächelte sie, als sie sich daran erinnerte, wie sie all die vielen Erdbeeren mit Kathrin geschnitten hatte, wie sie Johann bei der Verarbeitung seiner Zucchini geholfen hatte. Wie begeistert Oliver von der Marmelade gewesen war. Sie dachte an die Brombeer-Schokoladen-Kekse, wie Oliver sie getröstet und bestärkt hatte, die Suche nach ihrem Vater nicht aufzugeben. Sie dachte an das Johannisbeergelee und an die Soße, in die sie es eingerührt hatte, daran, wie Johann mit Tränen in den Augen festgestellt hatte, dass sie Marens Rezept kannte und dass ein Stück seiner Vergangenheit zurückgekehrt war. Sie dachte an ihre glücklichen Stunden auf dem Hof mit ihrem Vater, wie sie zueinandergefunden hatten, an ihre ersten Experimente, als sie zusammen mit Johann neue Sorten kreiert hatte. Sie dachte an die zwei Gläser Prosecco-Aprikosen-Marmelade, die sich noch immer in ihrer Tasche befanden, die Oliver niemals probieren würde. Traurig überflog sie den Eintrag, den sie nach ihrem gemeinsamen Ausflug geschrieben hatte. Sie dachte an ihre Schwimmstunden, an ihr Planschen im Wasser, an seine Nähe und wie er sie immer wieder über Wasser gehalten hatte, wie sie ihm vertraut hatte. Sie dachte an die atemberaubende Aussicht über den Bodensee, das Glitzern des Wassers, als sich die Sonne doch noch für einen Moment gezeigt hatte. Sie dachte an ihr Picknick, an die Nähe, die zwischen ihnen war, an den Marmeladenglasmoment, als die Sonne hinter den Bergen versank und ihr apricotfarbenes Licht über den See geschickt hatte, an den Kuss, den sie und Oliver getauscht hatten. Eine leise Träne stahl sich aus ihrem Augenwinkel und rollte über ihre Wange. Sie hörte Leas gleichmäßiges Atmen neben sich. Sie war dankbar, eine Freundin an ihrer Seite zu haben.

Eine Nachricht ploppte auf ihrem Display auf. Ihre Mutter: *Du bist ja noch wach*. Sie musste es an Emmis Status gesehen haben.

Ich kann nicht schlafen, tippte Emmi zurück.

Wie ich deinem Blog entnehme, waren es eindrucksvolle Tage.

Emmi presste die Lippen zusammen. Sie überlegte, was sie ihrer Mutter antworten sollte, ob sie sie fragen sollte, wieso sie Johann ohne einen Abschied, ohne Erklärung verlassen hatte. Sie wollte gerade etwas schreiben, als sie die nächste Nachricht ihrer Mutter sah:

Wie geht es dir, Emmi?

Emmi überlegte, wann Maren sie das das letzte Mal gefragt hatte. Ihr Herz zog sich zusammen, und sie hätte am liebsten losgeweint, doch sie beherrschte sich, denn sie wollte Lea nicht wecken. Was sollte sie antworten? Sollte sie ihrer Mutter schreiben, was passiert war? Würde sie dafür Verständnis haben? Oder gar einen guten Rat? Emmi starrte an die dunkle Zimmerdecke. Würde ihre Mutter verstehen, wie es ihr ging? Enttäuscht und mit Liebeskummer?

Ich komme nach Hause, tippte sie schließlich zurück, legte das Handy beiseite und zog die Decke ein Stückchen höher. Sie blickte auf den schwarzen See, auf das ruhige Blinken, das das Ufer säumte, die Lichter, kleine Punkte in der Ferne, die wie unzählige Sterne aussahen.

Tat sie das Richtige? Sie grübelte noch lange, bis ihr schließlich doch die Augen zufielen.

Am nächsten Morgen wurde Emmi vom Brummen ihres Smartphones auf dem Nachttisch geweckt. Sie drehte sich auf die Seite, zog die Decke ein Stückchen höher und war gerade dabei, wieder ins Land der Träume zu gleiten, als ihr Handy erneut brummte. Was war denn da los? Sie drehte sich auf die andere Seite, griff danach und warf einen Blick auf das Display. Sie war noch so müde, dass es ihr schwerfiel, etwas zu entziffern. Vier neue Nachrichten und ein verpasster Anruf. War bei ihrer Mutter in der Firma etwas passiert? Emmi richtete sich auf und entsperrte ihr Handy. Die Nummer war unbekannt, die Nachrichten in ihrem Posteingang von interessierten Neukunden, die sie nach Rezepten fragten. Was war passiert?

Emmi öffnete ihren Blog. Ihr letzter Eintrag zur Prosecco-Aprikosen-Marmelade hatte sechsundzwanzig neue Kommentare. Sie scrollte durch die Antworten und überflog sie. Die meisten waren begeistert, lobten die außergewöhnliche Zusammenstellung, schwärmten von dem einzigartigen Geschmackserlebnis oder schrieben, dass sie sie ebenfalls nachkochen wollten. Emmi wurde es fast ein bisschen mulmig zumute. Was war hier los? Unsicher schüttelte sie ihre Freundin an der Schulter.

»Lea! Lea, wach auf!«

»Was ist denn?«, brummte Lea verschlafen neben ihr.

»Ich weiß es nicht, aber irgendetwas ist mit meiner Marmelade passiert.«

»Wieso das denn?« Lea richtete sich auf und nahm das Smartphone entgegen, das Emmi ihr reichte. »So viele Reaktionen hattest du ja noch nie in so kurzer Zeit.«

Emmi nickte. »Und das ist noch nicht alles. Ich habe vier Anfragen hier aus der Region bekommen, ob ich für sie Marmelade produzieren könnte.«

Lea legte die Stirn in Falten. »Was geht da vor sich?«

»Ich habe keine Ahnung, aber ich werde es herausfinden.« Emmi schlug die Decke zur Seite und stand auf. Sie schlüpfte in einen Rock und ein T-Shirt und machte sich kurz im Badezimmer frisch.

»Ich komme mit«, sagte Lea und zog sich ebenfalls an.

Unten im Frühstücksraum war alles ruhig. Ein paar Gäste saßen an ihren Tischen und genossen ihr Frühstück. Ein Mann blätterte in einer Zeitung, eine Frau im Kostüm tippte etwas auf ihrem Smartphone. Die Familie, die gestern Abend angekommen war, bereitete sich gerade Müsli zu. Emmi und Lea nahmen an ihrem Tisch auf dem halbhohen Podest Platz.

»Guten Morgen«, grüßte Kathrin sie, als sie dem Mann mit der Zeitung einen Kaffee servierte. »Ich bringe euch gleich eure Sachen.«

Die Geschäftsfrau musste schon eine Weile länger hier

sitzen, denn sie aß gerade den letzten Bissen ihres Brötchens.

Kathrin, die wieder in der Küche verschwunden war, kam gleich darauf mit einem Wurstteller und der Käseplatte, als Nächstes brachte sie eine kleine Obstschale und einen Brotkorb mit Brötchen, zwei Scheiben Körnerbrot und zwei Croissants.

»Und hier sind noch der Kaffee und die Marmelade«, sagte sie, als sie ein drittes Mal aus der Küche kam. »Die Aprikosenmarmelade ist der Wahnsinn, die müsst ihr unbedingt probieren!«

Emmi sah Kathrin irritiert an. Sie nahm sich eine Scheibe Brot, strich etwas Butter darauf und gab einen Klecks von der leuchtend orangenen Marmelade darauf. Als sie abbiss und die Marmelade schmeckte, hielt sie einen Moment ungläubig inne. Das war ihre Prosecco-Aprikosen-Marmelade!

»Woher hast du die?«, fragte sie überrascht.

»Die hat mir heute Morgen meine Freundin beim Bäcker empfohlen. Sie kommt hier aus der Region. Schmeckt unglaublich, was?«

»Ist das …«, fragte Lea, die sich ein Brötchen mit der Marmelade bestrichen und mittlerweile probiert hatte.

Emmi nickte. »Und woher hat deine Freundin die Marmelade?«

Kathrin dachte kurz nach. »So genau weiß ich das nicht. Sie sagte, dass irgendein Mann mit einem Lastenrad die heute früh in der ganzen Region verkauft hat. Ihm gehört wohl ein Biohof hier in der Nähe. Dort baut er Obst und Gemüse an, und das ist anscheinend seine neueste Kreation.

Genaueres kann ich dir leider dazu auch nicht sagen, aber ich kann sie fragen, wenn du möchtest.«

»Nicht nötig«, sagte Emmi, die mit einem Mal ganz ernst geworden war. »Ich glaube, ich weiß, wer das ist.«

Als Kathrin sie fragend anblickte, sagte sie: »Mein Vater, Johann Gruber.«

Kathrin hob ungläubig die Brauen. »Die kommt von deinem Vater?«

Emmi nickte. »Die haben wir zusammen gemacht. Eigentlich wollten wir sie exklusiv in Tims Hotel anbieten, aber dann ist er doch abgesprungen. Da muss mein Vater sie kurzfristig verkauft haben.«

»Das ist ja unglaublich. Emmi, die Marmelade ist fantastisch. Ich würde sie sofort kaufen und meinen Gästen hier in der Pension anbieten.«

»Da bist du nicht die Erste«, sagte Emmi, als sie an die vielen Nachrichten in ihrem Posteingang und auf dem Foodblog dachte.

»Emmi, also ich als deine Businessberaterin und Buchhalterin rate dir dringend, das Rezept von der Homepage zu löschen.« Lea sah sie mit festem Blick an. »Wenn die Marmelade innerhalb weniger Stunden so viele Interessenten hat, kannst du da wirklich was draus machen.«

Emmi nickte nachdenklich. Die Überlegung war ihr ebenfalls gekommen, doch ein Gedanke war noch viel präsenter als die Verwunderung, dass ihr Business über Nacht solchen Aufwind erhalten hatte: »Warum hat mein Vater die Marmelade verkauft – vor allem, ohne das vorher mit mir zu besprechen?«

»Ich denke, das kann dir nur dein Vater beantworten«, sagte Lea.

Emmi nickte. »Das glaube ich auch. Dann wird es allerhöchste Zeit, dass ich mit ihm rede. Entschuldige mich bitte kurz.« Sie nahm ihr Smartphone und verließ die Pension. Während sie die Nummer ihres Vaters wählte, schlug sie einen Weg zum See ein. »Hallo, Papa«, sagte sie, als er sich meldete.

»Guten Morgen, Emmi. Schön, dass du anrufst.«

»Ich habe gerade meine Marmelade zum Frühstück gegessen. Allerdings nicht aus einem der Gläser, die ich bei dir mitgenommen habe.«

Es war kurz still am anderen Ende der Leitung. »Ich habe sie heute Morgen verkauft. Freust du dich?«

»Ich bin, ehrlich gesagt, ein bisschen überrumpelt«, gab Emmi zu. »Du hättest das vorher mit mir abklären können.«

»Ich wollte dich überraschen«, sagte Johann, und sie hörte an seiner Stimme, dass er geknickt war.

Emmi seufzte kaum merklich. Sie wollte ihrem Vater nicht wehtun, doch dass er sie bei seinem Vorhaben einfach außen vor gelassen hatte, schmerzte sie. Es waren doch ihre Marmeladen, die hatten sie doch gemeinsam hergestellt.

»Wann fährst du denn heute?«, fragte Johann. »Sehen wir uns noch mal?«

»Ich muss gucken.« Emmi schluckte den Kloß in ihrem Hals hinunter.

»Okay.« Wieder herrschte eine kurze Stille. »Grüß Maren von mir.«

Emmi legte auf. Sie brauchte ein paar Minuten, um sich zu beruhigen. Mehrmals atmete sie tief durch, sog die klare Seeluft ein, sah auf die wenigen Boote, die auf dem Wasser dümpelten. Die Fähre war auf dem Weg in Richtung Konstanz. Emmi vergrub ihre Hände in den Taschen ihres Rocks und schlenderte an der Promenade entlang. Was sollte sie jetzt tun? Gestern war sie sich noch so sicher gewesen, dass sie fahren wollte – und nun? Ihr Smartphone brummte erneut. Bestimmt wieder irgendein Interessent. Oder wollte ihr Vater ihr noch etwas sagen? Emmi zog das Smartphone aus der Tasche und warf einen Blick darauf. Ihre Mutter.

Sie nahm das Videogespräch entgegen. »Mama«, sagte sie verwundert.

»Hallo, Emmi. Hast du gesehen, dass die Rückmeldungen auf deinen letzten Blogeintrag nicht aufhören?«

Emmi nickte.

»Anscheinend hast du mit deiner neuesten Kreation einen Nerv getroffen.«

»Ehrlich gesagt ist das gar nicht mein Verdienst, sondern Johanns. Er hat die Marmelade überall verkauft. Wenn ich davon gewusst hätte, hätte ich ihn davon abgehalten. Ich verstehe nicht, wieso er das gemacht hat.«

»Er will, dass du bleibst«, sagte Maren unvermittelt.

Das traf. So hatte Emmi das noch gar nicht gesehen. Wenn sich die Marmeladen so gut verkaufen würden, dass sie bald Nachschub brauchten, hätte Emmi einen Grund, hierzubleiben. Sie könnte sich etwas Eigenes aufbauen, zusammen mit Johann.

»Was ist damals zwischen euch passiert?«, fragte Emmi.

Maren wandte den Kopf zur Seite.

»Mama, bitte!« Emmis Stimme war eindringlich. »Ich muss es wissen. Ich will ihn verstehen. Er tut alles, damit er mich nicht verliert, also musst du ihm doch auch etwas bedeuten, oder nicht?«

Zu ihrer Verwunderung wich ihre Mutter dieses Mal nicht aus. »Wie du ja weißt, habe ich meine Ausbildung zur Köchin am Bodensee gemacht.«

Emmi ließ ihren Blick noch einmal über den malerischen See gleiten, über die Wasseroberfläche, die sich in kleinen Wellen kräuselte.

»Johann und ich haben uns dort kennengelernt, im letzten Jahr meiner Ausbildung. Wir waren sehr verliebt. Es war kurz vor Ende meiner Ausbildung, als wir uns allerlei Möglichkeiten ausgemalt haben, wie unsere Zukunft aussehen könnte. Es war der beste Sommer meines Lebens, und ich war sicher, dass Johann meine große Liebe ist. Mit ihm hatte ich sogar mein erstes Mal. Es war so wunderschön.«

»Aber warum bist du dann gegangen?« Emmi sah sie verständnislos an. »Johann sagte mir, dass du ihn von einem Tag auf den anderen einfach verlassen hast.«

»Ich musste gehen. Ich konnte nicht anders.«

Emmi konnte sehen, wie betrübt ihre Mutter war.

»Johann war kurz davor, den Hof von seinen Eltern zu übernehmen. Er hat den Hof so sehr geliebt, er hat ihm alles bedeutet.«

»Das ist heute immer noch so«, sagte Emmi. »Auch wenn

alles ein bisschen in die Jahre gekommen ist – man merkt, mit wie viel Liebe, wie viel Hingabe er täglich versucht, sich darum zu kümmern.«

Maren lächelte traurig. »Das hätte ich ihm nicht wegnehmen können. Seine Eltern haben ihn damals vor die Wahl gestellt: Entweder der Hof oder ich.«

»Wirklich?« Emmis Augen weiteten sich ungläubig. »Haben sie das so gesagt?«

»Nein, aber ich habe ein Gespräch zwischen seinem Vater und seiner Mutter mitbekommen, als ich bei ihm zu Besuch war. Er hätte ihm den Hof nicht vererbt, wenn er mit mir zusammengeblieben wäre. Sein Vater hat mich nur für eine Urlaubsromanze gehalten, und er hatte große Sorgen, dass Johann den Hof aufgibt, wenn wir zusammenbleiben. Deshalb war die Bedingung, dass er eine von dort heiraten muss, wenn er den Hof übernehmen will.«

»Das ist ja furchtbar«, sagte Emmi. »Ich dachte, so was gibt es nicht mehr.«

»Leider schon«, sagte Maren wehmütig und seufzte. »Ich habe gesehen, wie sehr Johann den Hof liebte, und dann habe ich mich gefragt, ob ich ihm das wirklich alles wegnehmen kann. Ich war mir ja selbst nicht sicher, ob das mit uns wirklich etwas Langfristiges wird. Geliebt habe ich ihn, das stand außer Frage, doch reichte das, um eine Beziehung zu führen? Was, wenn wir herausgefunden hätten, dass es nicht so ist? Ich hätte mir für den Rest meines Lebens Vorwürfe gemacht.«

»Hast du ihm das erklärt?«

Maren schüttelte den Kopf. »Johann hatte große Pläne.

Er wollte den Hof auf biodynamisch umstellen. Ich weiß, dass er das aufgegeben hätte, aber ich wollte mich auch nicht zwischen die Familie drängen.«

»Und dann bist du einfach gegangen?«

»Es ist mir furchtbar schwergefallen. Einen langen Abschied hätte ich selbst nicht verkraftet, weil ich gewusst habe, dass Johann um mich kämpft.«

»Deshalb also nicht mal eine Nachricht.«

Maren nickte.

Emmi spürte tiefes Mitgefühl für ihre Eltern. Sie setzte sich auf eine Bank am Seeufer.

»Ein paar Wochen später, als ich wieder zu Hause in Frankfurt war, habe ich festgestellt, dass ich schwanger bin. Es war ein Schock für mich. Mit einem Kind hatte ich überhaupt nicht gerechnet. Und dann habe ich mich gefragt, was ich tun soll. Aber als ich dich das erste Mal auf dem Ultraschall gesehen habe, wusste ich es sofort. Ich hätte mich niemals gegen dich entscheiden können.«

»Warum hast du Johann nie von mir erzählt?«

»Das wollte ich«, sagte Maren ernst, »aber als ich wieder an den Bodensee gefahren bin, habe ich erfahren, dass er geheiratet hat.«

Emmi blickte sie ungläubig an. »Das ist nicht dein Ernst.«

»Leider doch.« Emmi konnte sehen, wie viel Trauer, wie viel Schmerz in dem Blick ihrer Mutter lag. »Ich habe es selbst nicht für möglich gehalten, aber ich konnte es verstehen. Schließlich wollte er den Hof behalten. Ich hatte mit seiner Großmutter gesprochen, Emilia, und sie um Rat gefragt. Sie war die Einzige, die damals zu mir hielt.

Sie hat ewig auf seine Eltern eingeredet, doch sie glaubten mir nicht. Sie meinten, ich würde ihm jetzt auch noch ein Kind unterschieben. Emilia hat mir geraten, es ihm zu sagen. Aber ich konnte nicht. Meine Angst, einen Keil zwischen ihn und die Familie zu treiben, war einfach zu groß. Und wenn ich ihm von dir erzählt hätte, hätte er die andere Frau verlassen.«

»Und dadurch den Hof verloren«, murmelte Emmi.

Maren nickte. »Ich wollte ja, dass er den Hof übernimmt, aber es hat trotzdem unfassbar wehgetan, zu sehen, dass er so schnell jemand anderen gefunden hat. Vor allem, da ich wusste, dass ich ja dich erwartete.«

Sie sah, wie sich Maren eine Träne von der Wange wischte.

»Heiße ich deshalb Emmi? Nach seiner Großmutter?«

Maren nickte.

Jetzt kämpfte auch Emmi mit den Tränen. »Wieso hast du mir das nie erzählt?«

»Weil es so leichter für mich war. Ich dachte, so kann ich ihn irgendwann vergessen. Und ich dachte, wenn du ihn niemals kennenlernst, wirst du ihn niemals so sehr vermissen, wie ich ihn vermisst habe.«

»Ich habe ihn immer vermisst«, wisperte Emmi. »Und das weißt du. Ich hätte ihn so gerne kennengelernt.«

»Ich weiß, aber ich wusste nicht, wie er darauf reagiert, wenn er erfährt, dass er eine Tochter hat. Was, wenn er dich nicht gewollt hätte? Ich hatte solche Angst davor, dass er dich ablehnt, ich wollte dir diesen Schmerz einfach ersparen. Und ich dachte, dass er glücklich ist.«

»Es gibt keine andere Frau in seinem Leben.« Emmi merkte, wie ihre Mutter aufhorchte, als sie dies sagte. »Ich weiß nicht, was passiert ist.« Doch sie nahm sich vor, ihren Vater danach zu fragen. Sie wollte endlich die ganze Geschichte erfahren, wollte wissen, was damals alles passiert war.

»Emmi, ich wünschte so sehr, seine Familie hätte uns damals eine Chance gegeben. Es wäre so vieles anders verlaufen.«

»Vielleicht«, sagte Emmi leise. »Vielleicht hätte es auch nie funktioniert.«

»Wir werden es nie erfahren.« Maren sah sie betrübt an.

»Und warum warst du nie für mich da?«, fragte Emmi.

Maren kämpfte wieder mit den Tränen. »Ich konnte es nicht«, sagte sie mit brüchiger Stimme. »Jeden Tag hast du mich an ihn erinnert, daran, dass ich die Liebe meines Lebens verloren habe. Es war leichter, eine Mauer um mein Herz zu bauen, als den Schmerz zuzulassen.«

»Aber ich hätte dich auch gebraucht.«

»Ich weiß.« Maren schluchzte. Emmi hatte ihre Mutter noch nie so emotional erlebt. »Aber anstatt für dich da zu sein, habe ich mich in die Arbeit gestürzt. Da war ich erfolgreich. Da habe ich mich gut gefühlt ... Nicht so als Mutter ...«

Emmi spürte, wie ihr die Tränen die Wangen hinunterliefen. Noch nie hatte sie ihre Mutter so ehrlich sprechen hören. »Es tut mir so leid«, flüsterte sie.

»Nein, Emmi, mir tut es leid, dass ich nie den Mut aufgebracht habe, für dich zu kämpfen. Ich habe immer versucht, dich zu einer starken, selbstbewussten Frau zu erziehen – und als du vor einer guten Woche als genau diese vor mir standest, mit dem Kästchen in der Hand und all deinen Fragen, da habe ich noch mehr Angst bekommen als all die Jahre zuvor. Ich hatte solche Angst, dass du mich verurteilst, für meine Entscheidungen, für meine Feigheit.«

»Ich habe mir einfach nur eine Mutter gewünscht, die für mich da ist, wenn es schon mein Vater nicht ist. Eine Familie …«

»Ich weiß. Es tut mir so leid, Emmi.« Maren atmete tief durch. »Aber jetzt hast du ihn gefunden. Ihr könnt neu anfangen. Wichtig ist, was du jetzt daraus machst. Du hast all die Jahre so sehr darum gekämpft, deinen Vater zu finden. Gib jetzt nicht einfach auf, nur weil es schwierig ist. Mach nicht den gleichen Fehler wie ich und geh einfach.«

Emmi fühlte sich hin- und hergerissen. »Aber bei mir geht es jetzt nicht mehr nur um Johann, sondern auch um Oliver.«

»Oliver?« Maren sah sie irritiert an.

»Den Mann, den ich hier kennengelernt habe.«

»Liebst du ihn?«

Emmi schluchzte. »Ich weiß es nicht«, gab sie offen zu. »Ich dachte schon, ja, aber es ist alles so kompliziert. Wir haben uns heftig gestritten.«

»Aber von einem Streit lässt man sich doch nicht unterkriegen, Emmi.«

»Mama, ich habe einen riesengroßen Fehler gemacht. Ich habe einen anderen Mann geküsst – noch dazu seinen Bruder.«

»O Emmi …« Marens Blick wurde mitfühlend. »Das war sicherlich nicht die beste Entscheidung, aber Menschen machen Fehler. Und jeder Fehler lässt sich irgendwie wieder ausbügeln. Lerne aus meinem Verhalten und verkriech dich nicht, nur weil es schwierig ist. Wenn du denkst, dass er der Richtige ist, solltest du um ihn kämpfen.«

»Aber du hast es doch bei Johann auch nicht getan.«

»Ich habe auch nicht gesagt, dass ich diesen Fehler nie bereut hätte.«

Emmi wurde nachdenklich. Was sollte sie tun? Ihre Mutter hatte gut reden. Sie hatte es damals selbst nicht geschafft, um ihre Liebe zu kämpfen. Sie hatte Johann nicht enttäuschen wollen und hatte sich deshalb zurückgezogen. Sie konnte sich vorstellen, wie weh das ihrer Mutter getan haben musste, dass Johann nach so kurzer Zeit schon wieder jemand anderen hatte. Doch hier, bei ihr, war die Sachlage etwas anders. Sie hatte ja keine richtigen Gefühle für Tim. Er war nett, ja, und sie hatte gehofft, dass sie mit ihm ins Geschäft kam, aber wirklich etwas für ihn empfinden tat sie nicht. Dessen war sie sich mittlerweile bewusst. Emmi seufzte leise.

»Die Marmelade, die gerade so gut ankommt …« Sie zögerte. »Die habe ich für ihn gemacht.«

Maren lächelte. »Liebe geht also doch durch den Magen«, sagte sie zwinkernd. »Und so, wie ich das Rezept lese, solltest du unbedingt dafür sorgen, dass dieser Oliver sie probiert. Und mir bringst du auch ein Glas davon mit, ja?«

Jetzt huschte doch ein Lächeln über Emmis Gesicht. »Mache ich«, sagte sie. Jedenfalls was das Glas für ihre

Mutter anging. Wie sie Oliver dazu bewegen sollte, die Marmelade zu versuchen, wusste sie selbst nicht. Ob sie vielleicht doch noch einmal mit ihm sprechen sollte? »Ich muss jetzt Schluss machen«, sagte Emmi, und Maren nickte.

»Ich wünsche dir viel Erfolg, Emmi, und hör auf dein Herz. Es weiß, welcher Weg der richtige ist.«

Emmi beendete das Telefonat und blickte auf den See. Sie war noch immer völlig überwältigt von dem Gespräch mit ihrer Mutter. Noch nie hatten sie so offen miteinander gesprochen, noch nie hatte sie erlebt, dass Maren weinte. Bisher hatte sie immer Ablehnung und diese Distanz bei ihrer Mutter gespürt, jetzt waren da zum ersten Mal Nähe und das Gefühl einer Familie. Emmi wurde es eigenartig warm ums Herz. Sie hörte die Blätter der Bäume über sich rauschen, die ihr auf der Bank Schatten spendeten, sah zwei Enten zu, die auf dem glitzernden Wasser an ihr vorbeischwammen. All die Jahre hatte sich Maren so gequält. Und auch wenn Emmi es nicht gutheißen konnte, verstand sie es nun.

In diesem Augenblick spürte sie, dass sie irgendwann ihren Frieden damit machen und ihrer Mutter verzeihen können würde. Am Horizont bemerkte sie ein Segelboot, und unwillkürlich fragte sie sich, ob es Oliver war. Marens Rat, um ihn zu kämpfen, kam ihr in den Sinn. Wenn jemand wusste, was es bedeutete, eine Liebe zu verlieren, dann sie. Emmi empfand tiefes Mitgefühl für sie. Es lag an ihr, ob sie all den Schmerz von damals wiederholen wollte oder ob sie ein anderes Leben als ihre Mutter wählte. Sie musste unbedingt noch einmal mit Oliver sprechen. Aber vorher hatte sie noch etwas Wichtigeres zu klären.

23.

»Sie liebt dich noch immer!«

»Was?« Johann sah Emmi verwirrt an, als er ihr die Tür öffnete.

»Meine Mutter.«

Er schüttelte den Kopf. »Wie kommst du denn jetzt da drauf?«

»Ich habe mit ihr gesprochen.«

Johann trat zur Seite und ließ Emmi eintreten. »Das ist Jahre her, Emmi.«

»Ich weiß, aber ihre Gefühle sind immer noch dieselben. Ich bin mir ganz sicher. So, wie sie von dir erzählt hat, hat sie dich all die Jahre nicht vergessen. Sie hat dich damals verlassen, weil sie nicht wollte, dass du den Hof verlierst.«

»Setz dich erst mal«, sagte Johann und bedeutete ihr mit einer Handbewegung, auf dem Sofa Platz zu nehmen. Er schenkte ihr von der Limonade ein, die er in einer Glaskaraffe auf dem Couchtisch stehen hatte. »Und woher weißt du das?«

»Mama hat mir erzählt, dass sie damals ein Gespräch zwischen deinen Eltern mitbekommen hat. Sie haben sich Sorgen gemacht, dass das zwischen dir und ihr nur eine Urlaubsromanze ist. Deshalb wollten sie dir den Hof nicht vererben, wenn du mit ihr zusammengeblieben wärst. Sie hatten Angst, dass du mit ihr wegziehst und ihn dann ver-kaufst, richtig? Maren wusste, wie wichtig dir der Hof war. Du hast ihr damals von deinen Plänen erzählt. Sie hatte Angst, dass es zwischen euch nicht funktioniert. Sie sagte, dass sie dich sehr geliebt hat, aber sie wollte nicht, dass du zwischen ihr und deiner Familie entscheiden musst.«

»Und warum hat sie mir nie von dir erzählt?«

»Das wollte sie, aber als sie zurückgekommen ist, hat sie erfahren, dass du jemand anderen hattest. Das hat sie sehr verletzt.«

»Das war meine Zeit mit Corinna«, sagte Johann nach-denklich. »Sie war die Wunsch-Schwiegertochter meines Vaters. Ich kannte sie bereits aus der Schulzeit, und unsere Eltern waren schon als Kinder befreundet.«

»Hast du sie geheiratet?«

Johann nickte. »Aber unsere Ehe ging dann schnell wie-der in die Brüche.«

»Warum?«

»Ich glaube, wir waren dann doch zu verschieden. Wir haben uns wirklich gut verstanden, aber für eine Ehe hat es nicht gereicht. Sie wollte nach Stuttgart an die Uni; der Plan meines Vaters, dass sie sich um den Hof kümmert, ist also doch nicht aufgegangen.« Er lächelte matt. »Eigentlich wollte sie Betriebswirtschaft studieren, das hätte ich schon ganz gut gebrauchen können, aber dann hat sie einen an-deren Mann kennengelernt.«

»Warst du sehr verletzt?«

Er zuckte mit den Schultern. »Gegen Liebe kann man nichts machen. Was hätte ich ihr vorwerfen sollen?«

»Dann habt ihr euch einfach so scheiden lassen?«

Johann nickte. »Wir haben ein langes Gespräch geführt und uns dafür entschieden, dass es besser so ist.«

Emmi konnte gut nachvollziehen, wie er sich gefühlt haben musste. Es war ihr ja mit Christopher damals selbst ähnlich gegangen. »Und dann hast du wieder an Mama gedacht?«

»Nein, deine Mutter habe ich nie vergessen. Ich habe mich die ganze Zeit über gefragt, was sie macht und wie es ihr geht, und nachdem Corinna und ich uns getrennt hatten, habe ich noch einmal allen Mut zusammengenommen und sie gesucht. Mit Erfolg«, setzte er nach einer kurzen Pause hinzu.

»Und was ist dann passiert? Konntet ihr miteinander reden?«

Er schüttelte den Kopf. »Ich bin ihr hinterhergefahren bis nach Wiesbaden, aber dann, als ich sie überraschen wollte, habe ich gesehen, wie sie ein Kind in den Kindergarten brachte … dich …« Er lächelte schmal. »Wenn ich gewusst hätte, dass du meine Tochter bist, hätte ich keine Sekunde gezögert, wäre auf sie zugegangen und hätte euch in die Arme geschlossen. Aber so war es einfach nur schmerzhaft. Dabei hätte ich damit rechnen müssen, dass sie ihr eigenes Leben lebt, so wie ich meines. Weißt du, ich habe deiner Mutter dann einen Brief geschrieben und ihr alles erdenklich Gute für ihre neue Familie gewünscht.«

»O nein, und Mama hat das falsch verstanden und geglaubt, dass du nichts mit uns zu tun haben willst. Jetzt verstehe ich das. Deshalb hat sie es dann nie wieder versucht.«

»Wenn ich das gewusst hätte«, sagte Johann bedrückt. »Wenn ich geahnt hätte, dass unsere Nacht nicht ohne Folgen geblieben ist … Ich habe so oft an deine Mutter gedacht.«

»Es tut mir wirklich leid, was passiert ist.«

»Es ist nicht deine Schuld, Emmi.« Er streckte die Hand nach ihr aus und streichelte ihr sanft über den Arm, eine Geste, die so viel Liebe, so viel Fürsorge beinhaltete, dass Emmi schwer mit ihren Gefühlen zu kämpfen hatte. »Wir hätten einfach noch einmal miteinander reden müssen.«

»Manchmal ist das gar nicht so leicht«, murmelte sie.

»Ich weiß, aber es ist möglich. Und wenn dir dieser Oliver wirklich etwas bedeutet, dann schaffst du es, über deinen Schatten zu springen und ihn davon zu überzeugen.«

»Aber wir kennen uns doch kaum«, gab Emmi zu bedenken. »Vielleicht ist das gar keine Liebe, sondern nur eine Urlaubsromanze.«

Ihr Vater sah sie prüfend an. »Und glaubst du das?«

Emmi schüttelte den Kopf, ein leises Lächeln huschte über ihr Gesicht. »Ich wünsche mir so sehr, dass es mehr ist als das.«

»Dann kämpfe dafür. Wenn du willst, dass es weitergeht, musst du dich dafür einsetzen. Mach nicht denselben Fehler wie ich damals.«

Sie musterte sein Gesicht, die ersten Falten, die sich in seine Stirn und um seine Augen gegraben hatten, sein leicht ergrautes Haar. »Hast du deshalb die Marmeladengläser verkauft?«

Er nickte. »Ich will nicht, dass du gehst. Ich will nicht

den gleichen Fehler machen wie damals bei deiner Mutter. Wenn ich nicht um dich kämpfe, würde ich es mir für den Rest meines Lebens vorhalten.«

»So, wie du es dir bei ihr vorhältst?«

Statt einer Antwort legte er seine Hand auf ihre und drückte sie sanft. »Lass dein Glück nicht einfach so gehen, Emmi.«

Emmi rückte noch ein winziges Stück dichter zu ihm und umarmte ihn, und als Johann sie sanft an sich drückte, spürte sie, wie eine Träne sich einen Weg nach außen bahnte, über ihre Wange rann und hinabtropfte, doch es war kein Schmerz, keine Verzweiflung. Es war das Gefühl, endlich angekommen zu sein, voller Dankbarkeit und Liebe. Sie hatte ihre Wurzeln gefunden, ihre Vergangenheit. Jetzt war es an ihr, ob daraus eine Zukunft erwachsen konnte.

»Papa, ich muss noch mal nach Friedrichshafen und etwas klären.«

Ein verschmitztes Lächeln legte sich auf Johanns Gesicht. »Ich wünsche dir viel Erfolg.«

Emmi zog die Handbremse und drehte den Schlüssel, der Motor erstarb. Sie blickte von ihrem Lieferantenparkplatz aus durch die Windschutzscheibe des Autos auf den Hintereingang des Hotels. »Was soll schon schiefgehen?«, sprach sie sich selbst Mut zu. Viel zu verlieren hatte sie schließlich nicht.

Entschlossen öffnete sie die Fahrertür und stieg aus. Sie wünschte, ihre Schritte wären fester, als sie auf den

Lieferanteneingang zuging, doch sie musste mit dem haushalten, was sie hatte. In der Küche angekommen, fragte sie bei der Küchenchefin nach Tim. Sahra meldete sie telefonisch an, und Emmi nahm den Aufzug ins Erdgeschoss. Die Türen öffneten sich, und Emmi sah die kühle, glatte Eingangshalle. Hoffentlich war Tims Herz nicht genauso kühl, ging es ihr durch den Kopf. Sie sah zur Rezeption, hinter der heute eine Frau mit blonden, kinnlangen Haaren stand. Sie trug ein schickes Kostüm und heftete gerade etwas in einem Aktenordner ab. Die Tür hinter ihr, die zu Tims Büro führte, war geschlossen.

»Hallo, ich würde gerne mit Tim sprechen«, sagte Emmi.

Die Frau hob den Blick, lächelte und nahm einen Telefonhörer ab. »Einen Moment bitte«, sagte sie und drückte auf eine Kurzwahltaste. »Nehmen Sie bitte noch einen Augenblick Platz, er ist gleich bei Ihnen«, sagte sie nach einem kurzen Gespräch.

Emmi setzte sich auf eines der Sofas. Sie sah auf den rechteckigen Brunnen, dessen sanftes Plätschern der Fontänen jedoch nicht die beruhigende Wirkung auf sie hatte, die es vermutlich haben sollte. Ihr Herz klopfte ihr bis zum Hals. Endlich sah sie, wie die Tür hinter der Rezeption aufging und Tim heraustrat. Er trug einen dunkelblauen Anzug, dazu ein weißes Hemd und eine blaue Krawatte.

»Emmi«, sagte er und nickte ihr zu.

Emmi erhob sich mit weichen Knien und lief auf ihn zu. »Danke, dass du dir Zeit für mich nimmst.«

»Bitte.« Mit einer Handbewegung bedeutete er ihr, in

sein Büro einzutreten. Sie nahmen einander gegenüber auf der Sitzgarnitur Platz. »Was führt dich zu mir?«

»Ich bin hier, weil ich einige Dinge mit dir klären möchte – beruflich wie privat.« Ihr entging nicht, wie er überrascht die Augenbrauen hob.

Tim setzte sich auf, machte sich anscheinend unbewusst größer, um zum Angriff überzugehen. »Ich denke, wir haben alles geklärt.«

»Das denke ich nicht«, sagte Emmi, fest entschlossen, sich nicht einschüchtern zu lassen. Aus ihrer Tasche holte sie drei Marmeladengläser heraus und stellte sie in aller Seelenruhe zwischen ihn und sich in die Tischmitte. »Ich bin Geschäftsfrau, und wie du lege ich großen Wert auf mein Business. Bestimmt ist dir nicht entgangen, dass meine Marmeladen nicht nur bei dir Anklang gefunden haben. Besonders diese hier …« – sie tippte auf das mittlere Glas, in dem sich die Prosecco-Aprikosen-Marmelade befand und das mit einem orangenen Tuch über dem Deckel verziert war – »… hat das Interesse einiger potenzieller Geschäftskunden geweckt. Aber ich will nicht unfair sein, und da ich dir ein Vorkaufsrecht zugesichert habe, halte ich daran selbstverständlich fest. Allerdings brauche ich deine Entscheidung noch heute Nachmittag.«

»Du willst mich unter Druck setzen?« Er musterte sie prüfend.

»Nein, ich will mit dir verhandeln.«

»Wer sagt denn, dass du nicht bluffst?«

Emmi holte ohne mit der Wimper zu zucken ihr Smartphone aus ihrer Tasche und öffnete ihren Blog. Sie scrollte zu den positiven Rezensionen und schob ihm ihr Smartphone über den Tisch hinweg zu. »Ich denke, dass über dreiundzwanzig Rezensionen innerhalb eines Tages kein Bluff sind, oder was meinst du?«

»Und an wen willst du noch verkaufen?«

»Eigentlich fällt das ja unter das Geschäftsgeheimnis, aber ich kann dir versichern, dass unter anderem eine nette kleine Pension aus Hagnau dabei ist.«

Tim stieß abfällig die Luft aus. »War das Olivers Idee?«

Bei seinem Namen spürte Emmi einen Stich in ihrem Herzen, aber dem durfte sie jetzt nicht nachgeben. Sie musste stark bleiben. »Nein, er hat damit nichts zu tun. Aber deine Mutter fand die Marmelade sehr lecker. Wie auch schon meine erste übrigens.«

Emmi hörte das Ticken der Uhr, die auf seinem Schreibtisch stand, eine Steinplatte, über die sich goldene Zeiger bewegten.

»Liebst du ihn?«

Die Frage kam so unvermittelt, dass Emmi tatsächlich für einen Moment überrascht war. »Tut das etwas zur Sache?«

»Für mich schon.«

»Wieso?«

»Weil er mein Bruder ist, verdammt noch mal.« Tim erhob sich und ging einige Schritte weg von der Sitzgruppe in den Raum.

»Tim, wenn ich das gewusst hätte, hätte ich dich niemals geküsst.«

»Und wieso hast du es dann getan?«

Emmi spürte schon den Impuls, sich verteidigen zu müssen, doch dann verstand sie.

»Warum seid ihr Rivalen?« Ihre Stimme war jetzt ganz sanft, um keinen Druck aufzubauen. »Im Grunde wollt ihr doch beide dasselbe, nämlich dass es euren Eltern gut geht.«

Tim drehte sich wieder zu ihr um, die Arme verschränkt. »Du verstehst das nicht.«

»Dann erklär es mir«, sagte Emmi ruhig.

»Nein, das ist Vergangenheit.«

Emmi seufzte. »Ich weiß, dass ich einen Fehler gemacht habe, doch ich kann ihn nicht wieder ungeschehen machen.«

»Und wieso hast du mich dann geküsst?«

»Es kam in dem Moment einfach über mich. Ich finde dich wirklich sehr nett, und wer weiß – wenn es deinen Bruder nicht gäbe, hätten wir vielleicht eine Zukunft zusammen.«

»Aber es gibt ihn«, sagte Tim, und seine Worte waren mehr die Vollendung ihres Satzes als eine erboste Feststellung.

Emmi nickte. »Und wenn ich offen bin, weiß ich nicht, ob aus Oliver und mir jemals etwas wird. Ich weiß nicht, wieso er so verschlossen ist, wieso er mich nicht an sich heranlässt. Aber zumindest versuchen muss ich es, sonst würde ich es mein Leben lang bereuen.«

»Du willst also bewusst das Risiko eingehen, dass er dich noch einmal zurückweist?« Tim sah sie ungläubig an, und als Emmi jetzt wieder nickte, spürte sie, wie tief ihre Gefühle für Oliver wirklich waren.

»Ich muss es probieren, denn sonst würde ich mir ewig Vorwürfe machen.« Sie dachte an ihre Eltern, an das Gespräch mit ihrem Vater, und ein wehmütiges Lächeln legte sich auf ihre Lippen. Ihr Blick wanderte zu ihren Marmeladen.

»Ist er der Mann, für den du diese Marmelade kreiert hast?«

»Woher weißt du das?«

»Emmi, ich bin nicht blöd. Und, wie du schon sagtest, bin auch ich ein Geschäftsmann. Natürlich habe ich Erkundigungen über dich eingeholt. Deinen Blog habe ich ziemlich schnell gefunden, und ich habe mich jedes Mal riesig gefreut, wenn du wieder einen Eintrag hochgeladen hast.« Jetzt veränderte sich etwas in seinem Blick. »Ich habe nur zu gerne geglaubt, dass du von mir sprichst, wenn du über diesen Mann geschrieben hast, der dich zu dieser Marmelade inspiriert hat, aber ich hätte wissen müssen, dass es Oliver ist.«

Emmi wusste nicht, was sie sagen sollte. Sie spürte, wie ihr Herz wie ein kleines Boot auf den Wellen des Sees schwankte. Würde es kentern oder dem Sturm standhalten können?

Tim ballte eine Hand zur Faust, öffnete sie wieder, kam dann zur Sitzgruppe zurück. »Er hat keine Ahnung, was er da aufs Spiel setzt«, murmelte er.

Emmi blickte zu ihm auf und war überrascht, als er sich ihr wieder gegenübersetzte.

»Also, was sind deine Bedingungen?«

»Bedingungen?« Verwirrt blickte sie ihn an.

Er deutete auf die Marmeladengläser zwischen ihnen. »Oder glaubst du etwa, dass ich mir so einen Deal entgehen lasse, bloß weil Gefühle im Spiel sind?«

Jetzt musste Emmi doch lächeln. »Du bekommst die Produktion exklusiv, ebenso jede neue Sorte, die ich kreiere.«

»Und wo ist der Haken?«

Emmi dachte einen Augenblick nach. Sie könnte fordern, was sie wollte, das wusste sie. Doch brauchte sie so viel Geld? Nein, ihr war etwas anderes wichtig, das hatte sie gelernt, seit sie in Hagnau war.

»Bitte, denk noch einmal darüber nach, was dir deine Familie bedeutet. Und deinen Eltern die Pension. Es kommt nicht aufs Geld an, Tim, sondern auf die Menschen, die wir in unserem Leben haben. Kathrin und Achim lieben dieses kleine Haus so sehr. Und es war doch auch einmal dein Zuhause. Hast du keine Erinnerungen an damals? Reiß das nicht alles ab, als bedeute es nichts. Manchmal ist es besser, auf einen großen Plan, den man hat, zu verzichten, und einen anderen Weg einzuschlagen.«

Ihr Herz pochte ihr bis zum Hals, als Tim nichts sagte. Sie wusste, dass sie ihn zum Nachdenken gebracht hatte, und sie überlegte, ob sie noch etwas sagen sollte.

»Familie ist wichtiger als alles Geld, das man verdienen kann, Tim.« Emmi merkte, wie sie eine Gänsehaut bekam, als sie weitersprach. »Ich habe all die Jahre meinen Vater vermisst. Ich habe mich immer gefragt, wer er ist, wie er ist – wie es sein würde, mit ihm Zeit zu verbringen. So oft habe ich diese Lücke in mir gespürt, diesen Schmerz, weil ich ihn nicht kannte und nicht wusste, wo ich nach ihm suchen soll. Mach nicht den Fehler und zerstöre deine Familie aus falschem Stolz oder wegen verletzter Gefühle. Du hast die Möglichkeit, ihnen unter die Arme zu greifen. Versöhne dich mit deinem Bruder, was auch immer zwischen euch liegt. Ihr habt beide für eure Träume gekämpft. Bei dir mag es geglückt sein, bei ihm, zumindest finanziell gesehen, nicht so ganz. Aber er liebt die Segelschule – und deine Eltern lieben die Pension. Du könntest das Verbindungsglied werden, das euch alle wieder zusammenbringt, wenn du es geschickt anstellst. Also nutze deine Möglichkeiten nicht, um die Familie noch weiter zu spalten. Das wirst du eines Tages bereuen. Glaub mir.« Emmi erhob sich und reichte ihm die Hand. »Ich erwarte deine Zusage bis heute Nachmittag um fünfzehn Uhr. Höre ich nichts mehr von dir, biete ich breit an.«

Damit verließ sie ihn mit ruhigen Schritten, auch wenn ihr Herz mindestens doppelt so schnell klopfte und ihr ganzer Körper bebte.

24.

»Was willst du hier?«, brummte Oliver, als er bemerkte, dass Tim den Abstellraum betreten hatte, in dem er gerade die Taue sortierte. »Ich dachte, wir hatten eine Abmachung: Du betrittst die Segelschule nicht und ich nicht das Hotel.«

Als Tim jetzt dicht genug vor ihm stand, verpasste er ihm einen ordentlichen Kinnhaken.

»Au, verdammt, du tickst wohl nicht richtig!« Verärgert rieb sich Oliver das Kinn, das angemessen schmerzte. Die Prügeleien mit seinem Bruder hatten schon damals in der Kinderzeit gesessen, und er hatte meistens den Kürzeren gezogen, obwohl er der Ältere war. »Wofür war das denn?«

»Das war dafür, dass du einer der größten Idioten bist, den ich kenne«, antwortete Tim. »Und um deine Frage zu beantworten, was ich hier will: segeln.«

Oliver verdrehte die Augen. »Du spinnst doch. Geh in deinen Jachtklub und segle dort.« Er wandte sich ab.

»Ich will aber mit dir segeln. Mit meinem Bruder.«

Als er das sagte, spürte Oliver den Stich in seinem Herzen. Ohne ein weiteres Wort drehte er sich um, warf Tim eine Schwimmweste zu und verließ den Abstellraum. Dass Tim ihm folgte, wusste er. Er lief zum Anleger und kletterte auf die *Storm*. Tim betrat das Deck kurz danach. Sie prüften das Boot, legten ab und fuhren auf den See hinaus. Oliver hatte die Kontrolle, aber Tim ließ ihn nicht aus den Augen, er spürte den Blick seines Bruders deutlich.

»So, und jetzt mal Tacheles. Was verschafft mir die Ehre eines Segeltörns mit dir?«

»So kannst du mir nicht weglaufen, wenn ich mit dir reden will.«

»Du wolltest doch seit Jahren schon nicht mehr reden. Seit du schicke Anzüge trägst und vergessen hast, woher du kommst.«

»Oli, ich weiß, dass es dich ärgert, dass ich so viel Erfolg mit dem Hotel habe.«

»Nein, ich gönne es dir. Aber dass du dafür auch noch die Pension unserer Eltern opfern musst, geht zu weit.«

»Jetzt hör mir doch erst mal zu.« Tim half ihm dabei, den Kurs leicht zu ändern, da sie einem anderen Boot ausweichen mussten. Ihre Bewegungen gingen Hand in Hand, als hätte es die Jahre seit ihrem letzten Segeltörn nie gegeben. Oliver merkte plötzlich, wie sehr er es vermisst hatte, mit Tim etwas zu machen – wie sehr er Tim vermisst hatte.

»Also schön, ich höre«, sagte Oliver, da von Tim nichts mehr kam.

»Ich würde dir und unseren Eltern gerne finanziell unter die Arme greifen.«

Oliver atmete abfällig aus. »Dein Geld kannst du behalten. Eher lasse ich die Segelschule Konkurs gehen, als deine Almosen anzunehmen.«

Tim verdrehte die Augen. »Ich wünschte, du wärst in

anderen Bereichen deines Lebens auch so zielstrebig, aber du schaltest ja lieber auf stur.«

»Wovon sprichst du?«

»Von Emmi und dem Kuss, aber dazu kommen wir noch.«

Oliver warf Tim einen finsteren Blick zu. Über Emmi würde er keinesfalls mit seinem Bruder sprechen. Es reichte schon, dass er sie geküsst hatte und all die Erinnerungen an damals mit Meike wieder hochkamen.

»Ich würde dir und unseren Eltern gerne eine Teilhaberschaft am Hotel anbieten.«

Olivers Augen verengten sich zu Schlitzen. »Und was springt für dich dabei heraus?«

»Gar nichts.«

»Komm schon, diese Idee kam dir doch ganz sicher nicht nachts, weil du nicht schlafen konntest.«

»Nein, sie kam mir, weil ich eine sehr zähe Verhandlungspartnerin bei einem wichtigen Vertragsabschluss hatte.«

»Und die hat es auf die Pension und die Segelschule abgesehen?«

»So ähnlich.« Tim verdrehte die Augen. »Kann ich jetzt vielleicht mal ausreden, ehe du mich nach jedem Satz unterbrichst?«

»Schön, bitte …«

»Danke.« Tim atmete tief durch. »Im Gegenzug dafür, dass ich euch am Gewinn meines Hotels beteilige, werdet ihr Teil meines Hotels.«

»Ich hab doch genau gewusst, dass …« Er brach ab, als Tim eine Hand erhob.

»Bevor du mich gleich im See versenkst, hör es dir bitte zu Ende an. Ich übernehme die Seemöwe, wir bauen sie um, allerdings bleibt das Haus erhalten, und wir renovieren die Zimmer zu edlen Luxussuiten. Deine Segelschule bringen wir mit meinem Geld auf Vordermann. Sie wird ein exklusiver Treffpunkt für ausgewählte Tagesfahrten und Spezialsegelkurse, die die Gäste bei mir im Hotel direkt buchen können.«

»Und dazu noch ein paar Ausflugsfahrten«, sagte Oliver verächtlich. Sofort waren seine Gefühle für Emmi wieder da, als er an ihren gemeinsamen Ausflug dachte, ebenso der Schmerz, weil er sich so sehr in ihr getäuscht hatte.

»Ja, das klingt hervorragend!«

Tims Überraschung nach zu urteilen hatte er über diese Option anscheinend noch gar nicht nachgedacht.

»Wo ist der Haken?«

»Es gibt keinen.«

»Der Haken!«, sagte Oliver bedrohlicher und ließ *die Storm* in Schieflage geraten.

Tim hielt sich am Holz des Bootes fest. »Du würdest Emmi öfter sehen.«

Oliver atmete wütend aus. »Ich hab es doch gewusst! Du mieser Hund.«

»Hey, Oliver, warte mal! Ich habe nichts mit ihr. Bis auf den Kuss ist zwischen uns nichts gelaufen. Glaub es mir. Sie würde als meine Geschäftspartnerin Marmelade in das Hotel und die Pension liefern – exklusiv.«

»Emmi will hauptberuflich Marmelade herstellen? Ich dachte, sie hilft bei der Catering-Firma ihrer Mutter aus.«

»Um Gottes willen, Oliver, wo lebst du eigentlich?«
Tim half ihm dabei, das Boot zu wenden. »Emmi liebt
das Marmeladekochen. Hast du jemals ihren Foodblog
gelesen, auf dem sie regelmäßig auch eigene Rezepte
postet?«

Schweigend fuhren sie zum Ufer zurück, und Tim kletterte die Leiter nach oben auf den Kai, während Oliver das
Boot vertäute. Als er kurz darauf ebenfalls nach oben kam,
sah sein Bruder ihn prüfend an.

»Überleg es dir«, sagte er schließlich. »Und sei kein Narr
und kämpfe um diese Frau. Du würdest dich für den Rest
deines Lebens ärgern, wenn du sie gehen lässt.«

Verdattert blickte Oliver seinem Bruder nach.

»War das gerade Tim mit dir auf der *Storm*?«, fragte
Benno, der an den Kai gekommen war. Eigentlich waren
sie zum Segeln verabredet, aber nach dem Törn brauchte
Oliver erst einmal etwas Zeit zum Nachdenken.

Er nickte. »Und ich hatte eine ziemlich schräge Begegnung mit ihm.«

»Aha. Und das heißt?«

»Dass ich jetzt erst einmal recherchieren muss.« Oliver verzog sich ins Büro und tippte *Emmi Gehring Foodblog Marmelade* in die Suchmaschine. Das oberste Ergebnis war ihr Blog, und er begann mit klopfendem Herzen
zu lesen. Wieso hatte er das nicht schon viel früher getan? Sie hatte ihm doch selbst davon erzählt. Immer wieder musste er schmunzeln, als er in ihren Berichten las, davon, wie gut das Brombeer-Schokoladen-Gelee tröstete,
und sofort erinnerte er sich wieder an ihre Begegnung, als

sie ihm das kaputte Fahrrad zurückgebracht hatte. Er erinnerte sich, wie er ihre wunden Knie verarztet hatte, wie sie ihm von ihrer Suche nach ihrem Vater erzählt hatte. Er las, mit welcher Freude sie die Johannisbeermarmelade mit ihrem Vater hergestellt hatte, las über die Verbindung zu ihrer Mutter, die so gerne Johannisbeeren gemocht hatte. Ein Lächeln legte sich auf seine Lippen, als er an die Unmengen Erdbeeren in der Küche seiner Mutter dachte und wie sie alle daraus Erdbeer-Rhabarber-Marmelade gekocht hatten. Wie hätte er da schon ahnen können, dass Emmi darin ihre Berufung gefunden hatte? Er las von der Apfel-Zucchini-Marmelade, seiner persönlichen Lieblingsmarmelade, und von der Himbeer-Chili-Marmelade, in die Emmi ihre Erinnerung an ihren ersten gemeinsamen Kuss verpackt hatte. Und schließlich scrollte er zu dem Artikel mit der Prosecco-Aprikosen-Marmelade, und ihm wurde es ganz weich ums Herz. Jetzt verstand er, was Tim gemeint hatte. In jedem einzelnen ihrer Artikel hatte sie eine versteckte Botschaft hinterlassen: Dass sie sich in ihn, Oliver, verliebt hatte.

»Alles okay?«, fragte Benno, der im Türrahmen lehnte. Oliver hatte gar nicht bemerkt, wann er hereingekommen war.

»Ich glaube, mein Bruder hat recht.«

»Womit?«

»Damit, dass ich der größte Idiot bin, den er kennt.«

»Hä?« Benno nippte an seinem Kaffee und sah Oliver verständnislos an.

»Ich muss noch mal weg«, sagte Oliver. »Übernimm

bitte den Törn, der für heute Nachmittag geplant ist. Und für morgen brauche ich die *Unsinkbar zwei*.«

»Aber die ist doch für den Törn morgen gebucht.«

»Ich weiß, aber ich brauche sie trotzdem. Nimm die *Victoria*, die werden wir ohnehin nicht mehr lange haben.«

»Wieso das denn? Ich verstehe gerade überhaupt nichts mehr.« Benno sah ihn ratlos an.

»Weil ich sie verkaufen werde.« Oliver hielt kurz vor ihm inne, bevor er das Büro verließ, legte die Hände auf die Schultern seines Freundes und sah ihm fest in die Augen. »Keine Sorge, Kumpel, ich erkläre dir alles zu gegebener Zeit. Jetzt drück mir die Daumen, dass mein Plan funktioniert.« Er verließ die Segelschule und machte sich rasch zu seinen Eltern auf.

»Oliver«, sagte seine Mutter überrascht. »Gerade war Tim hier.«

»Dann hat er euch schon alles erzählt?«

»Du weißt davon?«, fragte Kathrin verwundert, und Oliver nickte.

»Tim war vorhin bei mir und hat mir von seinem Plan berichtet, dass er die Seemöwe zu einem weiteren Standort seines Hotels machen will.«

»Ja, aber zu ganz anderen Bedingungen, als er es uns bisher vorgeschlagen hat.«

Oliver nickte.

»Verstehst du diesen Sinneswandel?«

»Ich würde mal sagen, da steckt eine Frau dahinter.«

»Tim hat sich verliebt?«

383

»Das weiß ich nicht, aber ich weiß, dass ich mich verliebt habe – in Emmi.«

Seine Mutter wollte etwas sagen, doch ihr fehlten anscheinend die Worte, also schloss sie den Mund wieder und nickte bloß kaum merklich.

»Und jetzt musst du mir helfen, dass ich noch einmal eine Chance bei ihr habe.«

»Oliver, ich weiß nicht, ob ich das kann. Natürlich stehe ich an deiner Seite und unterstütze dich, aber einmischen will ich mich nicht.«

»Kennst du ihren Foodblog?«

Kathrin schüttelte den Kopf.

»Emmi schreibt doch regelmäßig Blogeinträge, die sie dann im Internet veröffentlicht. Unter anderem erzählt sie von ihren Rezepten, die sie hier kreiert hat und was sie mit ihnen verbindet.« Er öffnete die Seite an seinem Smartphone und zeigte sie seiner Mutter.

»Ach, das ist das, was ihre Freundin erzählt hat.« Sie las die Zeilen. »Das ist mit die schönste Liebeserklärung, die ich jemals gesehen habe – abgesehen von dem Plakat, das dein Vater damals über der Eingangstür der Pension angebracht hat, um mich zu fragen, ob er mich heiraten will. Aber hey, warte mal, die Marmelade habe ich sogar da!« Sie ging in die Küche und holte das Glas mit der Prosecco-Aprikosen-Marmelade und einen Löffel und reichte beides Oliver.

Oliver setzte sich und probierte die leuchtend orangene Marmelade, deren Farbe ihn an den Sonnenuntergang erinnerte, den er mit Emmi auf der Wilhelmshöhe

erlebt hatte. Sofort war er wieder in den Moment hinein-
versetzt. Er erinnerte sich an ihre gemeinsame Nähe, an
ihre weiche Haut, die er immer wieder gestreichelt hatte,
an den Kuss, ihre samtigen Lippen, ihre leuchtenden Augen, in denen es glitzerte wie der See in der Abendsonne.
Mit einem Mal fühlte er sich so intensiv zu ihr hinge-
zogen wie noch nie zuvor, und er merkte, was er alles
vermisste, wie sehr er sie vermisste. Ein einziger blöder
Kuss … Wollte er sich davon wirklich alles kaputtma-
chen lassen?

»Ich habe Mist gebaut, Mama. Ich dachte, Emmi hat Gefühle für Tim, dabei hat sie sich längst für mich entschieden.«

»Und wie hat Tim darauf reagiert?«

»Er trägt es mit Fassung.« Oliver zuckte mit den Schultern.

»Das hätte ich ihm gar nicht zugetraut. Aber gegen Gefühle ist man machtlos. Vielleicht hört so endlich die Ge-
schwisterrivalität zwischen euch auf.«

»Er hat mir sogar ein Friedensangebot gemacht: Er will,
dass ich die Segelschule für exklusive Törns und Ausflüge
an sein Hotel angliedere, und die Pension will er zu einzelnen Suiten ausbauen.«

Kathrin nickte. »Ich weiß, und wenn ich ehrlich bin,
würde ich dem auch gerne zustimmen. Wenn wir ihm die
Seemöwe überlassen, können wir mit ein bisschen Hilfe so
doch noch hier weiterarbeiten.«

»An sich finde ich es eine gute Idee, aber ich habe eine
Bitte.«

Kathrin sah ihn fragend an.

»Könntest du dir vorstellen, die Küche mit Emmi zu teilen?«

»Ja, natürlich, aber warum? Was hast du vor?«

Und da erzählte Oliver ihr ganz genau von seinem Plan ...

25.

Emmi hatte sich entschieden, doch noch ein paar Tage zu bleiben und nicht überstürzt aufzubrechen. Ihrer Mutter hatte sie die Situation erklärt und gefragt, ob sie noch ein paar Tage ohne sie auskäme, und Maren hatte versichert, dass Emmi erst alles in Ruhe klären sollte, ehe sie zurückkam. Auch Lea konnte noch ein paar Tage dranhängen. Ihr Ex-Mann kam mit Max besser zurecht als anfangs erwartet. Emmi hatte ihrer Mutter von Tims Zusage zur Zusammenarbeit erzählt und wie sehr sie sich darüber freue. Eigentlich hatte sie auch ihrem Vater die Nachricht sofort mitteilen wollen, doch er war gestern Abend nicht mehr ans Telefon gegangen. Umso mehr freute sie sich, als ihr Vater an diesem Morgen zurückrief.

»Guten Morgen, Emmi, ich hoffe, ich wecke dich nicht.«

Emmi, die auf dem Balkon saß und an einem weiteren Artikel für ihren Foodblog arbeitete, musste lächeln.

»Nein, ich bin schon wach und genieße auf meinem Balkon den herrlichen Blick über den See.« Jetzt, wo sie sich mit Tim ausgesprochen hatte, konnte sie es tatsächlich genießen, noch ein paar Tage hier am See zu bleiben. Ein bisschen fühlte es sich fast wie Urlaub an, und Emmi hatte entschieden, sich die letzten Tage hier noch so schön wie möglich zu machen und alles in Ruhe abzuschließen.

»Entschuldige, dass ich gestern nicht mehr zurückgerufen habe. Ich war noch beim Arzt wegen meines Handgelenks.«

»Und was hat er gesagt?«

»Alles wieder in Ordnung«, sagte Johann. »Ich darf meine Hand wieder ganz normal belasten. Es war wohl doch nur eine leichte Prellung.«

»Ein Glück, ich habe mir wirklich Sorgen gemacht.«

»Ach was, eines meiner Lebensmottos ist, dass nichts so schlimm ist, wie es auf den ersten Blick scheint.«

Emmi seufzte leicht. Sie musste wieder an Oliver denken, der sich immer noch nicht bei ihr gemeldet hatte. Vielleicht sollte sie endlich mit dieser dummen Hoffnung aufhören. Nicht alle Geschichten hatten ein Happy End. Vielleicht gab es noch etwas anderes für sie, das sie nur jetzt im Moment noch nicht sehen konnte. Und hatte ihre Reise nicht trotzdem ein gutes Ende genommen? Schließlich hatte sie ihren Vater gefunden, sich mit ihrer Mutter ausgesöhnt und endlich mit der Vergangenheit abschließen können.

»Ich hoffe, du hast recht.«

»Ganz bestimmt. Sag mal, jetzt wo ich ja quasi wieder der Alte bin, wollen wir nicht zusammen unseren Segeltörn nachholen?«

»Ja, warum nicht?« Emmi ließ ihren Blick wieder aufs Wasser schweifen, auf dem sie bereits die ersten Boote und Segler erkennen konnte. Sie erinnerte sich wieder an die Regatta, das Ereignis, das ihr Leben verändert hatte, nicht nur, weil sie keine Angst mehr vor Wasser hatte, sondern auch, weil sie tough nach vorne geschaut, weil sie für ein Ziel gekämpft, aber auch weil sie Tim geküsst hatte. »Dann kann ich dir auch die gute Nachricht erzählen«, fuhr Emmi fort.

»Nein, die muss ich sofort wissen«, sagte Johann. »Ansonsten kann ich mich womöglich die ganze Autofahrt bis zum See nicht konzentrieren, und du willst doch sicherlich nicht, dass ich noch einen Unfall baue.«

»Nein, ganz bestimmt nicht, Papa. Also schön, wie du ja weißt, habe ich noch mal mit Tim gesprochen. Und zwar äußerst erfolgreich.«

»Dann konntet ihr alles klären?«

»Äh … na ja, so halbwegs. Aber das meinte ich eigentlich gar nicht, sondern die Marmelade.«

»Was? Hat Tim also doch zugestimmt, die Marmelade zu kaufen?«

»Ja, und das zu sehr guten Konditionen.«

»Also das Verhandlungsgeschick hast du in jedem Fall von deiner Mutter.«

Emmi schmunzelte. »Er wird unsere Marmeladen in seinem Hotel anbieten und in seinem zweiten Standort, den er ebenfalls ein wenig umstrukturieren wird.«

»Du meinst die Pension seiner Eltern?«

»Ganz genau.«

»Wow, Emmi, das ist ja fantastisch! Dann hast du also nicht nur eine Familie zusammengeführt, sondern gleich zwei.«

»Jedenfalls ein Stück weit«, sagte Emmi und dachte wieder an Oliver.

»Lass deine Gedanken von deinen Sorgen nicht zu schwer werden, mein Engel. Komm, wir treffen uns in einer dreiviertel Stunde am See. Du wirst sehen, auf dem Wasser geht's dir gleich wieder besser und du kommst auf andere Gedanken. Alle Sorgen bleiben an Land.«

Wieder spürte Emmi, wie ihr Herz schwer wurde. Es fühlte sich an, als würde es auf den Grund des Sees sinken wollen. Hatte sie diesen Satz so ähnlich nicht schon einmal von Oliver gehört?

»Okay, dann bis nachher. Ich freu mich.«

»Ich freu mich auch.«

Emmi gönnte sich mit Lea ein ausgiebiges Frühstück in der Pension, das aus Müsli, frischem Obst, Brötchen, Croissants und frisch gepresstem Orangensaft bestand. Kathrin hatte sogar ein kleines Marmeladen-Arrangement in Schälchen auf einen Teller gestellt und präsentierte ihren Gästen stolz die neuen Sorten, die Emmi kreiert hatte. Es freute sie, zu beobachten, mit welcher Begeisterung die Gäste die Marmeladen versuchten, und immer, wenn sie ein Lob aussprachen, deutete Kathrin in ihre Richtung, und Emmi nickte mit einem kleinen Lächeln.

»Du hast ja schon einen ganzen Fanclub«, stellte Lea fest.

Emmi schmunzelte. »Da siehst du mal, wie weit man es mit der richtigen Businessberaterin bringen kann.«

»Wenn du willst, bringe ich die Unterlagen gleich heute noch zur Bank und beantrage den Kredit für den Umbau auf dem Hof deines Vaters.«

»Das wäre wirklich nett, Lea, aber ein bisschen schlecht fühle ich mich da schon, wenn ich dich allein hingehen lasse. Mein Papa hat mich nämlich gefragt, ob ich nachher mit ihm segeln gehen will.«

Lea winkte ab. »Mach dir keine Sorgen. Das ist ein Klacks. In einer halben Stunde bin ich fertig, und dann nutze ich meinen angebrochenen Tag, um ein bisschen zu bummeln. Ich brauche doch ein Mitbringsel für meinen Sohn.«

»Okay, aber später treffen wir uns zum Essen.«

»Alles klar, ich schreib dir, wenn ich ein schönes Lokal gefunden habe.«

Emmi stimmte zu, und nach dem Frühstück machte sie sich auf den Weg zum Hafen. Heute fühlten sich ihre Schritte ungewöhnlich leicht an. Sie genoss das Flair des kleinen Städtchens und merkte, wie die Traurigkeit sie überkam, wenn sie daran dachte, dass sie bald wieder von hier abreisen würde. Aber es wäre ja nicht für immer, sagte sie sich. Im Herbst könnte sie schon wiederkommen und aus den Spätäpfeln, Kürbissen, Brombeeren, Pflaumen und Birnen neue Marmeladensorten kreieren. Sie dachte sofort an eine Weihnachtsmarmelade mit dem Namen *Winterpflaume*, vielleicht würde sie sich auch an einem Kürbis-Chutney versuchen, das sie sich in Kathrins Pension hervorragend zu einer Käseplatte mit Sesamstängeln vorstellen konnte, und die Birnen würden sicherlich wunderbar mit Zimt harmonieren. Emmi sah es schon vor sich, wie sie diese Marmelade auf einem Brötchen vor einem Kamin mit einem guten Buch in der Hand naschte. Sie war voller Tatendrang. Der seltsame Gedanke, was für ein großer Zufall es war, dass Johann sein Boot ausgerechnet im

Hafen von Hagnau liegen hatte, wo es doch viel logischer wäre, es bei Tim in Friedrichshafen zu haben, kam ihr erst, als sie den Pier erreichte. Und im selben Moment sah sie ihn auch schon: Oliver.

Emmi erstarrte in ihren Schritten, und als Oliver jetzt von der *Unsinkbar zwei* aufblickte, blieb ihr Herz stehen. Sie hätte es wissen müssen! Die beiden hatten einen Plan zusammen ausgeheckt. Obwohl sie die Antwort bereits kannte, blickte sich Emmi dennoch nach ihrem Vater um.

»Hallo, Emmi«, sagte Oliver und kletterte zu ihr die Leiter nach oben. »Falls du deinen Vater suchst ...«

»Ich hab es schon verstanden«, unterbrach sie ihn.

Oliver vergrub die Hände in den Hosentaschen. »Ich hoffe, du bist jetzt nicht böse auf ihn.«

Zu ihrer eigenen Verwunderung schüttelte Emmi den Kopf.

»Und auf mich.« War das eine Frage? Emmi sah Olivers suchenden Blick, seine seeblauen Augen, in denen sie beinahe ertrank. Wie konnte ihr ein Mensch so nahe sein, den sie so wenig kannte – und wie konnte er so weit weg sein, obwohl sie nur wenige Zentimeter voneinander trennten? Emmi wurde beinahe verrückt, vor allem, da sie nicht wusste, was das hier werden sollte.

»Ich war mir nicht sicher, ob du mir überhaupt zuhören würdest, wenn ich dich um ein Gespräch bitte. Deshalb das Ganze ...«

Emmi verschränkte die Arme. »Okay, ich höre.«

Oliver sah sie an, schluckte, suchte nach Worten. »Ich habe deine Prosecco-Aprikosen-Marmelade probiert.«

»Okay.«

Okay? Emmi hätte sich am liebsten geohrfeigt. Was war denn das für eine blöde Antwort. Sie hatte tausend Fragen, wollte wissen, wie sie ihm schmeckte, ob er das Gleiche empfand, wenn er sie aß, ob er sie, Emmi, genauso sehr vermisste wie sie ihn ... Und alles, was ihr einfiel, war ein blödes Okay!

»Ich hätte nie gedacht, dass man Momente so einfangen kann. Aber jetzt verstehe ich, was du mit Marmeladenglasmomenten meinst.«

Emmi merkte, wie sie unsicher wurde, wie ihre Knie weich und ihre Handflächen feucht wurden.

»Ich wünschte, ich könnte so etwas. Aber stattdessen gehe ich lieber auf den See, verstecke mich auf meinem Boot und hoffe, dass der Wind mir so lange ins Gesicht bläst und die Segel bläht, bis all meine Gedanken davongeweht sind.«

»Es ist nicht leicht, jemanden zu vermissen«, sagte Emmi mit brüchiger Stimme.

Oliver nickte. »Danke, dass du mir meinen Bruder zurückgebracht hast.«

Diese Antwort überraschte Emmi.

»Er war gestern bei mir und hat mir einen interessanten Vorschlag gemacht. Ich soll die Segelschule in sein Hotel integrieren. So könnte er Tagesausflüge und Segeltörns anbieten, und ich hätte mehr Kundschaft.«

»Wow, das klingt fabelhaft.«

»Ja.« Jetzt huschte ein leichtes Lächeln über sein Gesicht. »Ein bisschen wie unser Ausflug damals auf der Wilhelmshöhe ...«

Emmi merkte, wie ihr die Erinnerung einen leisen Stich ins Herz versetzte. Warum sprach Oliver das an?

»Oliver, es tut mir leid, dass ich nicht ganz ehrlich zu dir war. Ich hätte Tim nicht küssen dürfen. Ich weiß nicht, was in dem Moment über mich gekommen ist.«

»Und ich hätte es dir nicht nachtragen dürfen. Schließlich sind wir nicht zusammen.«

Wieder ein Stich, aber Emmi hielt stand, blieb aufrecht und ließ sich nichts anmerken. »Ich wollte mich nicht in die Angelegenheiten deiner Familie mischen. Es hat mir nur so wehgetan, zu sehen, dass eure Familie ebenso zerrüttet ist wie meine. Ich fand es furchtbar, meinen Vater so lange zu vermissen, und wenn ich mir vorstelle, wie es zwischen Tim und dir sein könnte ...« Sie seufzte. »Ich weiß, dass ich ihn geküsst habe, hat es zwischen euch nicht besser gemacht. Wenn ich gewusst hätte, dass ihr Brüder seid und was zwischen euch steht, hätte ich dem Vorschlag meines Vaters, mit Tim an der Regatta teilzunehmen, niemals zugestimmt. Es tut mir so leid, dass ich dich so sehr verletzt habe, Oliver. Ich konnte meine Gefühle einfach nicht zuordnen und musste selbst erst einmal begreifen, was in mir vorgeht.«

»Ich weiß nicht, was das zwischen uns ist, Emmi, aber ich kann ohne dich nicht mehr leben.« Er hob die Hand, schien sie berühren zu wollen, besann sich dann aber eines Besseren und ließ seinen Arm wieder sinken. »Ich hatte Angst davor, mich meinen Gefühlen zu stellen, Angst, dass du wieder nur eine Urlaubsromanze bist wie damals, als ich mich schon einmal auf eine Urlauberin eingelassen habe.

Ich dachte, das mit uns wäre etwas Besonderes, bis sie sich in Tim verliebt hat.«

»Aber ich habe mich doch gar nicht in Tim verliebt«, wisperte Emmi, und sie merkte, wie ihr Tränen in die Augen stiegen.

»Leider habe ich eine ganze Weile gebraucht, um das zu begreifen.«

»Es war meine Schuld. Ich war mir meiner Gefühle nicht sicher. Und ich wusste auch nicht, was werden wird, wenn ich mich wirklich ernstlich in dich verliebe. Aber jetzt weiß ich es. Ich habe einen Plan: Ich werde meinen Vater mehrmals im Jahr besuchen kommen und auf seinem Hof seine Erzeugnisse zu Marmelade verarbeiten. Diese liefern wir dann an Tim. Wenn du willst, können wir es langsam angehen lassen und uns so Stück für Stück kennenlernen.«

Zu ihrer Verwunderung schüttelte Oliver bloß sanft den Kopf. »Mein Bruder mag in mancherlei Hinsicht ein Dummkopf sein – vor allem, wenn du ihn küsst und er dann so blöd ist, dich gehen zu lassen –, aber wenn er eines richtig gemacht hat, dann mir den Ratschlag zu geben, um dich zu kämpfen.«

Emmi glaubte, sich verhört zu haben.

»Wenn du noch einmal gehst, habe ich Angst, dass du nicht mehr wiederkommst.« Er machte einen Schritt auf sie zu.

»Ich werde nicht die Geschichte meiner Eltern wiederholen«, wisperte Emmi, der es mit einem Mal ganz heiß und kalt wurde.

»Das meine ich nicht«, sagte Oliver, und als er dieses Mal

seine Hand hob, ließ er eine Haarsträhne durch seine Finger gleiten, wobei seine Fingerrücken sanft Emmis Wange berührten. Es war wie ein Blitz, der Emmis ganzen Körper durchzuckte. »Bitte, bleib.«

»Und wie soll ich das machen?«

»Ich hoffe, ich überrumple dich nicht, aber ich habe schon mit meinen Eltern gesprochen. Sie sind bereit, die Seemöwe für dich umzubauen.«

»Wie bitte?« Emmi sah ihn ungläubig an.

»Wir wollen den Frühstücksraum schließen und die Küche vergrößern. Dort könntest du eine Großküche nach deinen Wünschen einrichten, mit allen nötigen Maschinen und was du sonst noch so brauchst, um in die Marmeladenherstellung einzusteigen. Mein Bruder wäre bereit, die Finanzierung zu übernehmen, und wir haben uns überlegt, dass du für die Hotelgäste Kochkurse und Seminare anbieten könntest.«

Emmi wusste für einen Moment nicht, was sie sagen sollte.

»Natürlich kannst du dir alles in Ruhe überlegen. Und ich verstehe auch, wenn dir das zu schnell geht, aber bitte, bitte sag nicht Nein.«

Jetzt musste Emmi doch lächeln. »Ich bin wirklich gerührt von deinem Vorschlag. Allerdings brauche ich dann jemanden, der mir das Obst und Gemüse vom Hof meines Vaters vorbeifährt.«

»Also, was das angeht, würde ich mich ja bereit erklären, dir zu helfen, aber ich habe ganz schlechte Erfahrungen gemacht, was das Verleihen meiner Fahrzeuge angeht.«

Emmi blickte ihn ungläubig an. »Nur, was Fahrräder angeht«, sagte sie zu ihrer Verteidigung. »Das Auto habe ich dir immer heil wiedergebracht.«

Das brachte beide so sehr zum Lachen, und Emmi merkte, wie sich schließlich auch all ihre Anspannung, die ihren Körper gefangen genommen hatte, löste. Als Oliver jetzt noch einen Schritt auf sie zutrat, ihre Hände mit seinen umfasste, dann langsam ihre Arme nach oben streichelte, stolperte ihr Herz, übersprang einen Schlag und klopfte dann noch wilder und heftiger als jemals zuvor in ihrer Brust.

»Ich weiß nicht, was das zwischen uns ist, Emmi Gehring, aber ich weiß, dass ich dich liebe. Und ich weiß, dass ich dich jetzt küssen werde, wenn du nichts dagegen einzuwenden hast.«

Anstelle einer Antwort schlang Emmi die Arme um seinen Nacken, zog ihn an sich und senkte ihre Lippen auf seine. Sie spürte, wie sich seine sofort öffneten, wie er ihrem Kuss entgegenkam, langsam die Führung übernahm und ihr dann doch wieder das sanfte Spiel überließ. Erst nach einer ganzen Weile lösten sie sich wieder atemlos voneinander und sahen sich in die Augen. Emmis Brust hob und senkte sich schneller, sie erkannte den Glanz in Olivers Augen, die gleiche Leidenschaft, die in ihm loderte wie in ihr, die ein einziger Kuss, eine einzelne Berührung auslösen konnte.

»Ich liebe dich«, flüsterte Emmi, »auch wenn es vielleicht noch zu früh ist, das zu sagen.«

»Nichts ist zu früh«, sagte Oliver. »Schließlich habe ich dir gerade angeboten, Teil unserer Familie zu werden.«

Erstaunt blickte Emmi ihn an.

»Glaubst du etwa, meine Eltern würden für jeden einfach so ihre geliebte Pension umbauen?«

»Du meinst das wirklich ernst«, wisperte sie.

»Natürlich«, sagte Oliver und streichelte mit einem Lächeln über ihre Wange. »Es ist mein voller Ernst. Emmis Marmeladen-Manufaktur. Na, wie klingt das?«

»Na ja, mit dem Namen müssen wir uns vielleicht noch etwas überlegen, und was die Finanzierung angeht, ist Lea gerade bei der Bank zur Klärung. Aber ein bisschen Puffer von Tim könnte nicht schaden, oder was meinst du?«

»Du bist wirklich eine grandiose Geschäftsfrau«, sagte Oliver. »Gibt es eigentlich etwas, das du nicht kannst?«

»Segeln«, antwortete Emmi prompt, und dann mussten sie wieder beide lachen.

»Es wäre mir eine Ehre, wenn ich es dir noch mal zeigen dürfte.«

»Nichts lieber als das«, erwiderte Emmi und reichte ihm die Hand. Zusammen liefen sie zum Steg zurück, wo zuerst Oliver und dann Emmi die Leiter hinunterkletterten. Wieder reichte Oliver ihr die Hand, damit Emmi sicher auf die *Unsinkbar zwei* an Bord gehen konnte. Sie nahmen Platz, und Emmi sah ihn herausfordernd an.

»Bereit?«, fragte Oliver, und Emmi nickte.

»Bereit!«

Als Oliver jetzt aus dem Hafen fuhr, spürte Emmi, wie ihr Herz aufgeregt pochte. Der Wind spielte mit ihren Haaren, und sie hörte, wie Oliver gleich darauf die Segel setzte, sich das Tuch in der Bö bauschte und das Boot Antrieb bekam. Die kleinen Wellen schlugen gegen den Bug, Gischt spritzte leicht empor, berührte Emmis nackte Arme, während sie den Kopf in den Wind streckte und die Sonne auf ihrem Gesicht spürte. So fühlte sich Freiheit an. Voller Freude drehte sie sich zu Oliver um, lachte ihm entgegen, und er erwiderte ihr Lachen mit einem Schmunzeln. Freiheit und Liebe und die Lust auf Abenteuer, dachte Emmi glücklich. Und das Gefühl, endlich angekommen zu sein.

Epilog

Ein Jahr später ...

Sie war zurück.

Maren stieg aus dem Zug und atmete tief durch, als sie sich am Bahnhof umsah. Das rötliche Haus mit seinen Rundbogenfenstern stand noch immer und blickte ihr gelassen entgegen. Ob es sich überhaupt noch an sie erinnerte, nach all der Zeit? Maren hingegen erinnerte sich sehr gut. Ihr kam es so vor, als wäre es gestern gewesen, als sie im Morgengrauen mit ihrem Koffer in den Zug gestiegen war, blind vor Tränen und mit gebrochenem Herzen. Immer wieder sagte sie sich, dass es die richtige Entscheidung gewesen war, zu gehen, Johann nicht aus seiner Familie herauszureißen, auch wenn es für sie selbst bedeutete, die schmerzlichste Entscheidung ihres Lebens getroffen zu haben. Damals hatte sie noch nicht geahnt, dass sie ein Kind unter ihrem Herzen trug, Johanns Kind. Doch jetzt war sie zurück. In einem neuen Kapitel ihres Lebens.

Maren griff nach ihrem Rollkoffer und zog ihn klackernd hinter sich her. Sie verließ den Bahnhof und ging zum Schloss Montfort, an dem sie ihre Ausbildung gemacht hatte. Das kleine Städtchen Langenargen hatte sich mit der Zeit verändert, doch es war noch immer wiederzuerkennen. Auch das Schloss sah noch fast genauso aus, wie Maren es in Erinnerung hatte. Stolz thronte es auf der Landzunge, im Hintergrund der See, lapislazuliblau und glitzernd. In der Ferne zeichneten sich die Alpen scharf vor einem strahlend blauen Himmel ab. Eine freundliche Kulisse, die Maren willkommen hieß. Sie schlenderte durch den mit Sommerblumen bepflanzten Schlosspark, stellte ein wenig enttäuscht fest, dass das Schloss geschlossen war und es kein Restaurant mehr gab, und entschied sich dann dafür, eine Weile vor der Kaimauer zu stehen und den Blick auf den See und den Sonnenschein zu genießen. Möwen kreischten und flogen umher, und auf Marens Gesicht breitete sich ein Lächeln aus.

Nach einem Imbiss in einem der Restaurants an der Uferpromenade lief sie zum Anleger und nahm das Schiff nach Hagnau. Dort angekommen lief sie den Steg auf das malerische Fischer- und Winzerdorf zu, das seine Besucher mit üppigen Blumenbeeten willkommen hieß. Maren betrachtete das aufgestellte Boot im Bodensee, die Skulptur der Eisläufer, die an den zugefrorenen See erinnerte, lief an dem Hafen, in dem die Boote und Jollen dümpelten, vorbei und ließ sich von ihrem Handynavi zu der Adresse leiten, die Emmi ihr geschickt hatte.

Wenig später stand sie vor der ehemaligen Pension und klingelte.

»Mama!«, sagte Emmi verwundert, als sie die Tür öffnete. »Du bist ja schon da. Ich dachte, du kommst erst morgen.«

Maren war überrascht, wie sehr sich Emmi in den vergangenen drei Monaten verändert hatte. Seit sie nun endgültig an den Bodensee gezogen war, wirkte sie wie ein anderer Mensch. Ihre Augen funkelten, ihr welliges Haar hatte sie zu einem Pferdeschwanz zusammengenommen, und in Jeans und Bluse, die sie trug, war sie deutlich lässiger gekleidet als in der Catering-Firma. Aber sie strahlte. Ihr ganzes Wesen hatte beinahe etwas Leuchtendes an sich. So sah Glück aus, dachte Maren.

»Ich wollte dich überraschen«, sagte sie.

»Das hast du«, sagte Emmi. »Komm, ich zeig dir alles.« Sie nahm ihr den Koffer ab und ließ sie eintreten.

Maren sah sich um.

»Hier war früher der Frühstücksraum«, sprudelte Emmi los. »Wir haben die eine Wand herausgenommen und den Raum so zur Küche hin erweitert. Wie in deiner Küche haben wir uns für einen Tresen in der Mitte entschieden, auf dem wir zusammen mit den Gästen kochen und experimentieren wollen. Das schafft Verbundenheit zwischen den Teilnehmenden und rückt die eigentliche Arbeit sprichwörtlich in den Mittelpunkt. Hier werden dann unsere Marmeladenkurse stattfinden. Kathrins alte Küchengeräte sind durch neue, praktischere Großküchengeräte ersetzt worden, die Tim für uns finanziert hat. Und mit Leas Businessantrag haben wir den Umbau des Frühstücksraums übernommen.«

»Es ist toll geworden«, sagte Maren. »Eine wunderschöne Küche, man möchte am liebsten sofort mit dem Kochen loslegen.«

Emmi sah ihre Mutter überrascht an.

»Nein, nein, keine Sorge, ich lasse die Finger davon. Das hier ist dein Reich.« Sie lächelte Emmi an. Sie spürte, wie stolz sie auf ihre Tochter war, auch wenn es ihr anfangs schwergefallen war, zu akzeptieren, dass Emmi aus ihrer Catering-Firma aussteigen wollte. Aber sie verstand auch zu gut, dass sie ihren eigenen Weg gehen, etwas tun wollte, wofür sie brannte – und dass sie natürlich auch mehr Zeit mit Oliver und ihrem Vater verbringen wollte. Johann … Marens Herz zog sich schmerzlich zusammen, als sie an ihn dachte. Ihm würde sie hier auch wieder gegenübertreten.

»Komm, ich zeig dir noch den Garten.« Emmi lief voran, vorbei an Tischen und Stühlen, die für die morgige Eröffnungsfeier in Stapeln bereitstanden.

»Wie viele Gäste haben sich denn angemeldet?«, erkundigte sich Maren.

»Einhundertfünfzig«, sagte Emmi stolz. »Und das sind nur die wichtigsten. Tim musste sogar einige seiner Hotelgeschäftspartner vertrösten.«

Maren nickte anerkennend.

»Weil sich so viele Gäste angemeldet haben, wollen wir die Feier zum Garten hin öffnen. Dort, auf der Wiese, stellen wir eine Cocktailbar auf, und auf dem großen Tresen im Inneren soll ein Kaffee- und Kuchenbüfett errichtet werden. Zum Abendessen wird dann gegrillt.«

»Das klingt super«, fand Maren. »Wenn ihr noch einen Kuchen braucht, kann ich gerne noch etwas beisteuern.«

»Oh, das wäre toll«, sagte Emmi, und Maren freute sich, dass ihre Tochter ihr so die Gelegenheit gab, sie zu unterstützen. »Aber jetzt komm, ich zeige dir oben dein Zimmer.«

Sie folgte ihrer Tochter in den ersten Stock und legte in einem kleinen gemütlichen Gästezimmer ihre Sachen ab.

Als sie später am Abend in der Küche alle beisammensaßen, klingelte es an der Tür.

»Hallo, Emmi, ich bringe dir schon mal das Obst und Gemüse für morgen«, hörte Maren eine Männerstimme, dunkel und warm, die ihr sehr vertraut vorkam. Johann.

»Hallo, Papa, komm doch rein.«

Marens Herz begann aufgeregt zu schlagen, als sie hörte, wie die Schritte sich näherten.

»Guten Abend allerseits«, grüßte Johann in die Runde.

»Johann«, murmelte Maren, und ihr Innerstes zog sich zusammen, als sie ihm jetzt direkt in die Augen blickte. So oft hatte sie sich ausgemalt, wie ein Wiedersehen wohl wäre, doch ihr ganzes Leben lang hatte sie es sich verwehrt, daran zu glauben. Es war erschütternd gewesen, als sie erfahren hatte, dass Emmi ihre Erinnerungskiste gefunden hatte, als sie an den Bodensee gereist war, um ihren Vater zu suchen. Und Maren hatte es den Boden unter den Füßen weggezogen, als sie ihn tatsächlich gefunden hatte.

»Maren«, sagte Johann knapp, dann versagte ihm die Stimme.

»Ich, äh ... Ich bräuchte noch eure Hilfe bei der Bestuhlung draußen«, durchbrach Emmi die Stille.

»Ach so, ja, natürlich«, sagte Achim sofort, und auch

die anderen erhoben sich mit einem Murmeln und verließen die Küche.

Jetzt war sie also mit Johann allein.

»Wie geht es dir?«, fragte er schließlich.

»Gut«, sagte Maren viel zu schnell, dann atmete sie tief durch. »Es geht mir gut, vielen Dank. Und dir?«

Johann lächelte. »Mir auch. Es ist großartig, was Emmi da auf die Beine gestellt und wie viel sie geleistet hat.«

Maren wusste nicht, ob er von dem Fest sprach oder davon, dass sie alles daran gesetzt hatte, ihn zu finden, aber sie traute sich auch nicht, nachzufragen.

»Sie ist eine großartige junge Frau.«

»Das stimmt.« Maren lächelte.

»Sie hat viel von dir damals …« Jetzt wurden seine Gesichtszüge wehmütiger, als er der alten Erinnerung nachzuhängen schien.

»Johann, es tut mir so leid, was damals passiert ist«, begann Maren. »Ich dachte, ich tue das Richtige. Für dich … Für uns …«

»Ich weiß«, sagte er mit heiserer Stimme. »Aber du hättest mit mir sprechen müssen.«

Maren presste die Lippen aufeinander und nickte. »Du ahnst gar nicht, wie oft ich mir überlegt habe, zu dir zu fahren und genau das zu tun. Als ich den Mut hatte, warst du plötzlich verheiratet, und dann kam dein Brief, in dem du endgültig von mir Abschied genommen und mir ein wundervolles neues Leben gewünscht hast.«

»Es ist so viel schiefgelaufen. Ich bedaure das sehr.«

Sie schwiegen eine Weile.

»Morgen ist Emmis großer Tag«, sagte Maren schließlich.

Johann nickte. »Sehen wir uns dort?«

Jetzt breitete sich ein Lächeln auf Marens Lippen aus. »Das wäre schön.«

Es war ein rauschendes Fest am nächsten Abend. Maren war voller Stolz, als sie zu ihrer Tochter trat. Emmi hatte unzählige Hände geschüttelt, hatte sich und ihr Marmeladen-Business vorgestellt, hatte mit weiteren Geschäftspartnern von Tim gesprochen, die ebenfalls an ihren Produkten interessiert waren.

»Du machst das großartig«, sagte sie zu ihrer Tochter.

»Danke, Mama, das bedeutet mir viel. Und noch mehr, dass du gekommen bist.«

»Na, hör mal! Wenn meine Tochter ihr eigenes Unternehmen eröffnet, möchte ich doch dabei sein.« Sie lächelte ihr aufmunternd zu.

»Dann bist du mir also nicht böse, dass ich ganz hierbleiben möchte?«

»Überhaupt nicht. Ich bin froh, wenn du nicht denselben Fehler machst wie ich damals. Und ich finde, jeder sollte die Möglichkeit bekommen, das zu tun, was er liebt. Außerdem weiß ich, dass zwei charakterstarke Köchinnen in einer Küche keinen Platz haben.« Sie zwinkerte ihr zu, und Emmi musste schmunzeln. Dann umarmte sie Maren. »Danke, Mama.«

»Ich wünsche dir alles Gute.«

»Da hinten sind Benno und seine Frau Theresa«, sagte

Emmi, als sie sich wieder aus der Umarmung gelöst hatte, und deutete zu einem Paar. Der Mann schob stolz den Kinderwagen hin und her, während sich seine Frau angeregt mit ihrer Tischnachbarin unterhielt. Emmi ging zu ihnen, sprach kurz mit ihnen und lief dann weiter zur Bar, an der Lea ihr einen alkoholfreien Himbeer-Mojito überreichte.

»Da bist du ja.« Maren drehte sich überrascht herum, als sie Johanns Stimme hinter sich hörte. »Hätte ich mir ja denken können, dass du bei deinem Kuchenbüfett stehst.«

»Willst du ein Stück?«, fragte Maren, und da Johann nickte, nahm sie einen Teller und legte ihm ein Stück Bienenstich darauf. Sie nahm sich für sich selbst ein Zitronentörtchen, und zusammen mit Johann ging sie nach draußen und suchte sich an einem der Tische einen freien Platz.

»Deinen Bienenstich habe ich schon damals geliebt«, gab Johann zu und ließ sich das erste Stück schmecken.

»Ich weiß.« Maren lächelte ihn an, und wieder spürte sie dieses warme Gefühl, das sie durchfloss, als sich ihre Blicke ineinander verfingen.

»Emmi ist wirklich unglaublich, oder?«, fragte Johann. Ob es ihm unangenehm war, wenn eine längere Stille zwischen ihnen aufkam? »Stell dir vor, sie hat heute mit einigen potenziellen Käufern für ihre Marmelade gesprochen.«

»Sie macht das in der Tat hervorragend. Ich gönne es ihr von ganzem Herzen. Und auch, dass sie glücklich ist.« Sie sah in Richtung der Bar, an der ihre Tochter jetzt zusammen mit Oliver stand.

»Er ist ein toller junger Mann«, sagte Johann. »Ich habe

seine Broschüren für die Segelkurse und Ausflugtörns gesehen. Vielleicht kann ich dich ja mal zu einem einladen?«

Maren hob überrascht den Blick. Sie sah die Nervosität in seinen Augen, spürte selbst die leichte Anspannung ihres Körpers, die einem aufgeregten Kribbeln wich. »Ja, gerne«, sagte sie deshalb schnell.

»Das freut mich.«

Sie verlegten ihr Gespräch auf unverfänglichere Themen, bis am Abend die Stimmung ausgelassener wurde und Kathrin und Achim das Grillbüfett eröffneten. Maren hatte sich an die Bar zurückgezogen und sich dort einen Drink gegönnt.

»Sollen wir ein Stückchen spazieren gehen?«, fragte Johann. »Ich glaube, ich brauche einen kleinen Verdauungsspaziergang und ein bisschen Ruhe.«

»Und uns von dem Fest wegschleichen?«, fragte Maren amüsiert.

In Johanns Augen funkelte etwas, und er nickte.

Maren stellte ihr Glas zurück auf den Tresen und ging mit ihm zur Tür. Es waren so viele Gäste zugegen, dass es gar nicht auffiel, dass sie das Fest verließen.

»Hat uns jemand gesehen?«, wisperte sie, als sie um die nächste Häuserecke gebogen waren.

»Ich glaube nicht, aber ich fühle mich trotzdem, als hätten wir etwas Verbotenes getan.«

Die beiden kicherten, und Maren warf ihm einen Blick von der Seite zu. Er sah noch immer schön aus, wie damals, auch wenn sich seine jugendlichen Züge verändert hatten.

Das Leben hatte seine Spuren in seinem Gesicht hinterlassen, und doch wollte Maren nur zu gerne wissen, woher sie kamen, was er alles erlebt hatte, in der Zeit, in der sie getrennt gewesen waren.

»Ich lerne jetzt übrigens Italienisch«, begann Maren ein Gespräch.

»Wirklich?« Johann war sichtlich überrascht. »Weißt du noch, als wir uns ausgemalt haben, einmal zusammen nach Italien zu fahren?«

Sie nickte. Schweigend liefen sie nebeneinander her, bogen in eine Straße zum Ufer ein und schlenderten an der Promenade entlang. Die Wellen des Sees liefen mit leisem Plätschern auf den Steinen aus, hatten etwas Beruhigendes wie das gleichmäßige Blinken in der Ferne.

»Kennst du Oliver denn gut?«, fragte Maren.

»Ein bisschen. Ich habe viel mit seinem Bruder Tim zu tun, aber dass die beiden Geschwister sind, habe ich auch erst durch Emmi erfahren. Sie hatten lange keinen Kontakt wegen eines Streits.«

»Emmi hat mir davon erzählt.«

»Da vorne ist seine Segelschule«, sagte Johann und deutete auf ein Gebäude. »Komm, ich kann dir auch zeigen, wo die Boote liegen.«

Sie liefen weiter zum Hafen, doch plötzlich blieben sie stehen, weil ein tuschelndes und kicherndes Paar vor ihnen vorbeihuschte. Es schien sie gar nicht bemerkt zu haben, denn sie liefen zielstrebig auf die Boote zu.

Maren blickte ihnen überrascht nach. Das waren doch Emmi und Oliver!

Sie hinderte Johann mit einer sanften Geste daran, weiterzulaufen, verbarg sich selbst in einem Schatten, der von der Straßenlaterne nicht ausgeleuchtet war.

»Wo ist die *Victoria*?«, hörte sie Emmi sagen, die am Anleger stehen geblieben war und ihren Blick über die Boote schweifen ließ.

»Die habe ich verkauft.«

»Warum?«

Oliver zuckte gleichgültig mit den Schultern. »Zu viele Erinnerungen.«

»Und das?«, fragte Emmi und deutete auf eines der Boote.

»Das ist meine neueste Errungenschaft.« Oliver zog die Plane vom Boot. »Die *Emmi*.«

»Ich bin deine neueste Errungenschaft?«, fragte sie mit gespielt tadelndem Unterton.

»Nein, nein, nicht du. Das Boot«, verbesserte Oliver sie.

Maren und Johann wechselten einen amüsierten Blick miteinander.

»Er hat ein Boot nach ihr benannt?«, wisperte Maren erstaunt.

»Anscheinend«, flüsterte Johann zurück und sah sie mit blitzenden Augen an. »Ich sagte doch, der Junge ist in Ordnung.«

»Magst du sie taufen?«, hörte sie Oliver jetzt sagen, nachdem er etwas auf dem Boot geholt haben musste.

Maren hätte sich nur zu gerne auf die Zehenspitzen gestellt, um bis zum Anleger zu sehen, doch sie wollte sich nicht zu erkennen geben, also hielt sie sich zurück.

»Taufen?«, wunderte sich Emmi. »Aber du hast sie doch schon getauft.«

»Ich habe einen Namen für sie ausgesucht. Taufen darfst du sie.«

Maren versteckte sich hinter einem Blumenkübel, als Oliver wieder auf den Anleger kletterte und Emmi eine Sektflasche überreichte. »Du darfst sie am Bug zerschellen lassen.«

»Geht das Boot da nicht kaputt?«, fragte Emmi besorgt.

Oliver winkte ab. »Ich glaube, niemand kommt ohne ein paar Kratzer durchs Leben, oder was meinst du?«

Maren lächelte bei Olivers Worten. Sie spürte, wie Johann nach ihrer Hand tastete, ließ es zu und warf ihm mit angehaltenem Atem einen Blick zu.

»Also schön.« Das war wieder Emmis Stimme. »Bereit?«

»Bereit.«

»Hiermit taufe ich dich auf den Namen *Emmi*.« Mit Wucht ließ Emmi die Flasche am Bootsrumpf zerschellen. Maren hörte das Klirren der Scherben, zuckte zusammen und unterdrückte dann ein Lachen.

Oliver applaudierte, als die Flasche in unzählige Scherben zersprang.

»Schade eigentlich«, sagte Emmi und sah auf das Boot. »Wir hätten den Sekt auch trinken können.«

Oliver umarmte sie von hinten und blickte mit ihr zusammen auf die *Emmi*, die im Wasser leise auf den sanften Wellen schaukelte. »Zum Glück habe ich noch eine zweite Flasche unter Deck deponiert.«

Emmi drehte sich zu ihm um. »Hast du wirklich?«

Oliver nickte. »Sollen wir nachsehen?«

»Unbedingt.«

Zusammen kletterten sie an Bord, und Johann wandte wieder den Blick zu Maren.

»Ich glaube, hier sind wir überflüssig«, raunte er ihr zu, und Maren nickte.

Sie wandten sich um und schlenderten an der Promenade zurück. Als Johann jetzt wieder nach ihrer Hand tastete, ließ Maren es erneut zu und streichelte mit ihrem Daumen über seinen Handrücken. Sie tauschten einen Blick, lächelten einander an, doch keiner von ihnen sagte ein Wort. Zu groß war Marens Angst, dass dieser Moment wie eine Seifenblase zerplatzen könnte. Doch er tat es nicht. Sie blieben stehen, sahen auf das Wasser, auf die Lichter aus der Schweiz, deren Spiegelung auf der Oberfläche wie ein Ölgemälde zerfloss.

»Hast du Lust, morgen etwas zusammen zu unternehmen?«, fragte Maren mit ruhiger Stimme, doch das Herz schlug ihr bis zum Hals.

»Sehr gern«, antwortete Johann. Als er sie jetzt von der Seite ansah, lächelte er, und Maren lächelte zurück.

»Wie lange bist du da?«

»Noch bis Ende der Woche, aber im Oktober komme ich wieder. Ich habe mich für eines von Emmis Marmeladen-Seminaren angemeldet. Die anderen Kochworkshops waren leider schon voll.«

»Bist du sicher, dass das eine gute Idee ist? Ihr beide zusammen in einer Küche?«, fragte Johann, und Maren musste so schallend lachen, dass ihr sogar eine Träne kam.

»Was soll denn das heißen?«, fragte sie erheitert.

»Na ja, ich kenne dich in der Küche, und ich kenne sie in der Küche.«

»Keine Sorge, ich werde mich zurückhalten. Hat sie dir denn viel von mir erzählt?«

Johann wiegte den Kopf hin und her. »Das ein oder andere. Aber natürlich möchte ich auch unbedingt deine Version hören.«

Wieder spürte Maren die Wärme, die sich um ihr Herz legte. So viele Jahre hatte sie dieses Gefühl vermisst, und nun war es mit einem Mal wieder da, als hätte es all die Zeit dazwischen nie gegeben.

»Was hältst du davon, wenn du mich morgen auf meinem Hof besuchen kommst?«

»Das würde mich freuen«, sagte Maren. »Und jetzt? Sollen wir wieder zurück aufs Fest?«

Johann winkte ab. »Die kommen auch sehr gut noch eine Weile ohne uns zurecht.«

Sie setzten sich auf eine Bank und blickten aufs Wasser. Maren genoss es, nach all den Jahren nun endlich wieder neben ihm zu sitzen. Sie lehnte ihren Kopf an seine Schulter, spürte, wie Johann seinen Arm um sie legte, und seufzte leicht.

»Genau so«, wisperte sie, »muss sich Unendlichkeit anfühlen.«

Summende Bienen, wilde Sommerblumen und das Versprechen einer vergangenen Jugendliebe ...

Als Lena nach dem Tod ihrer Großmutter auf die Hallig Hooge zurückkehrt, scheint es fast so, als habe sich in all den Jahren nichts verändert: Noch immer überblickt das kleine Haus das tosende Wattenmeer und die Bienen umschwirren Alvas Wildblumen. Was Lena jedoch nicht weiß – das Haus wird ihr von nun an nicht alleine gehören. Ihre große Jugendliebe Jacob, der ihr vor Jahren das Herz gebrochen hat, soll die andere Hälfte ihres Hauses erben ... Was hat sich ihre Großmutter Alva nur dabei gedacht? Und welche Geheimnisse hat sie in all den Jahren noch vor ihrer Enkelin gehütet?

PENGUIN VERLAG

Manchmal musst du einen kleinen Umweg gehen, um dein großes Glück zu finden ...

Nathalie ist fassungslos, als ihr Freund sich per Postkarte von ihr trennt. Wütend reist sie ihm nach Frankreich hinterher, um ihn zur Rede zu stellen. Doch nach einer Autopanne landet sie stattdessen auf einem idyllischen Hof in der Provence. Sofort ist sie fasziniert vom herrlichen Kräutergarten, den schönen Aprikosenhainen – und dem attraktiven Hofbesitzer Felix. Als Nathalie erfährt, dass der Hof finanzielle Probleme hat, hat sie eine Idee: Sie beginnt himmlische Cremes und duftende Öle aus Aprikosen herzustellen. Aber kann sie damit auch Felix' Herz gewinnen?

PENGUIN VERLAG